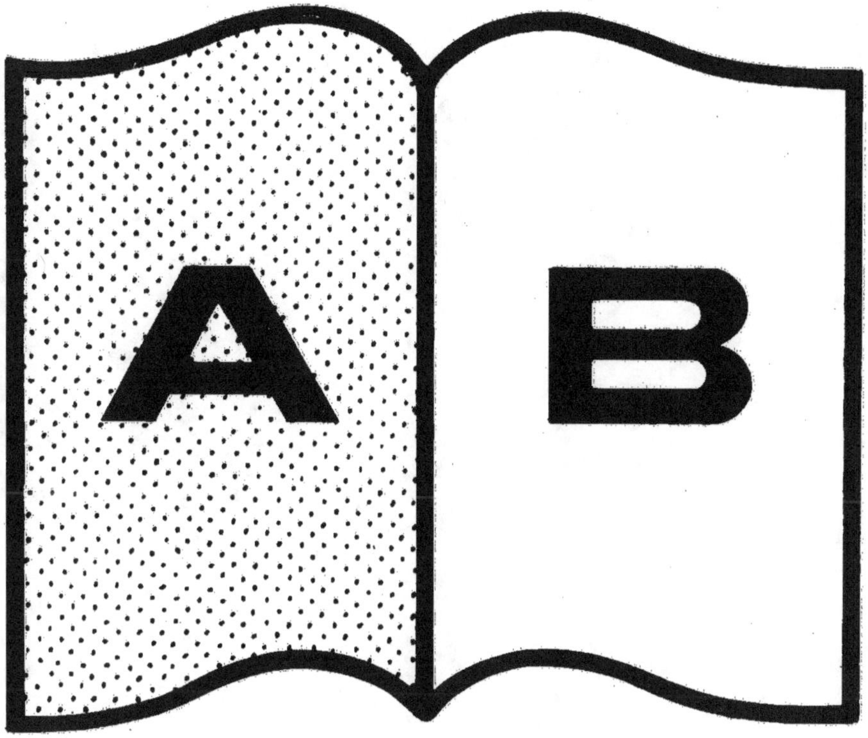

Contraste insuffisant

NF Z 43-120-14

L'ARTICLE 47

Par ADOLPHE BELOT

PARIS

VICTOR BUNEL, ÉDITEUR, 3, RUE DE L'ABBAYE.

CLICHY. — IMPRIMERIE PAUL DUPONT, 12, RUE DU BAC-D'ASNIÈRES.

Madame du Hamel.

PREMIÈRE PARTIE

LA FILLE DE COULEUR

I

 e garçon qui remplissait, il y a une dizaine d'années, les fonctions de concierge et de gardien à l'hôtel de l'Amirauté, au Havre, venait à peine de se lever et d'ouvrir la grande porte de l'hôtel qui donne sur le quai de la Marine, qu'il s'entendit appeler sous le vestibule, au bas du grand escalier.

Étonné qu'un habitant de l'hôtel fût sur pied à cette heure matinale (il était à peine six heures), il s'empressa d'accourir et se trouva en face d'une dame d'une cinquantaine d'années, à l'abord respectable.

Les épaules couvertes d'une sorte de plaid de voyage, elle portait un chapeau des plus simples, mais d'une forme élégante, et tenait à la main un de ces petits sacs en cuir de Russie, qu'un marchand anglais du boulevard des Capucines venait de mettre à la mode.

— Madame appelle ? dit le garçon.

— Oui, mon ami, je voudrais parler au maître de la maison.

— Mais il dort, madame.

— On m'a fait la même réponse lorsque je suis arrivée cette nuit, de Paris ; cependant j'ai quelques renseignements à lui demander.

— Je puis sans doute les donner à madame, et si elle voulait...

— De quel côté, je vous prie, arrivent les navires ?

— Du côté de la mer.

— Évidemment, fit la dame en souriant. Mais où est la mer ?

— Si madame veut me suivre, dit le garçon, je vais la lui montrer.

Ils passèrent sous le vestibule, franchirent la porte et se trouvèrent sur le quai, près des embarcadères des bateaux d'Honfleur, de Trouville et de Caen.

— La mer est là-bas au bout, dit le garçon en désignant la droite. On ne peut la voir en ce moment, parce qu'elle est cachée par les mâts des navires, les cheminées des bateaux à vapeur et la tour François Ier mais en faisant quelques pas sur le quai...

— Très bien, je vous remercie. Pourriez-vous me dire, ajouta-t-elle, si le *Zurich* est arrivé au Havre ?

— Le *Zurich*, connais pas, fit le garçon : c'est un navire ?

— Un navire à voiles américain ; il vient de la Nouvelle-Orléans.

— Je ne puis pas renseigner madame.

— Je le craignais, et c'est bien pourquoi je désir. is m'entretenir avec le maître de l'hôtel.

— Monsieur n'en sait pas plus long que moi, fit le garçon en se rengorgeant.

— Qui pourrait me donner ces renseignements, je vous prie ?

— Le premier marin venu. Tenez, ce vieux monsieur qui fume son cigare, là en face de l'hôtel des Indes ; c'est un capitaine d'armement en retraite, il sait par cœur le nom de tous les navires qui passent dans le bassin.

— Je vais lui parler. Je vous remercie, mon ami.

Elle allait se diriger vers la personne, qu'on venait de lui désigner, lorsque le garçon, poussé par la curiosité, ou désireux de remplir les instructions sévères données par la police du Havre, la pria de vouloir bien rentrer dans l'hôtel pour inscrire son nom sur les registres.

Elle s'empressa d'acquiescer à ce désir, et le garçon put lire par dessus son épaule :

« Madame veuve du Hamel, sans profession, demeurant à Paris, rue de Verneuil, n° 32. »

Pendant qu'il fermait le registre, madame du Hamel avait de nouveau franchi le seuil de la porte de l'Amirauté et rejoignait le capitaine d'armement.

Celui-ci, avec cette politesse que l'on trouve chez beaucoup de marins, en voyant venir vers lui une femme qui paraissait appartenir au meilleur monde, retira son cigare de sa bouche et ôta son chapeau.

— Monsieur, lui dit madame du Hamel en l'abordant, le garçon de mon hôtel m'assure que vous pourriez me donner quelques renseignements qui me seraient précieux en ce moment, et je commets l'indiscrétion de venir vous troubler au milieu de votre promenade.

— Vous avez bien fait, madame, et si je puis vous être utile... De quoi s'agit-il ?

— Je voudrais savoir si le *Zurich* est arrivé au Havre depuis deux ou trois jours ?

— Non, madame ; je puis vous assurer qu'il n'est pas entré dans le port et qu'il n'est même pas encore signalé. Vous attendez quelqu'un, madame ?

— Oui, monsieur, mon fils unique que je n'ai pas vu depuis six ans.

Elle dit ces mots d'une voix tellement émue, que le capitaine se sentit pour ainsi dire subjugué.

Il avait pu se croire, au premier abord, en présence d'une de ces curieuses que le chemin de fer débarque tous les jours au Havre et qui accablent de questions les marins assez malheureux pour se trouver sur leur route. Mais non, c'était une mère qui l'interrogeait, une mère inquiète sans doute sur le sort de son enfant : la situation se trouvait changée, elle devenait intéressante, et le capitaine d'armement en retraite, il sait par cœur le fit comprendre, par ce sacrifice, qu'il était entièrement aux ordres de son interlocutrice.

— La dernière lettre que j'ai reçue de mon fils, reprit madame du Hamel, est datée du 10 mai. Elle m'apprenait qu'il s'embarquait le lendemain. Cette lettre m'est parvenue depuis plus de quinze jours, et je commençais à être si inquiète que j'ai pris le parti de venir au Havre attendre l'arrivée du *Zurich*.

— Vous n'avez aucune raison de vous inquiéter, madame. La lettre dont vous parlez a mis une semaine, au plus, pour venir de la Nouvelle-Orléans à New-York et douze jours de New-York à Paris, par bateau à vapeur. Quant au *Zurich*, qui est un bâtiment à voiles, il lui faut, au moins, de trente-cinq à quarante jours pour se rendre de la Nouvelle-Orléans en France. Notez bien que je dis au moins : on a vu les traversées dont nous parlons durer soixante et même soixante-dix jours.

— Ah ! mon Dieu ! j'attendrais encore un mois !

— Ce n'est pas probable, le *Zurich* est un excellent marcheur, qui par un beau temps, fait ses dix et douze nœuds à l'heure, comme un steamer ; il est de plus commandé par un excellent capitaine, et s'il est parti le 18 mai...

— Il peut arriver d'un moment à l'autre, n'est-ce pas ? s'écria madame du Hamel.

— Sans doute, mais s'il a rencontré des vents contraires ou du calme, ce qui n'est pas rare dans cette saison...

— Oh! non, monsieur, ne me dites pas cela, j'aime mieux espérer. Ah! si vous saviez comme il me tarde de l'embrasser.

Ses yeux étaient humides, sa voix tremblait.

Tout à coup elle s'écria :

— Quelque chose me dit qu'il doit arriver prochainement, aujourd'hui peut-être, je ne serais pas si agitée, si émue, s'il était encore éloigné de moi. Le cœur d'une mère ne se trompe jamais ! Depuis qu'il m'a quittée, il a souvent couru des dangers. Eh bien ! j'en étais informée sans que personne m'eût écrit. Oui, je l'ai vu malade, je l'ai vu blessé ; j'ai souffert, à trois mille lieues de distance, au moment précis où il souffrait... Il existe, voyez-vous, des liens mystérieux entre une mère et son fils. Aujourd'hui, au contraire, je me sens le cœur réjoui, la vie me semble belle ; c'est qu'il est heureux, bien portant ; c'est qu'il vient, il vient, le cher enfant !

Le vieux marin l'écoutait en silence et la regardait avec plaisir. Il avait oublié les cheveux grisonnants et les quelques plis répandus çà et là sur le visage de celle qui lui parlait. Il ne voyait que son gracieux sourire, ses dents charmantes, ses yeux encore jeunes et expressifs. Il était sous le charme de cet air distingué, honnête, de cette voix sympathique, pleine d'irrésistibles tendresses.

Elle se méprit sur le sentiment qu'elle inspirait, et faisant brusquement un retour sur elle-même :

— Ah! pardon, monsieur, dit-elle, de vous ennuyer ainsi.

— Comment pouvez-vous dire cela, madame? répliquat-il vivement, j'ai des enfants, et ils naviguent en ce moment sur des mers lointaines.

Elle ne répondit pas, mais elle eut un geste charmant et d'une femme de cœur : elle tendit sa main au vieux marin.

— N'existait-il pas entre eux un trait d'union, une secrète affinité? N'avaient-ils pas les mêmes craintes, les mêmes espérances?

II

— Madame du Hamel ne craignait plus d'être indiscrète avec le cicérone que le hasard lui avait donné. Il lui avait proposé de la conduire sur la jetée et de lui montrer le chemin que suivrait le *Zurich* pour entrer dans le port du Havre. Elle avait accepté, et, après avoir suivi le quai de la Marine et traversé la place du Musée, elle venait de s'engager avec son compagnon sur les terrains incultes qui longent l'hôtel Frascati et qui conduisaient alors à la jetée.

— Ainsi, capitaine, disait-elle, vous vous riez de mes pressentiments; vous n'admettez pas que mon fils puisse arriver aujourd'hui?

— Nous autres marins, répondit-il, nous sommes toujours un peu superstitieux, et je suis tenté de me laisser convaincre par vous. Mais sept heures viennent de sonner, la marée est à dix heures, et le *Zurich* n'est pas encore signalé.

— Comment le savez-vous?

— Son nom serait inscrit sur la pancarte qui se trouve accrochée à la tour des signaux.

— Alors, il ne faut plus espérer, dit-elle avec un soupir.

— Je n'ose vous y engager... et cependant... si je ne me trompe, on fait en ce moment un signal du cap la Hève. Veuillez m'attendre un instant, madame, je vous rejoins.

Il s'éloigna dans la direction de la tour des signaux, franchit la grille qui met ce poste à l'abri de la curiosité publique, et disparut un instant, pour reparaître bientôt sur la plate-forme circulaire qui sert d'observatoire aux gardiens du poste.

Madame du Hamel le vit échanger quelques mots avec le marin en uniforme qui, depuis un instant, occupait déjà cette plate-forme; puis, après avoir consulté l'horizon à l'aide d'une longue-vue, redescendre l'escalier de la tour et s'avancer vers sa compagne.

— Eh bien? demanda-t-elle.

— Rien encore de positif; mais il y a des chances.

Je mettrais maintenant quelque chose dans votre jeu.

— Oh! capitaine, pour me parler ainsi, il faut que vous ayez beaucoup d'espoir. Dites-moi tout, je suis forte, allez. Ne craignez pas de me donner une espérance qui ne se réalisera pas. Si nous nous sommes trompés... ce sera pour demain, pour après-demain; j'attendrai.

— Oui, oui, je connais ça, j'ai passé par là, dit le vieux marin en grommelant. Vous allez vous mettre dans la tête que c'est lui... et si ce n'est pas lui, vous serez au désespoir.

— Non, non... dites, je vous en prie...

— Eh bien, une voile vient en effet d'être signalée là-bas, du côté de la pleine mer. C'est un gros navire, un trois-mâts et un américain.

— Attend-on en ce moment, au Havre, d'autres bâtiments américains? demanda-t-elle.

— On attend la *Floride*, le *Wilkfild Scott* et l'*United-States*; mais l'un de ces navires est un trois-mâts barque et celui que nous apercevons là-bas est un trois-mâts d'au moins douze cents tonneaux, l'autre un brick, et le troisième un si mauvais marcheur qu'il ne peut, suivant toutes probabilités, arriver avant le *Zurich*, quoique parti trois jours avant lui.

— Mais alors, capitaine?...

— Alors, madame, soyez calme, et dans une demi-heure, un quart d'heure, peut-être...

— Calme! calme! ah! monsieur, que dites-vous là; et pour être fixée sur mon sort, je vais être obligée d'attendre que le nom de *Zurich* soit inscrit sur la petite pancarte que vous m'avez montrée?

— Non, madame, je retourne là-haut, sur la plate-forme où vous m'avez déjà vu, et dès que je saurai quelque chose, vous serez informée.

— Ah! capitaine, que de remerciments... Dire que si je ne vous avais pas rencontré...

— C'est bon, c'est bon, fit le marin en s'éloignant, vous me remercierez plus tard.

Deux minutes ne s'étaient pas écoulées qu'il apparaissait de nouveau au sommet de la tour des signaux.

Inquiète, anxieuse, elle suivait tous ses mouvements, elle essayait de saisir le sens de ses moindres gestes.

Tout à coup, après avoir longuement fixé sa longue-vue sur un point de l'horizon, il ôta son chapeau et l'agita dans l'air. Elle avait compris.

Ce geste voulait dire : Victoire! Vos pressentiments étaient fondés! C'est le *Zurich*! C'est votre fils!

Elle devint toute pâle, ses jambes fléchirent, c'est à peine si elle eut la force de s'asseoir sur le parapet de la jetée.

Lorsqu'un instant après le capitaine la rejoignit, elle pleurait à chaudes larmes.

— Allez, allez, fit-il, ne vous gênez pas, je connais ça. On supporte les grandes douleurs sans verser une larme; on ne peut supporter les grandes joies.

— Ainsi, c'est bien le *Zurich*! fit-elle, en souriant au capitaine à travers ses pleurs.

— Oh! cette fois, il n'y a pas à s'y tromper. Je reconnaîtrais mon *Zurich* entre cinquante bâtiments.

Elle l'interrompit par ces mots : .

— Mais s'il n'était pas à bord ?

— Ah! je vous y attendais! C'est cela, c'est bien cela! Tout à l'heure, on ne s'occupait que du navire : viendra-t-il ou ne viendra-t-il pas? Il vient... On devrait être au comble du bonheur, n'avoir plus de crainte. Pas du tout; on tremble de nouveau ; les passagers sont-ils au complet?... Ne leur est-il rien arrivé pendant la traversée? Comme c'est nature, comme je me reconnais, lorsque j'attendais mon fils !

Elle ne l'écoutait plus; elle l'avait entraîné au bout de la jetée, du côté du phare, et elle essayait de percer l'horizon.

— Vous ne voyez rien? demanda le capitaine après l'avoir regardée en souriant.

— Rien.

— Il est cependant bien visible maintenant. Tenez là-bas. Non, vous n'y êtes pas, vous regardez dans la direction de la rivière de Caen. Tenez, suivez mon doigt. Vous y êtes... Dans un instant, vous allez bien mieux voir ; le brouillard se dissipe à la marée qui monte; le vent se lève et le chasse les nuages. Ce diable de *Zurich*, avec tout son tremblement de voiles et la bonne brise qui règne au large, est capable d'entrer dans le port aujourd'hui.

— Comment! s'écrit-elle toute tremblante, est-ce que vous avez un doute à ce sujet ?

— Mais oui... s'il manque la marée ; il n'a plus que deux heures devant lui.

— Alors, qu'arriverait-il ?

— Il serait obligé de jeter l'ancre en rade ou de courir des bordées jusqu'à la marée de demain.

— Ah ! mon Dieu !

— Mais rassurez-vous. Tout vous sourit : la brise fraîchit encore ; deux heures suffisent au *Zurich* pour entrer dans le port, et j'aperçois là-bas un grand diable de remorqueur tout prêt à aller le chercher si le vent venait à mollir. Qu'allez-vous faire pendant ces deux heures ?

— Vous le demandez ! Je ne quitte pas la jetée... Que feriez-vous si l'un de vos fils se trouvait à bord de ce navire ?

— J'attendrais.

— Vous voyez bien. Mais c'est trop abuser de vos instants, capitaine ; veuillez reprendre votre liberté et croyez que je vous suis on ne peut plus reconnaissante de tout ce que vous avez fait pour moi depuis ce matin.

— Je vous quitte, madame, mais je ne vous dis pas adieu. Je reviendrai vous rejoindre au moment où le *Zurich* fera son entrée dans le port, et je me mettrai à vos ordres si vous désirez monter à bord.

— Oh ! oui, n'est-ce pas ? Il ne se doute pas de ma présence au Havre et je serai heureuse de le surprendre.

Le vieux marin s'éloigna dans la direction de la rue de Paris, et madame du Hamel resta sur la jetée, les yeux fixés sur le navire, dont la coque élevée et la mâture élégante commençaient à se dessiner nettement.

III

Ainsi que le capitaine d'armement l'avait prévu, le *Zurich* faisait, à dix heures du matin, sans le secours d'aucun remorqueur, son entrée dans le port du Havre.

Rien n'est plus majestueux et plus émouvant en même temps que l'arrivée d'un grand navire qui vient d'accomplir une longue traversée. Les dangers qu'il a courus, les gros temps qu'il a essuyés sont écrits à grands traits dans sa voilure fatiguée et souvent déchirée, sur ses mâts quelquefois brisés, sur sa coque dont les couleurs, si vives au départ, se sont ternies et effacées au continuel battement des vagues.

Aussi la jetée, à l'heure de la marée, est-elle la promenade favorite des habitants du Havre. Dès qu'on apprend en ville qu'un steamer de la Compagnie transatlantique ou qu'un gros navire à voiles vient d'être signalé, chacun se dirige du côté de l'avant-port. Bientôt la jetée, d'ordinaire déserte à marée basse, est aussi animée que la rue de Paris.

Le capitaine, qui, deux heures auparavant, avait laissé madame du Hamel dans une sorte de solitude, eut quelque peine à la trouver, lorsqu'il vint la rejoindre, comme il le lui avait promis.

— Eh bien ! madame, lui dit-il en l'abordant brusquement, vous voilà heureuse ; avant deux minutes votre cher fils va passer devant vous.

— Passera-t-il assez près de moi pour que je puisse l'apercevoir ? demanda-t-elle.

— Certainement. Vous le verrez pendant un instant comme je vous vois.

— Mon Dieu ! dit-elle avec un soupir, le reconnaîtrai-je au milieu de toutes ces personnes qui seront sur le pont ? Il y a si longtemps que je ne l'ai vu ! Il atteignait à peine sa vingtième année lorsqu'il m'a quittée, et il a aujourd'hui plus de vingt-cinq ans.

— Regardez ! dit le capitaine; le *Zurich* a dépassé la jetée, il vient droit sur nous.

Il n'avait pas besoin de lui donner ce conseil; elle regardait de tous ses yeux, avec tout son cœur.

A l'avant du navire quelques matelots obéissant à des ordres que leur transmettait le lieutenant, larguaient le petit foc, d'autres étaient occupés à carguer le grand hunier. Près du mât de misaine, un groupe de passagers de l'entrepont saluaient de la main et du mouchoir des amis qu'ils croyaient reconnaître au loin. Sur la dunette, on apercevait le capitaine, le pilote, le second, le matelot chargé de la barre, une femme en chapeau, toute prête à quitter le bord, deux passagers d'une cinquantaine d'années, et un jeune homme de vingt-cinq ans environ, appuyé contre les haubans d'artimon et fumant un cigare.

Depuis un instant, madame du Hamel, sans force pour se soutenir, avait pris le bras de son compagnon.

Tout à coup, lorsque l'arrière du *Zurich* se trouva juste en face d'elle, elle poussa un cri.

— Vous l'avez reconnu ? demanda le capitaine.

— Oui, oui, le voilà.

Elle désignait le jeune homme appuyé contre les haubans, et, n'ayant plus conscience de l'endroit où elle se trouvait, elle lui faisait des signes avec son mouchoir, elle lui envoyait des baisers à travers l'espace, elle souriait, elle pleurait, elle était folle de bonheur.

Lui, qui croyait sa mère à Paris, ne pouvait se douter que toute cette pantomime fût à son adresse. Du reste, c'était à peine s'il s'en apercevait; les promeneurs de la jetée peuvent distinguer un voyageur isolé sur le navire qui passe; mais, du pont du navire, on n'aperçoit sur la jetée qu'une masse confuse; lorsqu'on répond à un salut, c'est de confiance.

Le *Zurich* avait dépassé la jetée; à l'aide d'une dernière voile et des cordages qu'on lui avait envoyés de terre, il s'avançait doucement, prudemment, vers le bassin de la Douane.

Les promeneurs de la jetée, comme si maintenant la toile était baissée, avaient quitté leur salle de spectacle; ils s'éloignaient dans la direction de la rue de Paris ou bien gagnaient les quais.

Seule, madame du Hamel restait à la même place; le capitaine s'était attendu à la voir suivre le navire en courant; il s'apprêtait à lui donner le bras et à lui éviter tous les obstacles qu'on rencontre sur les quais d'un port de mer. Mais non, immobile, silencieuse, elle regardait toujours droit devant elle : on aurait dit que pour elle seule le *Zurich* était toujours là; elle voyait encore sa large dunette, et, près des haubans, un homme, un seul, son fils. Elle était sous le charme d'une espèce de mirage.

Il crut devoir la rappeler à la réalité.

— Madame, lui dit-il, venez-vous à bord?

Ces mots produisirent un effet magique : c'étaient les seuls qui, en ce moment, pouvaient l'arracher à sa rêverie.

— A bord! Oui, oui, s'écria-t-elle, je le veux bien. Le voir de plus près, l'embrasser, le presser sur mon cœur.

Elle s'était emparée du bras du capitaine d'armement, et elle l'entraînait dans la direction qu'avait prise le *Zurich*.

Lorsqu'ils le rejoignirent, il venait de s'arrêter à la place qui lui avait été provisoirement assignée. Deux grands navires le séparaient encore du quai, mais les ponts de ces navires, sur lesquels on avait aussitôt disposé des planches, le mettaient en communication directe avec la terre.

Déjà, une foule de personnes s'étaient précipitées à l'abordage du nouvel arrivant : des amis et des parents du capitaine, les commis de l'armateur, des gens de police, des douaniers, des garçons d'hôtel et des commissionnaires de toutes sortes, qui venaient se mettre à la disposition des passagers.

Sur le quai, dix cochers faisaient claquer leur fouet, vingt charrettes à bras attendaient, deux cents curieux regardaient. C'étaient des cris, un brouhaha, un désordre inexprimables.

Le capitaine d'armement allait se décider à percer la foule, lorsqu'il lui sembla reconnaître, dans une barque qui s'éloignait du *Zurich* et gagnait le quai, le jeune homme que madame du Hamel avait désigné comme son fils. Dans son empressement bien légitime à quitter le bord après une longue traversée, il avait profité, pour gagner plus vite la terre, d'une des nombreuses embarcations qui accostent un grand navire dès son entrée dans le port.

— Votre fils est probablement marié? demanda le capitaine à sa compagne.

— Non, fit-elle.

— Ah! je croyais; n'est-ce donc pas lui qui vient de notre côté, là-bas, dans cette barque? Tenez, à deux pas d'ici, il y a une dame assise à l'arrière.

Elle s'empressa de regarder et s'écria :

— Oui, oui, c'est lui, le voilà!

Le capitaine fut obligé de la retenir, elle allait commettre quelque imprudence.

— Il accompagne sans doute, continua-t-il, une passagère, aussi pressée que lui de venir à terre.

Madame du Hamel ne l'entendait plus; elle s'était élancée vers un des escaliers du quai que la barque essayait d'accoster.

— Georges! Georges! s'écria-t-elle, c'est moi! je suis là! Viens! viens!

Il leva la tête, regarda, et reconnut sa mère.

Alors il s'élança de la barque, gravit l'escalier avec une vitesse surprenante, et, saisissant dans ses bras la chère femme qui pleurait de joie, il la serra sur son cœur et la couvrit de baisers.

A quelques pas, le vieux capitaine d'armement, immobile, les regardait. Une grosse larme coulait sur sa joue.

— Quand mes fils débarquent, murmurait-il, je suis aussi bête que ces gens-là. Bon ! voilà que je pleure à présent. Allons déjeuner. Elle n'a plus besoin de moi maintenant, et je n'aurai pas l'indiscrétion de me trouver sur mon chemin pour recevoir des remerciments. Est-ce qu'elle songerait à m'en faire, en un pareil moment ?

Et comme l'excellent homme se sentait encore tout attendri, il alluma un cigare, suprême consolation des affligés.

Madame du Hamel et Georges durent bientôt s'arracher des bras l'un de l'autre. Ils comprirent en même temps que le lieu ne convenait pas à ces épanchements et qu'ils seraient mieux dans une chambre d'hôtel pour se regarder et s'embrasser.

— Viens, viens, dit-elle à Georges en essayant de l'entraîner; je suis descendue dans l'hôtel que tu vois en face, l'hôtel de l'Amirauté, nous n'avons que le quai à traverser.

Il allait la suivre : tout à coup une pensée le frappa.

En apercevant sa mère, il avait tout oublié, mais après les premiers élans de tendresse le souvenir lui revenait.

— Va en avant, lui dit-il, je te rejoins dans une minute ; je suis obligé de faire mes adieux à un de mes compagnons de voyage.

Elle obéit sans se dire que les adieux avait dû déjà s'échanger à bord, et qu'en fait de compagnon de voyage la barque ne contenait qu'une femme. Il arriva même ce qu'avait prévu le capitaine d'armement : elle ne songea pas à le chercher dans la foule, pour le remercier d'avoir consacré sa matinée à une étrangère. Elle s'en allait légère et joyeuse, tout entière à celui qu'elle venait de revoir, et se disant :

— Comme il a grandi, comme il est joli homme ; nous ne nous quitterons plus. Nous nous aimerons pour les cinq ans qui viennent de s'écouler !

Dès qu'ils fut seul, au contraire, Georges, d'un regard inquiet, se mit à chercher quelqu'un dans la foule.

Qu'était devenue la personne avec laquelle il avait, quelques instants auparavant, quitté le *Zurich* ?

Il l'aperçut bientôt au milieu des garçons d'hôtel empressés à lui faire des offres de service.

— Pardon, lui dit-il, en courant à elle, c'était ma mère.

— Vous auriez dû me prévenir, au moins, répondit-elle. Si vous croyez que je suis à mon aise au milieu de tous ces gens, dans ce pays que je ne connais pas.

Elle dit ces mots avec une certaine sécheresse, mais un accent créole très prononcé adoucissait la dureté de sa voix.

— Ma chère amie, reprit Georges, pour te prévenir, il eût fallu me douter que ma mère m'attendait au Havre. En la voyant, je n'ai songé qu'à courir l'embrasser. Tu me comprends et tu me pardonnes, j'en suis sûre.

— Ce que je comprends surtout, en ce moment, fit-elle, c'est le besoin d'entrer dans un hôtel et de ne pas rester au milieu de cette place.

— C'est trop juste ! Tiens, voici l'hôtel des Indes ; il a bonne apparence, tu y seras très bien.

— Comment ! j'y serai très bien ? Est-ce que vous n'y demeurerez pas avec moi ?

— Je t'y rejoindrai aussitôt que j'aurai un instant, mais en ce moment je dois me consacrer à ma mère.

Cette phrase n'inspira à la compagne de Georges que cette réponse :

— Ah ! mon Dieu ! comme je m'ennuie déjà dans votre pays. J'ai eu bien tort de vous suivre.

— Je croyais, fit-il un peu piqué, que vous aviez le plus grand désir de voir la France.

— Je me la figurais autrement... La Nouvelle-Orléans est bien plus gaie que le Havre.

— Nous ne resterons pas au Havre, nous partirons bientôt pour Paris.

— Paris, Paris, encore une désillusion peut-être.

En parlant ainsi, ils avaient gagné l'hôtel des Indes qui se trouvait à deux pas de l'hôtel de l'Amirauté. Au moment d'en franchir le seuil, ils furent rejoints par un matelot du *Zurich* ; le capitaine de ce navire leur envoyait dire que leurs bagages venaient d'être transportés en douane ; ils pouvaient aller les réclamer.

— Tu serais bien aimable, ma chère Cora, dit Georges à sa compagne de te charger de ce soin. Voici le bâtiment de la douane ; tu as toutes les clefs.

— Au fait, répliqua-t-elle, c'est aussi amusant que d'aller m'enfermer toute seule dans une chambre d'auberge et j'aurai plus vite mes robes.

— A tout à l'heure, fit Georges, qui s'éloignait dans la direction de l'hôtel de l'Amirauté.

— Quand vous voudrez, lui cria-t-elle.

Cet dernier mot et surtout le ton dont ils furent prononcés firent tressaillir Georges.

Il était peut-être en droit de compter sur plus de tendresse de la part de sa compagne de voyage. Il fut tenté de revenir sur ses pas, pour vaincre cette froideur, expliquer sa conduite, si naturelle cependant, et se faire pardonner, mais ses devoirs de fils le réclamaient ; son amour filial l'emportait, en ce moment, sur tout autre sentiment, quelque vif qu'il pût être.

Il franchit rapidement la distance qui le séparait de l'hôtel de l'Amirauté, se fit indiquer l'appartement de sa mère et courut la rejoindre.

IV

Celle qu'il avait appelée Cora se dirigeait, pendant ce temps, vers le bâtiment de la douane.

Elle allait l'atteindre, lorsqu'un jeune homme de vingt à vingt-trois ans, mis d'une façon irréprochable, portant une rose à sa boutonnière, et tenant une canne légère, l'aborda le chapeau à la main et lui dit :

— Vous me paraissez étrangère, madame ; moi, j'habite le Havre depuis mon enfance et je le connais à ravir. Voulez-vous me permettre de me mettre à vos ordres ? La douane est souvent tracassière, et je puis vous éviter une foule de petits ennuis.

— Mais, monsieur ! fit-elle en levant les yeux sur celui qui lui parlait.

— Vous pouvez accepter mon offre, madame, reprit-il d'un ton qu'il essayait de rendre sérieux, mais où perçait une teinte d'ironie, elle n'a rien que de très respectueux et de très désintéressé. Permettez-moi de me présenter : je m'appelle Victor Mazillier et je suis le fils unique du plus riche armateur du Havre.

Comme elle le regardait plus attentivement, il continua, en agitant sa canne, avec une désinvolture toute parisienne :

— Je passais tout à l'heure sur le quai de la Marine pour me rendre à bord d'un des nombreux navires de mon père, lorsque mon intention a été attirée par l'arrivée du *Zurich*. Les passagers, suivant leur habitude, paraissaient disposés à débarquer au plus vite ; j'ai voulu assister à ce spectacle. Il faut vous dire, madame, que nous autres jeunes gens nous nous ennuyons terrible-

ED. COPPIN.

BISSON COTTARD.

Ses esclaves vont vendre de superbes bouquets dans les maisons particulières.

ment au Havre. C'est une ville insupportable, où l'on ne parle que de sucre, de coton et de café. Moi, je suis Parisien dans l'âme, je n'aime que le boulevard des Italiens, le café Anglais, la maison Dorée. Avez-vous entendu parler de la maison Dorée.

— Quelquefois, fit-elle timidement et en baissant les yeux.

— Je m'en doutais... A la Nouvelle-Orléans, on doit s'entretenir souvent de la maison Dorée.

— Comment! vous savez que je viens?..

— D'où voulez-vous venir? Vous êtes créole de la Louisiane. C'est écrit sur votre visage. Est-ce qu'aucune autre partie de l'Amérique donne le jour à d'aussi jolies femmes?

Ce compliment si banal et si brutalement lancé devait produire une vive impression sur Cora, mais pour un tout autre motif que l'allusion faite à sa beauté.

Peu lui importait qu'on lui rendît hommage : cette beauté n'était-elle pas incontestable, avérée, reconnue de tous ceux qui l'approchaient?

Tout en elle était admirable : des cheveux d'un noir de jais, aux reflets bleuâtres; de longs cils noirs recouvrant des yeux d'une forme un peu allongée, vifs, tendres, passionnés, cruels ou langoureux à volonté, de ces yeux qui parlent et expriment toutes les passions, les plus honnêtes et les plus mauvaises, qui disent : je t'adore, et qui disent : je te hais; timides, noyés de larmes à certains moments, pleins de flammes dans d'autres et toujours voluptueux; un nez incorrect suivant les règles de l'art, mais des plus charmants, aux narines roses dilatées et frémissantes; un fin duvet brun sur des lèvres épaisses, d'un rouge vif, un peu retroussées, toujours prêtes à montrer de petites dents serrées et blanches; et répandu sur ce ravissant visage, le teint mat, la pâleur pour ainsi dire chaude des femmes nées sous les tropiques.

Elle se connaissait depuis longtemps toutes ces perfections ; elle savait aussi qu'elle était aussi bien faite que belle ; ses épaules larges, sa poitrine, ses hanches fortement accusées faisaient admirablement ressortir la finesse et l'onduleuse flexibilité de sa taille. Enfin, elle tenait, du pays où elle était née, des mains et des pieds d'enfant.

Mais si les compliments qui s'adressaient à sa beauté étaient tellement prévus qu'ils avaient dû la laisser insensible, elle avait été agréablement charmée en entendant ces mots prononcés par Victor Mazillier : Vous êtes créole de la Louisiane.

Ceci demande une explication :

En France, on se sert assez légèrement du mot créole et sans bien en connaître la signification.

On l'applique indifféremment à tout habitant, soit de nos colonies des Antilles, soit de Bourbon, de la Louisiane de la Guyane ou même de certaines parties de l'Amérique du Sud. On ne connaît que deux grandes dénominations : le nègre et le créole. Ce qui n'est pas nègre doit être nécessairement créole.

C'est une erreur : pour avoir droit au titre de créole dans les colonies, il faut être né de parents blancs et n'avoir aucun sang mêlé dans les veines. Quelle que soit la blancheur de votre visage, pourrait-il, par la couleur, rivaliser avec le lis, si votre trisaïeul est seulement mulâtre, si, en remontant jusqu'à votre dixième génération, on peut y découvrir quelque quarteronne (fille d'un blanc et d'une mulâtresse), on ne vous appellera plus créole, mais tout simplement homme ou fille de couleur.

Cora, dont nous venons de peindre l'éclatante beauté, dont les cheveux souples et fins et le teint charmant eussent excités l'envie des plus aristocratiques Parisiennes, Cora n'était pas créole, elle était fille de couleur. Tout en haut de son arbre généalogique (si elle en avait eu un) perdu dans le feuillage, en remontant dans la nuit des temps, on aurait certainement découvert quelque face noire aux cheveux crépus. Elle le savait, on l'avait toujours su autour d'elle, on le lui avait fait, depuis sa naissance, cruellement sentir ; et elle devait être au comble du bonheur de se voir, dès son arrivée en France, saluer de ce titre de créole si passionnément désiré.

Cette flatterie fut d'autant mieux accueillie que Victor Mazillier avait cru dire une vérité. En sa qualité de Havrais, il était un peu cosmopolite : il avait eu des rapports constants avec des colons de toutes sortes et de toutes nuances ; à certains signes, imperceptibles pour beaucoup d'autres, il savait admirablement les caser dans la série qui leur convenait ; mais l'idée ne lui serait jamais venue, en voyant Cora, de douter de la pureté de son origine.

Moralement, au contraire, il n'avait commis aucune erreur à son égard ; il avait deviné, avec ce flair de tous les jeunes gens qui ont beaucoup vécu à Paris, que la nouvelle débarquée ne pouvait appartenir à la bonne société ; ne savait-il pas que la jeune Amérique, comme la vieille Europe, a ses femmes déclassées, et que le Nouveau Monde s'offre depuis longtemps le luxe d'avoir son demi-monde ?

— L'échantillon qu'il nous envoie est délicieux, s'était-il dit ; si je me l'appropriais ; pourquoi pas ? Quel succès j'aurais au théâtre avec cette splendide créature ! Tout le Havre serait révolutionné ! On me ferait une ovation au cercle et les journaux de Paris parleraient peut-être de moi ! Quel beau rêve ! Mais son compagnon de voyage ?... Bast ! Aucune passion ne résiste à quarante jours de tête-à-tête en mer. Le moment est favorable, puis j'ai des économies ; au lieu d'aller les dépenser à Paris, je les dépenserai ici. Elles dureront plus longtemps.

C'est dans ces sages idées qu'il avait abordé Cora et qu'il parvint, après quelques efforts, à lui faire accepter ses services auprès de la douane. Il ne s'agissait plus dès lors que d'être utile, agréable, de plaire et de triompher. De nos jours, les jeunes gens et surtout les jeunes gens riches ne sont pas embarrassés pour si peu.

V

Comment Georges du Hamel avait-il été amené à venir en France avec une fille de couleur ? De quelle époque datait leur liaison et comment avait-elle pris naissance ? Telles sont les questions qu'il importe de résoudre.

Le père de Georges, après avoir dissipé à la Bourse, dans différents cercles et sur les champs de course, la dot de sa femme et un capital assez considérable qu'il tenait de sa famille, prit un jour la résolution, au lieu de végéter sur le théâtre de ses anciens exploits, d'aller aux États-Unis essayer de rétablir sa fortune.

L'Amérique n'était pas alors, au point de vue industriel et commercial, usée comme elle l'est aujourd'hui. Il n'était pas rare qu'un homme actif, façonné aux affaires, y créât en quelques années une bonne position. Les Européens jouissaient d'un certain prestige au milieu de ce peuple des plus intelligents, mais encore inexpérimenté sous certains rapports.

M. du Hamel apportait de l'autre côté de l'Océan toute l'ardeur d'un homme pressé d'arriver, désireux de revoir au plus vite son pays, sa femme et son fils, dont il avait été obligé de se séparer ; il courait après la fortune avec des jambes déjà exercées, déjà rompues à la lutte, et il fit si bien, il courut si fort sans prendre garde à la fatigue et aux points de côté, que la fortune épuisée, hors d'haleine, peu habituée à ces façons de vélocipédiste, se laissa, un beau jour, attraper au détour d'un chemin.

Mais cette course échevelée avait duré plusieurs années : M. du Hamel s'était créé des relations, s'était fait des amis ; un jour d'élection on l'avait nommé alderman de la Nouvelle-Orléans ; il avait dans cette ville des attaches de tous côtés ; quelques méchantes langues prétendaient même que, dans un coin de Canal street, sur la limite du quartier français et du quartier américain, il se reposait, le soir, des fatigues de la journée, dans la maison d'une charmante Irlandaise. Enfin, la reconnaissance lui faisait un devoir de ne pas abandonner un pays où tout lui avait souri, pour retourner en France, où il n'était jamais parvenu qu'à dissiper sa fortune. Il se disait bien parfois qu'il avait laissé là-bas, de l'autre côté de l'Océan, une femme jeune encore et un fils, mais dans leur propre intérêt, n'était-il pas préférable qu'il continuât à augmenter une fortune qui devait leur revenir un jour? Il aurait pu, il est vrai, leur écrire de le rejoindre; mais la traversée est pénible de France en Amérique, le climat de la Nouvelle-Orléans est quelquefois funeste aux Européens; son fils faisait son éducation à Paris; ne valait-il pas mieux qu'il l'y terminât et que sa mère restât auprès de lui pour le guider de ses conseils? Toutes ces raisons, que fortifiaient peut-être quelques œillades et quelques sourires de la belle Irlandaise, le décidèrent à s'éterniser dans son exil et à ne pas le faire partager à sa famille.

Cependant un jour, son plan de conduite se trouva modifié par le passage suivant contenu dans une lettre de madame du Hamel :

« Votre fils, écrivait-elle, est un charmant cavalier; il a tenu physiquement tout ce qu'il promettait à votre départ. Il est grand, élancé, d'une vigueur peu commune, grâce aux exercices d'escrime que vous lui recommandiez avec tant de raison dans vos lettres. Moralement, vous en seriez ravi : il est intelligent, bon, affectueux, et il vous aime plus que vous ne le méritez, ingrat! Mais, hélas ! — il y a un mais après toutes choses — j'ai peur pour lui de cette existence parisienne que je ne puis l'empêcher de connaître et dans laquelle il me paraît se plonger avec toute l'ardeur de ses vingt ans et l'exubérance d'une nature trop passionnée. Si le cœur est excellent, la tête est un peu légère, un peu vive, un peu folle.

« Déjà elle l'a exposé à quelques périls qui m'ont donné de vives inquiétudes. L'autre jour, c'était un duel à la suite d'une discussion politique dans un café du quartier Latin. Rassurez-vous, il a blessé son adversaire, mais c'est lui, le pauvre enfant, qui aurait pu être blessé, tué peut-être. Ah! ma main tremble à cette pensée! Ce duel avait fait quelque bruit... Pensez donc, un duel sérieux, à l'épée, entre jeunes gens à peine majeurs! Aussi la justice a-t-elle cru devoir poursuivre notre pauvre Georges. Il en a été quitte pour une légère amende et une admonestation du président. Il est vrai qu'il avait blessé le fils d'un député, et d'un député du gouvernement. Le jeune homme avait soutenu que tout marchait pour le mieux dans le meilleur des empires, et votre fils, qui n'est pas de cet avis, je ne sais pas pourquoi, avait répliqué. Depuis le coup d'épée et l'amende.

« Si c'était tout! mais non, ce duel a mis, paraît-il, Georges en évidence dans le quartier Latin. Ils sont là une foule de jeunes gens, étudiants en droit et en médecine, qui se réunissent tous les soirs, dans des endroits qu'on appelle, je crois, des brasseries, pour s'entretenir de science, d'art, d'économie sociale et politique, ce qui vaut certainement mieux, à mon avis, que de causer chevaux, voitures, actrices, comme les autres jeu-

nes gens. Mais ils ne se bornent pas toujours à causer, ils s'emportent, se querellent et organisent des manifestations, c'est-à-dire, suivant la définition pittoresque de Georges, une façon active de faire part au gouvernement de leur opinion et de s'épancher dans son sein. L'autre jour, il s'agissait d'aller au théâtre de l'Odéon siffler la pièce d'un auteur trop ami du pouvoir, d'après ces messieurs; et comme on ne jure plus dans le quartier que par Georges du Hamel, notre fils était naturellement de la fête. La représentation a été des plus orageuses : on a sifflé, sifflé, tellement sifflé que la police est intervenue; il s'en est suivi des arrestations; Georges s'est vu prendre au collet par un agent; il s'est dégagé en appliquant un coup de poing et un coup de pied à son agresseur. Mais il avait affaire à forte partie, on l'a arrêté et conduit au poste... Jugez quelle nuit j'ai passée : à neuf heures du matin, il n'était pas rentré et je ne savais pas ce qu'il était devenu. J'ai eu toutes les peines du monde à le tirer de là ; il a fallu faire intervenir votre ancien camarade de collège, M. Vernet, qui est devenu substitut du procureur impérial. Grâce à son influence, Georges n'a point passé en police correctionnelle, mais il est maintenant signalé à la préfecture ; il est noté comme une mauvaise tête; on a été jusqu'à me dire que c'était un jeune homme dangereux, — dangereux, lui si bon, si généreux, si charmant !

« Tout cela m'inquiète, mon ami, ma vie s'écoule dans des transes continuelles. Si Georges est en retard d'un quart d'heure pour le déjeuner, je crois qu'il se bat en duel. Si, à dix heures du soir, il n'est pas rentré, mon imagination se monte, ma tête travaille, et je le vois bientôt arrêté et compris dans quelque grave affaire. Je ne m'endors que lorsqu'il m'entoure de ses bras et me dit avec sa voix si tendre : « Adieu, bonne « mère, dors bien, et appelle-moi si tu es souffrante : tu « sais, je suis ton garde-malade, personne autre que « moi n'a le droit de te soigner. Allons, couvre-toi « bien et à demain. Je me propose de faire la pares- « seux, viens me réveiller. »

« Je vous en prie, mon ami, appelez-le près de vous; initiez-le à cette vie américaine que vous dites si belle, essayez de calmer son sang, de refroidir sa tête; faites-en un homme, il n'est encore qu'un enfant.

« Ah! je pleure en vous écrivant cela ; me séparer de de mon Georges qui est toute ma joie, ma vie! Ne plus me promener à son bras, ne plus le savoir dans sa chambre, près de moi, ne plus l'embrasser en me couchant et en me réveillant! Que deviendrai-je? Je ne sais rien. Mais son bonheur avant tout. Ce voyage est nécessaire ; je ne dois pas hésiter.

« En ce moment, je ne vous demande pas de l'accompagner. Toutes les émotions que j'ai éprouvées depuis quelques mois m'ont rendu très souffrante ; je ne pourrais pas supporter une longue traversée ;

« J'attends une réponse, mon ami. Le courage, soyez-en certain, ne me manquera pas au moment de la séparation. »

M. du Hamel, après avoir lu cette lettre, prit la plume et répondit sans hésiter :

« Je suis de votre avis, ma chère amie. Le séjour de Paris offre en ce moment quelque danger pour Georges; envoyez-le-moi au plus vite. Je regrette que l'état de votre santé ne vous permette pas de le suivre, mais, j'espère que vous nous rejoindrez prochainement. »

VI

Au sortir du collège, pendant qu'il faisait son droit, Georges s'était senti entraîné vers la politique. Cette exubérance de jeunesse qui effrayait tant sa mère il l'avait dépensée dans des discussions interminables qui parfois avaient dégénéré en querelles, en rixes et en manifestations peut-être trop extérieures. Mais ce goût pour les choses sérieuses, les grandes idées qui agitent notre époque, les thèses sociales qui devraient intéresser la jeunesse tout entière et dont se préoccupent seulement quelques jeunes gens dans le quartier des écoles, ce goût disons-nous, l'avait préservé de toute dissipation et de folies habituelles.

Le soir, après avoir dîné avec sa mère, il venait retrouver dans leurs tables d'hôte, leurs brasseries ou chez l'un d'eux, quelques amis, étudiants en droit ou en médecine, des purs, comme ils s'appellent entre eux. On allumait des pipes, on se mettait en face d'un bock ou d'un verre de punch et on abordait la question à l'ordre du jour. Les uns attaquaient, les autres défendaient : celui-ci était pour, celui-là contre, et l'on se séparait sans que personne fût parvenu à convaincre son adversaire.

Parfois, on allait finir la soirée à Bullier, et tous comptes faits, les aristocrates de la bande avaient dépensé par tête de deux à trois francs cinquante. Cette existence est aussi saine, aussi hygiénique et peut-être plus économique que de dîner avec des demoiselles, de faire scandale, au théâtre, dans les avant-scènes et de terminer la nuit devant une table de jeu, sans avoir, de toute la journée, échangé une idée, conçu une pensée généreuse.

Une fois en Amérique, Georges dut modifier sa manière de vivre ; les thèses qu'il se plaisait à soutenir en France ne lui offraient aucun intérêt; il ne voyait plus, du reste, aucun adversaire à combattre. Tout le monde partageait ses idées libérales ; il lui arriva même de se trouver en face de gens bien plus avancés que lui et d'être obligé de convenir que le pur du quartier Latin n'était souvent, aux États-Unis, qu'un affreux réactionnaire.

Le terrain de la politique se dérobant sous lui, où pouvait-il porter ses ardeurs juvéniles ? Comment dépenser ses forces vitales ? A quoi s'intéresser et se passionner ? A des entreprises industrielles ou commerciales? Son père le lui livrait-il pas avec succès? Pourquoi venir l'embarrasser de son inexpérience, et, dans des tentatives nouvelles et incertaines, compromettre une fortune péniblement acquise ?

Il était peut-être plus sage de jouir de cette fortune dont son père, heureux de le revoir, lui abandonnerait une bonne part.

Tout entier à ses études, à ses idées, à ses amis et à sa mère, il ne s'était point jusque-là beaucoup amusé. Pourquoi ne s'amuserait-il pas ? Jamais il ne trouverait une meilleure occasion ; la Nouvelle-Orléans, avant la guerre qui vient de la dépeupler et de l'appauvrir, offrait aux gens de plaisirs et aux désœuvrés de grandes séductions. Les jolies femmes surtout semblaient s'y être donné rendez-vous. Au théâtre français, au théâtre américain, sur les promenades, dans les bals publics et les soirées particulières, on rencontrait des splendides Américaines, des Irlandaises admirablement plantées, des créoles délicieuses. Il y en avait pour tous les goûts. Les délicats, les chercheurs d'amour platonique, les aspirants au mariage, ceux qui se contentent de flirter, ceux qui n'admettent pas l'amour vénal étaient certains de trouver dans le monde ou au théâtre un choix charmant de jeunes filles et de jeunes femmes. Ceux, au contraire, dont les goûts étaient moins relevés, qui dans une liaison mettent le cœur de côté et sont trop pratiques pour se livrer à une cour assidue, ceux-là pouvaient rencontrer dans plusieurs maisons de la rue du Bayou, de la rue du Rempart, dans le haut de la rue Saint-Philippe, des Américaines aussi déclassées que jolies et des filles de couleur, mulâtresses ou quarteronnes, supérieures en beauté à toutes les hétaïres les plus en renom chez nous de la Madeleine à la rue Le Pelletier.

Georges du Hamel, lancé, en sa qualité de Parisien, dans la société de la jeunesse créole, qui forme à la Nouvelle-Orléans une sorte de colonie française, fut bientôt présenté dans la meilleure société et dans la plus mauvaise.

Dans l'une, il apporta sa distinction naturelle, le charme de ses manières, sa pétulante jeunesse, tempérée par une excellente éducation ; dans l'autre, toute la fougue de ses vingt ans et toute l'ardeur d'une nature passionnée, contenue jusqu'alors et prête à prendre son essor. L'amour devait être pour lui ce qu'avait été la politique; il devait s'y jeter tête baissée, sans restriction, prêt à tous les dévouements, à tous les sacrifices, mais aussi à tous les excès d'un tempérament nerveux et sanguin, et à toutes les folies d'un cœur tourmenté par des désirs inassouvis.

Cependant, dans les premières années de son séjour à la Nouvelle-Orléans, les folies qu'il put commettre n'eurent aucune conséquence fâcheuse pour son avenir. Ses nombreuses liaisons n'eurent aucune portée : il allait, de ci de là, cueillant un sourire dans le salon, un baiser dans la chambre à coucher; éclectique en amour, il passait indifféremment de la blonde à la brune, de l'Irlandaise à l'Américaine, de la créole à la mulâtresse, sans esprit de parti, et sans afficher aucune doctrine au sujet des nationalités et des nuances.

L'été, sa vie s'écoulait gaiement dans quelques-unes des habitations construites sur les deux rives du Mississipi. Il passait un mois dans l'une, une semaine dans l'autre, toujours bien reçu, toujours fêté, dans le salon des maîtres ou dans la case de quelque jolie esclave.

L'hiver le voyait, dans la journée, sur la promenade qui conduit au lac Ponchartrain, galoppant aux côtés de quelque Américaine ; le soir, emportant dans le tourbillon d'une valse une jeune fille créole ; et, la nuit, occupé à faire de la musique dans un boarding-house (maison meublée) à la mode.

La variété même de ses amours était une sauvegarde pour lui ; et son père, qui le surveillait à distance, n'avait aucune inquiétude à son sujet.

Dans la troisième année de son séjour aux États-Unis, un soir de décembre 18.., Georges allait entrer au théâtre français, dont il était un des fidèles abonnés, lorsqu'une femme qui passa devant lui attira son attention. Il pressa le pas, l'atteignit sous le vestibule du théâtre et fut frappé de sa beauté. Jamais, depuis son arrivée à la Nouvelle-Orléans, il n'avait vu une créature aussi parfaite.

— Ce n'est pas une abonnée, se dit-il, puisque je ne la connais pas : quelle place va-t-elle prendre ? Je la suivrai où elle ira, devrais-je renoncer à mon fauteuil d'orchestre.

Il s'approcha du contrôle en même temps que la dame.

— Je voudrais un fauteuil de galerie, dit-elle timidement à un employé qui se tenait assis sur une estrade.

L'employé, au lieu de prendre l'argent qu'elle lui tendait et de lui donner un billet en échange, la regarda avec attention pendant une seconde ou deux.

— Vous plaisantez, sans doute, fit-il, lorsque son inspection fut terminée.

— Pourquoi ? demanda-t-elle.

— Vous savez bien que vous ne pouvez occuper un fauteuil à la galerie : votre place est au troisième étage dans les loges grillées.

— Mais, Monsieur...

— Ne faites donc pas l'étonnée. Ne suis-je pas ici pour empêcher les gens de couleur de s'introduire frauduleusement aux places réservées aux blancs ? Nous aurions un joli scandale dans la salle, si je ne vous avais pas reconnue. Quoique madame Wideman chante ce soir la *Favorite*, toutes les dames créoles qui ont loué leur loge quitteraient le théâtre et n'y remettraient plus les pieds. Voyons, voulez-vous une troisième loge grillée ?

— Non, fit-elle cette fois avec énergie ; si l'on ne veut pas de moi aux premières places, moi je ne veux pas occuper les dernières. S'il déplaît aux dames créoles de se trouver à mes côtés, il me déplaît à moi de me trouver au milieu de mulâtresse et d'esclaves.

Elle allait se retirer. Georges s'avança.

VII

Les quelques mots qu'il venait d'entendre avaient fait revivre tous ses souvenirs de jeunesse. Ses idées libé-

rales d'autrefois, qui sommeillaient depuis trois ans, venaient de lui remonter au cœur. Le voyageur, l'étranger, le viveur, l'indifférent avaient disparu comme par miracle et l'étudiant du quartier Latin renaissait.

— Pourquoi insultez-vous cette dame ? avait-il dit à l'employé du théâtre.

— Mais, monsieur, je ne l'insulte pas.

— Si. En tout cas, vous lui avez parlé avec une dureté que rien n'excuse. Maintenant, me direz-vous de quel droit vous lui refusez la place qu'elle vous demande ?

— J'ai l'ordre de ne laisser entrer les filles de couleur ni à la galerie, ni aux premières, ni aux deuxièmes loges.

— Mais madame ne peut être fille de couleur, fit Georges, en désignant celle dont il avait pris la défense et derrière laquelle il s'était placé.

— Je vous demande pardon, monsieur, répondit poliment l'employé. Il est possible qu'un Européen s'y trompe, mais moi je ne puis m'y tromper. Il me suffit d'un regard pour reconnaître l'origine de chacun. Du reste, monsieur, vous avez pu le voir, cette dame ne m'a pas contredit. En venant ici, elle espérait que je ne la reconnaîtrais pas, mais lorsque je l'ai reconnue elle n'a pas protesté.

C'était vrai, et maintenant encore, au lieu de se récrier, la personne en question baissait son voile et faisait tous ses efforts pour se retirer.

Georges comprit la fausse position dans laquelle son insistance la mettait. Depuis le commencement de cette discussion, un grand nombre d'habitués du théâtre faisaient cercle autour du contrôle et essayaient de dévisager celle qui causait tout ce tumulte ; elle pouvait être heureuse d'être défendue, mais elle préférait sans doute ne pas rester aux côtés de son défenseur.

Il se retourna vers elle :

— Voulez-vous entrer dans la salle, madame ? lui demanda-t-il.

— Non, monsieur, je l'ai dit, je ne veux pas monter aux troisièmes loges grillées.

— Je ne parle pas des troisièmes loges, je parle de la première galerie. Prenez mon bras, je vais vous y conduire.

— Oh ! oh ! firent plusieurs voix dans la foule.

Georges leva la tête, promena son regard sur les personnes qui l'entouraient :

— Oui, dit-il, je veux protester contre l'usage dont madame est victime en ce moment. Il est barbare, il est ridicule et...

Il ne put achever, son père venait de lui prendre le bras.

— Tais-toi, lui dit-il, tu es insensé. Tu vas te faire de mauvaises affaires ; si tu n'étais pas connu et aimé comme tu l'es, on t'aurait déjà cherché querelle.

— Que m'importe ! fit Georges.

— Il est possible qu'il ne t'importe pas ; mais, à moi, il importe beaucoup. J'ai promis à ta mère de te renvoyer sain et sauf en France. Voyons, sois raisonnable, c'est un préjugé ridicule, absurde, j'en conviens, mais profondément enraciné dans les mœurs du pays. Tu ne peux avoir la prétention de le détruire. Depuis trois ans que tu habites ici, ne le connais-tu pas, n'as-tu pas eu le temps de t'y habituer.

— Oui, je le connaissais, mais par ouï-dire. Certaines places au théâtre français sont interdites aux gens de couleur, m'avait-on répété, et je m'étais contenté de lever les épaules. Aujourd'hui, je me suis trouvé directement aux prises avec ce sot usage, j'ai vu mettre en pratique ce que je n'avais connu jusqu'à présent qu'à l'état de théorie et je me suis indigné.

— Sois indigné tant que tu voudras, mais ne montre pas ton indignation ; en voyage, le premier devoir d'un homme bien élevé est de respecter les usages des pays qu'il parcourt. Allons, viens avec moi ; grâce à mes amis et grâce aux tiens, j'espère que cette affaire n'aura aucune suite fâcheuse.

Georges n'était pas entièrement convaincu ; son sang bouillonnait comme aux jours des manifestations au quartier Latin. Peut-être n'aurait-il pas suivi son père si la personne dont il s'était constitué le champion s'était encore trouvée à ses côtés. Mais elle avait adroitement profité de la diversion apportée à l'affaire par l'arrivée de M. du Hamel ; elle s'était glissée à travers la foule et avait disparu. Le corps du délit, comme on dit, au palais, n'existant plus, Georges prit le bras de son père, pénétra dans la salle et s'assit à l'orchestre, à sa place habituelle.

Madame Wideman, une des meilleures artistes qu'ait possédées la Nouvelle-Orléans, chantait la *Favorite*, et Georges, comme tous les gens nerveux et sanguins, aussi prompt à se calmer qu'à s'enflammer, sentit peu à peu sa tête se rafraîchir et les battements de son cœur diminuer.

A la fin du premier acte, entièrement rafraîchi, pour ainsi dire, par la musique de Dozinetti et la voix de sa principale interprète, il avait oublié la petite scène qui venait d'avoir lieu.

Mais il s'aperçut bientôt qu'elle avait fait une impression plus vive et plus durable sur les personnes de sa connaissance qui se trouvaient dans la salle.

Le bruit s'y était vite répandu qu'un étranger, un Français, Georges du Hamel, avait pris la défense d'une fille de couleur, s'était indigné contre l'usage qui lui interdisait l'entrée des premières places au théâtre, et avait voulu la placer de force à la galerie.

Cette conduite d'un homme auquel la société new-orléanaise avait fait un excellent accueil, et qu'elle avait toujours traité comme un des siens, était jugée on ne peut plus sévèrement. Les amis de Georges essayèrent en vain de le défendre. Les femmes surtout étaient en cette circonstance les plus implacables. Comme cette dame romaine qui sortait du bain devant son esclave, sous le prétexte qu'un esclave n'était pas un homme, les dames créoles n'admettent pas qu'une fille de cou-

leur soit une femme et qu'un homme de la société puisse prendre sa défense. Depuis la terrible guerre à la suite de laquelle l'esclavage a été aboli dans tous les États-Unis, ce préjugé tend à disparaître : les nègres et les mulâtres votent comme les blancs et on est obligé de commencer à les prendre au sérieux. Mais à l'époque dont nous parlons, ce préjugé était dans sa force, et les esprits les plus libéraux ne pouvaient espérer qu'il s'effacerait un jour.

Georges avait trop l'usage du monde pour ne pas s'apercevoir de l'espèce de réprobation dont il était l'objet. Les personnes qu'il avait l'habitude d'aller saluer dans leurs loges, pendant les entr'actes, lui firent le plus froid accueil ; des dames qui occupaient la galerie détournèrent la tête lorsqu'il leur ôta son chapeau, et plusieurs jeunes gens, avec lesquels il avait d'excellents rapports la veille, évitèrent de venir lui serrer la main.

— Que dois-je faire ? dit-il à son père qui l'avait rejoint pendant l'entracte.

— Rien ; attendre que cette mauvaise impression soit passée, et surtout éviter toute espèce de querelle.

— Comment ? Est-ce que tu crois vraiment...

— Je ne crois rien, et cependant, ajouta-t-il, en regardant à quelques pas de lui, cette mauvaise tête de John de B... me paraît bien montée.

Georges chercha aussitôt des yeux celui qu'on venait de lui nommer, et l'aperçut occupé à pérorer dans un groupe de jeunes gens ; leurs regards se croisèrent, et avant que M. du Hamel pût entraîner son fils, John de B... quittant précipitamment le groupe où il se trouvait, rejoignit Georges.

VIII

John de B... avait à la Nouvelle-Orléans une terrible réputation de duelliste. Il se battait à tout propos, pour un regard, pour un mot, pour un geste, parce qu'il avait bien dîné, parce qu'il avait mal dîné, parce que le temps était orageux ou le ciel trop pur. Votre figure lui déplaisait-elle, il venait vous le dire, et si vous gardiez prudemment le silence, il se prétendait insulté et vous envoyait des témoins. Une fois l'affaire décidée, il se montrait du reste d'excellente composition : toutes les armes lui étaient bonnes : le pistolet, l'épée, le fusil, le sabre, la carabine, le revolver. Ses adversaires pouvaient choisir leur terrain : tout convenait à cette homme facile à vivre... de la vie des autres. Il acceptait indifféremment qu'on se battît dans un bois, un champ, une forêt, sur un lac, une rivière ou en pleine mer. C'est lui qui proposa un jour à un de ses adversaires un duel en ballon. Chacun des deux combattants devait s'élever dans un aérostat séparé, emporter une sorte de couleuvrine dans leur nacelle respective, et tirer l'un sur l'autre une fois dans les airs. L'adversaire, on ne sait pourquoi, il avait probablement le caractère mal fait, refusa cette proposition, au grand désespoir de John de B...

Tel était l'homme qui s'avançait avec des intentions

évidemment hostiles vers Georges du Hamel et son père.

— Monsieur... fit-il en s'adressant à Georges lorsqu'il l'eut rejoint.

M. du Hamel voulut intervenir.

— Pardon, mon père, dit Georges avec fermeté; c'est avec moi que monsieur paraît avoir affaire. Je te prie de me laisser lui répondre. Du reste, continua-t-il en se retournant vers John de B... le lieu est peut-être mal choisi pour une explication, et si vous voulez le permettre, nous allons sortir du théâtre.

Il craignait que son père désireux d'empêcher une querelle, n'intervint de nouveau et le rendît ridicule.

— Pourquoi sortir? répliqua John de B... Ce que j'ai à vous dire peut se résumer en deux mots.

— C'est possible. Mais ce que j'ai à vous dire, moi, monsieur, ne peut se résumer, et je vous propose de nouveau de sortir. Je n'écouterai pas un mot de plus ici

— Ah! fit John, alors...

Il allait se porter à une voie de fait; les créoles de la Nouvelle-Orléans ne sont pas des discoureurs : ils vont droit au but. John de B... cherchait évidemment un duel. Le moyen le plus sûr et le plus prompt d'en arriver à ses fins était d'insulter gravement celui qu'il avait choisi pour adversaire. Mais s'il était renommé pour son adresse, Georges l'était pour sa force. Il pouvait prendre fantaisie à ce dernier de commencer par broyer la main qui oserait se lever sur lui et de mettre son adversaire hors l'état de se battre, avant même qu'il n'eût été question d'un duel. Ce n'était pas ce que désirait John de B..., il consentait à tuer, de temps à autre, son homme, mais il ne voulait pas être battu.

— Eh bien! dit-il en se calmant tout à coup, sortons.

— Je vous suis, monsieur, répliqua Georges. Précédez-moi, je vous prie, ajouta-t-il, je vous retrouverai devant le théâtre.

Tandis que John de B... s'éloignait, Georges du Hamel rejoignait son père.

— Tu as pu, lui dit-il, suivre des yeux la scène qui vient d'avoir lieu, et tu as vu que j'avais conservé mon sang-froid. J'espère continuer à être maître de moi, et pour y parvenir je ne cesserai pas un seul instant de songer à ma mère. A cause d'elle, je ferai l'impossible pour éviter une rencontre avec cet enragé. Dans les dispositions où je me trouve, il n'y aurait même, si nous étions en France, aucune inquiétude à concevoir. Mais nous sommes en Amérique; je suis Français, et ma douceur, ma longanimité ne peuvent dépasser certaines limites. Les insultes qu'on vous fait à l'étranger ne sont pas seulement personnelles, elles ont en quelque sorte un caractère national. Au revoir, on m'attend; je te rejoindrai dans un instant; ne sois pas inquiet.

John de B..., en compagnie de quelques jeunes gens, se tenait dans la rue en face du théâtre. Dès qu'il aperçut Georges, il le rejoignit.

Celui-ci ne lui laissa pas le temps de commencer l'entretien.

— Que voulez-vous me dire, monsieur? demanda-t-il d'une voix très calme, en saluant son adversaire.

— Je voulais vous dire que vous avez commis, ce soir, une inconvenance vis-à-vis de tous les créoles de la Nouvelle-Orléans, en prenant la défense d'une fille de couleur et en paraissant vous moquer de nos usages.

— Les créoles de la Nouvelle-Orléans vous ont-ils chargé d'être leur interprète auprès de moi et vous ont-ils choisi pour leur champion?

— J'agis pour mon compte, parce que votre conduite...

— Ma conduite, vous venez de l'apprécier; j'ai commis une inconvenance envers le pays que j'habite. J'en suis désolé attendu que, jusqu'à ce jour, j'ai reçu dans ce pays la plus charmante et la plus cordiale hospitalité.

— Alors, vous faites des excuses?

— A qui? Au pays que j'habite... Mais certainement, puisque j'ai eu le malheur de lui déplaire, dans l'ignorance où je suis de ses usages.

— Et à moi, en faites-vous?

— Quoi?

— Des excuses.

— Mais non; vous m'avez assuré n'être le champion de personne.

— Alors vous vous battez?

— Avec qui?

— Avec moi.

— Pourquoi me battrais-je avec vous? je ne vous ai jamais rien fait et je n'ai rien à vous reprocher.

— Et si je vous insultais?

— Comment vous n'avez aucun motif de m'insulter, je vous considérerais comme un fou, et on ne se bat pas avec les fous.

John de B... ne répondit pas. Il se tourna vers les jeunes gens qu'il avait quittés pour rejoindre Georges et leur cria :

— Messieurs, je vous remercie de vous être mis à ma disposition. Mais ce monsieur ne se bat point, c'est un lâche.

— Vous en avez menti! s'écria Georges, je me bats, et s'élançant sur John de B... il le souffleta.

En général, le premier mouvement de l'homme qui reçoit un soufflet est de se précipiter sur celui qui lui fait cette sanglante injure. John de B... ne bougea pas; seulement, comme plusieurs de ses amis s'étaient avancés vers lui, il leur dit :

— Je le tuerai demain.

C'est évident pour tout le monde; l'arrêt de mort de Georges venait d'être prononcé.

— Qu'as-tu fait, malheureux? lui dit son père en le rejoignant cinq minutes après.

— Ce que tu aurais fait à ma place, si on t'avait dit que tu étais un lâche. Et cependant, je voulais éviter ce duel, je te le jure. Enfin! Te sens-tu le courage de me servir de témoin?

— Il faudra bien que je trouve ce courage, répondit M. du Hamel. Qui saurait mieux que moi défendre tes intérêts, malheureux enfant!

Ils se mirent aussitôt en quête d'une second témoin, malgré l'heure avancée de la soirée.

IX

Le lendemain, à dix heures du matin, les témoins de John de B... et ceux de Georges du Hamel se réunissaient dans un *bar-roum* (sorte de restaurant-café) de la rue d'Orléans.

Comme il ne pouvait venir à l'idée de personne, même du père de Georges, de prétendre arranger cette triste affaire, ces messieurs durent se borner à régler les conditions du combat.

Lequel des deux adversaires avait le choix des armes? Quel était l'insulté? John de B... qui avait reçu un soufflet, ou Georges du Hamel, qui avait été d'abord traité de lâche? Telle était la question qui se présentait en premier lieu, et qui pouvait soulever un conflit.

Elle fut aussitôt tranchée par les témoins de John de B..., déclarant, en son nom, qu'il acceptait l'arme ou les armes de son adversaire, pourvu que le duel qui allait avoir lieu fût un duel à mort.

Dès que ces mots, prévus du reste, furent prononcés, M. du Hamel, en sa qualité de père et de témoin, se récria et protesta : tout fut inutile; les instructions de John de B... étaient des plus précises.

— Eh bien! messieurs, fit-il alors en se levant, le duel n'aura pas lieu et votre ami gardera son soufflet. Que nous importe à nous? On nous appelés lâches, nous avons répliqué en souffletant en public celui qui avait osé nous traiter ainsi. Nous trouvons notre honneur satisfait. Si le vôtre ne l'est pas, s'il souffre, si vous avez besoin de nous pour réparer le dommage qui lui a été causé, soyez plus accommodants, plus faciles dans vos rapports avec nous et ne venez pas nous proposer un duel que l'humanité et nos devoirs de témoins nous obligent de repousser.

— Ces messieurs veulent un duel au premier sang, comme en France, dit assez insolemment un des témoins de John de B...

— Non, monsieur, répliqua M. du Hamel sans se départir de son sang-froid. Les insultes sont trop graves des deux côtés pour qu'on puisse se contenter du duel dont vous parlez. Mais, entre le duel à mort et le duel au premier sang, il en existe un autre : celui qui se termine seulement lorsqu'un des adversaires se trouve hors de combat.

— Eh! messieurs, fit le témoin qui avait déjà pris la parole, le mot « hors de combat » est un mot trop vague; il ne peut nous satisfaire. Une blessure au bras suffit souvent pour empêcher un adversaire de tenir son arme, et alors...

— Alors, monsieur, reprit M. du Hamel, c'est à celui que vous représentez d'être assez adroit pour ne pas atteindre mon fils au bras.

— Soit! il tirera en pleine poitrine.

— Libre à lui et libre à nous, dit le père de Georges, qui ne put s'empêcher de pâlir en entendant cette menace.

Il avait voulu servir de témoin à son fils; mais la tâche était cruelle.

Les quatre témoins discutèrent encore quelques instants, et finirent par décider que le combat aurait lieu, à l'épée, le jour même, dans une sorte de clairière située près du lac Ponchartrain, à deux lieues environ de la Nouvelle-Orléans.

Georges venait de terminer une longue lettre à sa mère, lorsque M. du Hamel le rejoignit.

— Eh bien? demanda-t-il.

— Prépare-toi, nous partons dans une heure.

— Je suis tout préparé.

— As-tu quelques recommandations à me faire?

— Oui, j'ai une prière à t'adresser. Si je suis tué, tu abandonneras les intérêts et les affections que tu peux avoir ici, et tu iras en France rejoindre ma mère. De cette façon le coup sera moins rude pour elle. Tu lui remettras aussi toi-même cette lettre qui contient mes derniers adieux.

— Je te jure de faire ce que tu me demandes; mais tu ne seras pas tué.

— Parbleu! s'écria-t-il, j'y compte bien.

Il passa dans sa chambre, fit un peu de toilette, et une demi-heure après, l'air souriant, la figure calme et reposée, le cigare à la bouche, il rejoignit ses deux témoins dans la voiture qu'ils avaient fait avancer.

On allait donner l'ordre au cocher de partir lorsqu'une négresse qui venait de traverser la rue en courant s'élança à la portière.

— Que voulez-vous? demanda Georges.

— Remettre cette lettre à M. Georges du Hamel.

— C'est moi, donnez.

Il décacheta et lut ces mots pendant que la voiture s'éloignait :

« Mille bons souhaits de la part de celle que vous avez protégée hier et pour laquelle vous vous battez aujourd'hui. »

— Mais sapristi, s'écria Georges presque gaiement, je ne me bats pas pour elle, je me bats pour moi.

Et, passant la lettre à son père :

— A propos, lui demanda-t-il, connais-tu cette femme dont j'ai pris hier la défense et qui m'écrit aujourd'hui? Elle m'a paru fort jolie, mais je l'avoue que mes préoccupations, depuis cette fâcheuse aventure, me l'ont fait complètement oublier.

— On m'a donné ce matin quelques renseignements à son sujet, répondit M. du Hamel.

— Eh bien! communique-les moi.

— Mais...

— Tu trouves le moment mal choisi, cher père, tu as tort. Dans mon propre intérêt, tu dois essayer de me distraire. Si nous gardons le silence, je vais me laisser aller à songer à la France, à ma mère : cela m'impressionnera, et, tu sais, c'est surtout du sang-froid qu'il me faudra dans un instant.

Le combat était commencé.

M. du Hamel se rendit à ce raisonnement, et fit un effort sur lui-même pour vaincre ses propres préoccupations et donner les renseignements demandés.

— La personne en question, dit-il, s'appelle Cora, et elle habite, dans le haut de la rue Saint-Philippe, une maison en bois, d'assez bonne apparence, construite à côté d'un grand jardin tout planté de fleurs. Tu dois voir cela d'ici. Tu as passé par là cinquante fois à cheval.

— Certainement. Je vois à ravir la maison, mais comment n'ai-je jamais vu celle qui l'habite ? Les femmes blanches, à la Nouvelle-Orléans, même les femmes de la société ne se gênent pas de vivre en plein air, à la croisée, ou souvent, le soir, sur le seuil de leur porte ; comment se fait-il qu'une fille de couleur soit invisible et vive comme une recluse ?

— C'est justement parce qu'elle est fille de couleur ; elle a peur que son origine ne l'expose, comme hier, à des affronts, et elle évite, le plus possible, de se montrer en public.

— Elle n'a donc pas pu se décider à accepter les difficultés de sa position ?

— Non; elle est trop jolie, trop distinguée, et surtout trop blanche...

— Comment l'entends-tu ?

— Sans doute; elle se trouve, avec raison, supérieure en beauté et en blancheur à la plupart des femmes de la Nouvelle-Orléans, et elle enrage de la position infime qu'elle occupe. Si elle était franchement bronzée ou cuivrée comme une mulâtresse ou une quarteronne, elle en aurait pris depuis longtemps son parti; mais aucune différence physique ne la séparant des blanches, elle ne s'habituera jamais à la distance morale qui l'empêche de se rapprocher d'elles.

— Comment vit-elle? A-t-elle des amants ? demanda Georges.

— On ne lui en prête aucun, et cela s'explique. Elle n'a qu'un désir au monde : quitter la Nouvelle-Orléans et aller vivre en Europe, où le préjugé dont elle souffre n'existe pas. Pour réaliser ce rêve, il lui faut faire preuve de vertu, inspirer quelque grande passion, et, comme prix de sa défaite, exiger qu'on la conduise en France.

— Ce n'est pas mal raisonné pour une fille de couleur. Et a-t-elle au moins les moyens de vivre en attendant le voyage projeté ?

— Sa mère, qui était une couturière assez habile, lui a laissé la maison et le grand jardin de la rue Saint-Philippe. Elle habite la maison et cultive le jardin, qui lui rapporte de superbes bouquets que ses esclaves vont vendre au marché et dans les maisons particulières.

— Ah ! elle a des esclaves ?

— Parbleu ! et elle se montre d'autant plus dure avec eux qu'elle est elle-même arrière-petite-fille d'esclaves. On assure qu'elle se venge sur ces malheureux, surtout sur deux jolies mulâtresses qu'elle a dernièrement achetées à Memphis, des vexations que les femmes blanches lui font éprouver.

— Et c'est à cause de cette aimable créature que je vais exposer ma vie dans un instant, fit Georges en se penchant à la portière de la voiture pour voir si l'on approchait du lieu choisi pour le rendez-vous.

X

Arrivée au lac de Ponchartrain, la voiture prit une petite route qui longe le lac, et s'arrêta devant une sorte de métairie construite près d'un bois d'orangers. C'était le lieu choisi pour le rendez-vous. Il pouvait être environ cinq heures de l'après-midi.

Georges du Hamel, suivi de ses deux témoins, mit pied à terre.

— Tiens! que font là-bas toutes ces voitures ? demanda-t-il.

Les témoins regardèrent dans la direction qu'il indiquait et aperçurent une trentaine de voitures de toutes formes répandues çà et là sur la route, près de la métairie et dans la clairière voisine; des chevaux de selle, attachés à un bouquet d'arbres et surveillés par des nègres, semblaient attendre leurs cavaliers.

— Est-ce que ton adversaire aurait convié ses amis à ce duel? fit le père de Georges. Mais c'est contre tous les usages, et je vais...

— Attends, dit Georges; ses témoins s'avancent de notre côté. Nous allons savoir à quoi nous en tenir.

Interrogés sur la présence, dans le lieu du rendez-vous, de personnes étrangères à l'affaire, les témoins de John de B... répondirent que plusieurs habitants de la Nouvelle-Orléans avaient, en effet, voulu assister à la rencontre qui allait avoir lieu. On n'avait pu les en empêcher, et, du reste, l'offense ayant été publique, on trouvait tout naturel que la réparation le fût aussi.

M. du Hamel voulut se récrier et protester. Georges l'arrêta.

— Ne perdons pas notre temps, fit-il, en paroles inutiles. Nous ne persuaderons jamais à tous ces gens de se retirer; ils ont fait plusieurs lieues pour voir deux hommes s'égorger; je serais désolé de les priver de ce petit spectacle. Qu'ils viennent, qu'ils s'approchent, et ils sauront comment se bat un Français qu'on a osé traiter de lâche.

Pendant que les deux témoins s'éloignaient pour aller prévenir John de B... qu'on l'attendait, Georges, se tournant vers son père, lui dit avec une certaine animation :

— Je suis ravi de ce petit incident : il m'a fouetté le sang et irrité les nerfs. Je me trouvais trop calme; il me semble que je vais me battre avec plus de vigueur. Tiens ! tiens! ajouta-t-il, les spectateurs s'approchent. En voilà qui descendent de voiture; en voilà d'autres qui débouchent de ce petit bois; ils sont plus nombreux que je ne croyais.

Tout à coup, il prit le bras de son père, en s'écriant :

— Dieu me pardonne! il y a aussi des femmes. Ah! c'est trop fort, on me l'aurait dit que je ne l'aurais pas cru. Des femmes, et des femmes de la société; oui, j'en reconnais plusieurs, assister à un duel ! Décidément, sous bien des rapports, les Américains sont encore à moitié sauvages.

Georges ne se montrait pas ; plusieurs dames créoles de la Nouvelle-Orléans, parmi lesquelles on aurait pu distinguer deux ou trois jeunes filles, avaient osé se rendre sur le terrain choisi pour le duel, comme en France on se rend sur un champ de courses. Elles allaient juger les coups, sonder du regard les blessures, assister certainement à l'agonie d'un des deux combattants.

Et que le lecteur ne croie pas que, pour rendre notre récit plus pittoresque et plus saisissant, nous inventions à plaisir certains détails. Notre imagination n'a rien à faire ici; nous n'avons recours qu'à nos souvenirs personnels. Si nous croyons devoir, pour respecter certaines convenances, changer parfois un nom propre ou l'abréger, s'il nous arrive souvent de déplacer, à dessein, le lieu de la scène, nous pouvons, du moins, affirmer que le fond de notre récit est de la plus scrupuleuse exactitude. Ne serait-on pas coupable d'inventer lorsqu'on peut se borner à raconter ?

Les deux adversaires et leurs quatre témoins, auxquels venait de se joindre un médecin, pénétrèrent dans le petit bois d'orangers dont nous avons parlé, et ne tardèrent pas à y trouver une sorte de clairière, parfaitement disposée pour une rencontre à l'épée.

Peu à peu, pendant que les deux adversaires se mettaient en tenue de combat et les quatre témoins arrêtaient quelques derniers détails, les curieux, qui s'étaient tenus jusqu'alors à une distance convenable, se rapprochèrent en silence et formèrent un cercle autour des principaux acteurs de cette scène.

— Êtes-vous prêts, messieurs ? demanda l'un des témoins de John de B... en s'adressant aux deux adversaires à la fois.

Ils répondirent affirmativement et prirent les épées qu'on leur tendit.

Alors on les plaça vis-à-vis l'un de l'autre, on croisa les fers, et au milieu d'un profond silence, ces mots furent prononcés par les témoins :

— Allez, messieurs !

Le combat était commencé ; la toile venait de se lever pour les spectateurs.

Ils comprirent aussitôt qu'ils allaient assister à une lutte intéressante : les deux adversaires paraissaient d'égale force et doués du plus grand sang-froid.

John de B... commença par attaquer vigoureusement : Georges se contenta de parer, essayant de profiter du moment où son adversaire se mettrait à découvert pour riposter à son tour ; mais celui-ci ne commit aucune faute : son jeu serré, son épée aussi prompte à garantir qu'à attaquer ne permettaient aucune surprise.

Au bout de trois minutes environ, les témoins ordonnèrent de suspendre le combat.

Georges profita de ce moment de repos, pour échanger quelques mots avec son père qui, pâle, silencieux, se tenait à ses côtés, prêt à lui porter secours au besoin.

— Ne tremble pas ainsi, lui dit-il à voix basse, il est de première force, mais je crois connaître son jeu. Je donnerais tout au monde, ajouta-t-il en serrant la main de son père, pour que ce duel ne lui fût pas plus funeste qu'à moi.

Quant à John de B... il échangeait des sourires et des saluts avec les spectateurs, et semblait leur dire : Attendez, je vous demande pardon de n'être encore arrivé à aucun résultat, mais vous ne perdrez pas pour attendre.

Les adversaires reprirent leur place et les fers se croisèrent de nouveau. Cette fois, c'était Georges qui attaquait, et avec tant de vigueur que John de B... fut obligé de rompre.

Il recula ainsi d'une dizaine de pas, puis, au moment où Georges s'attendait à le voir rompre encore, et s'apprêtait à le serrer de plus près, il s'arrêta tout à coup, poussa un cri pour intimider son adversaire et lui porta un coup droit.

Si Georges avait été découvert, c'en était fait de lui.

Mais son bras, qu'il avait eu le temps de replier, lui servit de bouclier ; l'épée perça le bras de part en part.

Dans toute autre affaire, cette blessure aurait pu être qualifiée de blessure heureuse. Elle avait une gravité apparente qui satisfaisait largement l'honneur des intéressés, elle ne mettait point la vie en danger et faisait nécessairement cesser le combat. Mais ici, avec un enragé comme John de B... elle ne servait qu'à établir une disproportion immense dans les forces des deux adversaires.

En effet, lorsque les témoins de Georges déclarèrent que le duel ne pouvait continuer, John de B... répondit par un éclat de rire.

Et comme ils maintenaient ce qu'ils avaient dit :

— Plaisantez-vous, s'écria-t-il, arrêter le duel pour une blessure au bras ! Me contenter d'une égratignure, lorsque je veux sa vie, ce serait curieux !

Et s'adressant à Georges, dont le médecin examinait la blessure :

— Je vous attends, monsieur, lui dit-il, et je compte sur vous.

Le cercle des spectateurs s'était encore resserré autour des combattants. John de B... tenant toujours à la main son épée, dont le sang découlait, alla causer avec ses plus proches voisins.

XI

Au bout d'un instant, les témoins de Georges rejoignirent ceux de John de B...

M. du Hamel prit la parole.

— Messieurs, dit-il, le médecin déclare que mon fils est dans l'impossibilité absolue de tenir une arme. En traversant le bras, l'épée a atteint un nerf : ce qui a déterminé une sorte de paralysie. Nous sommes donc forcés...

Il ne put achever ; John de B... ne tenant aucun compte de l'usage qui interdit aux adversaires de se mêler à l'entretien des témoins, John de B... venait de s'avancer.

— Si votre fils, cria-t-il en s'adressant à M. du Hamel, ne peut se servir de son bras droit, qu'il se serve de son bras gauche et que cela finisse.

Georges avait entendu. A son tour il s'avança et dit à John de B...

— Vous le voulez ?

— Parbleu ! si je le veux... C'est vous qui paraissez ne pas vouloir.

— En effet, ma blessure était assez grave pour suffire à venger votre honneur. Vous ne pensez pas ainsi !... Vous désirez ma vie. Soit ! Prenez-la si vous pouvez.

Il ramassa vivement son épée de la main gauche, et, repoussant les témoins qui voulaient l'arrêter, il se mit en garde.

Le combat ne fut pas aussi disproportionné qu'on pouvait le croire : certains maîtres d'escrime de Paris, prévoyant le cas où leurs élèves se trouveraient l'épée à la main en face d'un gaucher, les habituent à faire indifféremment des armes avec le bras droit et avec le bras gauche. Georges, qui avait été longtemps à leur école, était donc en mesure de lutter avec son adversaire.

Le duel recommença terrible, acharné de part et d'autre. L'animosité de John de B..., la présence de tous ces spectateurs dont quelques-uns par leurs gestes, leur attitude, leurs exclamations, osaient manifester clairement l'intérêt qu'ils portaient à leur compatriote, enfin sa blessure qui le faisait cruellement souffrir, avaient fini par exaspérer Georges du Hamel. Il était décidé, s'il le pouvait, à donner une leçon à ce terrible duelliste, qui avait à se reprocher la mort de plusieurs personnes.

Quant à John de B..., il devait à sa réputation d'adroit tireur d'en finir au plus vite avec cet homme déjà blessé, obligé de se battre de la main gauche.

Mais il s'aperçut bientôt que ce qu'il croyait un désavantage pour son adversaire donnait, au contraire, à celui-ci une grande supériorité. Georges maniait son épée avec une dextérité surprenante, tandis que John de B..., qui ne s'était jamais trouvé en face d'un gaucher, était tout désorienté : son jeu ne produisait plus les mêmes effets, ses coups les mieux ajustés n'arrivaient plus à leur but, et il se trouvait même, depuis un instant, à parer avec moins de facilité ceux qu'on lui portait.

Alors cet homme, doué d'un sang-froid si terrible lorsqu'il se croyait un avantage marqué sur son adversaire, perdit la tête dès qu'il reconnut la supériorité que ce changement de main venait de donner à Georges. Il oublia, en un instant, tous les principes, toutes les règles qui forment la base de l'escrime, et se servit de son épée comme l'aurait fait un commençant.

En même temps, le sentiment de son impuissance et du danger qu'il courait augmentait sa colère. Il poussait des cris furieux et faisait des bonds terribles ; mais chaque fois qu'il se précipitait en avant, il rencontrait l'épée de Georges toujours immobile. En effet, Georges, depuis un instant, dédaignant d'attaquer, se contentait de parer, sans même porter le bras en avant et avec un simple mouvement de main. Tandis que John de B... perdait son sang-froid, le sien lui était revenu, on aurait pu le croire dans une salle d'armes un jour d'assaut.

Il comprit cependant qu'il fallait en finir, et, décidé à ne faire aucune blessure mortelle à son adversaire, il essaya de lui porter quelque coup qui le mettrait enfin hors de combat. Il l'atteignit inutilement au bras, à l'épaule, à la cuisse, l'épée de John de B..., semblait scellée dans sa main ; la douleur était impuissante à l'en arracher. Mais tous ces coups qu'il ne pouvait éviter, cette épée qui semblait prendre son corps pour un large plastron et le boutonnait sans miséricorde, le sang qu'il sentait couler de ses blessures, l'avaient rendu fou ; ses cris n'avaient plus rien d'humain, ses yeux sortaient de leur orbite, il écumait.

Tout à coup, une lueur de raison lui revint ; il retrouva, comme par enchantement, cette habileté à l'escrime qui l'avait rendu si longtemps redoutable ; il lia avec une adresse merveilleuse l'épée de son adversaire et se fendit audacieusement. Mais son bras ne rencontra que le vide, tandis que son corps, violemment jeté en avant, se précipitait pour ainsi dire, de lui-même, sur l'épée de Georges.

Il tomba sans proférer un cri : l'épée avait pénétré dans l'abdomen et s'était fixée dans la colonne vertébrale en traversant la veine cave inférieure.

Les soins du médecin furent inutiles.

Cinq minutes après, John de B... rendait le dernier soupir.

Alors il se fit un grand mouvement parmi les spectateurs de ce drame sanglant. Tous s'approchèrent et voulurent jeter un dernier regard sur cet homme qui avait acquis une si triste célébrité. On se refusait à croire à sa mort. On se demandait si tout à coup il n'allait pas se relever, saisir son épée et se précipiter de nouveau sur son adversaire.

Quoi ! c'était là cet élégant, ce charmant, ce redoutable John de B...!

Il était mort en duel, lui qui avait en quelque sorte vécu de duel si longtemps : un coup d'épée avait suffi pour renverser ce colosse de force et d'adresse.

L'intérêt qu'il inspirait avait-il conduit tous ces spectateurs sur le lieu du combat ? Non, le plus grand nombre obéissait à un sentiment de curiosité et à l'attrait qu'offrent à certaines gens les émotions terribles. D'autres savaient plaire à John de B... en venant admirer son courage et son adresse, et on le redoutait tellement qu'il avait à la Nouvelle-Orléans ses flatteurs et sa cour.

Fut-il regretté, fut-il pleuré de quelques-uns ? c'est possible. Son implacable orgueil, sa beauté, sa jeunesse, ses hauts faits d'armes avaient dû toucher quelques cœurs. Tout porte à le croire, puisque après le combat (chose inouïe et que nous n'oserions affirmer si nous ne l'avions pas vue), plusieurs spectatrices eurent le courage de s'approcher de la place où il était tombé et de tremper leurs mouchoirs dans son sang.

Quant à Georges, sans même vouloir laisser panser son bras tout sanglant, il gagna au plus vite la voiture qui l'avait amené. À l'exception de ses témoins, personne n'osa protester contre ce qui venait de se passer. Devait-on, en Amérique, complimenter un Français d'avoir tué un Américain, et pouvait-on, d'un autre côté, le blâmer de s'être loyalement et généreusement battu ?

Lorsqu'il se trouva dans la voiture, ses nerfs, si longtemps surexcités, se tendirent et cet homme si brave, qui, depuis la veille, n'avait donné aucune marque de faiblesse, fondit en larmes comme un enfant.

— Je l'ai tué ! je l'ai tué ! criait-il dans son désespoir.

— Non, tu ne l'as pas tué, disait son père en lui pro-

nant la main. Tu as tout fait, au contraire, pour l'é-
pargner; c'est lui qui s'est précipité sur ton épée.

— Mais aucun raisonnement ne parvenait à calmer sa
douleur.

— En arrivant à la Nouvelle-Orléans, il avait une
fièvre violente, causée par ses souffrances morales et
physiques.

Il prit le lit et donna, quelque temps de sérieuses inquiétudes à ses amis. Mais sa blessure, qui s'était d'a-
bord envenimée, put se cicatriser; le calme lui revint
peu à peu; sa jeunesse triompha de tous les dangers
qui l'avaient menacé.

— Dès sa première sortie, il trouva sur le seuil de sa
porte la négresse qui lui avait remis un mot de Cora,
au moment où il se rendait sur le terrain.

— Cette fois encore, elle lui tendait une lettre.

— Georges la repoussa. Cette Cora lui était odieuse;
n'était-ce pas à cause d'elle qu'il s'était battu, qu'il avait
été blessé, dangereusement malade, et qu'il avait été conduit à tuer John de B...? Mais la négresse leva sur lui
un regard suppliant et dit : ·

— Si je ne rapporte pas une réponse, ma maîtresse
me battra.

Par pitié, par curiosité, et peut-être parce qu'il se
rappela tout à coup les traits si charmants de Cora, il
prit la lettre et lut ces mots :

« Il faut absolument que je vous parle, de grâce, venez me voir. »

Il réfléchit un instant et dit à la négresse :

— C'est bien, j'irai demain.

XII

Peut-être quelques semaines plus tard Georges n'aurait-il pas même songé à tenir la promesse faite à
Cora.

Les soirées, les spectacles, les bals, les concerts, les
promenades à cheval ou en voiture occupaient alors
tout son temps. Le souvenir de la dernière jeune fille
créole qui avait dansé avec lui, de la belle Américaine
avec laquelle il s'était longuement promené sous les arbres de la place Pontalba, de l'Allemande aux yeux bleus,
aux formes opulentes, qu'il avait conviée, la veille, à
souper dans son logement de garçon; tous ces souvenirs lui auraient sans doute fait oublier qu'il avait promis à une simple fille de couleur de l'aller voir.

Mais depuis plus d'un mois, confiné par ordonnance
du médecin entre les quatre murs de sa chambre, il
n'avait entrevu aucun gracieux visage, et ses meilleurs souvenirs, combattus par la fièvre et la souffrance
chassés par le temps, s'étaient peu à peu évanouis.

La maladie avait en quelque sorte emporté son passé :
il renaissait pour ainsi dire; une autre vie s'ouvrait devant lui.

Il lui semblait que sa nature s'était attendrie; que son
cœur avait des aspirations nouvelles. Depuis son arrivée en Amérique, il n'avait songé qu'à se distraire,

s'amuser, vivre le plus vite possible; maintenant il
avait soif des plaisirs calmes, des joies douces et pures.
Il aurait désiré à ses côtés quelqu'un à qui se dévouer.
L'imagination, la tête, les sens avaient parlé jusque-là,
le cœur maintenant commençait à élever doucement la
voix et à réclamer ses droits.

Dans cette disposition d'esprit, veuf de tous souvenirs vivaces, il ne pouvait aussi s'empêcher de
plaindre cette Cora, cette pauvre fille de couleur à qui
un préjugé barbare avait fait une si triste existence, qui
vivait seule, délaissée, loin du monde quelle aimait, loin
des plaisirs auxquels sa jeunesse et sa beauté semblaient
la convier.

Comme elle, et pour avoir pris trop publiquement
sa défense, il était devenu une sorte de paria. La plupart des salons qu'on lui avait si gracieusement ouverts
autrefois devaient s'être refermés. Les journaux qu'il
avait lus pendant sa convalescence ne lui faisaient-ils
pas un crime, non pas d'avoir tué John de B... (on re-
connaissait qu'il avait essayé d'épargner la vie de son
adversaire), mais d'avoir, par sa conduite, mis John de
B... dans le cas de lui demander raison.

« Si M. Georges du Hamel (disait l'*Abeille de la Nouvelle-Orléans*, feuille rédigée par la jeunesse créole),
n'avait pas oublié ses devoirs envers nous, si, au mépris des lois de l'hospitalité, il ne s'était pas élevé contre nos usages les plus enracinés et les plus respectables
nous n'aurions pas à pleurer aujourd'hui la mort d'un
de nos amis. »

Ainsi, malgré sa conduite généreuse sur le terrain, sa
blessure qui avait mis sa vie en danger, on ne lui avait
point pardonné. Ses amis, ses connaissances s'étaient
éloignés de lui.

Ah! il saurait bien leur faire voir qu'il pouvait se
créer de nouvelles relations, de nouveaux plaisirs! Il ne
retournerait pas immédiatement en France, comme
son père le lui avait conseillé. Ce départ pourrait être
mal interprété et passer pour une fuite. On ne manquerait pas de l'accuser d'avoir voulu échapper à de
justes représailles, d'avoir craint qu'il ne prît fantaisie
à quelque ami de John de B... de venger sa mort. Il
resterait à la Nouvelle-Orléans, y vivrait à sa guise et
braverait l'opinion. On avait été injuste à son égard, il
se montrerait insensible à l'injustice, et, s'il arrivait
quelque jour à ses anciens amis de le rechercher comme
autrefois et de vouloir encore lui faire fête, il repous-
serait toutes les avances et s'éterniserait dans sa solitude.

A côté de ces considérations toutes morales, il en était
d'autres qui le poussaient aussi vers le jardin fleuri de
la rue Saint-Philippe. Depuis que Cora lui avait écrit
pour la seconde fois, il revoyait, par la pensée, cette
splendide créature dont la beauté l'avait un instant
ébloui. Était-ce bien la fille de couleur qu'il avait voulu
protéger? Dans sa vie de dissipation et de plaisirs n'avait-
il pas oublié ses idées généreuses d'autrefois, ses aspirations libérales? N'avait-il pas tout simplement pris la

défense d'une femme jeune et jolie pour se faire remarquer d'elle, pour mériter ses bonnes grâces? Elle paraissait maintenant prête à les lui accorder, à le récompenser de s'être battu pour elle, à lui payer le prix de son sang et de celui qu'il avait versé, pourquoi ne profiterait-il pas de ces bonnes dispositions, de ces marques de sympathie? Elles seraient une compensation à l'hostilité qu'on lui montrait. Son isolement cesserait et il allait peut-être trouver auprès de Cora les nouvelles émotions dont son cœur était avide.

XIII

En effet il les trouva.

Jamais femme n'inspira peut-être une passion aussi subite, et cependant aussi sérieuse et aussi violente. Jamais femme aussi ne fut physiquement plus parfaite et ne se donna plus de peine pour plaire.

La jeunesse et la grâce toute virile de Georges, les charmes d'un esprit enjoué et déjà réfléchi, la conduite qu'il avait tenue à son égard, sa bravoure et sa générosité que tant de spectateurs avaient pu apprécier, enfin, l'espèce de célébrité que son duel lui avait donnée, toutes ces choses réunies parvinrent-elles à la séduire véritablement, aima-t-elle tout d'abord, comme elle fut aimée, sincèrement et sans arrière-pensée?

Ou bien ne fit-elle qu'un adroit calcul?

Crut-elle avoir trouvé dans Georges le seul homme qui pût à la Nouvelle-Orléans braver le préjugé dont elle souffrait, et oser se compromettre pour elle? Vit-elle surtout en lui un étranger qui, dans un temps rapproché, retournerait nécessairement en Europe avec elle et la ferait enfin l'égale de toutes ces femmes blanches qui la méprisaient tant?

Quoi qu'il en soit, pour s'attacher Georges, elle eut recours à toutes les séductions féminines connues... et inconnues jusqu'à ce jour.

Elle commença d'abord la conquête de son cœur, en se faisant souple, aimable, gracieuse, dévouée, sentimentale et tendre. Elle eut des timidités charmantes, des pudeurs virginales, des abandons d'une poésie raffinée. Ses caresses les plus ardentes avaient toute la chasteté des amours légitimes.

Elle se rendait utile, nécessaire, indispensable. Elle lui prodigua ces mille attentions dont une mère, une amante ont seules le secret. Elle se plut à lui faire connaître toutes les joies intimes et pures dont il était sevré depuis trois ans. Elle le choya, le gâta, le berça comme un enfant adoré.

Puis le jour où elle sentit qu'elle était maîtresse absolue de son cœur, qu'elle se l'était attaché par des liens puissants, elle entreprit de conquérir à jamais son imagination et ses sens. Elle chassa tout à coup loin d'elle ses timidités et ses pudeurs devenues inutiles, elle laissa tomber tous ses voiles, et elle étala hardiment sa splendide nudité. Leurs amours devinrent du délire. Elle ne négligea rien pour plaire, ni les coquetteries habiles,

ni les résistances les plus savantes, ni les abandons les plus complets.

Grâce à son exubérante nature, à l'ardeur de son sang, à son imagination exaltée, à cette corruption qui paraît innée chez les filles de couleur et les rend si dangereuses, elle devina, sans les chercher, tous ces raffinements dans l'art d'aimer que l'antiquité nous a légués, et s'en servit comme moyen de séduction.

Et lorsqu'il fut entièrement séduit, énivré, affolé, lorsqu'elle vit qu'il se l'était attaché par des liens indissolubles, qu'il avait perdu conscience de son individualité et de sa force, qu'il était vaincu, dompté, battu, qu'elle pouvait tout désirer, tout ordonner, prétendre à tout, alors, comme sa tâche était remplie, comme elle était maintenant sûre de son avenir, elle reprit possession d'elle-même, fit taire les battements de son cœur, apaisa les bouillonnements de son sang et exerça froidement son empire.

Enfin! la fille de couleur, dédaignée, méprisée, chassée des lieux publics, avait un blanc pour esclave. Un esclave qu'elle pouvait torturer à son aise sans que la police intervînt, à qui, s'il lui prenait fantaisie, elle infligerait des supplices plus horribles que la geôle et les coups de fouet, sur qui elle se vengerait de son abaissement et de sa honte; un esclave que tous les abolitionnistes des États du Nord ne pouvaient affranchir et lui voler.

XIV

Ce que nous avons dit de l'éclatante beauté de Cora, de sa souplesse à jouer tous les rôles avec conviction et un talent hors ligne, de sa science amoureuse poussée aux dernières limites, de cette volonté froide et implacable dont elle était douée et qu'elle savait diriger vers un but unique, explique suffisamment l'empire qu'elle prit, en peu de temps, sur Georges du Hamel.

Nous ne devons pas oublier qu'il n'était alors dans sa vingt-quatrième année, à ce moment de la vie où les passions ont le plus de force, et où l'homme n'a pas encore acquis l'expérience qui aide à les combattre. Il aimait aussi, pour la première fois, avec l'abandon, la confiance d'un cœur excellent et toutes les illusions de la jeunesse.

Cependant, il n'accepta pas tout d'abord sans protestation les exigences qu'on voulut lui imposer: il essaya de résister au despotisme sous lequel il plaisait à Cora de l'écraser. Il eut des colères, des indignations, des révoltes. Peine inutile! efforts impuissants! N'était-il pas asservi depuis longtemps? L'habile conquérante qui l'avait réduit en esclavage n'exerçait sa tyrannie qu'après s'être assurée de sa puissance et de sa force, et avoir constaté que toute rebellion serait aussitôt vaincue.

Pendant les premiers six mois de leur liaison, lorsque Cora n'avait pas encore établi sa domination, qu'elle en jetait seulement les bases et qu'elle essayait de conquérir le cœur de Georges par sa grâce et son inaltérable bonté, il fut étonné plus d'une fois de la façon toute patriarcale dont elle dirigeait sa maison.

N'avait-on pas prétendu qu'elle maltraitait ses esclaves, qu'elle se vengeait sur eux de la position fausse où son origine la plaçait, qu'elle exerçait, particulièrement sa tyrannie sur deux jolies mulâtresses dont le teint olivâtre lui rappelait sans cesse que sa propre aïeule avait possédé les mêmes désavantages physiques ?

Comme on l'avait calomniée ! elle qui parlait à ses serviteurs avec tant de bonté et de douceur.

Tout le monde semblait heureux dans cette jolie habitation de la rue Saint-Philippe. Les mille fleurs du jardin souriaient au soleil et les esclaves à leur maîtresse.

N'avait-on pas été jusqu'à dire que ces deux jeunes mulâtresses, qu'elle était allée acheter elle-même à Memphis dans un marché d'esclaves et qu'elle avait choisies avec un soin extrême, étaient pliées depuis longtemps à toutes ses exigences et destinées à rendre sa solitude moins pénible ?

Ah ! comme on la méconnaissait ! Comme Georges pouvait répondre d'elle !

Un jour, cependant, ils étaient dans le septième mois de leur liaison et dans sa seconde phase, Georges venait d'entrer dans le jardin par la porte donnant sur la rue et se dirigeait vers la maison, lorsqu'il lui sembla entendre des cris.

Il s'arrêta et prêta l'oreille.

Il n'y avait pas à s'y tromper : les cris redoublaient, ils venaient de la maison et c'était une femme qui les poussait.

Sa première pensée fut de se dire qu'il était arrivé un accident à Cora. Il se précipita vers le perron, ouvrit une porte, puis une seconde, et s'arrêta frappé d'étonnement.

Au milieu du salon, pâle, froide, implacable, Cora cinglait, à tour de bras, avec une cravache qu'elle tenait à la main, les épaules d'une de ses mulâtresses ; la jeune fille à genoux sanglotait et poussait des cris déchirants.

— Malheureuse ! que faites-vous ? s'écria Georges indigné.

— Ce qui me plaît, répondit Cora sans se troubler d'être ainsi surprise, et en laissant retomber sa cravache sur les épaules de la mulâtresse.

— Arrêtez ! fit-il en s'élançant.

— Non ; elle a refusé de m'obéir et je l'ai condamnée à recevoir vingt coups de cravache ; elle les recevra.

— Je vous demande grâce pour elle.

— Vous vous y prenez trop tard, fit-elle ; voici le vingtième coup ; elle a son compte.

Et s'adressant à la mulâtresse, elle ajouta :

— Maintenant, va-t'en, si tu recommences, tu sais ce qui t'attend.

Lorsqu'ils furent seuls, Georges, sur lequel cette scène, inattendue et toute nouvelle pour lui, avait fait une vive impression, ne put cacher à Cora sa surprise et son indignation.

— N'est-ce pas mon esclave ? répondit-elle ; n'ai-je pas le droit de la frapper ?

— Non ; vous n'avez pas ce droit. Vous pouvez l'envoyer à la geôle et la faire battre, mais il est interdit, d'après les règlements de police, de la frapper vous-même.

— Êtes-vous un policeman ?

— Non. Mais...

— Alors, mêlez-vous de ce qui vous regarde.

— Comme vous me parlez !...

— Si mon ton ne vous convient pas, rien ne vous force de m'écouter, je ne vous retiens pas.

— Soit ! je pars, fit-il.

Il se dirigea vers la porte avec la pensée qu'elle allait le rappeler.

Elle ne fit pas un geste, ne dit pas un mot.

Il sortit.

Dans la rue, il espéra longtemps qu'elle enverrait courir après lui ; il se retourna plusieurs fois, se croyant appelé : ce fut inutilement.

Il rentra chez lui et attendit une lettre. Rien ; elle ne donna aucun signe d'existence.

A dix heures du soir, il ne put y tenir et prit le chemin de la rue Saint-Philippe.

Il trouva Cora étendue dans un hamac ; là mulâtresse qu'elle avait battue le matin la berçait doucement.

— Ah ! c'est vous ? fit-elle avec indolence, sans même se soulever.

— Cruelle ! s'écria-t-il, comme vous m'avez fait souffrir.

— Pourquoi n'êtes-vous pas revenu plus tôt ?

— J'attendais un mot de vous... J'espérais...

— Vous auriez attendu longtemps. Je ne cède jamais. C'est à moi qu'il faut céder. Vous êtes averti. Dorénavant, lorsque je battrai mes esclaves, vous aurez l'obligeance de me regarder en silence.

— Jamais !

— J'ai bien envie d'essayer. Je parie que vous restez, tellement vous auriez peur de passer une nuit semblable à la journée qui vient de s'écouler. Noun, fit-elle en s'adressant à sa mulâtresse qui écoutait avec terreur, va me chercher ma cravache ; je n'ai pas été content de toi et tu mérites encore une punition.

La malheureuse obéit ; elle savait par suite d'une longue expérience qu'on ne désobéissait pas impunément à Cora.

— Maintenant, continua celle-ci, toujours nonchalamment étendue dans son hamac, mets-toi à genoux.

Puis se tournant vers Georges.

— Allons, partez, lui dit-elle, puisque je vais la battre. Je vous préviens seulement que ma porte vous sera fermée pendant huit jours.

— Je reste, fit-il, mais de grâce, épargnez cette fille.

— Soit ! mais plus d'observations, plus de résistances,

plus de révoltes. Ne dois-tu pas m'obéir ? ajouta-t-elle en se penchant vers lui et en le caressant de son regard le plus langoureux, ne suis-je pas ta maîtresse?

Noun, ravie, alla remettre la cravache à sa place habituelle, et s'empressa de se retirer, de peur qu'il ne prît à sa maîtresse quelque nouvelle fantaisie.

Cette soirée fut d'autant plus charmante que la matinée avait été plus agitée : avec une femme comme Cora, le raccommodement qui suit une brouille est toujours délicieux. Dans l'enivrement du souvenir, Georges ne songea même pas, le lendemain et les jours suivants, à tirer quelque conséquence de ce qu'il avait appris sur Cora.

Plus tard, lorsqu'elle se développa moralement tout entière, lorsqu'il fut obligé de se rendre à l'évidence, et qu'aucune illusion sur son compte ne fut plus possible, il se contenta de murmurer ces mots, prononcés tant de fois par tous les malheureux que la passion domine et qui n'ont plus conscience de leur lâcheté : « Que faire? je ne puis me passer d'elle. »

Bientôt elle prit plaisir à le torturer dans son amour, à le rendre jaloux jusqu'au délire.

Elle n'alla pas jusqu'à le tromper ; elle était trop habile pour commettre une pareille faute. Elle savait que dans l'exercice de la tyrannie il faut savoir s'arrêter à certaines limites. Il est des supplices que l'esclave le plus docile, le plus soumis ne sait pas supporter ; il se redresse tout à coup, un éclair luit dans son regard, qui semblait endormi, il brise ses chaines et frappe son maître.

Si Cora le poussait à bout, si elle osait lui faire subir un de ces affronts qu'un honnête homme ne saurait endurer, Georges pouvait secouer sa lâcheté, fuir la maison de l'infidèle, et, pour ne plus être tenté d'y revenir, quitter brusquement la Nouvelle-Orléans sur un des nombreux navires que l'Amérique envoie tous les jours en Europe.

Alors, elle ne verrait jamais cette France si désirée, qu'il avait promis de lui faire connaître! Elle ne le verrait plus lui-même, et elle l'aimait peut-être.

Mais sans le tromper, elle sut lui inspirer mille craintes, tenir continuellement sa jalousie en éveil. Si elle n'était pas assez coupable pour qu'il conçût la pensée de la quitter, elle mettait assez d'apparences contre elle pour qu'il souffrit sans relâche.

Sa tyrannie, il faut le reconnaître, était des plus franches : si elle se permettait mille coquetteries, elle lui défendait la moindre relation féminine, quelqu'en fût l'innocence.

Un soir, comme ils se promenaient dans la rue d'Orléans et qu'ils étaient arrêtés devant le magasin d'un armurier, elle lui dit tout à coup :

— Achète-moi un révolver.

— Qu'en feras-tu ? demanda-t-il en riant.

— Je te le dirai plus tard. Achète toujours.

Lorsqu'ils furent rentrés dans leur maison de la rue Saint-Philippe, elle chargea son révolver, le mit sur la cheminée, et dit à Georges :

— Cette arme t'est destinée; elle ne me quittera jamais; je l'emporterai en France, et s'il t'arrive jamais de me tromper, je te brûle la cervelle, ajouta-t-elle en riant.

Il jura qu'il ne courait aucun risque et trouva cette plaisanterie des plus originales.

Ce voyage en France, dont il était si souvent question entre eux et qui devait s'effectuer dans les premiers mois de leur liaison, se trouva retardé par une longue maladie que fit M. du Hamel.

Il dut payer à la fièvre jaune le tribut qu'elle prélève tôt ou tard sur les Européens qui se fixent dans certaines parties de l'Amérique.

Elle sévit sur lui avec une violence extrême ; il ne succomba pas aux premières atteintes du mal, mais il ne put jamais se rétablir entièrement.

Il allait s'affaiblissant tous les jours, essayant en vain de lutter contre la langueur qui s'emparait de lui. Au bout d'une lente agonie, il succomba dans les bras de son fils.

Lorsqu'il eut réglé les affaires de son père et se fut entendu avec des hommes de loi au sujet de sa succession, Georges, que rien ne retenait plus en Amérique, que tout rappelait en France, au contraire, s'embarqua sur le *Zurich*, avec Cora.

Dans les deux premiers chapitres de ce récit, nous l'avons vu arriver au Havre et s'enfermer avec sa mère dans une chambre de l'hôtel de l'Amirauté, tandis que Cora, qui avait déjà fait la conquête du fils d'un armateur du Havre, Victor Masilier, se dirigeait avec ce jeune homme vers les bâtiments de la douane.

XV

Victor Mazilier avait fait entrer Cora dans une des salles de la douane, s'était procuré des chaises, et en attendant que sa compagne fût appelée à ouvrir ses malles, il essayait de la distraire et de l'éblouir par sa conversation des plus fantaisistes.

— Ainsi, madame, disait-il de ce petit ton léger et prétentieux qui lui était propre, vous ne faites que traverser le Havre? Permettez-moi de vous le dire : vous avez grand tort. Mon Dieu! je ne suis pas fanatique de ce port de mer qui m'a donné le jour. En dehors de la rue de Paris, de la jetée et des quais qui sont assez animés, c'est une ville de province comme toutes les autres, et j'abhorre la province. Mais vous pourriez y passer je vous l'affirme, une quinzaine de jours sans trop vous déplaire. Nous sommes là une dizaine de jeunes gens de famille qui prendrions un véritable plaisir à vous offrir mille distractions.

— Je n'en doute pas, répondit Cora, en souriant, mais...

— Mais vous préférez vous rendre à Paris. C'est ce que je déplore dans votre propre intérêt. Nous serions au mois de janvier que je vous approuverais; je vous demanderais même la permission de vous quitter pour

Cora avait fini par prendre le bras de Victor Mazilier.

courir chez moi mettre quelques billets de mille francs dans mon portefeuille et ordonner à mon valet de chambre de préparer ma valise.

— Pourquoi faire? demanda-t-elle.

— Pour vous suivre, parbleu! Croyez vous donc qu'après vous avoir vue, je consente à me séparer de vous? C'est impossible.

Elle voulut l'interrompre. Il continua :

— Mais nous sommes au mois de juin, au moment le plus chaud de l'année, et on ne quitte pas le Havre, où nous jouissons, grâce à la mer, d'un climat tempéré, pour se rendre à Paris, qui est une fournaise. Ce serait du dernier mauvais ton. Mes amis du cercle ne me le pardonneraient pas. On dirait ce soir : « Où donc est Mazilier? —Il est parti pour Paris. —Vraiment lui, c'est incroyable; il ne se respecte donc plus; il veut perdre

sa réputation de gentleman. » Voilà les propos qu'on ne craindrait pas de tenir sur mon compte et vous comprenez bien, madame... Au fait j'y songe : dois-je dire madame ou mademoiselle?

— Madame, répondit Cora.

— Et vous le comprenez bien, madame, continua le jeune Mazilier en agitant sa canne, suivant son geste habituel, je ne puis m'exposer à produire une si mauvaise impression.

— Mais, monsieur, je ne vous demande pas de m'accompagner, fit-elle.

— Évidemment, vous ne me le demandez pas. Mais permettez-moi de vous dire que si je voulais vous suivre, je ne ferais pas la sottise de vous consulter. Je prendrais une place au chemin de fer en même temps que vous, je monterais dans le même wagon, je vous offrirais une couverture de voyage que... vous refuseriez, et... A quoi bon dire tout cela? Je ne puis aller en ce moment à Paris, et vous ne devez pas vous y rendre.

— Comment? je ne dois pas... Qui m'en empêchera?

— Vous y renoncerez de vous-même, je vous le jure. Apprenez donc, madame, que Paris n'est pas à Paris au mois de juin, il est aux bains de mer, aux eaux, à la campagne. Une femme charmante comme vous, une femme qui se respecte attend l'hiver pour faire ses premiers pas dans la vie élégante. Qui rencontrerez-vous là-bas? je vous le demande. Des bourgeois, des employés de bureau, des clercs d'avoué. Vous ne saurez à qui parler. Voyons, n'est-ce pas un devoir pour moi de vous renseigner à ce sujet? Vous débarquez d'Amérique; vous ne connaissez pas les usages de notre pays; ma bonne étoile me fait vous rencontrer, je vous trouve charmante, adorable, et...

— Il me semble qu'on m'appelle pour ouvrir mes malles, dit Cora.

— Non, non; ne vous occupez pas de cela, on viendra nous prévenir. Le Havre, continua-t-il avec le même aplomb, en poursuivant son idée et en regardant Cora du coin de l'œil pour se rendre compte de l'effet qu'il allait produire, le Havre est en ce moment aussi rempli, aussi animé que Paris est désert. Oui, je ne crains pas de le dire, les hôtels regorgent de gens élégants et de millionnaires. Tenez, à l'hôtel de l'Europe, où je déjeunais ce matin, il y avait deux membres du Jockey-Club et plusieurs banquiers des plus huppés. On n'en trouverait pas autant du rond-point des Champs-Elysées à la rue Le Peletier. Mais ce qui nous manque ici, voyez-vous, ce sont les jolies femmes. De temps à autre, on en voit une qui prend précipitamment la diligence d'Etretat, le bateau de Trouville ou d'Honfleur, et c'est tout. Aussi sommes-nous disposés à faire toutes les folies de la terre pour...

Il fut heureusement interrompu au beau milieu de cette phrase qui menaçait d'être un peu trop claire. Un employé de la douane venait dire à Cora qu'il ne restait plus que ses bagages à visiter.

Victor Mazilier s'empressa de la suivre. En chemin, il se félicitait de sa perspicacité.

— Je ne m'étais pas trompé, se disait-il; c'est une des nombreuses femmes que l'Amérique nous envoie tous les ans. Elle vient chercher fortune en France. Comme le voyage est cher, et qu'elle avait besoin d'un compagnon de route, elle s'est affublée de quelque brave garçon que ses beaux yeux ont séduit; mais maintenant elle est au port, et une personne bien posée, bien tournée, comme moi par exemple, qui voudrait s'occuper d'elle, aurait grande chance de supplanter le compagnon de voyage.

Ce raisonnement n'était pas absolument faux; il n'était qu'exagéré.

D'abord Cora, avant de quitter la Nouvelle-Orléans, avait vendu sa maison de la rue Saint-Philippe, son jardin, ses esclaves, son vieux nègre, sa négresse, ses deux mulâtresses : elle avait retiré de cette vente une foule de dollars échangés contre de bonnes traites qu'elle portait dans son corsage, et grâce à cette petite fortune, sa conquête n'était pas aussi facile que Victor Mazilier voulait bien le croire.

Puis elle n'était pas décidée à abandonner Georges du Hamel, à qui de mystérieuses attaches la retenaient encore. La plus grande partie de ses plans d'avenir n'était pas, du reste, basée sur la malheureuse passion qu'elle avait su inspirer à ce jeune homme !

Mais elle n'était pas décidée à l'aimer d'une façon exclusive, comme elle l'avait fait à la Nouvelle-Orléans.

La France était pour elle une espèce de terre promise où elle espérait goûter toutes les voluptés. Belle, jeune, séduisante au possible, suffisamment intelligente, corrompue à souhait, sans préjugés, sans scrupules, prête à tous les sacrifices utiles elle pouvait prétendre à tout.

Au soleil couchant, sous les orangers de son jardin, nonchalamment étendu dans son hamac, bercée par une de ses jolies mulâtresses, éventée par l'autre, elle se plaisait à faire de doux rêves, à se voir installée à Paris, la ville de toutes les merveilles, dans un riche appartement aux lambris dorés. Une calèche attelée l'attendait dans la rue pour l'emporter au bois de Boulogne, ce lieu dont s'entretiennent toutes les femmes d'outre-mer et qu'elles osent nous envier, elles qui ont des forêts vierges à leurs portes.

Elle arrivait au bois, emportée par ses chevaux de sang; elle échangeait des saluts et des sourires avec des hommes du monde, avec des femmes riches, des femmes à la mode, des femmes blanches ! Le soir, elle prenait place aux Italiens ou à l'Opéra dans une première loge, elle qui n'avait entrevu jusque-là le spectacle qu'au troisième étage, au fond d'une loge grillée !

Pour réaliser entièrement ce beau rêve, il ne suffisait pas d'être en France, il fallait être riche et arriver à cette sorte de célébrité galante que désirent si avidement certaines femmes.

Aussi les prévenances et les politesses de Victor Mazilier ne l'avaient-elles pas laissée insensible. Dès son premier pas sur le sol de France, dès son premier regard jeté sur la foule, un homme qui paraissait bien élevé, qui se disait riche, s'était empressé d'accourir près d'elle; c'était un début plein de promesse pour l'avenir. Elle s'avouait même que son nouveau compagnon s'exprimait assez bien, et que ses propos méritaient une sérieuse attention.

Paris, disait-il, était désert au mois de juin, il était de mauvais ton d'y habiter. Pourquoi donc Georges voulait-il l'y conduire? Pour l'enfermer sans doute dans quelque petit appartement meublé, profiter de ce qu'elle n'avait aucune connaissance, aucune relation, et l'accabler de son amour. N'était-il pas préférable pour elle de rester quelques semaines au Havre, au grand air, en compagnie du jeune armateur et des aimables capitalistes dont il avait parlé?

XVI

Tout en faisant ses réflexions, Cora livrait ses bagages aux investigations de la douane. Debout à ses côtés, Victor Mazilier plongeait des regards curieux dans la profondeur des malles, que les douaniers, sans tenir compte de ses recommandations, fouillaient avec un entrain et une conscience tout à fait remarquables.

— Diable ! diable ! se disait-il, comme elle a du linge, comme elle est cossue. Sa conquête pourrait présenter quelques difficultés.

Lorsque Cora eut fait visiter ses malles, il fallut bien songer à celles de Georges, puisqu'il l'avait chargée de ce soin, et qu'elle avait ses clefs.

— Ah ! se dit encore Victor Mazilier, l'aspect change. Aux jupons succèdent les gilets, aux robes les habits; ce sont les effets du compagnon de voyage. Voyons s'il est nippé convenablement.

Il se dressa sur la pointe des pieds et regarda au grand déplaisir de Cora, qui essayait inutilement de lui cacher ce spectacle.

— Beaucoup de cravates, continua-t-il, des chemises fines, des mouchoirs brodés, un magnifique nécessaire de toilette, une boîte à gants de chez Tahan ; *il a le sac*. Décidément, il faudra me mettre en frais pour lui succéder. Mais, pour une femme comme celle-là, je suis prêt à tous les sacrifices. Au besoin, je ruinerais mon père.

Lorsque l'inspection de la douane fut terminée, Victor Mazilier, toujours empressé, toujours galant, fit charger les bagages sur une charrette à bras et s'enquit auprès de Cora de son adresse.

— En face, hôtel des Indes, répondit-elle.

Et tandis qu'ils se dirigeaient vers l'hôtel à la suite des bagages, Victor voyait le moment où sa compagne allait lui échapper faisait des efforts désespérés pour la retenir.

— Madame! s'écria-t-il, vous ne me quitterez pas ainsi; vous n'abandonnerez pas le Havre sans au moins l'avoir visité. Après tout ce que je vous ai dit sur Paris, vous n'irez pas l'habiter en ce moment.

Elle se retourna et répondit bravement :

— Vous savez bien que je ne voyage pas seule : vous avez pu vous apercevoir facilement que la moitié de ces malles n'était pas à moi.

Il crut devoir faire l'étonné.

— Vraiment ? dit-il. A qui appartiennent-elles ?

— A une personne qui est venue de la Nouvelle-Orléans avec moi.

— Et elle vous abandonne ainsi, dès votre débarquement, dans un pays que vous ne connaissez pas : elle est donc malade ?

— Elle se porte très bien, au contraire.

— Alors, elle ne vous aime pas ?

— Oh ! si ! murmura-t-elle.

Le ton avec lequel ces deux mots furent prononcés suffit à Victor Mazilier pour se faire une idée de l'état

où se trouvait le cœur de Cora. Il devenait évident pour lui qu'elle n'était plus attachée que par des faibles liens à son compagnon de voyage. Comme il l'avait supposé tout d'abord, deux mois de mer, en continuel tête-à-tête, avaient porté une terrible atteinte à un amour déjà chancelant. Elle était fatiguée, énervée par cet amour trop éloquent sans doute, et elle venait de trahir, le plus clairement du monde, cette fatigue et cet énervement.

— Serait-il indiscret, dit Victor Mazilier, à qui l'aveu échappé à Cora donnait des forces nouvelles, de vous demander le nom de la personne dont nous parlons ?

— A quoi bon ? fit-elle, vous ne pouvez le connaître.

— Il est très probable que je le connais, au contraire. Les navires de mon père vont souvent à la Nouvelle-Orléans, je suis très lié avec les capitaines qui les commandent, et ils me renseignent sur tout ce qui se passe là-bas. Du reste, je vous ferai observer, chère madame, qu'il m'est facile de me procurer la liste des passagers du *Zurich*.

— C'est inutile, dit-elle. Mon compagnon de voyage s'appelle Georges du Hamel.

— Georges du Hamel... attendez donc... je connais çà, Mais oui, je ne me trompe pas... c'est un Français ! On m'a beaucoup parlé de lui... En quelle circonstance ? Il s'agissait d'un duel, si je ne me trompe, et un duel avec... C'est cela, j'y suis... il s'est battu avec un créole de la Nouvelle-Orléans et il l'a tué... Ah ! je le connais... A-t-on assez parlé de lui, ici ! S'est-on assez disputé à son sujet... il a eu tort, disaient les uns ; il a eu raison, soutenaient les autres... Moi, je lui donnais tort, parce qu'un homme du monde, un gentleman, ne se bat pas pour une fille de couleur, n'est-ce pas votre avis ?

— Entièrement, fit audacieusement Cora.

Loin de la blesser, ces paroles de Victor Mazilier étaient une nouvelle flatterie à son adresse. Elles lui prouvaient qu'il n'avait pas le moindre soupçon sur son origine.

Que lui importait à elle-même de dire maintenant du mal des filles de couleur ? Depuis qu'elle avait mis le pied en Europe, elle ne faisait plus partie de cette race maudite.

— Ah ! ah ! reprit Mazilier fils, c'est le fameux Georges du Hamel... Un beau garçon, m'a-t-on dit... mais sans grande élégance, sans... Pardon, fit-il en s'arrêtant, ma franchise m'emporte trop loin, je craindrais de vous déplaire.

— Allez donc, fit-elle en l'encourageant du regard.

Elle venait de renier sa caste, son sang, elle pouvait bien renier son amant.

Ainsi encouragé, Victor continua :

— Georges du Hamel, si je ne me trompe, est le fils d'un monsieur qui, après avoir dissipé sa fortune en France, est allé là-bas faire du commerce. Il vendait un tas de choses, en gros, en détail. Ce qui n'empêchait pas, je le sais bien, qu'il fût reçu dans la société ; on n'a pas de préjugé en Amérique à ce sujet. En France c'est autre chose.

Chacune de ces phrases cachait une perfidie à l'adresse de Georges, et Cora, dont l'amour-propre, toujours blessé depuis son enfance, n'en était que plus vif, faisait son profit de tout ce qu'elle entendait.

— Ah ! vous allez habiter Paris tous les deux, reprenait-il, bravo ! Vous vous logerez sans doute dans un quartier retiré, bien bourgeois. Je vois cela d'ici... Un petit appartement, au quatrième sur la cour, avec une bonne pour tout faire. Vous irez quelquefois au théâtre dans une baignoire, au fond du parterre ou à la galerie. L'été, au lieu de respirer le grand air comme ici, de courir les bains de mer, les eaux, vous vous promènerez quelquefois le dimanche, en seconde sur le chemin de fer d'Auteuil... Ah ! c'est que l'existence est chère à Paris... Il faut vivre de privations lorsqu'on ne jouit pas d'une véritable fortune, et celle de M. du Hamel ne peut être considérable ; j'en devine le chiffre. Il est vrai que vous vous aimez, ajouta-t-il avec un hypocrite soupir.

Cora le regarda et sourit.

On avait depuis longtemps déchargé les bagages, et ils continuaient à causer sur le seuil de l'hôtel.

Dans les dispositions où se trouvait Cora, cette conversation avait pour elle un très grand attrait. Victor Mazilier l'initiait à tous les détails de cette existence de dissipation et de luxe qu'elle désirait tant connaître. Il lui nommait les hommes en renom, les femmes à la mode ; il lui apprenait par quels moyens on peut arriver à tenir, en peu de temps, son rang dans une certaine classe de la société parisienne.

— Le moment est admirablement choisi pour se créer une position, disait-il. Toutes nos anciennes célébrités marchent à grands pas vers une aimable décrépitude. Oh! si, au commencement de l'hiver, vers le mois d'octobre, ajouta-t-il en regardant Cora, une vraie femme, bien plantée, bien développée, une belle brune au regard expressif, à la bouche vermeille, avec ce doux accent étranger que nous aimons tant, faisait ses débuts à Paris, sous le patronage de tous les hommes élégants, bien posés et riches, dont elle aurait pu devenir auparavant l'amie : quel succès, quelle fortune je prédirais à cette femme !

L'habile corrupteur ne tarissait pas, et comme l'heure s'avançait, comme Georges ne revenait pas, Cora, qui craignait de s'ennuyer seule dans son hôtel, avait fini par prendre le bras de Victor Mazilier.

Ils s'en allaient tout en causant, à pied, par la rue de Paris, s'arrêtant devant les magasins, admirant les étoffes, les bijoux. Tout ce verbiage, toutes ces paroles magiques, ce bruit de la rue que depuis six semaines elle n'entendait plus, ce mouvement, cette vie, ces figures nouvelles, la vue de tous ces magasins, l'avaient pour ainsi dire enivrée.

Bientôt elle se sentit fatiguée et dut accepter la voiture que lui offrit son compagnon.

— Je vais vous faire voir la côte d'Ingouville, lui dit-il, c'est merveilleux. Il y a là de charmantes propriétés, occupées par des millionnaires qui ne demandent qu'à manger leurs millions. Je puis vous présenter à tout ce monde-là. Pour vous être agréable que ne ferais-je pas? Vous êtes si charmante. Je vous ai aimée dès que je vous ai aperçue.

— Ne me parlez pas ainsi, je vous le défends, disait-elle, ou je retourne tout de suite à mon hôtel.

Mais il ne changeait ni de ton ni de langage, et la voiture montait lentement la côte d'Ingouville.

XVII

Pendant ce temps, Georges, qui s'était enfin arraché des bras de sa mère, accourait à l'hôtel des Indes, et demandait la dame qui venait de débarquer du *Zurich.*

— Nous l'avons vue partir, lui répondit-on, dans la direction de la rue de Paris, avec le jeune homme qui a fait monter ses bagages dans sa chambre.

— Quel jeune homme? se demanda Georges qui se sentit pâlir; elle m'a dit ne connaître personne en France.

À huit heures du soir, Cora n'était pas encore rentrée et Georges qui s'était fait ouvrir sa chambre, l'attendait toujours.

À deux reprises, ne pouvant tenir en place, impatient, fiévreux, dévoré de jalousie, il était sorti et avait parcouru rapidement les principales rues du Havre. Il ne l'avait aperçue nulle part et était revenu précipitamment avec l'espérance qu'elle était rentrée pendant son absence. Il passait devant le bureau de l'hôtel sans rien demander, montait rapidement l'escalier, ouvrait la porte et d'un regard parcourait la chambre. Rien.

Il se savait attendu par sa mère, et il n'avait pas le courage de la rejoindre.

Que lui aurait-il dit? Aurait-il pu causer avec elle, comme le matin, des cinq années qui venaient de s'écouler, répondre aux mille questions qu'elle ne cessait de lui adresser, l'interroger à son tour, la presser dans ses bras, former des plans d'avenir?

Non; sa pensée n'aurait pas été avec elle. Il n'aurait pas cessé de songer à Cora, de se demander ce qu'elle était devenue. La jalousie ne laisse pas un moment de répit; dès qu'elle a pénétré dans un cœur, elle y règne en souveraine et vous rend insensible à tout ce qui ne se rattache pas directement à la personne aimée.

Que de pensées désolantes, de projets insensés lui traversèrent l'esprit pendant ces quelques heures! Il se voyait déjà trompé, abandonné. Il allait demander raison à ce jeune homme dont le garçon de l'hôtel lui avait parlé ; il se battait avec lui, il le tuait comme il avait autrefois tué John de B...

Ou bien, comme l'existence lui serait insupportable sans Cora, comme il sentait bien qu'il l'aimait éperdûment et qu'il ne pourrait se passer d'elle, il se tuait ; oui, il se tuait sous ses yeux, pour que son sang lui rejaillît au visage.

Il lui arriva aussi de se demander, dans sa folie, s'il ne la tuerait pas. Pourquoi pas? Ils n'étaient pas mariés'; la loi ne lui donnait aucun droit sur elle, mais moralement, n'était-elle pas sa femme? Ne lui appartenait-elle pas? Est-ce que des liens sacrés ne les liaient pas l'un à l'autre? Quoi! elle pourrait lui infliger mille supplices, le torturer sans merci, le faire souffrir comme il souffrait en ce moment, le frapper au cœur, et il n'aurait pas le droit, à son tour de se venger, de la punir, et lui rendre coup pour coup, blessure pour blessure?

— Non, s'écriait-il encore, je ne me vengerai pas! je ne frapperai pas... je la quitterai, je la laisserai seule ici, je partirai ce soir même pour Paris. C'est une misérable! Est-ce que je ne la connais pas depuis longtemps? je ne veux plus la voir! je l'ai assez attendue, je pars!

Il se dirigeait vers la porte, l'ouvrait, descendait un étage et tout à coup remontait précipitamment.

— Non, non, disait-il, il faut que je l'attende pour lui jeter son infamie à la face, pour lui dire qu'elle ne me reverra plus.

Mais, tout à coup, une voiture s'arrêtait sur le quai, à la porte de l'hôtel.

— C'est elle, pensait-il, et sa pâleur diminuait, son cœur battait plus vite.

En une seconde, il avait déjà trouvé mille raisons pour l'excuser, pour lui pardonner.

Il courait à la porte, regardait.

Ce n'était pas elle.

Il recommençait à se promener à travers la chambre.

Par moment, il entendait du bruit dans l'escalier et croyait reconnaître le pas de Cora.

Alors, il prenait le fauteuil, il allumait un cigare et essayait de se composer une figure tranquille, reposée, souriante.

Il ne voulait pas qu'elle devinât les angoisses par lesquelles il avait passé. Il désirait l'interroger avec calme presque avec indifférence, pour qu'elle ignorât l'empire qu'elle exerçait sur lui, et ne fût pas tentée d'en abuser.

Mais la personne qui montait l'escalier ne s'arrêtait pas à la porte; le bruit des pas continuait et se perdait bientôt dans l'éloignement.

Le sourire de Georges s'évanouissait, les couleurs qui lui étaient revenues disparaissaient, et dans un accès de désespoir, épuisé par ces alternatives de crainte et d'espoir, brisé, énervé, il fondait en larmes.

A dix heures, seulement, la porte s'ouvrit et Cora parut.

Pour faire contraste, sans doute, avec la pâleur de Georges, son teint était des plus animés et la rendait encore plus séduisante que d'habitude.

Quelques boucles de cheveux désordonnés s'étaient échappées de sa toque de voyage et tombaient sur son cou. Un charmant sourire s'épanouissait au coin de ses lèvres; il y avait dans sa démarche, ordinairement languissante, quelque chose de déterminé, de réjoui qui faisait plaisir à voir.

Georges ne s'aperçut de rien de tout cela; grave,

triste, sévère, debout près de la cheminée, il attendit que la porte fût refermée sur Cora et dit:

— D'où venez-vous?

— Je viens de dîner, répondit-elle tout joyeusement, et de très bien dîner, ma foi, dans un des premiers restaurants du Havre, chez Léter. Décidément, votre cuisine française me plaît beaucoup; je la préfère à la cuisine américaine.

— Vous avez dîner, seule? demanda-t-il.

— Seule! y pensez-vous! Une femme aller s'installer seule à une table de restaurant, est-ce que c'est l'usage dans votre pays?

— Avec qui dîniez-vous?

— Avec un charmant garçon dont j'ai fait la connaissance ce matin, quelques instants après votre départ. Il est très intelligent, très aimable, et m'a été d'un grand secours toute la journée. Il m'a fait voir les quais, la place de la Comédie, le Musée, la côte d'Ingouville.

Il l'interrompit en lui disant:

— Ainsi, vous croyez qu'en France une femme qui se respecte peut aller se promener toute la journée et dîner au restaurant avec le premier venu?

— Pourquoi pas? demanda-t-elle, en tirant un trousseau de clefs de sa poche et en ouvrant une de ses malles.

— Parce que cela ne se fait pas.

— Il est certain que je n'aurais pas songé, reprit Cora, à accepter les bons offices de ce monsieur, si vous aviez été avec moi. Mais vous me laissez seule, en compagnie de mes malles et des vôtres; vous disparaissez...

— J'étais auprès de ma mère, vous le saviez.

— Que m'importe votre mère! Je n'en étais pas moins seule.

Il réprima un moment de colère et reprit:

— Vous pouviez bien rester seule pour quelques instants: à quatre heures j'étais ici.

— Moi, à quatre heures, fit-elle en souriant d'une façon charmante, je montais en voiture la côte d'Ingouville. On y jouit d'une vue magnifique: si vous ne la connaissez pas, je vous la recommande.

Il ne put se contenir plus longtemps et s'écria:

— Mais, malheureuse! vous ne savez donc pas tout ce que j'ai souffert pendant les heures qui viennent de s'écouler, pendant que vous vous promeniez ainsi en tête-à-tête avec un inconnu?

Elle venait de trouver l'objet qu'elle cherchait depuis un instant; elle le retira de la malle, et, tout en allant le poser sur un meuble, elle dit tranquillement à Georges:

— Je vous en prie, mon cher, ne me recommencez pas en France les mêmes scènes que vous me faisiez en Amérique. Je ne suis plus d'humeur à les supporter. Du reste, il est tard, je viens d'être horriblement couchée pendant six semaines à bord du *Zurich*, ce lit me paraît assez bon et me tend les bras: je vous prie de vouloir bien me permettre de lui rendre sa politesse.

Il garda un instant le silence, se promena de long en large dans la chambre, pour essayer de calmer son sang qui bouillait, et dit enfin à Cora :

— Vous savez que nous partons demain à midi.

— Pour où ? demanda-t-elle.

— Pour Paris.

— Qui est-ce qui a décidé cela ?

— N'a-t-il pas été convenu que nous resterions à peine une journée au Havre ?

— Oui, mais je me figurais une ville maussade, impossible. J'ai trouvé, au contraire, de jolies promenades, des habitants empressés à se mettre à mes ordres, et je suis décidée à rester.

— Je ne puis, répondit-il en faisant un violent effort sur lui-même pour garder son sang-froid, laisser ma mère retourner seule à Paris.

— Eh bien ! reconduisez-la.

— Vous resterez avec votre nouveau compagnon, n'est-ce pas ? s'écria-t-il.

— Pourquoi pas ?

Tant de dureté, tant de cynisme l'avaient révolté ; il était hors de lui.

Terrible, menaçant, il s'avança vers elle.

Sa tête toujours vive, son sang jeune, ardent, échauffé par une longue traversée en mer, étaient de mauvais conseillers et pouvaient le porter à quelque extrémité.

Tout à coup, cependant, ils s'arrêta.

Il venait de se dire qu'une parole imprudente, une menace, un geste, lui aliéneraient à jamais ce cœur, déjà si porté à s'éloigner de lui ; un mouvement irréfléchi suffirait à le séparer pour toujours de cette femme qui était sa vie, cette femme dont il savait, par expérience, ne pouvoir plus se passer.

— Ainsi, dit-il, lorsqu'il fut redevenu maître de lui, vous restez au Havre ?

— Pour le moment, oui.

— Savez-vous si votre séjour s'y prolongera ?

— Je l'ignore ; cela dépendra des amusements qui m'y seront offerts.

— Très bien. Me voilà parfaitement renseigné.

Il réfléchit un instant, sembla prendre une détermination difficile et dit :

— Je vais retrouver ma mère pour lui faire part de mes nouveaux projets.

— Quels projets ?

— Je ne l'accompagne plus à Paris ; je reste au Havre.

— Ah ! fit-elle, vous restez : je ne l'espérais pas ; et quelle raison donnerez-vous à votre mère pour la laisser partir seule ?

— Je ne sais pas. J'y songerai.

— Ce sera bien triste pour elle.

— Ce sera triste aussi pour moi, croyez-le bien. Mais vous m'y contraignez.

— Pas le moins du monde ; conduisez votre mère à Paris, je vous y rejoindrai.

— Non, fit-il, je n'ai pas le courage de vous quitter dans les dispositions d'esprit où vous paraissez vous trouver.

— Libre à vous, et bonsoir, ajouta-t-elle en se disposant à se coucher ; je suis morte de fatigue.

— Bonsoir, répondit-il doucement.

Au moment où il allait atteindre la porte, elle lui dit :

— A propos, est-on en sûreté, en France, dans vos chambres d'hôtel ?

— A peu près.

— C'est que j'ai des valeurs sur moi, vous le savez bien, plus de soixante mille francs de traites sur des banquiers de Paris.

— Si vous avez peur, donnez-les-moi.

— Tenez, dit-elle en lui tendant un petit portefeuille. Vous me rendrez cela demain. Mais j'y songe, ajouta-t-elle, si l'on voulait me voler, je puis me défendre. N'ai-je pas, dans une de mes malles, le revolver que vous m'avez donné ? Faites-moi donc le plaisir de le prendre, là, dans la valise en cuir... c'est cela...et de le placer près de mon lit, sur cette table, à portée de ma main. Très bien, merci.

— Faut-il vous rendre vos traites ?

— Non ; gardez-les puisque vous les avez. Ce revolver, fit-elle en souriant, ne me servira plus qu'à défendre ma personne si elle est attaquée.

Les quelques mots qu'ils venaient d'échanger avaient fait diversion à la scène précédente. Déjà Georges se sentait moins irrité, prêt à pardonner peut-être si elle l'avait voulu.

Il essaya de lui prendre la main, mais elle la mit précipitamment sous sa couverture, en disant :

— Non, non, pas de tendresses. Je m'endors. Bonsoir.

Georges partit désolé.

XVIII

Qu'allait-il dire à sa mère pour lui expliquer sa longue absence ? Comment surtout lui apprendre qu'il restait au Havre ?

Madame du Hamel ne s'était pas couchée ; elle l'attendait à la croisée.

Elle avait été d'abord étonnée de ne pas le voir revenir ; à l'étonnement avait bientôt succédé l'inquiétude depuis le commencement de la soirée, elle était sérieusement alarmée.

— Que t'est-il arrivé ? s'écria-t-elle lorsqu'il l'eut rejointe. Tu me quittes pour un instant et... Ah ! c'est mal, un jour comme celui-ci.

Il allait répondre, donner quelque explication, inventer quelque fable.

Il eut honte de lui mentir.

Puis, si les amants heureux n'ont pas besoin de confident, ceux qui souffrent, ceux dont le cœur est brisé sont, en quelque sorte, contraints de crier leur douleur ; ils ne peuvent la taire, elle les étoufferait.

Madame du Hamel avait toujours été une amie pour son fils ; il lui avait fait ses confidences d'enfant ; plus

tard, dans ce langage si charmant inventé par les fils
pour causer de toutes choses avec leur mère, sans blesser
aucune de leurs délicatesses, il lui avait dit tous ses secrets
de jeune homme. Pourquoi, malgré les cinq années qui
venaient de s'écouler, ne reprendraient-ils pas leur vie
où ils l'avaient laissée? Pourquoi l'homme fait serait-il
moins expansif que l'adolescent?

— Ne m'interroge pas, dit Georges en se laissant
tomber sur une chaise, je ne sais que te répondre. Je
suis bien malheureux, va!

Elle s'avança vers lui, et, lui prenant les deux mains,
le regardant dans les yeux, elle lui dit.

— Qu'as-tu, mon enfant?

Et comme il hésitait encore à répondre :

— Ne suis-je plus ton amie, ta sœur? fit-elle. As-tu
donc oublié nos longues conversations d'autrefois?
Crains-tu mes remontrances? Je n'ai jamais su te donner que des conseils, mon enfant... Parle, parle sans
crainte, tes douleurs m'appartiennent. Dis-moi tout, je
saurai tout entendre.

Il lui obéit. Il lui raconta toute sa vie à la Nouvelle-
Orléans, depuis son terrible duel avec John de B... Il
lui dit comment il avait été amené à se lier avec Cora :
en quelques mots il la dépeignit physiquement et moralement.

Il la connaissait bien ; depuis longtemps il ne se faisait plus d'illusions sur son compte ; le portrait qu'il en
traça fut des plus ressemblants. Il dit ensuite comment
il avait été forcé de l'emmener en France, de quelle façon il s'était comporté pendant la traversée ; ses coquetteries avec des passagers et les officiers du bord ; enfin,
la légèreté de sa conduite depuis son arrivée au Havre.

— Ah! s'écria-t-il lorsqu'il eut fini ce long récit,
je la méprise et je l'aime! je la hais et je l'adore. Tu
ne peux me comprendre, ma mère; les honnêtes gens
n'admettront jamais de tels sentiments et cependant ils
existent, puisque je les éprouve; tu ne peux te figurer
l'empire que cette femme a pris sur ma raison, sur mon
cœur! Mon père, au moment de mourir, m'a fait pro-
mettre que je ne l'amènerais pas en France. Eh bien! je
l'ai amenée, j'ai manqué au plus sacré des serments !...
Crois-tu maintenant à mon amour pour elle? Et elle ne
m'aime pas! Non. J'avais encore conservé quelques illusions... elles se sont dissipées aujourd'hui... Ah!
comme elle serait heureuse de me voir partir pour Paris, de rester seule ici.

Elle l'interrompit en s'écriant :

— Quoi! tu ne pars pas demain avec moi?

Il la prit dans ses bras, la couvrit de baisers et lui
dit :

— Ah! c'est mal, c'est bien mal, je le sais. A peine
t'ai-je retrouvée, songer à me séparer de toi; mais si je
pars, si je la laisse seule ici encore un seul jour, on me
la prend, on me la vole, elle est si belle! Laisse-moi
défendre mon bien, laisse-moi la conduire à Paris, peut-
être tout n'est-il pas perdu, peut-être y a-t-il encore au
fond de son cœur un reste d'affection pour moi... Je

m'exagère peut-être ses défauts, vois-tu... Puis là-bas, à
Paris, lorsque je serai près de toi, lorsque j'aurai repris
mes chères habitudes d'autrefois, je trouverai plus de
force pour la quitter... Ici, c'est impossible! Ne me demande pas cela.

— Ah! malheureux enfant! fit-elle, je te le demanderais à mains jointes, je te le demanderais à genoux, si je
pouvais espérer que mes prières, mes larmes te touche-
raient. Que ne ferais-je pas pour t'arracher au danger
que tu cours? Tu es perdu, entends-tu, perdu, ajouta-t-
elle tout à coup, si tu ne parviens pas à vaincre cette
fatale passion?

— Je la vaincrai, ma mère, je te le jure.

— Alors je ne pars pas, je reste avec toi ; je veux te
donner des forces contre toi-même. Mes supplications
finiront par te toucher; tu reviendras à ta mère. Tu ne
m'as pas été rendu pour que je te perde.

Ils causèrent longtemps encore ; le jour commençait
à paraître lorsqu'ils se quittèrent pour prendre un peu
de repos.

XIX

Le lendemain, à neuf heures du matin, Georges entrait
dans la chambre de sa mère.

Madame du Hamel était déjà levée.

— Moi, qui espérais te réveiller, comme autrefois, lui
dit-il en l'embrassant.

Elle ne voulut pas lui avouer qu'elle n'avait pas fermé
l'œil de la nuit, et lui répondit.

— Comme je serais heureuse, ce matin, sans toutes tes
affreuses confidences d'hier soir!

— Ne t'alarme pas! chère mère, répondit-il. Peut-être
le danger n'est-il pas si grand. J'étais malade hier, à
moitié fou. Ce matin, je me sens mieux, je vois les choses plus froidement et je suis moins inquiet.

— Tu espères encore qu'elle t'aime, tu crois pouvoir
la ramener à toi?

— Pas le moins du monde. J'espère tout simplement,
grâce à ta tendresse, et un peu à ma raison, parvenir à
me passer d'elle.

— Oh! mon Dieu! si tu disais vrai!

— Cette nuit, après t'avoir quittée, j'ai repassé ma
vie avec cette femme depuis deux ans. A l'exception
peut-être des six premiers mois, cette existence a été
un véritable martyre. Je ne sais pas où j'ai trouvé la
force ou plutôt la faiblesse de supporter tout ce qu'elle
m'a fait. Si je ne prends pas une résolution énergique, je
cours, comme tu le disais hier, un véritable danger : dans
un moment de colère, d'exaltation, je suis capable, je le
sens bien, de me porter à quelque extrémité.

— Que dis-tu?

— N'aie pas d'inquiétude; je raisonne froidement mon
état; je suis donc maintenant hors de danger.

— Alors, nous partons aujourd'hui? demanda-t-elle;
ce matin même?

— Non, pas ce matin; mais peut-être ce soir.

— Prends garde de faillir dans cette journée ! s'écriat-elle.

— Non ; sois tranquille.

— Je t'en prie, fit-elle, comme si une sorte de pressentiment la tourmentait, partons à midi comme nous en avions l'intention ; ne la revois pas !

— C'est impossible, chère mère, j'ai, d'abord, à lui remettre des valeurs importantes que je ne saurais confier à personne. Puis je veux la voir, lui parler, lui dire que décidément elle n'ait plus à compter sur moi.

— Ah ! tu espères encore. Tu crois que tes discours la feront réfléchir.

— Je te jure que non. Mon parti est bien pris. Donne-moi encore cette journée, et demain je suis tout à toi. Ton fils te sera rendu.

Lorsqu'il la quitta, il l'avait presque rassurée : il paraissait si calme, si persuadé de la nécessité d'une rupture, si décidé à la provoquer.

— Reviens vite, fit-elle en le conduisant jusque sur l'escalier de l'hôtel, tu me l'as promis.

— Je te le jure. Tu me verras dans le courant de la journée. Je l'aime, bonne mère, ajouta-t-il en lui envoyant de la main un baiser.

Il était de bonne foi : décidé à briser sa chaîne, à devenir libre enfin.

C'est dans ces excellentes dispositions qu'il frappait, quelques minutes après, à la porte de Cora.

— Entrez, dit une voix.

Il entra.

Cora, en toilette, malgré l'heure matinale, s'apprêtait à sortir.

Elle était délicieusement habillée, non pas peut-être à la dernière mode parisienne, mais avec un goût exquis.

L'excellente nuit qu'elle venait de passer avait reposé son teint, rendu à ses yeux leur expression langoureuse, rougi ses lèvres, dont les fatigues d'une longue traversée avaient un peu diminué l'éclat.

Sa robe faisait admirablement ressortir l'élégance de sa taille, le développement de ses hanches ; un corsage très échancré laissait deviner les richesses de la poitrine ; au travers d'une gaze légère qu'elle n'avait encore recouverte d'aucun mantelet, on apercevait des épaules d'un modelé parfait ; de petites bottines neuves, en étoffe, à talons durs hauts, chaussaient un véritable pied créole, petit, élégant, cambré.

Jamais Georges ne l'avait trouvée si jolie, si complète. A la nouvelle-Orléans, elle sortait fort peu et passait presque toutes ses journées en robes *volantes*, espèce de grandes robes de chambre flottantes en usage dans le pays. En mer, elle avait nécessairement fait un peu de toilette ; la veille, pour le débarquement, elle était en déshabillé. Aussi se révélait-elle, pour ainsi dire, à Georges sous un nouveau jour.

— Vous sortiez ? lui demanda-t-il après l'avoir un instant contemplée.

— Vous le voyez, répondit-elle en achevant de s'habiller. Je ne me serais pas faite aussi belle pour rester dans cette chambre d'hôtel.

— Serait-ce indiscret de vous demander où vous allez ?

— Je voudrais vous le dire. Mais je n'en sais rien. On m'a parlé de me faire visiter plusieurs grands navires.

— Il ne vous est pas venu à l'idée de vous dire, reprit-il, qu'il était plus naturel de vous promener avec moi qu'avec d'autres personnes ?

— Non ; il eût fallu vous arracher à la société de votre mère, et je respecte la famille.

— Ma mère m'a rendu ma liberté pour toute la journée : voulez-vous de moi ?

— Vous me prévenez trop tard. J'ai pris des engagements ; j'en suis désolée.

Il sentit qu'il allait s'emporter, manquer aux promesses qu'il s'était faites ; il se tut et se contenta de regarder Cora. C'était peut-être la dernière fois qu'il la voyait : décidément il ne pouvait, sans faire l'abandon de toute dignité, accepter le rôle qu'elle lui imposait, tolérer la vie indépendante qu'elle prétendait mener, au mépris des plus simples convenances.

Sans même se préoccuper de l'impression qu'elle produisait, Cora avait jeté une mantille sur ses épaules, mis des gants de Suède, pris une ombrelle, et se dirigeant d'un air délibéré vers la porte :

— Au revoir, fit-elle à Georges.

Il eut une sorte d'éblouissement et fit un pas pour l'empêcher de sortir.

Mais s'arrêtant tout à coup et levant les épaules :

— Bast ! se dit-il, elle ne vaut pas la peine que je lutte contre elle.

Il la laissa s'éloigner, descendit tranquillement l'escalier, sans même songer à savoir de quel côté elle se dirigeait.

Que lui importait ? C'était décidément bien fini ! Ils en étaient arrivés tout doucement, sans cris, sans colère, sans récriminations inutiles, sans même aucune explication, à une rupture définitive.

Elle allait son côté, lui du sien.

Depuis deux ans, jamais il ne s'était senti si léger, si joyeux, si dégagé de toute préoccupation et de tout souci. Enfin, il était libre ! Plus de chaînes, plus d'esclavage, plus de tortures. Il lui semblait qu'on venait de débarrasser son cœur d'un poids énorme.

Il se dirigeait gaiement, d'un pas régulier, vers la jetée.

Tout à coup, il entendit sonner l'heure à l'horloge de la place du Musée.

— Si c'est seulement onze heures qui sonnent, se dit-il, j'ai encore le temps de m'élancer dans une voiture, de prendre ma mère à l'hôtel, et de partir pour Paris par express de midi.

Au onzième coup, l'horloge devint silencieuse.

Il se dirigea précipitamment vers une voiture qui stationnait sur le quai.

Je te tuerai si jamais tu me trompes.

Au moment où il allait l'atteindre, il se rappela tout à coup qu'il avait oublié de rendre à Cora les valeurs qu'elle lui avait confiées la veille. Il était imprudent de laisser ce dépôt à l'hôtel; en tous cas, cela lui prendrait du temps, et il manquerait le train.

— Je partirai ce soir, fit-il; rien ne me presse. Je vais aller rejoindre ma mère à l'hôtel et la promener. Pauvre chère femme, comme elle sera heureuse de me voir! Elle doute de ma sagesse, elle a bien tort. Si elle savait comme j'ai déjà chassé de mon cœur jusqu'au souvenir de cette Cora. Je ne la hais même pas ; je ne la méprise même plus : elle m'est indifférente.

Il venait de prendre la rue de Paris, afin de rejoindre l'hôtel de l'Amirauté par une rue transversale.

Au moment où il passait près d'un marchand de comestibles qui tient en même temps un restaurant très apprécié de quelques habitants du Havre, il entendit des éclats de rire et leva la tête.

Cora était accoudée sur la balustrade d'une croisée du premier étage ; derrière elle, et s'appuyant en quelque sorte sur son épaule, on apercevait un jeune homme de vingt à vingt-cinq ans environ, à la tournure élégante et le cigare aux lèvres.

Dans le fond du cabinet apparaissaient quatre ou cinq autres jeunes gens.

A cette vue, Georges se sentit pâlir et chanceler.

La parfaite indifférence qu'il affichait un instant auparavant pour Cora s'évanouit tout à coup. Ses belles résolutions l'abandonnèrent. Une jalousie terrible venait de le mordre au cœur.

XX

Ainsi elle était là, dans un restaurant, en compagnie de jeunes gens qu'elle ne connaissait pas la veille. L'un d'eux murmurait à son oreille de doux propos, la regardait effrontément, osait lui presser sa taille, et dans le fond du cabinet, d'autres convives étaient sans doute tout prêts à remplacer leur ami auprès d'elle et à poser, à leur tour, leur candidature.

Et cette femme il l'avait aimée deux ans, il l'avait adorée. A cause d'elle, il s'était aliéné toute cette société américaine dont il n'avait eu si longtemps qu'à se louer, il avait exposé sa vie dans un duel terrible; à cause d'elle, il avait tué un homme.

C'était cette femme à laquelle il avait souvent rêvé de consacrer sa vie entière, qui, là, sous ses yeux, aux yeux de tout le monde, osait s'afficher de la sorte.

Avait-elle bien le droit d'agir ainsi? Devait-il tolérer une telle conduite? Dans la traversée qu'ils venaient de faire, auprès du capitaine et de l'équipage du *Zurich*, elle passait pour sa femme; on l'appelait madame du Hamel. Il avait débarqué avec elle; leurs bagages étaient encore dans la même chambre; mille liens les unissaient. Quel rôle jouait-il donc? Quelle opinion tous ces jeunes gens auraient-ils de lui? Quoi! il laissait sa maîtresse courir ainsi à sa guise, il la leur abandonnait, il la leur livrait! On pouvait supposer qu'il s'entendait avec lui pour jouir de cette liberté; au lieu de dire qu'il était faible, qu'il était lâche, qu'il était ridicule, on pouvait l'accuser d'infamie!

Non! il devait protester contre cette odieuse conduite, devant tous ces jeunes gens dire son fait à cette femme, l'obliger à reprendre son bras et à rentrer avec lui à l'hôtel. Ensuite, il lui annoncerait qu'il la quittait, il partirait pour Paris, il lui rendrait sa liberté; mais tant qu'il serait au Havre, tant que leur rupture définitive n'aurait pas lieu, l'honneur lui ordonnait de réclamer ses droits et de les faire respecter.

En une seconde, sa résolution fut prise : il allait entrer dans le restaurant et demander Cora ; si elle refusait de venir lui parler, ou, si, après lui avoir parlé, elle se refusait à le suivre, sans bruit et sans scandale, il la traitait devant tous comme elle le méritait, et, dût-il employer la violence, il sortait avec elle, ou bien il obligeait ses compagnons à lui céder la place.

Au moment où il franchissait le seuil du restaurant, une réflexion l'arrêta :

— Ils sont là-dedans, se dit-il, cinq ou six jeunes gens, ils ont plusieurs garçons à leur service : s'il leur prenait fantaisie de me jeter à la porte, j'aurais fait une jolie campagne et je serais ridicule à leurs yeux et aux yeux de Cora. Je dois pouvoir au besoin leur imposer le respect, les empêcher de se porter sur moi à quelque voie de fait. Oui, il me faut une arme quelconque, la

plus inoffensive, car je ne compte pas m'en servir, mais une arme... Si j'allais à l'hôtel prendre le revolver qui se trouve sur la table près du lit de Cora... Non, c'est une arme trop dangereuse; la moindre pression du doigt peut faire partir la détente... Je veux, s'il m'y oblige, intimider ces messieurs, je ne veux blesser aucun d'eux.

Ces réflexions le décidèrent à faire chez le premier armurier venu l'acquisition de quelque pistolet de poche.

Mais en province, lorsqu'on n'est pas connu, il n'est pas aussi facile qu'à Paris d'acheter certaines armes. Les pistolets de poche sont du reste rangés dans la catégorie des armes prohibées, et si le règlement était exécuté dans toute sa rigueur, les armuriers ne devraient en vendre qu'aux gens munis d'autorisation régulière.

Celui auquel Georges s'adressa crut remarquer que le client qui venait d'entrer dans son magasin ne jouissait pas de tout son sang-froid ; il craignit de se compromettre ou d'être cause de quelque accident, et se débarrassa de son acheteur en prétendant que ses pistolets n'étaient pas en état d'être livrés séance tenante.

Cette démarche sans résultat eut, dans la suite, une si triste influence sur la destinée de Georges du Hamel, elle fut interprétée, quelque temps après, d'une façon si défavorable pour lui, que nous ne pouvions pas la passer sous silence.

Évincé par l'armurier, Georges remontait la rue de Paris, avec le projet de se passer de pistolet et d'entrer hardiment et sans plus d'hésitation dans le cabinet où Cora déjeunait en joyeuse compagnie, lorsqu'il lui sembla voir deux voitures s'arrêter devant la maison vers laquelle il se dirigeait. Il pressa le pas pour les rejoindre, mais avant qu'il y fut parvenu, cinq personnes sortaient du restaurant ; trois d'entre elles montaient dans la première voiture, et les deux autres, Cora et le jeune homme que Georges avait vu, une demi-heure auparavant, à ses côtés, s'installaient dans la seconde.

Il était trop tard ; pendant qu'il perdait son temps chez l'armurier, le déjeuner s'était terminé et on quittait le restaurant.

Le coupé où Cora venait de monter passa rapidement près de Georges. Il l'aperçut gaie, souriante, le teint un peu animé, étendue au fond de la voiture, tandis que son compagnon, enhardi sans doute par de copieuses libations, lui prenait les mains et les portait à ses lèvres.

Ce fut un éclair, une sorte de vision ; mais à partir de ce moment, Georges, comme il l'avoua plus tard, perdit la raison.

Si tous ses actes, depuis environ midi jusqu'à cinq heures et demie du soir, n'avaient été, par la suite, recherchés avec soin et légalement constatés, si on ne lui avait pas dit : « Vous avez fait telle chose, vous êtes entré dans telle rue, vous vous êtes entretenu avec telle personne, » il n'aurait jamais su ce qu'il était devenu.

La jalousie, lorsqu'elle atteint certain paroxysme, ressemble parfois à l'ivresse : l'homme, sous l'empire de cette passion, parle et agit sans en avoir conscience, et le lendemain il ne se souvient plus de ses paroles et de ses actes.

D'après les documents où nous avons puisé le dramatique récit qui va suivre, le premier mouvement de Georges, lorsque la voiture qui emportait Cora passa devant lui, fut de se mettre à courir et d'essayer de la rejoindre.

Il ne put y parvenir.

Les passants et les boutiquiers, que cette course désordonnée, dans la rue la plus fréquentée du Havre, étonnaient, et qui le suivaient des yeux, le virent s'arrêter à peu près à la hauteur de l'hôtel de l'Europe.

Une calèche de louage à deux chevaux stationnait près du trottoir; Georges s'élança vers le cocher et lui dit :

— Vous voyez cette voiture qui passe là-bas, près du théâtre? Deux louis pour vous si vous la rattrapez.

— Je n'y parviendrai jamais, fit le cocher, c'est la voiture de M. Mazilier fils; il a le meilleur trotteur du Havre et il paraît aller bon train en ce moment.

— Essayez toujours.

Le cocher monta sur son siège et fouetta ses chevaux; mais le coupé de Victor Mazilier avait pendant ce temps fait le tour de la place de la Comédie, traversé le quai du Commerce et venait de s'engager dans la rue de la Chaussée. On l'avait perdu de vue.

Alors l'idée vint probablement à Georges de retourner au restaurant où il avait aperçu Cora. Il pensait que les garçons pourraient lui donner quelques indications. Celui auquel il s'adressa, craignant par ses réponses de désobliger des clients qu'il connaissait de longue date, refusa de répondre à cet étranger dont les allures, les questions et le ton lui paraissaient suspects.

Pendant plus de deux heures on perd les traces de Georges du Hamel. Après avoir quitté sa voiture, il disparaît dans la direction des terrains sur lesquels sont construits les bains Frascati. A cinq heures, on le voit entrer à l'hôtel des Indes. Un garçon, qui le rencontre sur l'escalier, dit à un de ses camarades :

— Regarde donc le monsieur du 33, comme il est pâle et agité, on jugerait qu'il médite un mauvais coup.

Tels sont les différents renseignements qu'on put recueillir plus tard sur les faits et geste de Georges du Hamel dans cette journée de juin 186..

XXI

Pourquoi Georges rentrait-il à cinq heures à l'hôtel des Indes?

Il ne pouvait espérer que Cora viendrait bientôt l'y trouver. La veille, lorsqu'elle connaissait à peine Victor Mazilier, elle ne l'avait quitté qu'à neuf heures du soir; maintenant, ils se connaissaient d'une façon plus intime, et tout portait à croire qu'ils ne se sépareraient pas aussitôt l'un de l'autre.

Lorsqu'on l'interrogea plus tard sur les motifs de ce

brusque retour, il ne put l'expliquer. Cependant ils se devinent aisément :

Brisé de corps et d'esprit, il revenait machinalement se reposer au gîte, au lieu d'où elle était partie le matin, où elle reviendrait tôt ou tard.

L'œil hagard, les bras pendants, il occupait la même place depuis une demi-heure lorsque la porte s'ouvrit.

Contre toutes les prévisions, Cora rentrait; elle était seule.

— Tiens! vous êtes là ? fit-elle en apercevant Georges.

Cette voix si connue le tira de son abattement. Il se redressa tout à coup. La raison lui revenait, mais en même temps une de ces colères, d'autant plus terribles qu'elles sont froides et contenues, s'empara de lui.

Comme il la regardait en silence, elle dit :

— Vous vous étonnez de me voir revenir si tôt, mais je rentre pour ressortir.

— Ah!

— Oui, je viens chercher mes malles.

— Vous partez pour Paris?

— Non; je reste au Havre, mais je quitte cet hôtel; je veux vivre chez moi. J'ai loué une petite maison meublée à Sainte-Adresse.

— Vous allez l'habiter, sans doute, avec le jeune homme qui vous promenait aujourd'hui dans sa voiture?

— Non; je vais demeurer seule. Je ne veux être sous la dépendance de personne, et puisque nous sommes sur ce chapitre, écoutez-moi, je vous prie.

— Je vous écoute.

— Je ne veux pas vous quitter, dit-elle, sans vous expliquer ma conduite.

— Vous me quittez donc? demanda-t-il.

— En tout cas, nous ne pouvons plus vivre ensemble comme nous avons vécu à la Nouvelle-Orléans. Je reprends ma liberté et je vous rends la vôtre.

Il allait répondre; elle l'interrompit, et, s'asseyant sur un fauteuil, à quelques pas de Georges :

— Voyez-vous, mon cher, reprit-elle, je me suis bien consultée pendant la traversée que nous venons de faire, et surtout depuis notre arrivée en France. Je ne suis pas la maîtresse qui vous convient. Il vous faut une femme tranquille, honnête, un peu bourgeoise; moi, j'aime le bruit, le mouvement, les fêtes, le luxe. Je n'ai pas vécu jusqu'à ce jour je veux vivre! A la Nouvelle-Orléans, vous le savez, j'ai été privée de tous les plaisirs auxquels je pouvais prétendre. Ma naissance, mon origine m'ont fermé toutes les portes; je veux que maintenant elles s'ouvrent devant moi. J'aspire à goûter les jouissances dont j'ai été privée jusqu'à ce jour. Mon orgueil, ma vanité ont cruellement souffert, je veux qu'ils soient enfin satisfaits.

Je suis arrière-petite-fille d'esclave : mes ancêtres ont été vendus, battus, humiliés, martyrisés; je veux, grâce à la position que je vais occuper effacer toutes ces hontes. La fille de couleur, froissée, blessée, dédaignée, relève enfin la tête, se redresse et prétend à son tour commander et régner... Oui, régner sur tous les cœurs, le vôtre ne me suffit plus. Quelle existence m'offrez-vous? Une vie simple, retirée, n'est-ce pas? Elle me ferait horreur. Je veux, avant un an, avoir des voitures, des bijoux à revendre...

Il l'interrompt en disant froidement :

— Vous voulez, en un mot, devenir une courtisane ?

— Soit ! que m'importe le mot, pourvu que je sois riche, que je règne et que tous les hommes soient à mes pieds.

— Vous parliez d'humiliation, fit-il, croyez-vous qu'on n'en réserve pas quelques-unes à celles dont vous aspirez à devenir la rivale ? On vous méprisait là-bas à cause de votre naissance, à cause de votre origine, c'était une injustice ; ici, on vous méprisera à cause du scandale de votre conduite, et ce sera justice.

— Qui me méprisera ? Les mères de famille : elles resteront dans leurs salons. Quant aux fils, ils viendront chez moi et me payeront cher, je vous le jure, le dédain de leurs mères.

— Oui, oui, dit-il, sans se départir de son sang-froid terrible qui aurait dû donner à réfléchir à Cora, je vois bien ce que vous prétendez faire : vous engloutirez quelques fortunes et vous briserez quelques cœurs.

— Le plus de fortunes et le plus de cœurs possible, répondit-elle avec son cynisme habituel.

— Et vous allez commencer par ruiner un des jeunes gens avec lesquels vous avez déjeuné ce matin ?

— Précisément ; le fils d'un des plus riches armateurs du Havre, le jeune Victor Mazilier ; il est amoureux fou de moi, et il me fait des offres éblouissantes.

— Prenez garde qu'il ne s'en tienne aux offres.

— Oh ! je prendrai mes mesures ; je ne suis pas une ingénue ; j'ai beaucoup lu, là-bas, dans mon hamac. Vos romanciers français m'ont appris à connaître la vie. Je suis au courant de toutes les roueries parisiennes et provinciales, ajouta-t-elle, trompée par le calme apparent de Georges, et croyant qu'il causait avec elle en camarade. La maison que je vais habiter dès ce soir a été louée au nom de M. Mazilier.

— C'est une garantie, dit-il, et c'est lui que vous avez le projet de rejoindre tout à l'heure ?

— Oui, il traite quelques amis, et je fais les honneurs de la maison.

Il s'avança vers Cora, et cette fois, les poings serrés, la voix contractée, pâle comme un mort, il dit :

— Avez-vous réfléchi au rôle que je joue dans tout cela ?

— Vous ?

— Oui, moi. Moi qui viens débarquer avec vous ; moi, que tout le monde savait votre amant à la Nouvelle-Orléans ; moi, dont vous portiez le nom à bord du Zurich ; moi, dont les malles sont là, encore mêlées avec les vôtres.

— Qu'à cela ne tienne, nous allons les démêler.

Il ne prit pas garde à cette phrase, et continua :

— Quelle opinion voulez-vous que puisse avoir de moi votre M. Victor Mazilier et tous ces jeunes gens que vous allez rejoindre ? Ils diront que je tolère votre conduite, que j'en profite peut-être !

— Eh ! mon cher, s'écria-t-elle, laissez-moi donc tranquille ! Vous n'êtes aucunement responsable de ma conduite. Nous ne sommes pas liés l'un à l'autre pour l'éternité : je vais de mon côté, vous du vôtre. Si je vous écoutais, parbleu ! je sais bien que nous partirions ce soir pour Paris, bras dessus, bras dessous, pour vivre maritalement, n'est-ce pas ? Je vous l'ai dit : je ne le veux pas. Restez mon ami, restez, oh ! je le désire même, restez mon amant, mais laissez-moi me conduire à ma guise, et ne vous tourmentez pas de ce qu'on pensera. Allez rejoindre votre mère, moi je vais rejoindre... ces messieurs. Je donnerai en bas des ordres pour qu'on prenne mes malles. Au revoir, et toujours quand vous voudrez. A propos, les valeurs que je vous ai confiées, je vous prie ?

— Je ne vous les rendrai pas, dit Georges.

— Pourquoi ? demanda-t-elle étonnée.

— Parce que vous n'en avez pas besoin en ce moment ; vous restez avec moi. Vous ne partez pas, vous n'allez pas rejoindre ces messieurs.

— En vérité ! qui m'en empêchera ?

— Moi, fit-il en s'élançant vers la porte.

— Ah ! vous croyez cela, s'écria-t-elle. C'est ainsi que vous me récompensez de la franchise que je viens de vous montrer, de la façon amicale dont j'ai causé avec vous. Vous oubliez, mon cher, qu'on ne m'empêche jamais de faire ce que je veux. Je ne crains personne, et vous moins que tout autre. Allons ! trêve de discours ; faites-moi place, je veux sortir.

— Vous ne sortirez pas,

— Ah ! je ne sortirai pas. Eh bien ! si ! je sortirai, et je n'appellerai personne à mon secours, et c'est vous qui allez m'ouvrir.

— Que ferez-vous pour cela ?

Pâle, toute frémissante, elle s'approcha de lui et répondit :

— Je te dirai : Georges, je t'ai trompé ce matin, et je vais te tromper ce soir.

— Tu en as menti !... s'écria-t-il, tu ne me tromperas plus.

Et saisissant sur la table, près du lit, le révolver qu'il lui avait autrefois donné, il fit feu.

XXII

Tout l'hôtel des Indes se trouva sur pied en un instant. On se regarda, on se consulta et on fut d'accord pour reconnaître que cette détonation partait du second étage et de l'appartement portant le numéro 33.

Aussitôt, le maître d'hôtel, suivi de ses garçons et de plusieurs voyageurs, s'élança dans l'escalier, la clef était à la porte, ils entrèrent sans difficulté.

Au milieu de la chambre, Cora était étendue sans

mouvement. Un flot de sang coulait de la blessure qu'elle avait reçue, et l'inondait tout entière. A trois pas d'elle, Georges, debout, morne, silencieux tenait encore son pistolet à la main. Il ne retourna même pas la tête pour regarder tous ces gens qui se pressaient dans la chambre.

Le meurtrier paraissait aussi inanimé que la victime.

— Vite, vite, un médecin! criaient les uns. Le commissaire de police! criaient les autres. Il faut l'arrêter! disait un garçon. Prenez garde! il est encore armé, répondait un curieux.

— A l'assassin! vociféraient plusieurs personnes sur l'escalier.

Ces cris firent sortir Georges de sa torpeur; il regarda autour de lui et comprit ce qui se passait.

L'assassin, c'était lui. Il n'y avait de doute possible. Il était perdu. Alors il jeta un dernier regard sur Cora; non plus un regard de haine, mais un regard d'amour.

Ses lèvres s'entr'ouvrirent pour faire une prière, ou pour adresser un dernier adieu à sa mère.

Puis il leva le revolver, et appuya le canon sur sa tempe droite.

Mais, un des assistants, plus intrépide que les autres, venait de se glisser derrière lui, et, saisissant le pistolet, l'arrachait de ses mains.

Alors Georges fit un bond et s'élança vers la croisée pour se précipiter dans la rue.

Il était désarmé; on ne le craignait plus. Dix personnes le saisirent en même temps et le terrassèrent.

— Ah! murmura-t-il d'une voix plaintive, pourquoi m'empêcher de me tuer?

On lui attacha les mains, et il se laissa faire, les yeux toujours fixés sur Cora.

De nouveaux cris, poussés par les personnes qui étaient restées sur l'escalier, se firent entendre :

— Voici le commissaire de police! disaient-elles.

Il entra, suivi d'un médecin et de deux agents, et son premier soin, après avoir embrassé la scène d'un coup d'œil, fut de faire évacuer la chambre.

Le médecin s'agenouilla devant Cora, lui souleva la tête et examina sa blessure.

Georges, debout, les mains liées, regardait le médecin, et attendait avec anxiété le jugement qu'il allait porter.

Sur l'escalier, on entendait des voix confuses, et dans la rue le bourdonnement de la foule, qui s'amassait peu à peu sous les fenêtres de l'hôtel.

Après un court examen, le médecin releva la tête et dit au commissaire :

— La blessure n'est pas mortelle, mais cette malheureuse est à jamais défigurée.

Il tira une trousse de sa poche, se fit apporter de l'eau, et se mit en devoir de procéder à un premier pansement.

Au bout de quelques minutes, l'hémorragie fut arrêtée, l'évanouissement cessa, et Cora put ouvrir les yeux.

La douleur les lui fit aussitôt refermer, puis elle les ouvrit encore et regarda autour d'elle.

Tout à coup, elle aperçut Georges et fit un brusque mouvement qui dérangea l'appareil posé sur sa blessure. Le sang coula de nouveau et Cora s'évanouit.

Le médecin, après lui avoir donné des soins, s'avança vers le commissaire et lui dit à voix basse :

— Je craindrais pour la malade qu'en sortant de ce nouvel évanouissement, elle aperçût encore celui qui paraît l'avoir mise en ce triste état. Ne pourriez-vous pas, continua-t-il en désignant Georges, faire sortir cet homme de la chambre?

— Certainement, dit le commissaire; je vais le conduire à la prison de la ville. Je suis cependant obligé de lui faire subir, ici même, un court interrogatoire préalable.

— Dépêchez, répliqua le docteur.

Le commissaire de police s'avança vers Georges, lui secoua le bras pour l'arracher à l'abattement où il semblait plongé, et dit :

— Comment vous appelez-vous?

— Georges du Hamel.

— Où demeurez-vous?

— Je n'ai pas encore de domicile, je suis arrivé hier d'Amérique, à bord du Zurich.

— Vous êtes Français cependant. Vous ne vous recommandez d'aucun consul étranger?

— Non, je suis Français.

— Reconnaissez-vous avoir tiré un coup de pistolet sur cette femme?

— Oui, monsieur.

— Est-ce volontairement que vous avez tiré? Le coup ne serait-il pas parti accidentellement?

Il réfléchit et dit :

— Je ne sais pas au juste ce qui s'est passé, mais je crois avoir eu l'intention de tirer.

— Quel motif aviez-vous de commettre ce crime?

— Elle me rendait trop malheureux, répondit-il, et je l'aimais trop!

— C'est bien, fit le commissaire; pour le moment, cet interrogatoire suffit.

Il appela ses deux agents, et leur donna un ordre à voix basse.

Ils s'avancèrent vers Georges, le saisirent chacun par un bras et l'entraînèrent.

Il sortit sans faire aucune résistance, après avoir jeté un dernier regard sur Cora.

Resté seul avec le médecin, le commissaire lui demanda s'il pensait que la malade serait bientôt en état de répondre à une ou deux questions importantes.

— C'est impossible pour le moment, dit le docteur. En deux mots, je vais vous expliquer sa blessure. Dans le sillon nasolabial gauche, au niveau de l'aile du nez, j'ai constaté une plaie arrondie, qui mesure douze millimètres de diamètre. Sur la joue droite, à la hauteur de l'espace inter-maxillaire et au-devant du masséter, une autre plaie, irrégulière, plus grande que la première, et dont les bords renversés en dehors présentent des déchirures disposées en rayons. La voûte palatine est fracturée, les deux premières grosses molaires, ainsi que le rebord alvéolaire correspondant, ont été détachés par le projectile et laissent à découvert le sinus maxillaire. Enfin, par l'ouverture faite dans la voûte palatine et qui mesure deux centimètres d'avant en arrière sur un centimètre transversalement, on découvre la cloison nasale perforée à sa partie inférieure.

— Vous en concluez que la malheureuse ne peut parler en ce moment, dit le commissaire en interrompant l'homme de la science, qui semblait trop se complaire dans ses explications chirurgicales.

— Évidemment, répondit celui-ci.

— Mais, reprit le commissaire, lorsqu'elle sera rentrée en possession d'elle-même, ne pourrai-je pas poser une ou deux questions auxquelles il lui suffira de répondre par un signe?

— Je n'y vois aucun obstacle, répondit le docteur; puisque vos questions paraissent indispensables, je crois même plus prudent de les adresser en ce moment que demain. La fièvre ne tardera pas à se déclarer dans quelques heures; il peut même survenir quelque complication ultérieure qui aggraverait son état, et nous obligerait à de grands ménagements.

Quelques minutes après ce court entretien, Cora ouvrit de nouveau les yeux.

L'intelligence qui semblait briller dans son regard, malgré les vives douleurs qu'elle devait éprouver, autorisa le docteur à permettre au commissaire de police de s'approcher d'elle et de lui parler.

— J'ai une question importante à vous poser, dit-il en se penchant vers la malade. N'essayez pas de me répondre de vive voix, faites seulement un effort pour écrire deux lignes sur ce calepin. Pensez-vous en avoir la force?

— Oui, fit-elle avec sa tête.

Il lui mit un crayon dans la main, glissa sous ses doigts un calepin qu'il maintint à sa portée et dit :

— Pourquoi le nommé Georges du Hamel a-t-il tiré sur vous un coup de pistolet?

Elle sembla réfléchir un instant, puis une flamme étrange brilla dans son regard et elle écrivit ces mots d'une main ferme :

« Il venait de me voler et il voulait me tuer pour m'empêcher de le dénoncer. Vous trouverez sur lui soixante mille francs de valeurs qui m'appartiennent. »

Cet acte de vengeance accompli, elle retomba épuisée sur son lit.

XXIII

Rassurée, le matin, par les promesses de son fils et surtout par le calme avec lequel il lui avait parlé, madame du Hamel avait passé une assez bonne journée.

— Il m'a juré, se disait-elle, de me revenir ce soir, d'être tout à moi, il tiendra son serment. Il fait sans doute ses adieux à cette femme, il lui explique pourquoi il la quitte; il règle des questions d'intérêt. Mais je ne

la crains plus; il ne m'aurait pas parlé d'elle aussi froidement, il ne l'aurait pas jugée avec tant de sévérité, s'il l'aimait encore. Son cœur est trop loyal, trop bon, pour s'égarer plus longtemps; il m'appartiendra tout entier désormais.

Vers les quatre heures de l'après-midi, lorsque la chaleur, qui était accablante ce jour-là, fut un peu tombée, elle sortit pour prendre l'air.

A la porte de l'hôtel elle se demanda de quel côté elle se dirigerait : vers le centre de la ville ou la jetée. Si à ce moment elle s'était décidée pour la rue de Paris ou la place de la comédie elle aurait, suivant toutes les probabilités, rencontré Georges; elle aurait pu causer avec lui, calmer son irritation, et l'affreuse catastrophe que nous avons racontée au chapitre précédent eût été conjurée. Mais le hasard voulut qu'elle se dirigeât vers la jetée : le désir lui était tout à coup venu de revoir la place où son fils lui était apparu la veille. De quoi dépendent parfois les destinées humaines!

Madame du Hamel venait de passer devant la tour des signaux, lorsqu'il lui sembla reconnaître, dans une personne qui se promenait lentement, un véritable flâneur ou plutôt un marin faisant son quart, le vieux capitaine d'armement dont l'obligeant concours lui avait été, la veille, si utile.

Elle marcha vivement vers lui, et comme il venait, à son tour de la reconnaître :

— Ah! capitaine, lui dit-elle avec effusion, je suis heureuse de vous rencontrer! Vous m'avez prise, j'en suis sûre, pour une ingrate. Dire que je vous ai quitté hier sans même vous remercier!

— Me remercier! fit-il avec sa brusquerie habituelle. Si vous croyez que j'y comptais. Quitter votre fils pour revenir à moi! C'est pour le coup que je ne vous aurais pas pardonné!

Et changeant de ton, il ajouta :

— Eh bien! vous le possédez donc le cher enfant! heureuse mère!

— Oh! oui! bien heureuse, fit-elle.

— Vous l'avez retrouvé grandi, embelli, plus aimable que jamais. C'est l'effet que me font mes fils toutes les fois qu'ils reviennent de leurs longs voyages. Ah! comme nous sommes bêtes, hein?

Elle rit de l'expression et prit le bras que lui tendait l'excellent homme.

Ils se promenèrent longtemps, causant, elle de celui qui était revenu la veille; lui, de ceux qui couraient encore les mers, et comme ils se comprenaient à merveille, il ne se quittaient plus.

— Capitaine, dit vers les cinq heures madame du Hamel à son compagnon, si nous allions continuer notre conversation à mon hôtel? Il est à deux pas et mon fils ne peut tarder à me rejoindre. Peut-être m'attend-il même déjà. J'aurais grand plaisir à vous le présenter et à lui donner l'occasion de vous remercier de toutes les amabilités que vous avez eues hier pour moi.

— Soit! répondit-il, mais un vieux loup de mer

comme moi ne s'y laisse pas prendre : vous venez de me faire l'éloge de votre fils et vous voulez me prouver que vous étiez encore au-dessous de la vérité. C'est de la coquetterie maternelle.

—Eh bien ! oui, capitaine, dit-elle en souriant d'une façon charmante. J'avoue mes faiblesses.

Un quart d'heure après, madame du Hamel était assise en face du capitaine d'armement, dans le petit appartement qu'elle occupait hôtel de l'Amirauté.

Bientôt cependant la conversation, si vive un instant auparavant, vint à languir : une sorte de vague inquiétude commençait à gagner la mère de Georges. Elle se disait que son fils tardait bien à la rejoindre. Elle se demandait si cette femme ne serait pas parvenue à le retenir, s'il n'avait pas oublié ses promesses et changé d'intentions.

Le temps tournait depuis un instant à l'orage ; on étouffait dans le salon, elle se leva et ouvrit la croisée.

— Tiens, fit-elle, en regardant au dehors, pourquoi tous ce monde sur le quai ? En savez-vous la raison, capitaine ?

Il la rejoignit et dit :

— Non, je ne m'explique pas ce qui se passe. Ces gens paraissent agités ; ils causent avec animation. Quelque accident serait-il arrivé en mer ? Si vous le permettez, madame, je vais aller m'en informer.

— A votre aise, capitaine. Je vous attends.

Il sortit et revint cinq minutes après.

— Il paraît, dit-il, en rejoignant madame du Hamel qui n'avait pas quitté la croisée, qu'un assassinat aurait été commis, il n'y a qu'un instant, à deux pas d'ici, à l'hôtel des Indes.

— Ah ! mon Dieu ! fit-elle avec intérêt, et sur qui ?

— Sur une jeune femme qui habitait l'hôtel depuis hier, et dont personne n'a pu même me dire le nom.

— Et nous sommes là tranquilles pendant qu'on assassine à côté de nous. Quel est le meurtrier ?

— Un jeune homme de vingt-cinq à trente ans ; il a été aussitôt arrêté.

Tout à coup, madame du Hamel, à peu près indifférente jusque-là, à ces détails, pâlit et s'appuya contre la balustrade de la croisée pour ne pas tomber.

Une idée insensée venait de lui traverser l'esprit. Mais elle la repoussa, se remit aussitôt, et dit en souriant au capitaine :

— Ah ! vous aviez bien raison tout à l'heure : comme les mères sont ridicules !

—Les pères ne leur cèdent en rien, répondit-il.

Cependant, la foule grossissait sur le quai ; elle s'étendait maintenant devant l'hôtel, et les voix montaient jusqu'à la croisée occupée par madame du Hamel et le capitaine d'armement.

Ils pouvaient distinguer des cris comme ceux-ci :

— On va le conduire en prison.

— Son affaire est claire.

— Ah ! voici la voiture que l'agent de police est allé chercher.

— Gare ! gare ! ne vous faites pas écraser.

— C'est assez d'un malheur !

Une voiture venait en effet d'arriver. La foule se pressa, se tassa, et lui fit place.

Le cocher parvint à ranger ses chevaux devant l'hôtel des Indes.

L'agent de police qui occupait la voiture en descendit précipitamment, et se fit ouvrir la porte de l'hôtel qu'on avait cru devoir fermer. Plusieurs appariteurs (c'est le nom qu'on donne, au Havre, aux sergents de ville), accourus au tumulte, repoussèrent les curieux et firent une place vide entre l'hôtel et la voiture.

— Il descend, criait-on dans la foule.

— Le voilà.

— Attention !

Un petit mousse d'une dizaine d'années, au fait sans doute des usages parisiens, avait dressé sur le trottoir un vieux tonneau à moitié défoncé, et s'égosillait à crier d'une petite voix aiguë :

— Places à louer, places à louer pour cinq centimes !

On se pressait, on se bousculait. Des enfants montaient sur le dos des grandes personnes. Des gamins s'étaient juchés sur le toit des postes de douaniers, et sur les cabanes en bois destinées aux employés des bateaux de Trouville et de Honfleur.

Madame du Hamel ne pouvait se détacher de sa croisée : une force invincible, peut-être un secret pressentiment, la clouaient à sa place.

Près d'elle, le capitaine regardait en amateur.

— Tas d'imbéciles, murmurait-il de temps à autre, se donnent-ils assez de mal pour voir... quoi ? je vous le demande... un monsieur qui ressemble à tout le monde.

— Un malheureux peut-être, égaré par la misère ou la passion, disait madame du Hamel.

— Places à louer, places à louer pour cinq centimes ! criait toujours le petit mousse.

Le bruit cessa comme par enchantement. La porte de l'hôtel venait de s'ouvrir.

Georges parut.

Il avait les mains liées derrière le dos, et deux agents, par surcroît de précautions, lui tenaient les bras.

Un cri déchirant retentit à la croisée de l'hôtel de l'Amirauté.

Madame du Hamel venait de reconnaître son fils.

XXIV

Le jour où ces événements se passaient, M. de T..., alors procureur impérial au Havre, dînait en famille lorsqu'on vint l'avertir qu'une dame demandait à le voir.

— Vous avez répondu que j'étais à table ? dit M. de T... à son domestique.

— Oui, monsieur ; mais cette dame insiste beaucoup, et elle assure qu'il s'agit d'une affaire des plus graves.

Elle est accompagné d'un capitaine d'armement que monsieur connaît.

— C'est bien ! faites entrer ces deux personnes dans mon cabinet.

Quelques minutes après, M. de T... rejoignait madame du Hamel et son compagnon.

— Permettez-moi, monsieur le procureur impérial, dit ce dernier, de vous présenter une malheureuse mère, et d'appeler sur elle toute votre bienveillance. Elle est trop émue en ce moment pour vous expliquer ce qui l'amène près de vous ; je vais, si vous m'y autorisez, vous le dire en deux mots.

— Parlez, monsieur.

— Madame est veuve, reprit le capitaine d'armement ; elle habite Paris ; elle est venue au Havre attendre son fils, qui résidait depuis quelques années à la Nouvelle-Orléans et qui est arrivé hier. Ce fils était sorti depuis ce matin, et nous l'attendions à l'Amirauté, où demeure madame, lorsque nous avons vu une grande foule s'amasser sur les quais. On parlait d'un jeune homme qui avait tiré un coup de pistolet sur une femme. Tout à coup ce jeune homme, entraîné par des agents de police, est passé devant nous, madame l'a reconnu : c'est son fils.

— Madame s'appelle alors madame du Hamel ? Le commissaire de police m'a déjà envoyé une note au sujet de cette affaire. Elle est des plus graves, et j'allais m'en occuper. Comment, madame, c'est votre fils qui...

Elle fit un violent effort sur elle-même, parvint à vaincre son émotion et s'écria :

— Il est innocent, monsieur, il est innocent ! je vous le jure. Oh ! si vous le connaissiez, si vous saviez comme il est bon, honnête, brave... Il y a quelque erreur... On l'a arrêté sans l'entendre... Mais vous allez le faire mettre en liberté, monsieur. Tout s'expliquera.

Elle s'arrêta, des sanglots étouffaient sa voix.

Lorsqu'elle parut plus calme, le procureur impérial prit la parole :

— Madame, vous êtes venue me trouver dans l'espérance que mes fonctions me permettraient de vous être utile. Votre douleur me touche profondément, et je suis tout disposé à vous servir. Mais dans votre intérêt, dans celui de votre fils, et un peu aussi dans l'intérêt de la société que je représente, il me paraît important de ne pas commencer par se faire des illusions. Vous me dites : Mon fils n'est pas coupable ; moi je vous réponds : Il l'est certainement. D'après la note que j'ai entre les mains, aucun doute n'est possible à cet égard. Un coup de pistolet a été tiré sur une femme, une étrangère, habitant seulement depuis la veille l'hôtel des Indes ; celui qui s'est rendu coupable de cet acte s'appelle Georges du Hamel, c'est indubitable. Maintenant s'agit-il d'un crime ou d'un accident ? Questionné par le commissaire de police, votre fils répond : Oui, je crois avoir tiré, et, interrogé sur le motif qui l'a fait agir : Elle me rendait trop malheureux ! je l'aimais trop ! s'écrie-t-il.

— Il se trompe, monsieur, il se trompe ! fit la mal-

heureuse femme. Il a pu avoir une discussion avec cette femme, une querelle, que sais-je ? Une arme était à sa portée, il l'aura saisie, le coup sera parti... et dans son désespoir, dans sa stupeur, il aura répondu la première chose venue, ce qu'on aura voulu.

Le procureur impérial ne crut pas devoir faire ressortir les invraisemblances de cette version. Dans sa carrière déjà longue, des affaires criminelles de tous genres avaient défilé devant lui ; aussi se rendait-il un compte exact de celle-ci. Un fils de famille, dans un moment de folie et d'égarement, à la suite d'une scène de jalousie, avait tiré un coup de feu sur sa maîtresse. D'ordinaire, la balle va briser une glace ou se perdre dans la muraille. Les deux amants payent le dégât, et la justice n'a pas à intervenir. Ici, la balle avait maladroitement atteint son but : il y avait blessure, blessure grave. Les tribunaux devaient sévir. Mais le coupable pouvait être digne d'indulgence.

C'est ce que voulut savoir au plus vite M. de T...

— Vous n'étiez sans doute pas au courant, madame, dit-il à madame du Hamel, de la liaison de votre fils avec cette femme, et vous ne pourriez me donner aucun renseignement à ce sujet ?

— Je vous demande pardon, monsieur, répondit-elle ; Georges m'a toujours confié ses plus secrètes pensées. Hier, et ce matin encore, il me disait tout ce que celle dont vous parlez lui a fait souffrir. Il l'avait connue en Amérique et s'était laissé entraîner à la conduire en France. Que voulez-vous ? il est si jeune ; il ne m'avait pas auprès de lui pour le guider et son père venait de mourir. Seul, livré à lui-même, en quelque sorte abandonné, il a permis à cette femme de prendre sur lui un empire dont elle abusait cruellement. Mais il voulait la quitter ; il devait ce soir même repartir avec moi pour Paris, après lui avoir fait ses adieux dans la journée. Il me l'avait juré.

— C'est bien ce que je pensais, se dit le procureur impérial : querelle, scène, emportement... Il ne peut y avoir préméditation. On essayera de guérir la femme le plus vite possible et de l'apaiser avec de l'argent ; l'affaire pourra se dénouer correctionnellement.

Il cherchait quelques paroles qui, sans toutefois compromettre sa responsabilité, rassureraient madame du Hamel, lorsqu'on lui remit une nouvelle note du commissaire de police.

— Ce magistrat lui apprenait l'accusation de vol portée par Cora contre Georges du Hamel, accusation que venait appuyer la découverte faite sur le prévenu d'un portefeuille renfermant soixante mille francs de valeurs au nom de mademoiselle Cora. Il envoyait en outre la déposition de l'armurier à qui Georges avait inutilement essayé d'acheter une paire de pistolets. Enfin, le commissaire de police informait le procureur impérial qu'à peine en prison, le prévenu avait encore essayé d'attenter à ses jours, et qu'on avait été obligé de placer des gardiens près de lui.

— Ainsi, en un instant, l'affaire venait de changer

On annonce le comte de Mézin. — Page 48.

d'aspect. Il n'était plus question de blessures sans intention de donner la mort et d'un moment d'exaltation causée par la jalousie, il s'agissait d'un vol suivi de tentative d'assassinat, et la préméditation paraissait ressortir d'une façon évidente du premier témoignage qu'on avait pu recueillir.

— Le procureur impérial regarda madame du Hamel et lut sur son visage la terrible émotion qu'elle éprouvait.

Il n'eut pas le courage de lui apprendre la vérité. A quoi bon l'éclairer en ce moment ? Elle le serait bien assez tôt.

Mais comme cette fausse position ne pouvait se prolonger :

— Madame, dit-il en se levant, je vous fais toutes mes excuses ; je suis obligé de sortir...

— Oui, monsieur; oui, je comprends, mais mon fils...

— Je ne puis rien pour lui en ce moment, madame ; il faut que cette affaire s'instruise.

— Ah! mon Dieu ! mais je le verrai, n'est-ce pas ? Vous allez me permettre d'aller le rejoindre dans sa prison ?

— C'est impossible ce soir, madame.

— Que me dites-vous là ?... Oh ! monsieur... Mais songez donc... que voulez-vous qu'il devienne, le pauvre enfant ! Il va se croire abandonné, perdu !... Ah ! s'il allait se tuer ! s'écria-t-elle avec un accent déchirant.

Son instinct maternel lui faisait deviner les dangers que courait Georges.

— Écrivez-lui, madame, dit le procureur impérial, effrayé lui-même à l'idée d'un suicide que les journaux ne manqueraient pas de reprocher à l'autorité. Dites-lui que vous lui ordonnez, que vous le suppliez de vivre. Tenez, madame, voici tout ce qu'il faut pour écrire.

Elle s'assit devant le bureau de M. de T... et elle écrivit quatre pages, ne s'interrompant que pour essuyer les larmes qui obscurcissaient sa vue.

Cette lettre, que l'avocat de Georges lut plus tard à l'audience, était admirable. Elle se terminait par ces mots : « Si tu n'es pas coupable, vis pour sauver ton honneur outragé; si tu es coupable, oh ! vis encore, vis pour ta mère qui te pardonne, qui ne peut se passer de toi et que ta mort tuerait. »

XXV

Deux mois après les événements que nous venons de raconter, Georges du Hamel fut traduit devant la Cour d'assises de la Seine-Inférieure, séant à Rouen.

Toutes les démarches tentées par madame du Hamel dans l'intérêt de son fils avaient été inutiles : cette affaire avait eu trop de retentissement pour que l'action de la justice pût être entravée, et que le parquet, l'eût-il désiré, usât d'indulgence.

Victor Mazilier avait vu dans ce crime une façon de faire parler de lui, de se poser en Lovelace, dont un accident était venu ruiner les plus chères espérances. A ses plaintes continuelles, on aurait pu croire que la balle qui avait frappé Cora l'avait lui-même atteint. Ses amis, au souvenir du déjeuner de la rue de Paris, firent chorus avec lui, et comme ces messieurs, par leurs relations et leur fortune, exerçaient une certaine influence sur l'opinion, le Havre et bientôt Rouen et Paris s'étaient émus plus que de raison.

L'accusation de vol portée contre Georges du Hamel avait été si précise, Cora l'avait renouvelée plus tard avec tant d'assurance, que les personnes disposées d'abord à s'intéresser au prévenu, à le considérer comme la victime d'une passion désordonnée, à lui prêter tous les charmes d'un héros de roman, avaient vu tout à coup refroidir leur enthousiasme. Georges n'était plus pour elle qu'un malfaiteur vulgaire et si son procès excitait vivement la curiosité, c'est que l'accusé appartenait à une certaine classe de la société, et qu'on ne pouvait se défendre d'une vive sympathie pour cette Cora, si parfaitement belle autrefois, disait-on, maintenant défigurée.

A neuf heures et demie du matin, le 22 août 186., les portes de la Cour d'assises ouvrirent au public.

Madame du Hamel et Cora, séparées par quelques personnes, étaient assises au banc des témoins.

L'une avait fait un suprême appel à son courage pour assister son fils jusqu'à la dernière heure ; l'autre, oubliant sa coquetterie, qui aurait dû lui interdire de se montrer en public dans l'état où elle se trouvait, avait voulu soutenir, de vive voix, son accusation, et poursuivre jusqu'au bout sa vengeance.

Après le tirage du jury, et lorsque l'accusé eut été amené à l'audience, le président ordonna de donner lecture de l'acte d'accusation. Le réquisitoire du procureur général se terminait par ces mots:

« En conséquence, Georges du Hamel est accusé d'avoir, le 12 juin 186., au Havre, commis, avec préméditation, une tentative d'assassinat sur la personne de la nommée Cora, tentative manifestée par un commencement d'exécution qui n'a manqué son effet que par des circonstances indépendantes de la volonté de son auteur.

« D'avoir en outre, le même jour, au même lieu, commis au préjudice de ladite Cora, un vol à l'aide de violences, ayant laissé des traces de blessures ou de contusions, crimes prévus par les articles 2, 296, 297 304 et 382 du Code pénal. »

Interrogé par le président, après les formalités d'usage, Georges du Hamel reconnut avoir, dans un moment d'égarement et de folie qu'il déplorait de toute son âme, tiré un coup de pistolet sur sa maîtresse. Mais il protesta énergiquement contre l'accusation de vol qu'elle faisait peser sur lui. Il termina en disant qu'il laissait à son défenseur le soin de démontrer la fausseté de cette accusation.

Lorsque Cora s'avança vers la cour, un vif mouvement de curiosité se manifesta dans le public. Une grande partie de son visage était couverte par un bandeau. Elle le souleva afin de pouvoir répondre aux questions du président.

— Comme il lui demandait si elle persistait dans la déposition qu'elle avait faite par écrit entre les mains du juge d'instruction, elle parut faire un effort, vaincre une douleur très vive, et dit assez nettement :

— Oui, je persiste.

— Puis, se tournant tout à coup vers Georges du Hamel et étendant le bras :

— Ce n'est pas seulement un assassin, s'écria-t-elle, c'est un voleur !

— Son geste était éloquent, sa voix convaincue ; ses yeux avaient une expression étrange.

Une sorte de frisson courut dans l'auditoire, tandis que Georges murmurait à l'oreille de son avocat : Elle se venge.

Heureusement que l'interrogatoire de madame du Hamel détruisit bientôt le mauvais effet produit sur le jury par les déclarations de Cora.

— Cette femme du monde, qui n'avait peut-être jamais élevé la voix en public ; cette mère si craintive et si faible s'avança bravement devant la Cour, remercia les juges de l'autorisation qui lui avait été donnée de ne pas assister aux débats, mais déclara qu'elle avait, au contraire, voulu y prendre part. Puis, se tournant vers le jury sans que le président, malgré l'irrégularité commise, crût pouvoir lui ôter la parole, défendit énergiquement son fils. Elle trouva des expressions touchantes pour peindre l'amour qu'il avait pour elle, les soins charmants dont il l'avait entourée dans sa jeunesse ; elle lut la dernière lettre qu'il lui écrivait de la Nouvelle-Orléans pour lui annoncer son retour. Elle essaya de démontrer que cette accusation de vol était inadmissible : n'avait-elle pas une fortune relative, et son fils ne pouvait-il pas en disposer à sa guise ? Ne venait-il pas d'hériter de son père de plus de trois cent mille francs et n'avait-il pas envoyé cette fortune en France, en écrivant à sa mère qu'il lui cédait tous ses droits ? Dans quel but aurait-il voulu s'approprier soixante mille francs de valeurs appartenant à une femme qu'il aimait, et à laquelle il aurait tout sacrifié, si elle l'avait voulu ?

— Enfin, se tournant vers Cora, comme celle-ci s'était tournée vers Georges, elle lui dit : « Madame, vous vous portez partie civile dans cette affaire ; vous ré-

clamez à mon fils une somme d'argent pour le tort qui
vous a été physiquement causé. Nous le comprenons;
mon fils a commis une grande faute et il veut la réparer autant qu'il est en lui; c'est notre fortune tout entière que nous vous offrons, la sienne, la mienne, peu
nous importe, nous acceptons la misère; mais, renoncez
à votre terrible accusation, ne dénaturez pas ce procès,
n'indisposez pas plus longtemps la justice contre nous,
ne nous déshonorez pas. C'est une mère qui vous parle,
madame; je ne vous ai rien fait, moi; si vous n'avez
pas pitié de mon fils, ayez pitié de moi. »

— Lorsqu'elle eut fini de parler, un des jurés se leva
et pria M. le Président de vouloir bien interroger de nouveau Cora et de lui demander si elle persistait dans ses
déclarations.

Le président fit droit à cette demande : Cora répondit qu'elle maintenait son accusation.

Nous passerons sous silence différents témoignages
qui ne peuvent intéresser le lecteur et qu'il connaît en
grande partie. Victor Mazilier dans sa déposition n'obtint pas tout le succès qu'il espérait. Comme il voulut
se lancer dans de belles phrases, et s'étendre sur les
charmes de Cora, le président l'interrompit sèchement et
lui dit de retourner à sa place.

L'avocat général soutint l'accusation, et parla comme
parlent malheureusement trop souvent les avocats géné-
raux. Au lieu d'être sobre, froid et calme, il fut éloquent,
passionné, ardent à l'attaque. Il rechercha tous les antécédents de Georges du Hamel : il le peignit irascible et
violent; il lui fit un crime de ses turbulences, alors qu'il
était au quartier Latin; il condamna jusqu'aux tendances
libérales de l'étudiant et du jeune homme. Il s'étendit
longuement sur son premier duel politique à vingt ans,
sur son arrestation à la suite de coups portés à un agent
de police, sur son second duel qui s'était terminé par la
mort de John de B... Cette dernière affaire fut présentée
de telle sorte, que Georges était l'implacable et
terrible duelliste, et son adversaire John de B... l'innocent martyr d'une sainte cause, l'homme timide, qui se
bat parce qu'on l'a provoqué.

« Vous le voyez, messieurs, s'écria l'avocat général en
terminant cette première partie de sa plaidoirie, à peine
sorti du collège, l'accusé se met en lutte ouverte avec la
société. Il brave l'autorité, il frappe les agents qui sont
chargé de la faire respecter, il prend une épée et blesse
grièvement un de ses condisciples, un étudiant comme
lui, qui n'a d'autre tort de ne pas partager ses idées
subversives! Bientôt le séjour de Paris devient trop dangereux pour lui, sa malheureuse mère craint qu'il ne
commette de nouvelles erreurs, de nouvelles fautes;
elle l'envoie aux États-Unis. Croyez-vous, messieurs les
jurés, qu'il va changer de conduite? Non pas! En reconnaissance de l'hospitalité que lui offrent les créoles de la
Nouvelle-Orléans, il s'insurge contre leurs idées, leurs
préjugés, leurs usages.

« On proteste, alors il injurie et il frappe. On l'appelle sur le terrain; il y court. Oh! lorsqu'il s'agit de

saisir une arme, que ce soit un épée ou un revolver,
il est toujours prêt... Tenez, messieurs, le ministre de
la justice a écrit à la Nouvelle-Orléans pour avoir des
détails sur ce duel. Savez-vous ce qu'on a répondu?
John de B... avait, lorsqu'il a expiré, le corps couvert
de blessures : au bras, à la poitrine, au cou, et son adversaire frappait, frappait toujours. Voilà l'homme que
vous avez aujourd'hui à juger!... »

XXVI

La seconde partie du discours de l'avocat général
commence comme une églogue. Il raconta l'arrivée de
Cora en France.

« Elle est jeune, dit-il, elle est belle, elle est adora-
blement charmante. Tous ceux qui l'ont approchée,
Victor Mazilier et ses amis, se plaisent à vanter la douceur de son caractère, l'aménité de ses manières. Pauvre femme! elle a entendu parler là-bas, dans son
pays d'Amérique, de la civilisation européenne, de la
courtoisie française, elle a confiance en notre hospitalité et notre honneur, et déjà elle fait de beaux rêves;
quelle douce existence elle va mener au milieu de nous!
Elle comptait se rendre à Paris, mais la Normandie lui
paraît si belle, ce beau département de la Seine-Inférieure où vous êtes nés, messieurs les jurés, lui sourit
tellement qu'elle se décide à demeurer au Havre. Elle
fait ses préparatifs d'installation, elle est gaie, elle est
heureuse; le maître de l'hôtel des Indes, près de qui elle
passe pour se rendre dans sa chambre, vient de vous le
dire, messieurs : tout en elle respirait le bonheur. A
peine une demi-heure s'est-elle écoulée, qu'on entend
une terrible détonation : on accourt, la malheureuse est
baignée dans son sang; cette belle créature est à jamais
défigurée... Que s'était-il passé pendant cette demi-
heure? »

L'avocat général essaye d'établir l'accusation de vol
sur des bases solides, irréfutables. Mais ici la partie est
moins belle, sa logique est moins serrée; il est obligé
de se lancer dans le domaine de la fantaisie.

Suivant lui, Cora embarrasse Georges du Hamel; elle
gêne sa vie; cette malheureuse l'aime ardemment, au
point qu'un jour, en Amérique, elle a fait l'emplette
d'un revolver, en disant : Je te tuerai, si jamais tu me
trompes. C'est l'accusé lui-même qui, spontanément,
devant le juge d'instruction, a répété ces paroles.

« Comment se défaire de cette femme? Il va la voler,
et lorsqu'elle sera seule, dénuée de ressources, elle fai-
blira sans doute; elle, si fidèle jusque-là, commettra
quelque faute envers lui; elle écoutera peut-être les
discours de tous ces jeunes gens auxquels il l'a pour
ainsi dire livrée dès le jour de son arrivée, et alors il
viendra lui dire : « Tu m'as trompé, tu es indigne de moi,
va-t'en. » Qui l'empêche de la voler? Ils sont seuls!
Elle est faible, il est fort. Il la saisit, lui arrache le portefeuille où sont enfermées ses valeurs et se dispose à partir. La nuit même il sera en route pour Paris. Mais elle

proteste, elle crie, elle appelle au secours : il se voit arrêté, condamné comme un voleur. Alors il saisit un pistolet et fait feu.

Pour la question de préméditation, l'avocat général
n'a plus besoin d'avoir recours à son imagination ; les
faits sont là et il s'en sert : « Est-ce qu'un homme jaloux,
s'écrie-t-il, songerait à aller acheter un pistolet en vue de
la querelle qu'il aura peut-être avec sa maîtresse ? Allons
donc ! il veut une arme parce qu'il médite un mauvais
coup, c'est évident, c'est certain. »

L'avocat général conclut en demandant au jury une
répression terrible, d'autant plus terrible que la victime
est une femme et qu'elle est étrangère. « Quel respect,
s'écrie-t-il, les Américains auraient-ils pour nos natio-
naux, si nous ne savons pas venger les leurs ! »

Après une courte suspension d'audience, l'avocat de
l'accusée prend la parole.

C'est maître X..., bâtonnier des avocats de la Cour
impériale de Rouen. Dans un style simple et élevé, il
réfute les arguments de l'accusation et représente chaque
fait, l'un après l'autre, d'une façon nouvelle.

Pour ce qui concerne les antécédents de l'accusé, il
déclare qu'il n'en connaît pas de meilleurs : « C'est l'ami
le plus dévoué, le fils le plus tendre qui ait jamais existé.
On lui reproche d'avoir pris part autrefois à des manifestations, au quartier Latin. Est-ce un crime d'être ardent,
de s'enthousiasmer pour les grandes idées ? Que deviennent plus tard ces étudiants qu'il vous plaît de faire
si terribles ? Des négociants, des agriculteurs, des artistes comme vous, messieurs les jurés, souvent il leur arrive de porter la robe et l'hermine comme vous, messieurs de la Cour. Ah ! vous lui reprochez ses deux
duels ; le premier ne compte pas ; en vérité, messieurs,
c'est une plaisanterie, et je m'étonne que le ministère
public en fait même mention. Quant au second, je vais
vous le raconter, mais non pas à votre façon, à la
mienne, et c'est la vraie, parce que je m'appuie sur des
documents authentiques, des journaux du pays, des lettres qu'on m'a écrites de la Nouvelle-Orléans. Les voici :
je vais vous les lire et vous jugerez.

Après cette lecture, maître X... s'écrie :

« Voilà John de B..., voilà Georges du Hamel. Voilà
comme ils se sont conduits l'un et l'autre, voilà comme
ils se sont battus. »

Abordant le fond de l'affaire, maître X..., d'une voix
émue, dit les faits comme ils se sont passés et dans toute
leur simplicité. Le lecteur les connaît, il sait à quel sentiment a obéi Georges du Hamel ; il ne l'absout peut-
être pas entièrement, mais il a pour lui une sincère
indulgence.

Il voit dans quel but il a, dans la journée, voulu se
procurer une paire de pistolets et la préméditation est
complètement détruite. Il sait comment le portefeuille
contenant les valeurs de Cora se trouvait entre les mains
de Georges, et il n'a jamais eu la pensée de commettre
un vol... Dans sa péroraison, maître X..., s'adresse aux
jurés et les supplie d'acquitter son client. Il fait un su-

prême appel à leur conscience, et leur montre cette
mère, cette femme sublime, qui est là, près d'eux, qui
pleure et leur tend les bras en leur demandant de lui
rendre son fils, son fils bien-aimé.

Si, après cette éloquente plaidoirie, le jury était entré dans la chambre de ses délibérations, nous sommes
persuadé qu'il aurait rapporté un verdict négatif sur
toutes les questions ; mais le président prit la parole,
fit, suivant l'expression consacrée, un résumé impar-
tial, et ce résumé dura deux heures. Lorsqu'il cessa de
parler, les jurés, refroidis par ce nouveau discours,
calme, réfléchi, cadencé, en quelque sorte, avaient oublié la parole émue du défenseur, et ne sentaient plus
battre leurs cœurs.

Voici le résultat de leur délibération :

Sur la première question :

« L'accusé est-il coupable d'avoir, au Havre, avec
préméditation, commis une tentative d'assassinat, etc. »

La réponse du jury fut :

Oui, l'accusé est coupable.

Sur la seconde question :

« D'avoir, en outre, le même jour, au même lieu,
commis, au préjudice de ladite Cora, un vol à l'aide de
violence, etc. ? »

Non, l'accusé n'est pas coupable.

À la majorité, il y a des circonstances atténuantes en
faveur de l'accusé.

La Cour, sur la réquisition de l'avocat général qui
demande des dommages et intérêts, se retire pour en
délibérer et rend bientôt l'arrêt suivant :

« Vu la déclaration du jury, de laquelle il résulte
que Georges du Hamel est coupable d'avoir...

« Attendu qu'il y a en faveur de l'accusé des circonstances atténuantes,

« Vu les articles 2,296,297, lesquels sont ainsi conçus...

« Condamne Georges du Hamel à cinq années de travaux forcés. »

Lorsque le président prononça ces mots : travaux forcés, une voix cria : Oh ! mon Dieu ! puis une femme qui
était assise au banc des témoins s'affaissa tout à coup.

C'était madame du Hamel.

Georges fit un mouvement pour s'élancer vers elle et
lui porter secours ; les gendarmes le retinrent. Alors,
toute l'énergie qu'il avait montrée jusque-là l'aban-
donna : il fondit en larmes.

Et pendant qu'on transportait madame du Hamel hors
de la salle, le président continuait en ces termes :

« Statuant sur les conclusions de la partie civile, attendu qu'il est établi par les débats que Georges du
Hamel a causé à la demoiselle Cora un préjudice dont il
est dû réparation, le condamne à payer à ladite Cora la
somme de trente mille francs. Fixe à trois ans la durée
de la contrainte par corps. La séance est levée. » . . . .

. . . .

Vers le mois d'octobre de la même année, madame
du Hamel s'établit à Toulon afin d'être plus près de son
fils, qui venait d'être transporté au bagne.

DEUXIÈME PARTIE

LE JOURNAL D'UNE JEUNE FILLE

8 janvier 1867.

I

« La tourière vient d'entrer dans la classe avec cet empressement discret et cette allure composée qui font partie de sa personne, tout comme son béguin noir orné d'une maigre dentelle. Elle a dit deux mots à l'oreille de mère Saint-Joseph qui surveillait l'étude, et mère Saint-Joseph a pris à son tour sa voix dolente pour m'annoncer qu'on me demandait au parloir et que notre révérende mère m'autorisait à m'y rendre.

Une visite en dehors des heures réglementaires! qu'est-ce que cela peut être? Vite, je mets ma pèlerine et mes gants, et je sors.

J'ai trouvé au parloir mon père qui m'attendait impatiemment. Il m'a embrassée avec plus d'effusion qu'à l'ordinaire, et il m'a dit:

— Ma chère enfant, tu ne peux pas comprendre quel plaisir j'ai à te presser dans mes bras; j'ai cru longtemps que tu ne me reverrais pas. Pendant que tu m'accusais peut-être de t'oublier, je pensais beaucoup, beaucoup à toi; je ne voulais pas te causer un chagrin inutile en t'apprenant que j'étais en danger, mais je me promettais de vivre pour toi si je revenais à la vie. Aujourd'hui je me tiens parole, je t'emmène, tu quittes le couvent. J'ai fait part de cette résolution à madame la supérieure, qui ne m'a pas approuvé; elle tremble pour ton avenir; elle a été jusqu'à me reprocher d'être égoïste. Ne crains rien! Non, je ne suis pas égoïste: je serais faible tout au plus. Mais on ne me persuadera jamais qu'il soit défendu à un père de veiller lui-même sur sa fille.

En parlant ainsi, sa voix était émue, il m'a embrassée de nouveau et je l'ai serré de toutes ses forces dans mes bras.

Pauvre père! il a été en danger et je n'en ai rien su. Il m'aime, je le sais, et moi aussi je l'aime de tout mon cœur, mais le sait-il, lui? comment s'en doutera-t-il? C'est ici que je l'ai vu le plus souvent; dans cette grande salle nue, froide, encombrée, les jours de parloir, de groupes guindés, parmi lesquels on échange, à la dérobée, des bonbons et des caresses furtives.

— Sois tranquille, chère enfant, a continué mon père, nous vivrons heureux ensemble; tu remplaceras ta pauvre mère, tu seras mon bon ange, tu donneras à ma vie un but sérieux.

J'aurais voulu répondre, mais madame la supérieure entrait en ce moment; j'ai attendu en silence, les yeux baissés, le petit discours imminent dans ces circonstances et dont voici la traduction, car j'ai appris ici à comprendre, quoique je ne sache pas le parler, ce langage qui se compose surtout de réticences et de sous-entendus. « Ma chère enfant, m'a-t-elle dit, je vous rends à votre père... » Ici une longue pause, un soupir... et certains airs qui disaient clairement: « C'est absolument comme si je vous livrais au Minotaure. » Elle ajouta: « Je crains pour vous les dangers de ce monde que vous ne connaissez pas; j'aurais voulu vous garder encore, mais vous nous quittez pour suivre votre père, je n'ai rien à dire. » Ce qui signifiait: « Vous êtes un ingrate! Nous avons cherché à vous attacher par toutes les fibres du cœur, et voilà que d'un coup vous rompez tous ces liens! »

Pourtant, je ne partirai pas sans chagrin. Je regrette mes compagnes et plusieurs religieuses qui ont été bonnes pour moi, quoique je n'aie jamais pu m'attacher comme j'aurais dû le faire à ces saintes femmes. Et savez-vous pourquoi? C'est parce qu'il fallait appeler chacune d'elles: « Ma mère! » Oh! c'est mal! Forcer une pauvre enfant à donner à une étrangère ce nom sacré... le seul dont je puisse appeler la sainte que j'invoque à toute heure. Oui! je l'invoque, ma mère. Oui, je la prie. Oui, j'ai un culte pour sa mémoire.

J'étais bien jeune lorsque je la perdis, mais cette mort ne nous a pas séparées. J'ai senti qu'alors une portion de moi-même, la meilleure remontait au ciel. C'est de là que me viennent mes bonnes inspirations.

Cette sainte influence me soutient, elle m'enveloppe comme d'une atmosphère céleste. Ma mère! Je ne l'ai jamais invoquée en vain; et si jamais un danger me menaçait, elle viendrait à moi, elle me protégerait, elle me sauverait.

Mais qu'est-ce que c'est donc que ces dangers du monde, ces dangers inconnus dont on nous parle sans cesse? On dirait que derrière la porte de cette maison bénie sont embusquées des légions de démons.

Pourquoi ne pas nous signaler ces écueils vers lesquels nous marchons? Ils sont tout près de nous, ils sont inévitables, et cependant ces femmes prudentes, qui savent nous apprendre comment Jérosabel ramena les captifs qui abattirent l'autel et posèrent les fondements du second temple, ne peuvent rien nous dire des moyens d'échapper aux terribles dangers qui nous menacent.

. . . .

L'ARTICLE

Je vais donc affronter cet océan et ses tempêtes. Me voici lancée en pleine mer, car hier j'ai quitté le port, c'est-à-dire le couvent. Mes gros souliers lacés, mon chapeau de peluche noire, doublé de peluche rose, faisaient assez mauvaise figure dans l'élégante calèche de mon père. Je suis installée chez nous, je pourrais dire chez moi, car mon père veut que je sois la maîtresse du logis.

Jamais je ne pourrai faire assez sentir l'effet de ce contraste. Hier encore, je couchais dans un long dortoir badigeonné, éclairé par la lueur lugubre d'une lampe agonisante suspendue au plafond. Aujourd'hui, me voici dans un nid coquet, tout rose, avec de la mousseline à foison, tamisant, à travers sa doublure de taffetas, un jour qu'on dirait distillé comme un parfum. C'est ma chambre. Comment rendre la valeur de ce pronom possessif? Ma chambre, à moi toute seule, mon empire, mon domaine !

J'ai un petit cabinet d'étude qui donne sur une grande cour, au fond de laquelle on aperçoit une charmante petite maison, isolée, mystérieuse, toute tapissée de fleurs.

II

10 janvier.

« En entrant hier dans la maison de mon père, j'ai sauté au cou de miss Dowson, installée depuis la veille dans une chambre contiguë à la mienne. Elle a, suivant sa coutume, la digne personne, peu répondu à mes élans de tendresse. Quel dommage qu'avec un cœur comme le sien elle soit si roide et si froide, au moins en apparence ! Qui pourrait croire, en la voyant ainsi longue, sèche, jaune, silencieuse, son visage dur encadré dans ses cheveux blancs, que ce soit là le type du dévouement ? Un dévouement muet, impassible, auquel les plus grands sacrifices ne coûtent rien, tant l'abnégation est une chose qui lui est devenue naturelle. Sa grande étude est de se maintenir toujours au dernier plan. Elle marche sans bruit, Elle se fait impalpable, ne pouvant pas se faire petite; son corps semble étiré et passé au laminoir. Il n'a que des os et des muscles. Oh ! je puis insister sur ses défauts physiques; il semble qu'ils fassent ressortir ses qualités morales, Son âme est encore plus grande que sa taille.

. . . .

Eh bien ! voyons! voilà pourtant le monde qui se présente à moi, dès les premiers pas, sous un aspect rassurant. Miss Dowson a élevé ma mère. Il me semble que mon existence date du jour de cette scène terrible dont le tableau déchirant se présente souvent à mon imagination. J'étais bien jeune, j'avais huit ans; je vois ma mère couchée, mourante, jeune et belle, malgré sa paleur; je vois ses cheveux noirs déroulés autour de son visage amaigri. Ma mère m'appelle et place ma petite main dans la main osseuse de miss Dowson qui, d'une voix grave et avec une émotion qu'elle veut comprimer, fait une promesse dont je n'ai compris le sens que plus tard. Une promesse qu'elle tient encore en ce moment et à laquelle mon père s'est associé, car il vient de m'expliquer que, s'il a pu me prendre auprès de lui, c'est parce que ma vieille amie a consenti à sacrifier son repos et à venir occuper auprès de moi le poste qu'elle et lui avaient juré de ne confier à aucun autre.

. . . .

Ce matin, j'ai donné à la fille du concierge mes souliers lacés et mon chapeau de peluche. J'ai choisi chez Meier de belles bottines mordorées. J'ai recommandé qu'on me mit beaucoup de fleurs sur un amour de chapeau en tulle qu'on va m'apporter tout à l'heure; j'aurai demain une robe en foulard des Indes, et maintenant je me sens transformée ! Eh ! mon Dieu ! qui sait ? Si j'allais être belle un jour ! Actuellement, je suis, sinon laide, du moins disgracieuse incontestablement; mes bandeaux tout plats, avec un chignon très serré derrière la nuque, offrent une vague ressemblance avec un bonnet de soie noire. Mais, patience ! J'ai de longs et épais cheveux noirs qui vont participer à l'épanouissement général de tout mon être; il ne sera pas défendu de leur rendre un peu de liberté.

Je ne suis pas assez pâle et je n'ai le pas teint élégiaque. Ah! si j'avais pu être blonde et vaporeuse, et avoir facilement des attaques de nerfs comme mademoiselle Georgina de Mailly, qui griffe lorsqu'on l'impatiente, j'aurais été plus appréciée.

En revanche, j'entrevois des avantages qui se font valoir d'eux-mêmes : un nez délicat, des yeux qu'on dit expressifs...

Décidément, mon portrait s'arrêtera ici, je n'ai pas le courage de m'analyser davantage, je ne le dois pas, et pourtant je voudrais être belle, mais pour moi ; je pourrais dire : pour la satisfaction de ma conscience, parce qu'il me semble qu'on doit mettre au nombre des devoirs de la femme l'obligation de plaire et par là d'exercer tout son empire. Une femme qui renonce à charmer ceux qu'elle doit aimer, et à répandre autour d'elle une heureuse et salutaire influence, est une reine qui abdique.

Je n'abdiquerai pas! Je veux séduire tout ce qui m'approchera. J'ai déjà commencé mon petit travail, j'ai cherché à séduire miss Dowson, mais si j'ai eu du succès, il n'a pas été apparent. C'est un roc, cette femme-là! Elle a été de glace à toutes mes câlineries. Dire qu'elle se met en boule quand on la cajole, ne serait pas une image exacte, à cause de sa stature de tambour-major ; mais elle ne présente guère que ses aspérités, même aux gens qu'elle aime le mieux, et je sais bien que je suis de ce nombre. C'est égal ! je ne me rebuterai pas, je creuserai ce roc, j'y introduirai une mine, et un beau jour, à la première étincelle, il sautera.

16 janvier.

« Ah ! par exemple, j'ai conquis un adorateur fervent, passionné, c'est mon père. Celui-là n'a qu'à bien se tenir ! je lui prédis que je le mènerai loin. Ah ! monsieur mon père ! parce que vous m'avez vue dévorer gloutonnement les marrons glacés et les éclairs au chocolat que vous m'apportiez au parloir, parce que je me bornais à vous demander des nouvelles du petit chien, où à me plaindre des engelures qui me gerçaient les mains, vous pensiez que j'étais niaise, et que je n'avais ni cœur ni intelligence. Eh bien ! laissez-moi faire et vous verrez !

Le cœur ne peut prendre son élan qu'à la condition de jouir d'une certaine liberté. Quand vous m'apparaissiez, dans vos rares visites, avec un visage distrait, sur lequel je lisais la trace de préoccupations dont vous ne me faisiez pas confidence, je me refermais sur moi-même ; c'est tout simple. Maintenant, vous m'appartenez, je vous en avertis, et il va y avoir entre nous deux, une lutte terrible !

Quoique toute petite fille, j'étais plus femme que je n'en avais l'air, et j'ai bien deviné, bien pressenti, si vous l'aimez mieux, un mystère dont j'aurai la clef.

Pourquoi ces préoccupations dont je parlais tout à l'heure, auxquelles succédaient des joies et des airs épanouis qui devaient avoir un motif? Pourquoi ma mère pleurait-elle quelquefois toute seule? Pourquoi cet isolement, dont elle avait pris l'habitude? Pourquoi m'appelait-elle tout à coup pour m'embrasser convulsivement, en silence, et me tenir longtemps entre ses genoux, les deux mains appuyées sur mes épaules, me regardant fixement dans les yeux, tout au fond de l'âme, et cherchant à lire dans mon regard je ne sais quoi qui m'inquiétait?

Peut-être sentait-elle la mort venir. Peut-être comprenait-elle qu'elle ne serait plus là bientôt pour me protéger, et elle voulait se rassurer en fouillant dans mon âme pour y voir ce que je deviendrais. Eh bien ! me voilà, ma bonne mère; je suis une grande fille honnête et droite, j'ose l'affirmer, et si j'ai compris ta pensée, je ne faillirai pas à la mission que tu me donnais en silence.

Si restreinte que soit la compétence d'une jeune fille, elle a pourtant son rôle dans la famille. Tant qu'elle vit éloignée de la maison paternelle, elle songe peu à toutes ces questions, qui ont bien le droit de l'occuper et dont la pensée, venant l'assaillir subitement, la transforme et la mûrit.

20 janvier.

. . . .

« Mon père a voulu me faire voir les curiosités de la *capitale*, absolument comme si j'arrivais de Castelnaudary. Je reviens de bien plus loin encore ! et j'ai à propos de tout des étonnements naïfs qui le ravissent. Le plan de l'excursion a été concerté devant moi, avec miss Dowson.

— Nous allons visiter, dit mon père, la Sainte-Chapelle, Notre-Dame, le musée de Cluny.

— Oh ! a fait miss Dowson avec ce son de voix tout britannique, à la fois guttural et aigu qui lui est propre, le musée de Cluny !

Il m'a semblé que les os de ses pommettes se couvraient, lorsqu'elle disait ces mots, d'une légère rougeur.

— Vous n'aimez pas la collection Du Sommerard, a dit mon père, très bien ! nous brûlerons le musée de Cluny. J'entends que nous le laisserons de côté. Diable ! pas d'amphibologie. Nous nous rabattrons sur le musée du Louvre, nous verrons les salons de peinture, les salons de sculpture.

— Oh ! a fait encore miss Dowson, les salons de sculpture !

— Faut-il les brûler aussi ? Soit !

Nous sommes partis après avoir donné l'ordre au cocher de nous conduire à Notre-Dame. En route, mon père m'a dit :

— Quel vilain quartier nous allons traverser ! si nous remplacions cette promenade par un tour au bois ?

— Comme tu voudras, cher père, ai-je répondu.

Et voilà comme j'ai vu les curiosités de Paris !

Il est vrai que le soir, pour me dédommager et malgré les observations de miss Dowson, j'ai mis pour la première fois les pieds dans une salle de spectacle. J'ai entendu la *Dame blanche* à l'Opéra-Comique.

Un ami de mon père est venu dans notre loge. On le nomme le comte de Mézin. Il peut avoir une quarantaine d'années : sa mise est irréprochable, ses manières distinguées. Il a été charmant pour moi ; il m'a fait apporter une boîte d'oranges glacées. Mon père paraît l'aimer beaucoup : je ne demande pas mieux que d'être à mon tour très aimable avec lui. Voilà donc encore quelqu'un que je pourrai réussir à ensorceler.

III.

26 janvier.

« J'ai une idée superbe, oh ! mais une idée tellement sublime, tellement admirable qu'elle est tout simplement destinée à révolutionner le globe. La preuve que je n'exagère pas, c'est que du premier coup elle vient de produire un miracle : elle a fondu la glace de miss Dowson ; je n'ai eu qu'à lui exposer mon idée. Sans rien répondre, miss Dowson m'a embrassée, j'ai cru un instant qu'elle allait pleurer ; je me trompais.

Mon Dieu ! mon Dieu ! pourvu qu'elle soit bien à moi, mon idée, pourvu que personne ne l'ait eue avant moi. Au reste, peu importe ! j'aurai au moins le mérite de la propager, de triompher des obstacles.

Voilà ce que c'est :

J'ai trouvé le moyen de supprimer tous les pauvres ; il n'y en aura plus un seul ni dans Paris, ni dans aucun des endroits où je pourrai faire entendre ma voix.

Or, pour cela que faut-il ? presque rien.

Il faut simplement que tous les habitants d'une même maison se réunissent pour adopter à eux tous, une famille, une seule.

Voyez quelle charge imperceptible cela impose à chacun :

Le propriétaire cède gratis, suivant l'importance de sa propriété, soit un petit logement pour une famille nombreuse, soit un simple cabinet pour un vieillard ou un infirme.

Un morceau de pain prélevé sur la ration quotidienne de chaque locataire nourrit la famille adoptée. Les vêtements de rebut sont mis de côté pour elle ; les commerçants lui donnent les marchandises un peu avariées. Le superflu qui se perd trouve son emploi et devient une richesse : ce pain dont je nourris mes pauvres, ce n'est pas le pain de la charité légale ; ce n'est pas le pain humiliant de l'aumône ; non ; je crée un lien qui rapproche les heureux des malheureux de ce monde ; c'est le patronage antique christianisé, c'est presque un lien de famille ; c'est le voisinage dont je fais une force.

— Rêveries de jeune fille ! a dit mon père en secouant la tête d'un air indulgent, lorsque je lui ai exposé mon plan.

Ce mot m'a serré le cœur.

Oh ! je comprends en y réfléchissant mieux. Les hommes font peu de cas des idées qui ne sont pas transformées en faits, et ils ont raison.

Mais patience ! que je réussisse seulement à réunir un petit noyau de gens qui consentent à prêcher avec moi cette croisade contre la misère, et on verra grandir mon idée.

Eh quoi ! se décourager pour un mot, c'est la marque d'un cœur lâche, et je sens bien que le mien est vaillant. J'irai jusqu'au bout.

Voici justement M. de Mézin ; je vais lui faire part de mon idée : que va-t-il me répondre ?...

Allons ! encore une déception.

Il a souri de ce même sourire mélangé d'indulgence et de pitié qui paraît être la réponse dont les hommes nous accueillent lorsque nous voulons essayer de sortir de notre rôle de poupée à ressort ; mais je ne lui ai pas permis de se renfermer dans ce silence commode, j'ai exigé des objections.

— Il m'en faut, lui ai-je dit, sinon je ne me rends pas.

— Des objections, a-t-il dit, en souriant, mais elles abondent, mademoiselle. Savez-vous bien, d'abord, que sans vous en douter, vous prêchez un peu le communisme ?

Je n'ai pas compris, mais je me suis gardée de l'interrompre ; il sera toujours temps de savoir plus tard ce que c'est que le communisme.

— Et puis, voyez-vous, multiplier les secours, c'est multiplier le nombre des pauvres.

— D'accord, ai-je répondu, si vous parlez de secours inintelligents qui encouragent la paresse ; mais je vous parle, moi, de l'intervention des riches, précisément pour stimuler le zèle de ceux qui peuvent travailler et pour leur procurer de l'ouvrage.

— Oui, j'entends bien, la fraternité universelle ; c'est une utopie, croyez-moi.

Une utopie ! Voilà un affreux mot ; je le hais d'instinct. Il me fait l'effet d'une grande vilaine serrure destinée à fermer la porte à toutes les bonnes idées.

Pour l'amour de Dieu, qu'en savez-vous, si c'est une utopie ? Essayez au moins, la chose en vaut la peine. Quand vous aurez été partout repoussé, il sera temps de vous prononcer.

10 février.

« Victoire ! oh ! une victoire assez mince, mais enfin j'ai fait un pas vers la réalisation du projet, auquel je me cramponne, car je suis obstinée.

Il ne me reste plus à installer le pauvre du logis que dans soixante-huit mille neuf cent quatre-vingt-dix-huit maisons, pour ne parler que de Paris, qui contient, m'a-t-on dit, soixante-huit mille neuf cent quatre-vingt-dix-neuf maisons.

C'est à mon père que je dois ce succès.

J'avais bien compris qu'il ne pouvait pas passer avec moi toutes ses soirées. Dans les premiers jours, il avait renoncé à son cercle ; il y est retourné sur mes instances et dès le lendemain il m'a apporté une grosse rançon, le prix de sa liberté ; cinq cents francs pour mes pauvres. De plus, il m'a autorisée à mettre en pratique ma pensée favorite : notre maison aura sa famille adoptée ; mais, jusqu'à présent, malheureusement adoptée par moi seule. J'aviserai au moyen de battre le rappel dans les appartements voisins, et de réunir en une famille les rares locataires qui habitent avec nous notre maison de la rue Léonie.

Je dois m'occuper de notre entourage ; il n'est pas très nombreux. Au-dessus de nous demeure un jeune médecin déjà en grand renom, M. Paul Combes Je l'ai vu très peu, cependant j'ai contracté envers lui une dette de reconnaissance pour les soins dévoués qu'en mon absence il a donnés à mon père. Il est absorbé par sa profession ; je crois cependant que je puis compter sur lui.

Au fond de la cour est un pavillon précédé d'un joli jardin ; il est occupé par une dame âgée, qui loge seule avec son fils. On la nomme madame Gérard. Je rencontre cette dame tous les jours à la messe, elle me salue et elle me regarde avec un intérêt visible. Il paraît qu'elle vit très retirée et ne reçoit jamais personne. J'aime qu'on se mette, comme nous faisons elle et moi, chaque matin, en présence de Dieu et de soi-même. Elle m'est

C'était mon père que je n'avais pas vu depuis la veille. — Page 56.

extrêmement sympathique. Il y a dans ses manières une réserve, une discrétion pleine de noblesse et de fierté. Elle et son fils paraissent se suffire l'un à l'autre. Si je pouvais surprendre leur secret! Je voudrais tant suffire à mon père!

On les voit tous les deux soigner avec amour leur jardin et la petite serre adossée au mur de droite; ils y mettent les fleurs les plus rares et les plus belles, c'est un véritable paradis, dont les magnificences attirent malgré moi mon attention.

J'adore les fleurs, et j'avoue que parfois je regarde du coin de l'œil celles qui égayent et embellissent le fond de notre cour.

Il m'arrive aussi d'écouter, et alors j'entends des valses de Chopin, des fragments de Schubert ou de Mozart, joués sur le piano avec un sentiment exquis et profond; c'est le fils de ma voisine, M. Georges Gérard. Ma femme de chambre m'a dit, je crois, qu'il se nommait ainsi.

Je ne songe pas sans un peu d'ennui, que si le son de son piano m'arrive, il doit m'entendre aussi, et je n'ose plus jouer les morceaux qu'il exécute, non pas seulement parce que je les jouerais plus mal que lui, mais surtout parce que j'aurais l'air d'entamer un dialogue musical avec ce jeune homme, que je ne connais pas.

IV

12 février.

« Ce matin, j'entends un grand bruit en face des croisées de ma chambre qui donne sur la rue. »

— Coupez les traits! crient plusieurs voix, il ne pourra pas se relever, la jambe est prise sous le brancard, la tête a porté sur le pavé.

Une voix avinée, brutale, commune, domine toutes ces voix :

— Mêlez-vous de vos affaires, crie-t-elle, je connais mon métier, j'ai pas besoin de vous.

Et des coups de fouet retentissent, coups de fouet terribles qu'on entend continuellement à Paris, coups de fouet de charretier en colère; ils ont un son particulier et vous déchirent les oreilles et le cœur.

Je me suis promis de ne jamais regarder dans la rue lorsqu'il s'y passe des scènes de ce genre. Cela me donne des émotions inutiles. Quel secours puis-je porter à ces pauvres chevaux qu'on martyrise?... Je ne puis pas joindre ma voix à celle des personnes qui intercèdent pour eux. Si j'étais homme, je voudrais m'élancer dans la rue, les aider à se relever, soulager leurs souffrances, châtier leurs bourreaux, je voudrais...

Mais si la grandeur de Louis XIV l'attachait au rivage, ma position, mon sexe m'attachent à ma croisée, autant n'y pas paraître.

Cependant, aujourd'hui, le bruit augmente de telle sorte, une telle rumeur emplit la rue, que la curiosité s'empare de moi. Je m'élance à la croisée, je l'ouvre, et derrière les persiennes entre-bâillées, je regarde.

Ah! mon Dieu! c'est affreux!

Une lourde charrette de pierres est là, au milieu de la rue, à quelques mètres au-dessous de moi. Le cheval de brancard, une pauvre bête, vieille, infirme, osseuse, a glissé sur le verglas et s'est abattue, une de ses jambes est à moitié brisée, sa grande tête blanche, intelligente encore, malgré les souffrances et la vieillesse, est étendue sur le pavé; du sang coule de sa bouche et, de ses yeux à moitié fermés, on croirait voir sortir de grosses larmes.

Quelques-unes des pierres que contient la charrette, violemment rejetées en avant, dans la chute, sont tombées sur la croupe de la pauvre bête et pèsent sur elle de tout leur poids.

Eh bien! c'est sur cet animal, infirme, malade, blessé, prêt à mourir, que s'acharne cet homme.

Il voulait qu'il se relevât tout de suite, il le frappe pour qu'il se relève.

Quelle infamie! mon Dieu, quelle infamie! Il y a donc des hommes bien cruels!

Quoi! un sergent de ville ne viendra pas faire cesser cette scène! Non, les sergents de ville, disait l'autre jour mon père, ne se trouvent jamais dans l'endroit où l'on a besoin d'eux.

Tous ces gens qui sont là, sous ma croisée, qui voient ce qui se passe, n'ont-ils donc pas un peu de cœur?

Debout, sur le trottoir ils regardent, font des réflexions et donnent des conseils. Cependant un vieux monsieur s'est avancé et a dit : « Vous avez tort, mon ami, de frapper cet animal. » Le charretier lui a ri au nez, et a fait claquer son fouet de plus belle. Le vieux

monsieur a eu peur et n'a pas tardé à disparaître dans la foule.

Quelques bonnes âmes, je dois en convenir, ont enlevé les pierres qui recouvraient à moitié la pauvre bête. D'autres se sont pendues derrière la voiture et essayent de la soulever. Mais le cheval n'en souffre que plus cruellement : le brancard, soulevé par intermittences, retombe bientôt de tout son poids sur sa jambe blessée.

— Allons! crie le charretier, cette rosse ne voudra donc pas se relever. Attends un peu, je vais te donner du courage. La mèche de mon fouet ne te fait rien, tu vas en sentir le manche.

Alors il prend son fouet à deux mains, et s'en servant comme d'une massue, il le lève sur la tête de son cheval.

Je veux me retirer, je ne peux pas voir de telles horreurs, et cependant une force invincible me retient là, clouée à ma place.

Que faites-vous donc, vous autres? Vous voyez bien qu'il va frapper. Vous vous contentez de murmurer lorsqu'il faudrait agir.

Un homme de cœur! De grâce, un homme de cœur; non plus pour porter secours au cheval, mais pour châtier cet infâme. Ce n'est plus de la pitié que je ressens, c'est de la colère, de l'indignation.

Une seconde encore et le manche du fouet va s'abattre sur la pauvre bête!

Elle a fermé les yeux et elle attend.

Je pousse un cri.

Quoi! ai-je été entendue?

Un homme vient de fendre la foule.

Il s'est élancé sur le charretier, et, saisissant son fouet :

— Je te défends de frapper ce cheval! s'écrie-t-il.

— De quoi te mêles-tu? répond insolemment le charretier.

— Peu importe! obéis.

— C'est mon cheval; j'ai le droit de le frapper.

— C'est possible; moi, je te le défends.

— Es-tu de la police?

— Non.

— Alors, retire-toi.

— Je ne me retirerai pas.

— Ah! c'est comme cela! T'es pas de la police, et tu veux me donner des ordres? Eh bien, nous allons rire. A nous deux, maintenant.

D'un brusque mouvement, il dégage son fouet des mains de celui qui le tient, fait deux pas en arrière et toise son adversaire.

Je le regarde aussi.

C'est un jeune homme de trente-quatre à trente-six ans, grand, un peu maigre, pâle avec de grands yeux noirs très doux.

Il est habillé très simplement, presque en noir; une redingote lui serre la taille, ses mains sont nues, mais il tient à la main droite une paire de gants.

Si une lutte s'engage entre ces deux hommes, il est évident que le charretier aura le dessus.

On dirait un hercule : ses poignets sont énormes, il a un cou de taureau, des épaules carrées, une grosse tête ronde sur laquelle est plantée une forêt de cheveux roux, courts, durs, presque droits.

Il a conscience de sa force, car il semble prendre en pitié son adversaire : après l'avoir regardé, il rit d'un gros rire insolent et s'écrie :

— Allons ! je veux bien t'avertir une dernière fois, file, ou je cogne sur toi maintenant.

— Je t'en défie, dit simplement le jeune homme.

Il se croise les bras, relève la tête et regarde fixement son adversaire dans les yeux.

Je crois qu'intimidé par ce sang-froid, le charretier se serait apaisé. Mais des hommes du peuple l'entourent et paraissent l'encourager.

Il a une galerie.

— Ils se battront, ils ne se battront pas, crie un gamin.

— La blouse a peur, dit une voix.

— L'habit est plus crâne, dit une autre.

— Vive l'habit !

Alors, excité de la sorte, le charretier rugit, blasphème et s'élance tête baissée sur son adversaire.

Celui-ci, au moment où cette masse va l'atteindre en pleine poitrine, fait lestement un saut de côté, et le charretier, entraîné par son propre élan, s'abat lourdement sur le pavé, à côté de son cheval.

— Bravo ! bravo ! crient les gamins.

Pour eux, il n'y a plus de blouse et d'habit.

Ils ne voient que le vainqueur et ils l'applaudissent.

Mais l'homme s'est relevé.

Aveuglé par la colère, fou de rage, il fouille dans sa poche, tire un couteau et s'avance.

— Prenez garde ! prenez garde ! crie-t-on maintenant de tous côtés, il va vous tuer ! Il est armé !... Sauvez-vous !... C'est pas de jeu !... À bas le couteau !... Faut le faire arrêter !...

— Laissez faire, répond le jeune homme en souriant d'une façon charmante.

Lorsque le charretier, revenu sur lui, lève sa main armée, il décroise tranquillement ses bras, les étend, saisit les poignets de son adversaire, les secoue violemment pour faire tomber le couteau qui roule à terre, et doucement alors, sans se presser, comme s'il s'agissait d'un exercice gymnastique, pendant que la foule émerveillée applaudit, il tord les poignets du misérable avec une telle force musculaire, il lui broie les os avec une telle vigueur, que celui-ci éperdu, anéanti, brisé, se met à crier :

— Grâce !

Alors le vainqueur, toujours souriant, entraîne le vaincu près de son cheval, et le lui montrant :

— Lui as-tu fait grâce ? s'écrie-t-il. Tu étais le plus fort et tu frappais. À genoux maintenant, et demande pardon, non pas à cette pauvre bête qui ne peut te

comprendre, mais à Dieu que tu as offensé en maltraitant une de ses créatures. Voyons, à genoux.

Le charretier veut résister. Mais sous la lente pression de celui qui lui tient les poignets, ses bras se courbent, ses jambes fléchissent, son corps tremble, il tombe à genoux.

Alors, le jeune homme ouvre les mains, lâche son adversaire, et celui-ci vaincu, dominé, soumis, se relève lentement.

De toutes parts éclatent des applaudissements ; et moi derrière ma persienne, je ne puis me défendre de crier : Bravo !

M'aurait-il entendu ? Il m'a semblé qu'il avait levé vers moi son regard mélancolique et doux.

Mais sa tâche n'est pas finie. Il s'approche du charretier encore abasourdi et tremblant, et lui dit :

— Cette voiture et ces chevaux sont-ils à toi ?

— Oui, monsieur.

— Eh bien ! je t'achète le cheval que tu viens de brutaliser ; il ne vaut pas deux cents francs. En voici trois cents. Je ne veux pas que tu te venges, tout à l'heure, sur cette pauvre bête, du traitement que je t'ai fait subir. Consens-tu ?

— Il faut bien vous obéir, monsieur, dit l'homme, devenu poli. Est-ce qu'on peut vous résister ?

— Alors, à l'ouvrage, je vais t'aider. Un coup de main, vous autres, ajoute-t-il en s'adressant aux spectateurs.

En un clin d'œil la voiture est soulevée, et le cheval, dégagé de son lourd harnais soutenu par dix bras, se relève lentement.

Son nouveau propriétaire dit un mot à l'oreille d'un des gamins qui l'entourent, lui met une pièce de monnaie dans la main, et l'animal, escorté par l'enfant, s'éloigne doucement en traînant sa jambe blessée.

L'attroupement s'est dissipé.

Le charretier attèle au brancard un de ses chevaux de trait, et le jeune homme, toujours simple et tranquille, disparaît bientôt dans la direction qu'a prise le cheval.

Il me semble que la pauvre bête s'est retournée pour le chercher des yeux. A-t-elle compris ce qui vient de se passer ?

Les animaux auraient-ils une âme ?

Je n'essayerai pas aujourd'hui de résoudre cette grave question. Je suis encore émue de la scène à laquelle je viens d'assister et toute entière à cette idée : la force physique est une belle chose.

Moi qui la trouvais inutile autrefois pour un homme du monde !

J'avais tort.

Être fort et n'avoir pas l'air de l'être, être fort sous des apparences élégantes et distinguées, c'est superbe !

. . . .

Quel est donc ce jeune homme ?

Je voudrais au moins connaître son nom ! Il est bon, il est brave, il est généreux !

V

15 février.

« Je le connais, enfin !

Je sortais avec miss Dowson, lorsque j'aperçois une personne qui, debout devant la loge du concierge, semble demander un renseignement. Elle me tourne le dos, mais j'ai vu quelque part cette taille, ce buste !

Tout à coup, la taille se retourne ! C'est lui ! l'inconnu. Je ne puis m'y tromper. Il ôte son chapeau et se range contre la muraille pour me faire de la place ; je passe et je m'éloigne au bras de miss Dowson.

Qu'est-ce que cela signifie ?

Que vient-il faire dans ma maison ?

. . . .

J'ai voulu éclaircir ce mystère.

Tout à l'heure en rentrant, j'ai pris mon grand air indifférent et j'ai dit au concierge :

— Il est bien entendu, n'est-ce pas, que vous ne louez pas, sans me prévenir, le petit appartement vacant du cinquième ; j'en aurai peut-être besoin pour mes pauvres.

— Non, certainement, mademoiselle m'a prévenu.

— C'est que j'ai eu peur tantôt. Un monsieur causait avec vous lorsque je suis sortie, et j'ai craint qu'il ne vînt pour vous louer.

— Oh ! que mademoiselle se rassure ! Il demeure déjà dans la maison : c'est le locataire du fond de la cour, M. Gérard ; mademoiselle sait bien : M. Georges Gérard, qui habite avec sa mère le petit pavillon.

— Vous me rassurez, ai-je dit en souriant pour cacher ma surprise, et je me suis éloignée.

Ah ! c'est M. Gérard ! J'en suis bien aise, sa mère m'est très sympathique et elle doit être heureuse avec un tel fils.

. . . .

Hélas ! j'ai beau faire ; mon père se prodigue au dehors, j'avais tout mis en œuvre cependant pour le retenir et le charmer, mais il faut bien me l'avouer, j'ai échoué.

Mes débuts avaient été si heureux ! J'exploitais son affection pour moi ; son affection n'a pas diminué, mais j'ai senti peu à peu la conversation devenir plus difficile entre mon père et moi.

Je pensais que le souvenir de ma mère serait un lien sacré entre nous ; lorsque j'évoque ce souvenir, il me semble que chez mon père j'évoque un remords ; il fronce le sourcil, se tait, regarde au plafond, et bientôt clôt l'entretien par son moyen accoutumé : il prend son chapeau et sort. Si encore il rentrait plus calme de ses excursions au dehors, mais souvent j'épie son retour, il m'arrive même de rester debout jusqu'à une heure très avancée de la nuit ; il me gronde, il ne veut

pas que je l'attende ainsi, et je constate avec désespoir qu'il rentre agité, maussade, inquiet.

. . . .

VI

8 mars.

« Ma grotte continue à résonner de chants de mon voisin ; décidément il a plus d'un talent, il bat les charretiers de main de maître et il module avec une grâce exquise sur son piano les plaintes les plus touchantes. C'est un tourtereau qui roucoule, mais au besoin il peut devenir un lion qui rugit.

Il n'y a pas à dire, il faut que j'aille voir sa mère, puisque j'ai annoncé ma visite, et maintenant cette visite m'intimide beaucoup.

Après tout, il s'agit d'une bonne œuvre, et le pauvre que nous devons prendre sous notre protection ne doit pas souffrir de mes sottes timidités de pensionnaire.

Où l'irons-nous chercher, ce pauvre ? madame Gérard a les siens ; j'ai les miens aussi, mais je deviens délicate et difficile. Je ne voudrais pas de pauvres qui appartiennent à la bienfaisance publique ou privée et qui se sont fait de leur pauvreté une habitude, je dirais presque un métier.

. . . .

10 mars.

« Je viens de prendre mon courage à deux mains, et, miss Dowson sous le bras, je suis allée bravement faire ma visite à madame Gérard.

Décidément, sa serre est délicieuse ; il est impossible de réunir, dans un espace restreint, des plantes plus merveilleuses et de les grouper avec plus de goût. Des gens qui savent ainsi aimer les fleurs ne peuvent avoir l'âme mauvaise. Je craignais de rencontrer M. Georges Gérard ; il ne s'est pas montré ; je suis fâchée pourtant de ne l'avoir pu voir d'un peu plus près et de n'avoir pu causer avec lui quelques instants.

J'étais décidée à être très aimable avec sa mère, et je n'ai pas eu de peine à me tenir parole. Le début de l'entretien a été plein d'expansion.

— C'est bien charmant à vous, mademoiselle, m'a dit madame Gérard, de songer à ceux qui souffrent, vous à qui tout sourit et qui seriez si excusable de vous laisser absorber par les plaisirs de votre âge.

— Croyez-vous donc, madame, que ce ne soit pas un plaisir, et le plus vif de tous, que de chercher à soulager la misère ? Voyez : en ce moment je suis déjà récompensée de cette idée, puisque cela me vaut le grand plaisir de causer avec vous.

— Tout le plaisir est pour moi, mademoiselle. Je vis seule, je fuis le monde, et je suis bien décidée à n'admettre dans ma retraite qu'un genre de distractions

que vous avez le bon goût d'apprécier : un peu de
bien à faire. Ma vie fort triste ne peut plus avoir d'autres
joies.

— Fort triste, dites-vous ; tout à l'heure, en traversant
ce jardin dont vous avez fait un oasis, je me disais qu'entourée comme vous l'êtes de belles fleurs, et vivant en
famille, loin des soucis du monde, on devait respirer ici
l'air du paradis.

— Vous avez raison, mademoiselle, je suis ingrate
envers la Providence. Je suis tout pour mon fils, et il
est tout pour moi ; nous nous sommes absorbés l'un
dans l'autre, au point de nous être fait une loi de ne voir
personne et de n'avoir point d'amis.

— Je trouve que vous êtes sévère pour vous-même
en vous imposant cet isolement sans nécessité.

— Sans nécessité ! dites-vous.

Ici les traits de la pauvre dame se sont contractés, j'ai
vu des larmes monter à sa paupière, et elle a repris avec
effort :

— Sans nécessité, comme vous dites ; c'est un caprice,
mais il est plus fort que notre volonté.

Sa voix était oppressée, j'ai senti que j'avais été indiscrète, que j'avais maladroitement touché une corde
sensible, et j'ai changé brusquement le sujet de la conversation.

J'aurais voulu réparer ma maladresse et trouver un
sujet d'entretien qui fût agréable à cette pauvre dame.
Au risque de ne pas paraître assez réservée, j'ai fait
allusion à son fils, puisque c'était le seul moyen de
me placer sur un terrain qui lui fût certainement
agréable :

— Vous aimez la musique, madame ? lui dis-je.

— Beaucoup ; mais j'ai le regret de ne pas en
faire.

— C'est peut-être une condition meilleure pour en
goûter le charme. Un paysage inconnu nous touche
plus qu'un site qui nous est familier. Vos auteurs favoris
sont, je crois, Chopin et Beethoven.

Elle a paru surprise de cette remarque. J'ai vu que
je venais d'aller trop loin ; j'ai rougi beaucoup ; je me
suis levée et suis partie un peu confuse.

VII

21 mars.

« Mon Dieu ! que se passe-t-il ? Mon père vient d'entrer
dans ma chambre, et m'a dit d'un ton qu'il s'efforçait de
rendre calme :

— Marcelle, n'as-tu pas par hasard, dans tes tiroirs,
quelques billets de mille francs qui traîneraient et dont
tu ne ferais rien : donne-les-moi, je te prie, j'en ai besoin immédiatement.

Ces mots m'ont serré le cœur. Ce mystère que je voulais connaître, je ne veux plus, je n'ose plus l'approfon-
dir. Je ne vois qu'une chose : mon père à un besoin
pressant d'argent et ne croit pas devoir me faire

d'autres confidences : il ne m'est pas permis de l'interroger.

J'ai en effet quelque argent dans un de mes tiroirs.
Mais cet argent n'est pas à moi : il appartient à mes
pauvres ; il leur est non seulement destiné, mais il leur
a été promis ; ils comptent sur cette ressource, et, si
elle leur manque, que deviendront-ils ?

Toutefois je n'hésite pas, et je remets mon petit trésor
à mon père, qui compte, et dit :

— Enfin, ce sera toujours cela !

Il sort, puis revient au bout de deux heures, et
m'annonce une nouvelle à laquelle j'étais loin de m'attendre.

— Je pars, me dit-il, je vais passer deux ou trois jours
à Hombourg. Je te laisse à miss Dowson, qui tâchera
de te faire oublier mon absence.

Immédiatement il sonne son valet de chambre, lui
donne des ordres et s'éloigne.

Me voilà seule ! J'ai d'affreux pressentiments.

Un journal me tombe sous la main, et j'y vois à la
quatrième page, aux annonces :

« Hombourg. L'administration offre aux voyageurs
les avantages accordés aux établissements les plus favo-
risés. »

Je ne comprends pas. Quelle affaire si pressée peu
appeler mon père à Hombourg, où il ne connaît personne ?

Oh ! c'est cruel d'être femme, d'être inutile, d'être impuissante !

Pourquoi Dieu nous a-t-il donné un cœur, si c'est
pour avoir à réprimer toutes nos sensations, pour ne
pas même comprendre ce qui se passe autour de nous ?
Comment, lorsque nous ne demandons qu'à nous dévouer, on ne nous juge pas dignes de savoir quel est le
mal dont souffrent ceux que nous aimons le plus ?

Quel est ce rôle honteux et cruel auquel sont destinées
les jeunes filles ?

Voyons, voyons, je veux comprendre absolument, je
veux avoir le secret de notre destinée. Il est impossible
que Dieu nous ait jetées sur la terre pour nous condamner à ce rôle passif ; qu'il nous ait dit : Tu souffri-
ras et tu ne sauras pas pourquoi. Tu auras de nobles
instincts, de grandes aspirations, mais tu ne pourras
pas les satisfaire, puisque tu devras ne rien connaître,
ne rien savoir et ne rien faire.

28 mars.

« Je respire... Mon père est revenu. Je ne sais s'il est
fort satisfait de son voyage, mais enfin je l'ai là sous la
main, il me semble qu'il ne peut plus m'échapper. Allons ! je m'effrayais à tort ; ce voyage, après tout, n'a
pas été long et la solitude ne m'a pas été mauvaise, elle
m'a donné des idées plus nettes sur bien des choses.

Il me reste un tourment : mon père ne me parle plus
de l'argent que je lui ai confié, et je suis dévorée de
honte et de remords quand je pense que je vais être

obligée de manquer de parole à mes pauvres. J'ai
trompé ces pauvres gens ; loin de leur être utile, je n'ose
plus aller les voir.

. . . .

Ce que vient de faire mon père est charmant et plein
de délicatesse. Depuis plusieurs jours je souffrais réellement au sujet de mes pauvres. Il a bien fallu cependant me décider à monter chez eux, les mains vides. Le
premier que j'ai abordé, la rougeur au front, m'a stu-
péfiée en m'adressant des remerciments que j'ai d'abord
cru ironiques, mais non, il avait reçu la somme promise.

— Et qui vous l'a apportée ? lui ai-je demandé.

— Un monsieur très distingué qui demeure dans la
maison de mademoiselle.

A ma seconde visite, mêmes remerciments, même
étonnemement, mêmes explications.

Il ne m'a pas fallu longtemps pour comprendre que
mon père a trouvé un moyen délicat pour me rendre
l'argent qu'il m'avait emprunté. J'ai sauté de joie ; non
seulement j'étais libérée envers mes créanciers, mais je
retrouvais mon père tel que je veux le trouver toujours.

J'avais espéré que madame Gérard me rendrait ma
visite ; j'aurais aimé à la voir pendant ces jours où je
suis restée seule ; mais non, personne. Le fait est qu'elle
m'avait déclaré nettement ne pas vouloir d'amis , ni
même de relations. Cette misanthropie est fâcheuse ; il
faut qu'elle ait beaucoup souffert.

Mais son fils, pourquoi le condamner à cette vie de
cénobite ? Voilà un singulier trait de caractère. C'est bien
étrange et c'est fâcheux, j'aurais beaucoup aimé cette
dame.

Je guettais le retour de mon père. Dès que j'ai pu le
voir, ce qui ne m'a pas été facile, il rentre si peu, je
lui ai sauté au cou en lui disant :

— Merci ! tu m'as rendue bien heureuse. Quelle bonne
surprise tu m'as faite, et comme tu as su garder ton
secret ! Tu m'épiais donc, pour connaître ainsi mes
pauvres et pouvoir leur porter l'argent que je leur avais
promis ! Miss Dowson m'a pourtant assuré que ce n'é-
tait pas elle qui t'avait donné tous les renseignements né-
cessaires.

— Que veux-tu dire ? a répondu mon père ; de quels
pauvres me parles-tu ? De quelle surprise ? Je te jure
que je ne comprends pas un mot à tout ce que tu
racontes. Non, ma chère Marcelle, non, malheureusement, ce n'est pas moi qui ai porté de l'argent à tes
pauvres. J'ai ces jours-ci des préoccupations sérieuses.
Pardonne-moi, mon enfant, réellement j'ai beaucoup
d'ennui.

Il m'a quittée sur ces mots désolants, et je suis restée anéantie, consternée.

Ainsi, je ne me trompais pas, mon père souffre, mon
père est malheureux, et je ne puis rien pour lui.

J'y songe : qui donc a pu se permettre de secourir

mes pauvres en mon nom ? Un monsieur habitant notre
maison, m'a-t-on dit.

M. Paul Combes, peut-être... Non, un médecin fait
du bien d'une autre façon, il visite les malades, il...
Alors, si ce n'est pas mon père, si ce n'est pas M. Paul
Combes, ce serait... Il le faut bien, puisqu'il n'y a pas
d'autre locataire dans la maison... Oui, c'est lui, c'est
M. Georges Gérard, je ne puis en douter... Mais pour
connaître mes pauvres, il m'a donc épiée... il m'a suivie... Ah ! c'est mal, très mal, je ne m'attendais pas à
cela de sa part.

                                        10 avril.

« Je vois mon père de moins en moins. Il dort toute
la matinée ; souvent à deux heures de l'après-midi il
n'est pas encore levé... Pourquoi se coucher si tard, on
s'amuse donc bien à son cercle ?... A peine habillé, il fait
atteler et sort pour ne rentrer qu'un quart d'heure avant
le dîner.

A table, il essaye de causer, d'animer la conversation ;
mais son esprit n'est pas avec nous, il paraît préoccupé,
inquiet. Qu'a-t-il donc ? Oh! je donnerais tout au monde
pour le savoir !

A huit heures et demie on annonce le comte de Mézin.
Il a pris l'habitude, depuis un mois, de venir nous
voir tous les jours. Autrefois, après m'avoir saluée,
s'être informé de ma santé, il se retirait chez mon père
et sortait avec lui. Maintenant il reste au moins une bonne
heure au salon.

Il cause, il raconte des nouvelles, il est surtout très
aimable avec moi et j'essaye de l'être avec lui, pour le
retenir le plus longtemps possible, c'est-à-dire pour retenir son ami. Mais c'est chose difficile. Vers neuf heures et demie, mon père se lève de son fauteuil et dit à
M de Mézin :

« Vous oubliez, cher ami, qu'on nous attend, venez-
vous ? »

M. de Mézin, qui ne peut rester seul avec moi est bien
obligé de suivre son ami.

Bientôt je me couche et je n'entends parler de mon
père que le lendemain à deux heures.

VIII.

                                        14 avril.

. . . .

« Madame Gérard ne m'a pas tout à fait oubliée. On
vient de m'apporter de sa part un magnifique bouquet
de roses mousseuses.

Ce souvenir m'a fait grand plaisir. Mais je garde toujours rancune à son fils.

Cependant que seraient devenus mes pauvres sans
lui ?

C'est égal, on ne suit pas les gens ; on n'a pas le droit
d'épier leur conduite.

J'ai mis dans mes cheveux une des fleurs du bouquet de roses.

Ma voisine m'apercevra peut-être à ma fenêtre ; c'est une façon de la remercier.

Si je retournais chez elle ! Non ; cette fois, je me rencontrerais sans doute avec M. Gérard, et je lui ferais mauvaise figure.

Quand ma colère sera passée, nous verrons ; demain peut-être.

10 avril.

. . . .

« Mais il n'est pas coupable. Je n'ai absolument rien à lui reprocher. J'ai été assez sotte pour accuser ce pauvre jeune homme de m'avoir suivie, de m'avoir épiée.

Voici ce qui est arrivé :

Les deux familles que j'essaye de protéger en secret ont été, il y a quelques jours, signalées à madame Gérard comme dignes d'intérêt.

Un peu souffrante et ne pouvant sortir, elle a, par exception, chargé M. Gérard d'aller porter des secours à sa place.

Les malheureux chez lesquels il s'est rendu de la part de sa mère ont demandé le nom de leur bienfaitrice ; il n'a pas voulu le leur dire par modestie, mais il a laissé à entendre qu'elle habitait la rue Léonie. Comme ces braves gens savaient déjà que je demeurais dans cette rue, ils ont tout naturellement supposé que M. Gérard était mon mandataire, et l'idée ne leur est pas venue de se dire qu'ils avaient deux protectrices au lieu d'une.

Ainsi, il n'avait commis aucune indiscrétion à mon sujet ; il ignorait même que je fusse en cause et il pensait probablement fort peu à moi.

Lui ! se mêler des affaires des autres ! Lui ! suivre, épier les gens, quelle folie ! Il est trop timide pour cela.

Oui, timide ! Cela paraît extraordinaire après ce que j'ai vu de ma croisée. Mais il obéissait alors à un sentiment de compassion et de justice. Il n'avait pu résister à son indignation ; il était sorti, pour un instant, de son caractère.

Du reste, j'ai bien remarqué qu'après sa scène avec le charretier, il avait jeté autour de lui des regards presque effrayés. On aurait dit qu'il avait honte de s'être ainsi donné en spectacle et qu'il craignait d'avoir été reconnu par une des personnes qui le regardaient.

Je m'étais enfin décidée, l'autre jour, à retourner chez madame Gérard. Pouvais-je tarder plus longtemps à la remercier de son bouquet, et ne lui avais-je pas annoncé ma visite ?

Miss Dowson m'accompagnait.

La servante qui nous introduisit ne voulait pas d'abord nous recevoir ; il paraît qu'il lui est interdit de laisser pénétrer des étrangers dans la retraite de ses maîtres. Mais elle se rappela nous avoir déjà vues, elle sait que j'habite la maison et elle se montra bientôt plus accommodante.

— Veuillez entrer dans ce salon, dit-elle, je vais aller prévenir madame.

Nous entrâmes et je me trouvai tout à coup en présence de M. Gérard, que la servante croyait sans doute dans une autre pièce.

En nous apercevant, il se leva brusquement d'un canapé où il était étendu et balbutia quelques mots d'excuses.

Il était évidemment confus et dépité d'être ainsi surpris à l'improviste.

Il se remit cependant, nous pria de nous asseoir, et il se disposait à aller chercher sa mère lorsque celle-ci entra.

Pendant la conversation que nous eûmes tous les quatre et qui dura près d'une heure, j'ai pu faire quelques observations sur M. Gérard.

Il m'intrigue un peu, je ne le cache pas ; je m'étonne de cette existence mystérieuse, inoccupée à trente ans, car il ne peut avoir beaucoup plus ; de cette vie sédentaire qui paraît en désaccord avec la force extraordinaire qu'il a déployée l'autre jour sous mes yeux et qui ne se rencontre ordinairement, me disait mon père, que chez des personnes qui vivent en plein air et se livrent à des travaux corporels.

S'il sort à peine, comme on l'assure, si son existence se passe dans ce salon où je l'ai surpris et dans le petit jardin que j'aperçois de mes fenêtres, comment peut-il avoir ce teint bruni, basané, qu'on remarque si rarement à Paris ? Aurait-il donc longtemps habité le midi de la France ou l'Amérique ?

Puis, il y a dans toute sa personne quelque chose de triste et de souffrant. Il parle peu, d'une voix très douce et pour ainsi dire craintive, comme on parle au couvent pendant les classes, dans la crainte des réprimandes.

Si la conversation l'intéresse, s'il s'anime, sa voix s'accentue tout à coup, ses yeux, qu'il tenait baissés, se lèvent, son regard devient franc, loyal, ce n'est plus le même homme.

Sa démarche est d'ordinaire languissante : il marche en se traînant un peu, la tête baissée, le dos voûté, puis, subitement, il se redresse et se tient d'autant plus droit qu'il était tout à l'heure plus courbé ; on dirait qu'il veut se corriger d'une mauvaise habitude.

Lorsqu'il consent à parler, il s'exprime en d'excellents termes et dit des choses très justes, souvent élevées.

Sa conversation ne ressemble en rien à celle de M. de Mézin. Autant celui-ci est enjoué et léger, autant M. Georges Gérard se montre calme et sérieux. L'un parle pour dire quelque chose, n'importe quoi ; l'autre parle pour exprimer sa pensée. On entend le premier, on écoute le second. Il est évident pour moi que le fils de ma voisine a dû beaucoup vivre dans la solitude, seul à seul avec lui-même, n'ayant d'autre distraction que de réfléchir à de graves questions, les débattre dans son esprit et les résoudre peut-être.

Je l'ai dit, il doit avoir souffert, et on ne le croirait pas, tant il se montre indulgent et bon. Nous avons naturellement causé de pauvres et d'infortunes à soulager. Eh bien ! je ne l'ai pas entendu dire une seule fois une de ces phrases banales dont M. de Mézin ne m'a jamais fait grâce : « Il n'y a de pauvres que ceux qui le veulent bien. Tout le monde peut travailler. Faire l'aumône, c'est encourager la paresse et l'élever à l'état d'industrie et de profession. »

M. Gérard reconnait, au contraire, que beaucoup de malheureux ont lutté, ont travaillé avec énergie et ne se sont adressés à la charité publique qu'épuisés, à bout de forces, impuissants à se suffire à eux-mêmes.

« Tout le monde ne peut travailler, m'a-t-il dit. Parmi les déshérités du travail, il faut compter les malades, les infirmes, les faibles, les découragés et ceux qui ont autrefois commis une faute, qui ont été flétris par une peine, et que la société repousse. A tous ces malheureux on doit essayer de venir en aide, sans se demander si leurs infirmités sont la conséquence d'égarements et de vices, si leur découragement n'est pas de la lâcheté, si la faute qu'ils ont commise mérite une éternelle réprobation.

Ah ! voilà des pensées généreuses ! J'ai eu grand plaisir à entendre M. Gérard s'exprimer de la sorte. Pendant qu'il parlait, sa mère paraissait si heureuse ! C'est qu'en vérité, je me sens très sérieusement attirée vers ma voisine ; je m'attache peu à peu à elle, je me réjouis de ses joies. Peut-être cette sympathie, cette sorte d'attraction viennent-elles de ce que madame Gérard me rappelle ma mère. Oui, c'est le même regard, le même sourire, le même son de voix d'une douceur extraordinaire.

Elle a fait ma conquête, et, si je ne craignais pas d'être indiscrète, je retournerais souvent la voir.

Mais ai-je bien le droit de troubler la solitude dans laquelle mes voisins paraissent se complaire ?

IX

23 avril.

. . . .

« Beaucoup de choses qui m'ont étonné chez M. Gérard s'expliquent tout naturellement : il doit avoir été officier de marine.

D'abord, il est échappé à madame Gérard de dire devant moi qu'elle avait été longtemps séparée de son fils ; c'est tout naturel, il voyageait.

Puis, ce teint basané qui m'a frappée, cette force corporelle que doivent donner l'existence active et l'air de la mer ; cette marche lente et un peu traînante du marin dont la promenade est des plus limitées ; cette habitude de baisser la tête et de courber le dos prise dans l'entre-pont des navires. Surtout, enfin, ce carac-

tère réfléchi, ces rêveries continuelles, cette mélancolie constante, cette élévation de pensées, évidemment propres aux hommes qui vivent dans un isolement relatif, loin de tous plaisirs mondains, exposés sans cesse à de grands dangers, et n'ayant devant les yeux que l'immensité de la mer et l'immensité du ciel.

3 mai.

. . . .

« On a frappé à la porte de ma chambre aujourd'hui vers midi ; j'ai dit : Entrez.

C'était mon père que je n'avais pas vu depuis la veille.

Il n'a pas voulu s'asseoir sur le fauteuil que je lui avançais ; il est resté debout, le dos appuyé contre la cheminée, et, après s'être informé de ma santé, il m'a dit brusquement comme s'il avait hâte d'en finir :

— J'arrive tout de suite à un gros événement : M. de Mézin vient de me demander ta main ; que dis-tu de cela ?

Pétrifiée, par cette brusque attaque et cette nouvelle inattendue, je ne répondis pas, et mon père profita de mon silence pour continuer en ces termes :

— Mézin est un excellent garçon, bien posé dans le monde, il a un beau nom et une jolie fortune. Il paraît t'aimer pour de bon ; j'aurais dû m'en apercevoir plus tôt, car son amitié pour moi a redoublé depuis ta sortie du couvent. Mais Mézin n'a que cinq ou six ans de moins que moi, et habitué à le considérer comme un ami, je n'ai jamais songé qu'il pût devenir mon gendre. Malgré ses quarante ou quarante-quatre ans, je dois reconnaître cependant qu'il paraît encore très jeune. Il est d'humeur facile et il essayerait de te rendre la vie agréable. Pour d'autres motifs que je ne puis te dire et qui ne doivent pas avoir d'influence sur ta décision, je verrais ce mariage avec plaisir. Mais je ne me suis engagé qu'à une seule chose : te faire part de la demande, l'appuyer sans trop d'insistance, et te prier de répondre. Examine à loisir. Je te laisse à tes réflexions.

Il m'a embrassé sur le front, et il est parti sans ajouter un seul mot.

. . . .

Je n'en reviens pas... Quoi ? M. de Mézin ! Jamais je n'aurais pensé...

Et moi qui me montrais si aimable avec lui !... Il a pu croire...

Je le priais de prolonger ses visites, je lui disais : « Qu'est-ce qui vous presse ? Encore un instant. »

Je le retenais afin de garder mon père. Il n'a pas vu que mes amabilités ne lui étaient pas personnelles.

Et aujourd'hui il demande ma main, et si je refuse il va m'accuser de coquetterie. Il se brouillera peut-être aussi avec mon père, qui paraît tant se plaire dans sa société.

Et cependant je ne puis pas l'épouser !

ED. COPPIN.   QUICHON.

Le spectacle finissait et j'étais toujours seule (Page 59).

Oh! non; je n'y songe même pas!

D'abord, je ne l'aime pas!

Est-ce que j'en sais quelque chose? Pour savoir si je ne l'aime pas, il faudrait d'abord... Non, non, ce n'est pas mon type, ce n'est pas...

Mon type, quel est-il donc? Est-ce que ce serait?... Mais non... que vais-je chercher? Il s'agit de M. de Mézin; c'est de lui seul qu'il convient de m'occuper.

Et bien, la réponse qu'on me demande est toute prête : je refuse.

Mais mon père ne m'a-t-il pas dit qu'il verrait ce mariage avec plaisir, pour des raisons qu'il ne pouvait me donner?

Quelles raisons?

Ah! mon Dieu! si ce que je crois depuis quelques

jours était vrai, si je ne m'étais pas trompée sur le causes des préoccupations et des tristesses de mon père; s'il avait fait quelque grande perte d'argent, s'il était ruiné! Il songe peut-être à se séparer de moi, à prendre un autre train de maison, à s'expatrier, et il veut me marier au plus vite.

Mais je suis riche, moi, il m'a dit que j'avais une dot assez considérable; je la lui donne de grand cœur. Il restera près de moi, il ne changera rien à sa vie et je n'épouserai pas M. de Mézin.

Oui, je suis riche; je n'y avais jamais songé, et en ce moment je ne puis m'empêcher... Ah! c'est mal! ce monsieur n'a rien fait qui me permette de le supposer intéressé. C'est bien assez de refuser sa main, sans encore...

Cependant j'ai le droit, lorsqu'il s'agit d'une question aussi grave, de m'arrêter aux suppositions qui me viennent à l'esprit. M. de Mézin ne m'aime pas, il ne peut m'aimer. Il s'exprime trop légèrement sur toutes choses pour que ses sentiments soient sérieux, et s'il demande ma main, c'est évidemment...

Non, quelque chose me dit qu'il s'agit de mon père, de ses intérêts. Dans nos bonnes causeries d'autrefois, dans les premiers temps qui ont suivi ma sortie du couvent, à l'époque où nous passions ensemble une grande partie de la journée, il m'a laissé entendre qu'il avait au sujet de mon mariage des idées très arrêtées et qui réaliseraient des espérances conçues autrefois par ma mère. M. de Mézin ne peut avoir aucun rapport avec ces espérances; si mon père m'a communiqué sa demande, c'est qu'il y était contraint, c'est que ses intérêts, son existence peut-être sont en jeu.

N'est-ce pas alors mon devoir de me sacrifier ?

Ah ! je ne sais que penser, que dire, que répondre ! Qui me conseillera !

Miss Dowson. Comment n'ai-je pas songé plus tôt à prendre conseil de celle qui a élevé ma mère, qui a été sa confidente, son amie, avec qui elle a souvent parlé de moi ?

Pauvre miss Dowson ! elle est tellement silencieuse dans son petit coin, elle fait si peu de bruit qu'on ne songe jamais à elle.

Je vais la trouver.

Je suis entrée, j'ai pris un tabouret, je l'ai placé près de son fauteuil. Je me suis assise et j'ai rapporté tout ce que venait de me dire mon père.

Dès les premiers mots, elle a levé la tête, a interrompu la broderie qu'elle tient continuellement à la main, et elle m'a écoutée avec attention.

Lorsque je lui ai demandé son opinion, elle m'a dit ces mots :

— Mariage impossible.

— Pourquoi ? ai-je demandé.

— Impossible, a-t-elle répété.

— Chère miss Dowson, ai-je dit alors pour l'effrayer et la décider à s'expliquer, si vous ne me donnez pas de meilleures raisons, je penserai que vous n'en avez pas, et je porterai à mon père la réponse qu'il attend et qu'il désire.

— Vrai ? a-t-elle demandé.

— Sans doute.

— Vous épouseriez le comte ?

— Si vous ne me dites pas pourquoi je ne dois pas l'épouser.

— La prière que je vous adresserais ne suffirait pas ?

— Elle suffirait en ce moment. Mais si mon père m'en adressait une autre, peut-être la sienne l'emporterait-elle sur la vôtre.

— Ah ! a-t-elle fait. Alors il le faut. Je ne puis hésiter.

Elle s'est levée en silence, s'est approchée d'un vieux meuble en palissandre qui lui sert de bureau pour écrire et l'a ouvert avec une clef qu'elle porte toujours pendue

à son cou. Puis elle a pris un petit portefeuille en maroquin rouge, elle en a extrait une lettre cachetée de noir et me l'a tendue, en me disant ces seuls mots :

— Lisez ; c'est de votre mère.

J'ai pris la lettre avec respect, j'ai dit adieu à miss Dowson, et, après m'être enfermée dans ma chambre, j'ai détaché et j'ai lu.

X

« Je transcris tout au long cette lettre ; elle n'en restera que mieux gravée dans mon esprit :

« Quelques jours à peine, ma fille bien aimée me restent à vivre ; je veux te le consacrer. Je veux causer sans cesse avec toi, je veux ouvrir mon âme, non pas à l'enfant que tu es encore et qui ne saurait me comprendre, mais à la jeune fille que tu deviendras plus tard. Le mal dont je souffre et dont je vais mourir ne me permettra pas d'écrire cette lettre tout d'un trait ; ma plume me tombera plus d'une fois des mains, mais je la reprendrai avec courage, je vaincrai la douleur et j'irai jusqu'au bout de ma tâche.

Cependant, j'adresse au ciel les plus ferventes prières pour que cette tâche soit inutile, pour que cette lettre ne te soit jamais remise. C'est le plus ardent de mes vœux. Mon amie, ma sœur, l'unique confidente de mes plus intimes pensées, miss Dowson, te la donnera seulement si tu cours un véritable danger, si ton avenir est exposé aux périls que je voudrais éloigner de toi, et que l'expérience m'a, hélas ! appris à connaître. Les circonstances devront être bien graves, le danger imminent pour que tu sois appelée à lire ces lignes, où il m'arrivera plus d'une fois de juger et de blâmer la conduite de celui que j'ai le plus aimé après toi.

A peine mariée avec ton père, il y a dix ans environ, je l'accompagnai en Italie.

Ce voyage dura trois mois et fut charmant. C'est certainement le plus heureux temps de ma vie et je me complais sans cesse à me le rappeler.

Je me souviens que je m'amusais beaucoup des étonnements et des admirations de M. de Brives.

— Vous n'avez donc jamais voyagé ? disais-je.

— Si, beaucoup.

— Je ne m'en serais jamais douté, reprenais-je en riant. Lorsque nous entrons dans un musée, on jurerait que vous voyez des tableaux pour la première fois. L'aspect de la mer vous cause des extases toutes nouvelles. Quelles contrées avez-vous donc visitées ?

— Mais l'Allemagne, par exemple, à plusieurs reprises.

— Il y a cependant des musées en Allemagne.

Il finissait par m'avouer que de l'Allemagne il ne connaissait que les villes d'eaux : Bade, Hombourg Wiesbaden et autres. J'ignorais encore quels charmes ces différents endroits avaient pour lui.

Dans ma naïveté, je m'imaginais qu'il y était attiré

par la beauté de quelque paysage ou la société qu'on y rencontre.

Je fus bientôt éclairée à cet égard.

A peine étions-nous de retour à Paris que ton père me proposa de voyager de nouveau.

— Dans vos pays préférés, lui dis-je, en Allemagne sans doute?

— Si vous le voulez bien.

— Je veux ce que vous désirez, répliquai-je, et nous partîmes.

Dès le soir de notre arrivée à Bàde, M. de Brives me conduisit dans ce lieu qu'on appelle Casino, Kursaal ou salon de conversation, au choix; j'ai eu l'occasion de me familiariser depuis avec tous ces noms. Il y avait spectacle: la Comédie Française, en vacance, donnait une de ses meilleures pièces. Ton père, après m'avoir fait asseoir dans un fauteuil, et être resté quelques instants auprès de moi, me demanda la permission d'aller fumer un cigare sur la promenade en me promettant de me rejoindre bientôt.

Au bout d'une heure, il n'était pas revenu; à dix heures et demie, le spectacle finissait et j'étais toujours seule.

Que devenir?

Retourner à mon hôtel, je n'en savais pas le nom. Comme je me consultais, je m'aperçus qu'à la suite de la galerie où s'était donnée la comédie existaient des salons vers lesquels beaucoup de personnes semblaient se diriger. Je suivis ces personnes et j'entrai bientôt dans une salle assez faiblement éclairée. Des sons bizarres attirèrent mon attention. On aurait dit qu'on remuait près de là des piles d'or et d'argent; en même temps j'entendais des phrases comme celle-ci:

« Faites vos jeux, messieurs, rien ne va plus. »

Et un instant après:

« Rouge perd et couleur. »

Je n'y comprenais rien, et cela m'intriguait d'autant plus que je ne pouvais rien voir. Une foule assez compacte se tenait debout au milieu du salon, et semblait entourer la place d'où partaient tous ces bruits.

Peu à peu, cependant, la curiosité aidant, je m'enhardis à suivre une dame qui s'avançait à travers la foule au bras de son mari, je me glissai derrière eux; on se serra pour nous laisser passer, et je pus apercevoir une immense table verte.

Mes regards se portèrent d'abord au centre de la table; quatre individus, graves, froids, compassés, vêtus de noir, étaient assis sur de grands tabourets. L'un tenait des cartes à la main et les retournait devant lui; le second rangeait dans une grande boîte à compartiments de l'argent et de l'or; les deux autres promenaient sur la table, à droite et à gauche, de grands râteaux avec lesquels ils ramenaient des billets de banque et des pièces de monnaie de tous les pays.

Autour de ces messieurs, assis et pressés les uns contre les autres, on apercevait une cinquantaine de personnes des deux sexes, dont l'unique occupation paraissait consister à avancer devant elles des sommes d'argent que les râteaux leur enlevaient aussitôt, ou bien à piquer avec des épingles de petits morceaux de carton sur lesquels se trouvaient inscrites deux lettres de l'alphabet : l'N et l'R, la première à l'encre noire, la seconde à l'encre rouge.

Si je te donne, ma chère Marcelle, ces détails dont tu n'as que faire, c'est qu'ils sont gravés dans mon esprit en caractères ineffaçables. De cette fatale soirée datent tous mes chagrins, et je ne saurais oublier tout ce qui s'y rattache. Ma pensée se reporte sans cesse vers le spectacle que j'essaye de te décrire; les choses les plus insignifiantes m'apparaissent comme si je les voyais encore, et, au moment où je t'écris, je crois entendre murmurer à mon oreille étonnée ces mots si nouveaux pour elle : « Faites vos jeux, messieurs; rien ne va plus; rouge perd et couleur. »

Un moment de réflexion me suffit pour dissiper mon étonnement, et pour comprendre ce qui se passait devant moi.

Élevée au couvent, mariée dès mon entrée dans le monde, j'étais sur bien des points ignorante et naïve, mais cette ignorance ne dépassait pas certaines limites. Je n'étais pas sans avoir vu des jeux de cartes, et appris l'usage qu'on en pouvait faire. Je regardais autour de moi, essayant de saisir la marche du jeu et de m'expliquer pourquoi les uns perdaient et les autres gagnaient, lorsqu'une voix frappa mon oreille.

« Maximum à la rouge, » disait-elle.

A ces mots, un certain mouvement se produisit dans la foule des spectateurs, j'en profitai pour faire un pas en avant, je me trouvai ainsi au premier rang, debout derrière les joueurs, et j'aperçus ton père assis en face de moi.

Devant lui s'étalait une masse d'or et de billets de banque. La tête penchée, le front dans la main, il regardait avec une fixité surprenante les cartes qu'une des quatre personnes dont je t'ai parlé retournait sur la table.

A un froncement de sourcil, à un geste de dépit, je compris qu'il venait de perdre.

En même temps, une jeune femme placée près de moi, disait à son voisin:

— Vous allez voir que M. de Brives va reperdre tout ce qu'il a gagné!

— Au lieu de s'arrêter, répliquait-on, je suis sûr qu'il a encore plus de cent soixante mille francs devant lui, et il s'est mis au jeu avec dix mille francs.

— Aussi, reprenait la jeune femme, la banque ne paraît-elle pas inquiète. Elle connaît ses habitudes. C'est bien le joueur le plus entêté qui existe. Tous les ans, à Bade, à Hombourg, à Wiesbaden, je le vois gagner des sommes considérables et il s'en retourne à Paris les mains vides.

Ainsi, ce n'était pas le hasard qui avait conduit ton père à cette table; il y était venu entraîné par l'habitude, poussé par une invincible passion. On le connaissait comme joueur, on savait son nom ; il s'était fait une réputation dans les villes d'eaux : il risquait dans une soirée des centaines de mille francs, une fortune. C'était le principal acteur de cette table de jeu : tous les yeux étaient fixés sur lui ; on étudiait sa physionomie ; c'était le préféré de la banque : on avait pour lui des attentions ; on lui avançait un fauteuil, au lieu d'une chaise ; on le consultait du regard pour savoir si on pouvait prononcer les mots sacramentels : « Rien ne va plus. »

Enfin, c'était un habitué !

Le jour venait de se faire, la lumière avait lui !

Je comprends maintenant les étonnements de M. de Brives en face d'un beau tableau, en présence d'un paysage grandiose. Il n'avait jamais eu le temps d'étudier les arts, d'admirer la nature ; un tapis vert, des cartes, des rateaux, de l'or, il n'en fallait pas davantage pour satisfaire son imagination, plaire à ses yeux. Il ne demandait pas d'autre horizon.

Je m'expliquais pourquoi nous étions revenus si vite à Paris, pourquoi trois mois nous avaient suffi pour visiter toute l'Italie : c'est que les villes d'eaux l'attendaient : Bade, Hombourg le réclamaient.

Ma prévision ne s'était pas trompée : ton père perdit en quelques minutes une quarantaine de mille francs.

J'avais les yeux fixés sur lui, mais absorbé par le jeu, il ne me voyait pas. Tout à coup cependant il leva la tête et promena son regard autour de lui.

J'ai su depuis ce qu'il cherchait ; je crois qu'il me l'a expliqué lui-même : superstitieux comme tous les joueurs, il venait de se dire que quelqu'un parmi les assistants devait lui porter malheur, et il essayait de deviner qui cela pouvait être.

Il m'aperçut et ses joues se colorèrent ; il me croyait sans doute encore dans la salle de spectacle, et il avait honte d'être ainsi surpris. Peut-être avait-il espéré me cacher longtemps encore son terrible vice, et rougissait-il de le voir révélé si brusquement et d'une façon si manifeste.

Il avait essayé de me sourire, mais mon air désolé lui avait fait comprendre ce que je souffrais. Il baissa la tête, et comme un des banquiers lui demandait d'annoncer son jeu, il avança quelques billets de banque sur la table.

Il les perdit ; il en perdit encore plusieurs.

A plusieurs reprises, il avait fait mine de mettre son argent dans sa poche et de se lever, mais une force invincible semblait le clouer à sa place.

Il jouait, il jouait toujours, ne se reposant jamais, ne laissant passer aucun coup, seulement occupé à jeter sur la table de l'or et des billets que le rateau du banquier enlevait aussitôt.

Enfin, il n'eut plus rien devant lui.

Il se leva, et, comme si l'on attendait ce moment pour arrêter le jeu, le banquier et les autres joueurs se levèrent aussi. Il était onze heures et quelques minutes.

Alors ton père vint à moi, m'offrit le bras en silence, et nous nous acheminâmes vers notre hôtel.

Lorsqu'une demi-heure après, nous nous trouvâmes seuls chez nous, il me dit :

— Je vous demande pardon, Marcelle, de vous avoir ainsi abandonnée toute la soirée. Mais le hasard m'a conduit vers la table de jeu, j'y ai risqué quelque argent ; la fortune m'a d'abord favorisé comme vous avez pu le voir, et j'ai été entraîné à jouer plus longtemps que je n'aurais voulu.

Je répondis sans faiblesse :

— Ce que vous mettez sur le compte du hasard doit être attribué à l'habitude. Vous m'avez conduite à Bade, parce que vous ne pouviez me laisser seule à Paris, au bout de trois mois de mariage. Vous êtes venu ici avec l'intention de jouer ; vous m'avez quittée ce soir pour vous rendre dans la salle de jeu, et vous êtes connu de tous comme un joueur.

Il comprit qu'il serait inutile de nier ; le mensonge a du reste toujours répugné à ton père. Certes, il m'a fait beaucoup souffrir, mais je lui reconnais de grandes et belles qualités. Le cœur n'est pour rien dans ses égarements ; il l'a conservé excellent. Toutes les fautes qu'il a pu commettre envers moi ne sont que la conséquence de son unique et fatale passion.

— Je ne sais, me répondit-il au bout d'un instant de réflexion, comment vous avez appris ou deviné ce que vous venez de me dire, mais je ne veux pas mentir : on ne vous a pas trompée, ou bien vous ne vous êtes pas trompée dans le jugement porté sur moi. Oui, j'aime le jeu ; j'ai tout essayé pour vaincre ce goût funeste et je n'ai jamais pu y parvenir. Lorsque je suis resté quelque temps sans toucher des cartes, mon sang bouillonne, ma tête est en feu, mon système nerveux dans une surexcitation extraordinaire, je suis malade. J'ai la fièvre du jeu comme les véritables journalistes ont la fièvre de l'imprimerie ; ils dépériraient s'ils étaient condamnés à ne plus sentir l'âcre odeur du papier humide destiné aux épreuves ; comme les acteurs ont la fièvre des planches ; demandez-leur ce qu'ils deviennent lorsqu'on les tient éloignés des coulisses malsaines et de la rampe fumeuse ; comme les gens brusquement transportés dans des contrées où ils ne sont pas nés, ont la fièvre du pays.

Les bals, les concerts, le spectacle n'ont aucun attrait pour moi ; je ne comprends, l'hiver, que mon cercle ; l'été, que les villes d'eaux. J'espérais, ma chère amie, vous cacher longtemps ce triste penchant, un hasard vous a tout appris. J'en suis désolé, mais je crois plus sage de nous expliquer nettement aujourd'hui. Pourquoi vous ai-je épousée ? me direz-vous. Comment l'idée de vous demander en mariage m'est-elle venue à moi qui ne parais songer qu'au jeu ? Mon Dieu ! c'est bien simple : je vous aimais. Comment ce sentiment a-t-il eu le temps de pénétrer dans mon cœur ? Je n'en sais rien. J'ai cru peut-être que vous m'apporteriez la guérison, le salut. Auprès de vous, j'espérais devenir un autre homme, vaincre ma passion dominante, me consacrer tout entier à vous rendre heureuse. Je prends le ciel à témoin que c'était là mon plus ferme désir. Il n'a pu se réaliser ; je vous aime comme au premier jour, j'ai pour vous une tendresse que rien ne saurait altérer ; je suis prêt à vous faire tous les sacrifices, un seul excepté. Prenez-moi comme je suis, n'usez pas votre énergie dans une lutte inutile contre mon vice capital. Vous n'en sauriez triompher. J'essayerai de vous le faire oublier par mon respect, mon dévouement et mon amour.

Il me disait toutes ces choses déraisonnables d'une voix sérieuse et pénétrée, et je comprenais bien qu'il n'y avait rien à répondre, aucun raisonnement à faire, aucune tentative à essayer.

Je me vois encore triste, désolée, assise dans un grand fauteuil près de la cheminée et l'écoutant en silence.

Tout à coup je me levai, je m'avançai vers lui, et, prenant ses mains dans les miennes :

— Mais, lui dis-je, nous pouvons avoir des enfants. As-tu songé à nos enfants ?

— Sans doute. Comment pourraient-ils souffrir de mes erreurs ? Lorsqu'ils seront en âge de les comprendre, il faut espérer que j'en serai revenu.

— Mais si tu les as ruinés ! S'ils se trouvent dans la misère !

— Ah ! s'écria-t-il, jamais ! Le pire qui puisse arriver, c'est que je perde tout ce que je possède, mais ta dot, je te fais le serment de n'y jamais toucher.

Il a tenu parole.

Bien des fois depuis cette scène je l'ai vu dans de cruels embarras d'argent. Jamais il ne lui est venu à la pensée, j'en suis persuadée, de me demander une signature, de me proposer d'aliéner mes droits.

Aussi, ma chère enfant, si je t'écris cette lettre, ce n'est pas pour te supplier d'être aussi ferme que je l'aurais certainement été s'il l'avait fallu ; ce n'est pas pour te mettre en garde contre les demandes de ton père, s'il t'arrivait de devenir majeure sans être encore mariée et de pouvoir disposer de ta fortune. M. de Brives tiendra la promesse qu'il m'a faite de ne jamais toucher à ce qui t'appartient ; j'ai sa parole. Ah ! si jamais pu lui arracher aussi le serment de ne jamais jouer, comme j'aurais été sûre de lui ! Mes prières, mes supplications ont toujours été vaines à ce sujet.

« Mon, me disait-il, je ne ferai pas ce serment ; il me serait trop cruel de le tenir. »

Si je te dis toutes ces choses, si je t'écris cette longue lettre, c'est dans un seul but, mon enfant : te mettre en garde contre un mauvais mariage ; t'empêcher d'épouser un joueur.

J'ai tant souffert, vois-tu !

Aimer un homme à l'adoration ! lui avoir donné toute son âme et se dire qu'il ne vous donnera en outre qu'une partie de lui-même. Avoir une rivale mille fois préférée qu'on ne peut éloigner, contre laquelle on ne peut lutter, à laquelle on est sans cesse sacrifiée sans espoir de retour.

Se dire que même lorsqu'il est près de vous, assis à vos côtés, votre mari ne vous appartient pas, que sa pensée est ailleurs, qu'il songe à trouver quelque nouvelle manière de conjurer le sort ou de s'attacher la veine !

L'attendre des nuits entières ! Le voir rentrer à six, sept et dix heures du matin, pâle, défait, brisé. Il se repose alors jusqu'au soir, et, le soir, il va continuer la partie seulement interrompue le matin.

Ne pouvoir accepter aucune invitation dans le monde : retenu à son cercle, il ne viendra peut-être pas vous chercher à l'heure convenue, et vous ne voulez pas avoir l'air d'une pauvre délaissée. Ne pouvoir pas vous réjouir de sa gaieté, vous en savez la cause : il est en gain ; partager sa tristesse, elle ne vous inspire aucun intérêt : elle ne peut être attribuée qu'à la perte. Ces deux mots : gain, perte ont seuls le privilège de l'émouvoir ; en eux se trouve résumée toute sa vie.

Sans compter la douleur constante de voir peu à peu disparaître une belle fortune qu'on eût été si heureux de léguer à ses enfants, et qui, sagement administrée, aurait certainement pu s'accroître.

Voilà, ma fille adorée, quels ont été mes chagrins ; je n'en connais pas d'autres, mais ils m'ont été cruels, je t'assure, mortels peut-être et je veux t'en préserver.

Ecoute bien ce que je vais te dire : la mort prête à venir me donne une sorte de prescience, d'intuition des dangers qui peuvent te menacer.

Un moment arrivera où ton père te retirera du couvent.

Il essayera de te procurer le plus de distractions possible ; mais il ne pourra t'offrir les seules qui te conviendraient : celles qu'on trouve dans le monde. Depuis longtemps il a rompu avec toutes ses relations : la vie qu'il mène ne lui donne pas un instant de répit ; il a dû renoncer aux visites, aux réceptions, aux dîners acceptés et rendus, aux soirées qui seules entre gens du monde font naître et entretiennent de bons rapports. Il ne voit que ses amis du club, et n'est lié particulièrement qu'avec les personnes qui partagent ses goûts et qu'il retrouve, tous les soirs, à la même table de jeu. Ce sont ces personnes que tu rencontreras chez lui, auxquelles il te présentera. C'est l'une d'elles qui, séduite par ta jeunesse et ta grâce, ou seulement désireuse de rétablir, avec ta dot, les brèches faites par le jeu à sa fortune, demandera ta main.

Ton père n'aura pas le courage de la refuser ; peut-être même ne le pourra-t-il pas. Oh ! mon Dieu ! ma sollicitude maternelle m'autorise à tout prévoir. Peut-être devra-t-il à cet ami quelque somme importante, aura-t-il contracté envers lui une de ces dettes, dites d'honneur qui mettent un homme à la merci d'un autre homme. Oh ! ton père n'aura jamais la pensée de faire de ton mariage une spéculation, de t'unir à quelque personne indigne de toi ! Mais il sera disposé à s'illusionner sur le compte de cette personne, à ne point voir ses défauts, à s'exagérer ses qualités. Il hésitera surtout, par amour-propre, à s'avouer qu'un joueur ne mérite pas d'entrer dans une famille et de devenir époux et père.

C'est donc à toi, ma chère enfant, de te mettre en garde contre toute surprise, de te montrer ferme, droite et forte lorsqu'il s'agira de confier ta destinée tout entière à un homme, de te charger enfin vis-à-vis de toi-même de la tâche que j'aurais été si heureuse de remplir.

Ah! s'il m'était permis alors de te venir en aide, comme je saurais guider ton choix! Je te dirais: Ne t'attache pas aux charmes extérieurs, ne cherche pas des dehors brillants, n'exige ni titre, ni particule; n'ambitionne pas un grand train de maison.

Celui qui doit te plaire aura, si tu m'en crois, de trente à trente-cinq ans. Au-dessous de trente ans on est encore bien jeune, au-dessus, il faut prendre garde. Certes, il n'y a pas une grande disproportion entre une jeune femme de vingt ans et un homme de quarante. Mais dix ans, quinze ans plus tard, cette disproportion est effrayante; la femme est encore dans toute la force de l'âge, dans l'éclat de sa beauté, l'homme est sur la limite de la vieillesse.

Il ne sera ni beau, ni laid; simple dans sa mise et ses manières; il aura une fortune qui lui assurera l'indépendance, rien de plus, et lui permettra de faire un peu de bien autour de lui. Ce bien, il le fera lui-même, avec discernement, sans jamais s'en rapporter aux autres. La charité ne doit s'exercer par procuration que le plus rarement possible. Il aimera la vie de famille, la vie d'intérieur, le foyer domestique. Il cultivera les arts; rien n'éloigne comme la peinture et la musique des plaisirs mondains, des dissipations et des erreurs.

Enfin, je le voudrais instruit, réfléchi, sérieux, peut-être même d'une nature un peu triste. La tristesse, lorsqu'elle n'a rien d'exagéré, ne me déplaît pas chez l'homme; elle indique qu'il a souffert et qu'il connaît la vie.

Tel est à peu près le portrait du mari que je t'aurais cherché et que tu choisiras à ma place, ma chère fille, en souvenir de moi.

J'ai encore bien des choses à te dire, mais cette lettre déjà longue a épuisé le peu de forces qui me restaient. Le médecin m'a surprise la plume à la main, il m'a grondée et m'ordonne de prendre le lit. Je sais ce que cela veut dire; il est probable que je ne me lèverai plus. Ton père ne me quitte pas depuis huit jours; il est parfait pour moi; on dirait qu'il veut me faire oublier les chagrins qu'il m'a causés. Oh! sans la fatale passion qui le domine, comme il eût pu me rendre heureuse! Aime-le de tout ton cœur, sois indulgente à ses défauts, témoigne-lui ton affection par tous les moyens qui seront en ton pouvoir, mais ne lui cède jamais pour le choix d'un mari. Ce n'est pas seulement une prière que je t'adresse, c'est une volonté expresse, ma dernière volonté que je te signifie.

Adieu, ma fille bien-aimée, je mets sur ce papier de longs baisers pour toi; si cette lettre te parvient quelque jour, tu appuieras à ton tour tes lèvres à la place où j'écris ces dernières lignes; peut-être sera-t-elle encore imprégnée de mon souffle, peut-être le temps aura-t-il respecté la trace de mes baisers. »

XI

. . . .

« Après avoir médité cette lettre, pleuré en la relisant, et y avoir collé longtemps mes lèvres, je me suis rendue chez mon père.

— Eh bien! s'est-il écrié en me voyant, tu m'apportes une réponse? Je ne l'espérais pas aujourd'hui.

— Moi-même je ne pensais pas vous la pouvoir donner.

— De quel ton tu me dis cela, et quelle figure bouleversée! Qu'as-tu, ma chère enfant? Quelqu'un t'a-t-il fait de la peine? Suis-je moi-même coupable de quelque maladresse?

— Non, mon père, vous n'avez jamais été qu'excellent pour moi, et c'est pourquoi vous me voyez triste en ce moment.

— Je ne comprends pas.

— En échange de vos soins et de vos attentions, je viens vous déplaire. Vous m'avez choisi vous-même un mari, vous me conseillez de l'épouser, et... je le refuse.

— Ah! tu le refuses!

— Oui, mon père.

— As-tu réfléchi avant de prendre cette décision?

— Beaucoup.

— Pourtant, tu avoueras que M. de Mézin te convient sous une foule de rapports.

— Je l'avoue; mais, sous une foule d'autres, je crois qu'il ne me convient pas.

— Que lui reproches-tu? Son âge? quarante-deux ans.

— Je le lui reprocherais, si des motifs plus sérieux ne guidaient pas mon refus.

— Puis-je les connaître?

— Vous m'obligeriez en ne me les demandant pas.

— Je désire vivement t'obliger, mais tu avoueras que j'ai le droit d'être un peu indiscret en cette circonstance; le comte est mon ami, et je serais aise de savoir ce qu'on peut lui reprocher.

— Vous exigez que je vous le dise?...

— Je t'en prie.

— J'ai tout lieu de penser que M. de Mézin est un joueur.

Mon père se mordit les lèvres et dit:

— Qui peut te le faire croire?...

— Beaucoup de choses, mais dans le cas où je me tromperais, il vous est facile de m'éclairer. Pouvez-vous m'affirmer que M. de Mézin ne joue jamais?

— Non, je ne puis pas affirmer cela. Il joue pour se distraire, pour faire comme tout le monde.

— Et un peu plus que tout le monde, n'est-ce pas? En un mot, il passe ses nuits au cercle, et il risque parfois sur une carte des sommes considérables.

— Mais...

— Je fais un appel à votre honneur. Dites-moi que M. de Mézin n'est pas un joueur et je l'épouse.

Mon père ne répondit pas.

Je lui pris alors la main et lui dis affectueusement :

— Vous ne me parlerez plus de mariage, n'est-ce pas, mon père ? je vous en supplie.

— Soit ! je ne t'en parlerai plus. Mais je suis mécontent de miss Dowson, elle t'a monté la tête contre M. de Mézin.

— Je vous jure que non. Miss Dowson ne m'a point parlé de votre ami.

— Alors elle a prêché contre le jeu et les joueurs.

— Elle n'aurait peut-être pas eu tort, fis-je en essayant de sourire. Mais miss Dowon ne prêche pas. Pour prêcher, il faut ouvrir la bouche, et vous savez que la sienne est cadenassée.

— Enfin d'où vient cette antipathie contre les joueurs?

— D'instinct, cher père.

— Tu as tort. Ils ont du bon.

— A qui le dis-tu ? m'écriai-je, en lui sautant au cou.

Il comprit le sens de ce mouvement irréfléchi, et dit avec un triste sourire :

— Tu sais donc...

— Je sais que je t'aime, voilà tout !

Il me prit dans ses bras, me regarda comme s'il cherchait à se rappeler d'autres traits, à évoquer quelque lointain souvenir, puis une larme brilla dans ses yeux, et il appuya longuement ses lèvres sur mon front.

Oh ! il est bon mon père!

Au bout d'un instant, je lui ai dit :

— Permets-tu à ta fille de s'occuper de tes affaires ?

— Mais...

— Qui s'en occuperait si ce n'est moi, ne suis-je pas la personne que tu aimes le mieux au monde ?

— Certes.

— Ne suis-je pas une grande demoiselle fort raisonnable ?

— Je l'avoue ; plus raisonnable qu'on ne l'est d'ordinaire à ton âge.

— Eh bien ! tu dois faire mes volontés.

— Dicte.

— Promets-tu d'abord de dire la vérité tout entière?

— J'essayerai.

— Nous allons bien voir. Réponds à cette première question : N'as-tu pas des embarras d'argent ?

— Où veux-tu en venir?

— Réponds toujours : nous verrons après.

— Mais...

— Oh ! je t'en prie.

— Eh bien, oui, je ne suis pas sans avoir en ce moment quelques tracas, quelques ennuis.

— Il faut t'en débarrasser.

— Oh ! dit mon père en riant, je ne demande pas mieux. Mais le moyen, si tu le trouves, tu seras bien habile.

— Je suis bien habile, car je l'ai trouvé.

— Vraiment? Tu m'intéresses. Me permets-tu d'allumer une cigarette ?

— Toutes les cigarettes de la terre?

— Voilà qui est fait. Voyons ton moyen.

— Il est des plus simples: j'ai une dot, disposes-en.

— Vraiment ? C'est là ce que tu as trouvé. Et moi qui t'écoutais sérieusement.

— Je ne suis donc pas sérieuse.

— Très sérieuse et surtout adorable. Mais tu ne connais rien aux affaires. En admettant que je fusse assez... Comment dirais-je... assez indélicat pour accepter ta proposition, je n'en serais pas plus avancé. Apprends donc, naïve enfant, que les mineurs ne peuvent disposer de leur fortune.

— Ah ! et je ne serai majeure qu'à vingt et un ans.

— Précisément.

— Hélas ! fis-je en soupirant, j'ai encore plus de deux ans à attendre.

— A moins que tu te maries. Le mariage émancipe.

— Vraiment ! si je me mariais, je pourrais disposer d'une partie de ma dot.

— Avec le consentement de ton mari.

— Oh ! il me le donnerait, j'en ferais une condition. A combien se monte ma dot ?

— Elle peut se monter à quatre cent mille francs environ.

— Mais je serai trop riche pour mes goûts. Cher père, nous partagerons, n'est-ce pas ? jure-le-moi.

— Jamais.

— Je te forcerai bien à accepter.

— D'abord, il faudrait te marier, fit-il en riant, et tu ne parais pas commode. Ce pauvre comte de Mézin, au besoin, pourrait en témoigner.

— Oh ! fis-je, M. de Mézin n'est pas seul sur la terre. Notre entretien se termina de cette façon.

J'allai ensuite trouver miss Dowson, je lui lus la lettre de ma mère, et nous pleurâmes longtemps ensemble.

XII

4 mai.

. . . .

« Deux jours se sont écoulés, deux jours pendant lesquels je n'ai pas un seul instant cessé de songer à la lettre de ma mère. J'en ai pesé tous les mots, je les ai médités et commentés. Je veux obéir non pas seulement aux volontés qui sont exprimées dans cette lettre d'une façon claire et précise, mais aux moindres désirs que je crois comprendre. En ce qui concerne mon mariage, ma résolution est bien prise. Je n'épouserai ni M. de Mézin ni aucun des amis de mon père. Mais je veux me marier; oui, j'ose écrire ces mots: je veux me marier, parce qu'en me mariant, j'accomplis un devoir, j'obéis encore aux dernières volontés de ma mère qui m'a dit : « Aime-le de tout ton cœur, sois indulgente à ses défauts, témoigneni ton affection par tous les moyens qui seront en ton pouvoir. »

Quelle meilleur manière de lui témoigner cette affection en essayant de le délivrer au plus vite des soucis qui le tourmentent ?

Ah ! la lettre de ma mère m'a ouvert des horizons inconnus ! Que de choses s'expliquent maintenant pour moi !

Lorsque mon père me quittait, le soir, avec tant d'empressement, c'était pour se rendre à son cercle, pour y continuer quelque partie de cartes commencée la veille. Si je ne le voyais, le lendemain, que vers les deux heures de l'après-midi, c'est que la partie s'était prolongée jusqu'au matin, et qu'il s'était couché à l'heure où tout le monde se lève d'habitude.

Cet emprunt qu'il m'a fait un jour, je me l'explique aujourd'hui : il s'agissait de payer dans un bref délai une dette contractée au jeu.

Et ce brusque départ pour Hombourg ! Il allait probablement essayer d'être plus heureux dans cette ville qu'il ne l'était à Paris.

Ces impatiences ces tristesses, ces longs silences, j'en devine la cause : il perdait, il perdait toujours. Et ce mariage ! Hélas ! il était probablement contraint de m'en parler ! Il se trouve peut-être l'obligé de M. de Mézin. Oui, je me souviens aujourd'hui de certaines paroles qui ne peuvent me laisser aucun doute à ce sujet. M. de Mézin abusait de sa position de joueur heureux, et mon père... Mais il m'a simplement proposé ce mariage, il n'a pas eu le courage de me conseiller. Dès que je l'ai refusé, il n'a pas insisté, et il a sacrifié aussitôt ses intérêts, des intérêts bien graves peut-être, à mon bonheur.

Et je n'essayerais pas de lui venir en aide ! Je suis riche et il est pauvre ! Que m'importe de quelle façon il l'est devenu ? « Est-ce que ces choses-là regardent celui qui oblige ? » disait l'autre jour M. Gérard. Je vis tranquille, sans soucis d'aucune sorte, et mon père qui est là, près de moi, sous le même toit, souffre et se tourmente.

Oui, je veux et je dois me marier. La moitié de ma dot sera consacrée à payer les dettes de mon père et à assurer son bien-être. Si mon mari ne s'associe pas à mon projet, c'est qu'il n'aura pas de cœur et alors je n'en ferai pas mon mari.

Je suis étonnante ! Je parle de maris absolument comme si je n'avais qu'à me baisser pour en prendre.

Où sont-ils ? Voyons. Est-ce que j'en connais ?

Non ; quels sont les jeunes gens que mon père m'a présentés ? Quels sont ceux que j'ai pu rencontrer moi-même ? J'ai beau chercher, je ne vois personne... absolument personne...

Ah ! que je suis menteuse !

Si je n'ai pas le courage de dire dans ce journal ce que je pense, si je ne puis pas être franche vis-à-vis de moi-même, autant déchirer ces pages et ne plus jamais ouvrir un album.

. . . .

12 mai.

« Non, je ne me trompe pas. C'est de toute évidence. J'ai beau faire il me faut reconnaître que le portrait tracé par ma mère de la personne qu'elle désirait me voir épouser se rapporte exactement...

Eh ! oui ! Pourquoi ne l'écrirais-je pas puisque je me le dis sans cesse depuis huit jours ?

Ce portrait est celui de M. Georges Gérard.

« Il sera, dit ma mère, simple dans sa mise et dans ses manières. Il aura une fortune qui lui assurera l'indépendance, rien de plus, et qui lui permettra de faire un peu de bien autour de lui. Ce bien, il le fera lui-même... Il aimera la vie de famille, la vie d'intérieur, le foyer domestique. Il cultivera les arts... Enfin, je le voudrais instruit, réfléchi, sérieux, peut-être même d'une nature un peu triste... »

On croirait en vérité que, par une sorte d'intuition, de divination, ma mère traçait le portrait de la première personne avec qui je me trouverais en rapport à ma sortie du couvent.

Elle est au ciel maintenant ; elle veille sans cesse sur moi, et peut-être a-t-elle fait naître ce rapprochement.

N'est-ce pas à moi de la deviner, de la comprendre ? Le bonheur est peut-être là, tout près, dans ma maison. Ma mère me le montre du doigt. « Voici, me dit-elle, celui qui te convient, auquel j'aurais confié ta destinée avec bonheur. C'est l'époux de mon choix, je veux qu'à ton tour tu le choisisses entre tous. »

Mais si je me trompe, si, en croyant obéir à ma mère, j'obéis seulement... Ah ! je ne sais que penser ? Est-ce ma mère qui parle ? Est-ce simplement mon cœur ? Ou bien, elle et moi, n'avons-nous plus maintenant qu'une même âme ?

. . . .

« J'essaye de me distraire. Je force miss Dowson à se promener avec moi. Je parle, je parle tant que j'en arrive, miracle surprenant ! à délier parfois la langue de ma chère compagne. Je lis quelques livres intéressants qu'elle est allée elle-même acheter pour moi, car elle est très instruite, miss Dowson. C'est une instruction... intérieure qui ne sort jamais d'elle-même, mais à laquelle on peut avoir recours sans qu'elle vous fasse jamais défaut. Elle ressemble à un dictionnaire ; il ne dit rien si on ne le consulte pas : il dit tout s'il vous arrive de l'ouvrir !

Enfin, je fais de la musique, je brode ; hier mon père a bien voulu me sacrifier sa soirée, et je suis retournée au spectacle... Eh bien ! malgré toutes ces distractions, j'ai une idée fixe. Je songe sans cesse à la volonté exprimée par ma mère, au portrait qu'elle a tracé.

Ah ! comme l'on souffre d'une idée fixe ! On ne s'appartient plus, on ne peut plus diriger sa pensée

Il essaye de lui arracher une confidence qui le pût éclairer (Page 68).

vers un but : elle est sans cesse dominée par une autre pensée qui ne vient pas de vous, que vous n'avez pas invoquée, qui s'impose malgré vous et absorbe tout votre être.

Peut-être est-ce le physique qui influe sur le moral. Je me sens un peu souffrante depuis quelques jours. J'ai par moments des palpitations de cœur tellement violentes qu'il me semble que je vais étouffer. De quelle maladie est donc morte ma mère? On ne me l'a jamais pu définir d'une façon précise.

20 mai.

« Je n'ose plus retourner chez madame Gérard. Pourquoi cela? Pourquoi ne ferais-je pas aujourd'hui ce que je faisais si facilement et avec tant de plaisir il y a six semaines?

Il me semble que j'aurais honte, que je rougirais, que je me troublerais.

Et cependant je voudrais bien la voir!

Je désirerais aussi me trouver un instant avec M. Gérard, le juger de nouveau. Il pourrait se faire que je me fusse abusée? Il ne ressemble peut-être pas du tout au portrait qu'a tracé ma mère.

Ah! je voudrais être convaincue. Alors je serais plus tranquille; je ne croirais plus sans cesse entendre ma mère me dire : « Je t'ai tracé une ligne de conduite et tu ne la suis pas, je... »

Et comment la suivre ?

Est-ce à moi d'aller faire une visite à M. Gérard?

Autrefois, j'allais voir sa mère. Aujourd'hui, dans les dispositions d'esprits où je me trouve, c'est lui que j'irais voir. Je ne le dois pas.

XIII

24 mai.

« Nous nous sommes rencontrés. Je sortais avec miss Dowson ; il rentrait avec sa mère.

Il s'est approché de moi et m'a saluée, tandis que madame Gérard me tendait affectueusement la main.

— Je vous trouve un peu changée, a-t-elle dit. Est-ce que vous avez été souffrante ?

— Non, madame, ai-je répondu.

J'ai fait un mensonge, car mes palpitations de cœur sont plus fortes que jamais ; mais, je ne sais pourquoi, je n'ai pas voulu avouer devant lui que j'étais malade.

Nous avons encore échangé quelques paroles, et nous nous sommes quittés. Elle ne m'a pas reproché de ne plus aller la voir. On dirait que je n'existe pas pour eux.

Et cependant, pendant que je causais avec madame Gérard, je sentais bien qu'il me regardait attentivement ; il m'a même semblé, lorsque nous nous sommes séparés, qu'il s'était retourné de mon côté.

Il a bien l'âge dont parle ma mère dans sa lettre ; de trente à trente-cinq ans...

. . . .

26 mai.

« J'ai passé une très mauvaise nuit ; j'ai eu l'imprudence de le dire à mon père, et il a tout de suite envoyé prévenir au second étage son médecin et son ami, M. Paul Combes.

Le docteur m'a tâté le pouls, m'a ausculté très longtemps le cœur, m'a fait plusieurs questions et a dit :

— Ce n'est rien ; il faut à mademoiselle des distractions, beaucoup de distractions.

Puis, nous avons parlé de diverses choses et enfin de musique.

— A propos, savez-vous que nous avons un excellent musicien dans la maison ? a dit le docteur Combes.

— Qui donc ? a demandé mon père.

— Votre locataire du fond de la cour. Quand les croisées de mon cabinet sont ouvertes, je l'entends à merveille, et il me fait un grand plaisir. Sans être de première force sur le piano, sans paraître avoir beaucoup d'étude, il joue avec une âme... Ne l'avez-vous jamais entendu, mademoiselle?

— Si monsieur, comme vous, de ma croisée.

Ai-je rougi en disant cela? Il m'a semblé que M. Paul Combes me regardait avec étonnement. Ces médecins sont fort désagréables. Au lieu de se borner à vous tâter le pouls, ils vous observent sans cesse.

— Quoi! s'est écrié mon père, j'ai des musiciens dans ma maison et je ne m'en doute pas! Il faudra, a-t-il ajouté en riant, que j'augmente le loyer de mes locataires, il est juste qu'ils me payent une redevance pour le plaisir qu'ils éprouvent. Mon cher docteur, tenez-vous pour averti.

— Mon cher propriétaire, a répliqué M. Paul Combes, si vous faites mine de m'augmenter pour cause de musique, je vais trouver M. Gérard et je le supplie de fermer son piano.

— Est-ce que vous le connaissez particulièrement? Moi je n'ai jamais eu que des relations d'affaires avec madame Gérard, lorsqu'elle s'est installée dans ma maison.

— J'ai eu l'occasion de le voir plusieurs fois, a répliqué le docteur, et il m'a fait l'effet d'être un charmant homme, intelligent, instruit, simple et bon. Ses manières sont un peu réservées ; il abuse peut-être du droit qu'on a de ne point se livrer aux étrangers et même à son médecin, mais, sous ses dehors froids, perce, quoi qu'il fasse, une belle âme et un grand caractère.

— Diable ! diable ! a dit mon père, quel éloge ! Savez-vous qu'il est précieux, cher docteur, venant de vous, qui êtes si haut placé dans l'estime publique.

Le fait est que M. Paul Combes, m'a dit plusieurs fois miss Dowson, jouit d'une grande réputation parmi ses confrères, et qu'il la doit autant à son honorabilité qu'à son talent. Je l'aime beaucoup, notre cher docteur.

Mon père a repris :

— Quel âge a donc votre client, pour que son caractère soit assez fait, assez posé, qu'il mérite votre admiration ? Je croyais M. Gérard très jeune.

— Il n'a pas plus de trente-deux à trente-cinq ans. Mais sa vie a dû être agitée, tourmentée même. Il s'est formé, j'en suis certain, à la meilleure des écoles : celle du malheur.

— Vous ne connaissez rien de particulier sur son existence ?

— Je sais ce qu'il m'a dit et ce que j'ai pu deviner. Après avoir longtemps habité l'Amérique, il a, dès son retour en France, été frappé par un coup terrible, imprévu, dont j'ignore la nature, mais qui a eu certainement sur son caractère, sa manière d'être et toute sa vie, jusqu'à ce jour, une très grande influence.

Comme mon père avait raison de dire, dernièrement, que rien n'échappe à notre docteur ! Toutes les observations que j'ai faites sur le compte de M. Gérard, il

les a faites aussi et en a tiré à peu près les mêmes conclusions que moi. Elles lui ont servi à porter le même
jugement.

La conversation s'est terminée là. Mais il m'a semblé
que M. Paul Combes, durant cet entretien, avait toujours
les yeux fixés sur moi.

Est-ce qu'il voudrait lire aussi dans ma vie, dans
mon âme ?

Peut-être me regardait-il seulement comme médecin,
et est-il plus inquiet de mon état qu'il n'a voulu le
paraître.

Ce qui me le donnerait à penser, c'est qu'après avoir
quitté le salon, et au lieu de remonter chez lui, il a
suivi mon père dans son cabinet.

. . . .

30 mai.

« Je suis plus souffrante que jamais. Mes palpitations
de cœur augmentent lorsque je m'assieds pour écrire.
Si j'allais être obligée de renoncer au plaisir que j'é-
prouvais de confier à cet album toutes mes pensées.

Ah ! est-ce que je les y mets toutes ? Hier j'ai fait une
visite au fond de la cour, et je ne l'ai pas racontée... Il
est vrai que j'étais si fatiguée en rentrant.

. . . .

2 juin.

« Mon père veut à toute force me procurer des distractions. Il m'a proposé ce matin de partir en voyage.
J'ai refusé... Il me semble que le mouvement ne me
vaut rien... Je veux rester dans cette maison qui me rappelle ma mère, je veux...

Ah ! que je suis souffrante ; je ne puis plus écrire !...»

Le journal de mademoiselle Marcelle de Brives se
terminant ici, nous le compléterons, à l'aide des notes
qui nous ont été communiquées et des récits qu'on a bien
voulu nous faire.

XIV

Le 22 juin de la même année, M. de Brives, que
l'état de souffrance de sa fille préoccupait beaucoup,
monta, vers dix heures du matin, chez M. Paul Combes.

— Docteur, lui dit-il, vous avez encore vu Marcelle
hier, et vous avez éludé les questions que je vous
ai adressées en sortant de sa chambre. J'apprécie votre
discrétion, et je vous remercie. Mais ce n'est plus le père
de famille dont vous croyez devoir ménager la douleur
qui s'adresse en ce moment à vous. C'est l'ami, c'est le
client qui vient s'entretenir avec vous d'une façon sérieuse, et vous demander ce que vous pensez de votre
malade.

M. Paul Combes réfléchit un instant et dit :

— Si vous posez la question en ces termes, je crois
en effet vous devoir la vérité : la maladie que j'ai cru
reconnaître chez votre fille, le jour où vous m'avez appelé auprès d'elle pour la première fois, a fait depuis
une semaine des progrès qui me surprennent sans encore m'inquiéter. Je cherche avec un grand intérêt les
causes qui ont pu déterminer divers symptômes que je
remarque chez elle, afin de ne pas être obligé de convenir que je me suis trompé en niant jusqu'à ce jour la
transmission de certains germes, l'hérédité de certaines
maladies.

— Comment, fit M. de Brives, vous pensez...

— Je pense simplement que madame de Brives est
morte d'une hypertrophie du cœur, et je suis obligé de
constater chez sa fille des palpitations, de légers cra-
chements de sang qui n'indiquent pas l'hypertrophie
d'une façon absolue, mais qui en sont parfois les symptômes.

— Mon Dieu ! que m'apprenez-vous là ! s'écria
M. de Brives.

— Rien qui vous doive sérieusement alarmer, reprit
le docteur : l'affection dont je parle, si toutefois mademoiselle Marcelle en est atteinte, et je ne l'affirme nul-
lement, peut facilement se combattre. On vit dix, vingt,
trente ans avec une hypertrophie des plus considérables ;
de grands chagrins, des émotions violentes déterminent
seuls, d'ordinaire, des accidents, comme l'hémoptysie et
la rupture du cœur.

— Mais alors ma fille est sauvée ! Quels chagrins
voulez-vous qu'elle ait, quelles émotions pourraient
l'atteindre ? Je m'appliquerai à lui rendre la vie facile et
douce.

Le docteur regarda fixement M. de Brives et lui dit :

— Vous vous y êtes appliqué jusqu'à ce jour ?

— Sans aucun doute.

— Vous en êtes certain ?

— Mais, docteur, ces questions me blessent. Qu'est-
ce qui vous fait supposer que ma fille n'est pas heureuse
auprès de moi ?

— Je ne suppose rien ; je cherche à m'éclairer ; c'est
mon droit, c'est mon devoir. Je ne mériterais certaine-
nement pas la réputation qu'on a bien voulu me faire,
si, en face d'un malade, je me bornais à lui tâter le pouls
et à l'ausculter. Dans certains cas, je m'attache à étudier le malade autant au point de vue moral qu'au point
de vue physique, et si je vaux quelque chose, c'est seulement en cela. J'ai écouté avec soin le cœur de votre
fille, mais j'ai surtout essayé d'y lire. Eh bien ! je puis
vous assurer qu'elle souffre d'un mal inconnu, et que
sa douleur est d'autant plus vive qu'elle essaye de la
cacher à tous les yeux.

— C'est impossible, docteur ; je ne lui ai jamais fait
un chagrin, causé une peine. Il y a quelques semaines,
un de mes amis m'a demandé sa main. Ce mariage me
convenait sous certains rapports. J'en ai parlé à Marcelle ; il ne lui a pas plu, et je n'ai pas même insisté.

— Quel motif vous a-t-elle donné pour refuser ce mariage?

— Aucun de bien sérieux.

— Elle devait au moins en avoir un.

— Lequel ?

— Quelque amour de jeune fille.

— Non. La vie de Marcelle se passe entre sa gouvernante et moi ; elle ne fait pas de visites, et le seul ami que je lui ai présenté est celui qu'elle a refusé.

— Et votre locataire du fond de la cour, ce M. Gérard dont j'ai parlé l'autre jour, à dessein, devant mademoiselle Marcelle?

— Elle l'entend, elle l'aperçoit, elle ne le connaît pas.

— N'est-elle pas allée plusieurs fois chez sa mère ?

— J'y songe. Elle m'a demandé, en effet, la permission de faire une visite à cette dame pour l'intéresser à ses pauvres. J'ai consenti. Mais j'ignorais que des relations suivies se fussent établies entre elle et madame Gérard.

— Ah! vous devriez le savoir, cher ami. Permettez-moi de vous le dire, lorsqu'on est le père d'une grande jeune fille...

— Lorsque cette jeune fille a constamment auprès d'elle une femme respectable, dévouée, sûre, une seconde mère enfin, les devoirs, la responsabilité du père se trouvent bien diminués.

— Soit ! je n'insiste pas. Je vous absous, et du reste, peu importe. J'ai seulement voulu établir comme un médecin appelé peut-être à combattre une maladie de cœur, que votre fille était éprise de M. Gérard.

— Cela n'est pas constaté pour moi. J'admets quelques visites à madame Gérard, quelques rencontres avec son fils, mais cela ne me suffit pas pour...

— Permettez ; faites la part de l'isolement dans lequel se trouve mademoiselle de Brives, du mérite très réel de M. Gérard, mérite vraiment hors ligne, je vous l'ai dit, de son existence un peu mystérieuse qui ne ressemble pas à la nôtre et qui a pu frapper l'imagination d'une jeune fille. Considérez que si mademoiselle Marcelle, comme je l'espère, n'a pas hérité de la maladie de sa mère, elle tient d'elle cependant certains germes d'une affection qui dispose à la sentimentalité, aux enthousiasmes hors de propos, aux exagérations de toutes sortes et à toutes les bizarreries dont l'esprit est capable. Enfin, mon cher ami, qui nous dit que le cœur de votre fille n'est pas invinciblement entraîné vers M. Gérard par des motifs puissants que nous ne pouvons pas deviner ? Ah ! il faut tout prévoir ; nous devons, dans un cas aussi grave, aller au-devant de toutes les suppositions possibles. J'ai cru devoir vous parler avec une entière franchise... en médecin et en ami ; faites votre profit de mes avertissements.

XV

À la suite de cette conversation, M. de Brives se rendit chez miss Dowson et essaya d'obtenir d'elle quelque renseignement. C'était entreprendre une tâche difficile. Miss Dowson eût fait une excellente confidente de tragédie ; elle était admirablement douée pour écouter les plus longues tirades, on pouvait tout à son aise s'épancher dans son sein, il lui arrivait même de vous encourager d'un geste et d'un regard. Mais lorsqu'on s'arrêtait, lorsqu'on lui passait la parole, elle mettait une discrétion invincible à ne pas la prendre. M. de Brives parvint seulement à lui arracher quelques monosyllabes relatifs aux visites de Marcelle chez madame Gérard ; ils lui suffirent pour comprendre que les suppositions du docteur reposaient sur un point de départ des plus exacts.

M. de Brives voulut alors avoir un entretien avec sa fille ; il la rejoignit dans sa chambre, s'assit auprès d'elle, lui prit les mains, et avec une grâce toute charmante, presque féminine, avec des délicatesses infinies que certains hommes ne sauraient jamais perdre, quel que soit le milieu où ils vivent, il essaya de lui arracher une confidence qui le pût éclairer.

Mademoiselle de Brives garda son secret ; elle n'osait s'avouer à elle-même qu'elle aimait Georges Gérard. Comment l'aurait-elle avoué à son père ?

Pourtant, de même que les rares monosyllabes arrachés à miss Dowson avait éclairé M. de Brives sur plusieurs points, de même certaines rougeurs, quelques phrases émues échappées à la malade, vinrent encore affirmer toute la sagacité du docteur. Seulement n'y avait-il pas exagération ? Marcelle souffrait-elle de cet amour inavoué et contenu au point qu'il pût avoir une influence sur sa santé ?

Miss Dowson n'en savait rien ou n'en voulait rien dire, Marcelle ne pouvait être directement interrogée à ce sujet, et, du reste, saurait-elle répondre ? Une seule personne restait à consulter d'une façon utile, c'était madame Gérard.

La situation était trop grave pour que M. de Brives pût hésiter à faire une démarche auprès d'elle ; ne lui devait-il pas une visite pour la remercier de ses amabilités pour sa fille, et, en sa qualité de propriétaire, ne pouvait-il pas trouver des motifs pour solliciter cet entretien ?

Il fut reçu d'une façon très aimable par sa locataire, mais leur longue conversation pleine de réticences et de sous-entendus, où la plus grande réserve leur était imposée de part et d'autre, put se résumer ainsi :

Marcelle était venue voir, à plusieurs reprises madame Gérard, et celle-ci, qui la trouvait charmante, l'avait chaque fois accueillie de son mieux, sans jamais l'engager à revenir, sans lui rendre aucune de ses visites.

Quand à Georges Gérard, il partageait l'opinion de sa mère sur le compte de mademoiselle de Brives ; mais il ne l'avait jamais manifesté... ni par une parole, ni par un regard.

— Que faire ? demanda M. de Brives au docteur Combes, lorsqu'il le revit à la suite de ces différents entretiens et qu'il les lui eût fidèlement rapportés.

— Rien pour le moment, répondit le docteur. Attendre. Mais, je vous le répète, votre fille souffre d'autant plus qu'elle ne veut confier sa douleur à personne, et qu'elle n'ose peut-être pas se la confier à elle-même. Il faudra, tôt ou tard, à tout prix, obtenir ses confidences.

— Par quel moyen, docteur ?

— Je le chercherai.

Quelques jours s'écoulèrent et le mal s'aggrava. Un matin, M. Paul Combes dit à M. de Brives :

— J'ai trouvé le moyen que nous cherchons. Mais il est pénible à employer. Une mère n'aurait sans doute pas de scrupules à cet égard ; un père peut et doit en avoir. Saviez-vous que votre fille écrivit jour par jour ses impressions ?

— Non.

— Eh bien, en entrant ce matin dans sa chambre avec miss Dowson, j'ai aperçu une sorte d'album sur un meuble. Il était ouvert à la première page, et on y lisait ces mots : « Ma vie depuis ma sortie du couvent... » Les confidences qu'on vous refuse et qui vous sont indispensables, vous les trouverez dans ce cahier.

— Et vous voulez !... S'il s'agissait de votre fille, que feriez-vous ?

— Je lirais.

— Cela suffit.

Dans la journée, M. de Brives obtint de Marcelle qu'elle allât faire un tour de promenade en voiture avec miss Dowson. Il profita de cette absence pour entrer dans la chambre de sa fille, ouvrir le petit secrétaire qu'il lui avait donné et dont il connaissait le secret, et parcourir rapidement le journal que nous avons publié.

Après cette lecture, le doute n'était plus possible ; l'amour de mademoiselle de Brives pour Georges Gérard éclatait à chaque page, quoiqu'elle n'en convînt nulle part et ne l'avouât jamais. Cet amour était d'autant plus sérieux qu'il s'appuyait en quelque sorte sur une superstition. Marcelle, exaltée par la maladie, croyait fermement obéir aux dernières volontés de sa mère ; elle s'imaginait accomplir un devoir en s'abandonnant aux aspirations de son cœur. Elle aimait d'autant plus ardemment qu'elle trouvait dans sa passion une sorte de satisfaction à sa piété filiale. Mais elle avait en même temps conscience de la trop grande soudaineté de cet amour ; toutes ses pudeurs de jeune fille s'éveillaient à l'idée qu'on pouvait la deviner et accuser son cœur de légèreté. Ne voulant avouer à personne à quels sentiments elle obéissait, impuissante même à les définir, elle se taisait pour n'avoir pas à rougir et souffrait en

silence, sans force pour parler, sans possibilité d'agir.

M. de Brives, après avoir replacé l'album à la place où il l'avait pris, s'enferma dans son cabinet et réfléchit longuement.

La lettre de madame de Brives avait fait sur lui une vive impression. Ainsi les chagrins qu'il lui avait causés avaient abrégé sa vie. S'il avait su lui faire une existence calme et reposée, éloigner d'elle les inquiétudes et les tourments, elle n'aurait pas succombé à la maladie dont elle était atteinte. Le docteur Combes ne disait-il pas qu'il arrivait de vivre dix, vingt, trente ans avec une hypertrophie du cœur ? Et Marcelle souffrait peut-être du même mal, Marcelle pouvait lui être enlevée comme avait été enlevée sa mère, par suite de douleurs morales. Non ! Il la sauverait à tout prix ; il la sauverait malgré elle ! Elle se refusait à avouer son amour, c'est lui qui l'avouerait. Elle n'osait plus retourner chez Georges Gérard et se mourait de ne plus le voir ; il la conduirait vers lui s'il le fallait. Avant tout, il voulait qu'elle vécût. Ah ! en ce moment, il n'était plus joueur, il était redevenu père !

Bientôt son parti fut pris : il écrivit un mot à M. Gérard pour lui demander un rendez-vous.

Son locataire lui fit répondre qu'il était chez lui et l'attendait.

M. de Brives prit son chapeau et traversa la cour. Il allait franchement, en honnête homme, causer avec un autre honnête homme. N'était-il pas depuis longtemps fixé sur le compte de M. Gérard ? Le docteur Combes, expert en pareille matière, n'avait-il pas répondu de son honorabilité, et la conduite discrète de ce jeune homme vis-à-vis de Marcelle n'affirmait-elle pas jusqu'à l'évidence sa parfaite droiture ?

Georges Gérard écouta M. de Brives en silence, dans une sorte de recueillement. Puis il prit à son tour la parole et dit :

— Si je vous ai bien compris, monsieur, vous me demandez d'user de mon influence sur ma mère pour qu'elle aille passer quelques instants auprès de mademoiselle de Brives ; vous souhaitez que moi-même je vous rende le plus tôt possible votre visite, enfin vous désirez nous voir, ma mère et moi, sortir de notre réserve habituelle. Eh bien ! monsieur, nous ne le pouvons pas. Tout ce que vous avez bien voulu me dire m'honore infiniment et me touche jusqu'au plus profond du cœur, mais votre franchise appelle la mienne. Je ne puis me rendre chez vous, justement à cause du motif que j'ai cru comprendre et qui vous fait désirer me voir ; mes visites fortifieraient certaines idées, que tous vos efforts devront s'appliquer au contraire à éloigner et à combattre, lorsque je vous aurai dit ces simples mots : Ma place n'est pas chez une fille à marier, car je ne me marierai jamais.

La surprise de M. Brives en entendant Georges Gérard s'exprimer de la sorte fut extrême. Ce qui l'avait embarrassé dans la démarche qu'il venait de faire, c'était la démarche elle-même ; elle était des plus délicates et demandait un grand tact. Mais l'idée ne lui était pas venue un seul instant de se dire qu'il pouvait ne pas réussir, qu'il rencontrerait un obstacle invincible, qu'il se trouverait un homme assez fou pour fuir l'amour d'une jeune fille de dix-neuf ans, suffisamment riche, bien élevée, jolie au possible et charmante en tous points.

Cet homme existait cependant. M. de Brives, dont l'insistance, toute délicate qu'elle fût en pareille matière, était autorisée et légitimée en quelque sorte par la gravité des circonstances et le but qu'il s'était promis d'atteindre, ne put triompher des résistances qu'on lui imposa.

Il dut même renoncer à toute nouvelle tentative ; Georges Gérard partit en voyage dans la nuit qui suivit sa conversation avec M. de Brives. On aurait dit qu'il voulait mettre une plus grande distance entre Marcelle et lui.

XVI

Au mois de juillet, l'état de Marcelle donna de sérieuses inquiétudes au docteur Combes. Il se crut obligé d'en faire part à M. de Brives.

Depuis quelque temps, rien ne pouvait plus la décider à quitter sa chambre ; elle restait des journées entières, les yeux fixes, les mains appuyées sur son cœur pour en contenir les battements, et la bouche entr'ouverte pour respirer plus librement. Comme miss Dowson, elle ne répondait plus que par monosyllabes aux questions qu'on lui adressait ; elle semblait demander comme une faveur qu'on ne vînt pas troubler sa solitude et l'arracher à ses pensées.

— Si nous ne parvenons pas à la tirer de la prostration où elle est plongée, dit le docteur, je ne réponds plus d'elle.

— Qu'imaginer ? demanda M. de Brives d'une voix émue.

— M. Gérard est-il revenu de voyage ?

— Non, et qu'importe du reste ? Ne vous ai-je pas répété ses paroles ? Quel espoir pouvons-nous fonder sur lui ?

— Lui seul cependant peut la sauver, murmura le docteur.

Après un instant de réflexion, il ajouta :

— M'autorisez-vous à tenter auprès de sa mère une dernière démarche, et à lui dire tout ce que je croirai utile à notre cause ?

— Agissez comme vous l'entendrez, docteur. Toutes les convenances sociales doivent s'effacer devant le malheur qui nous menace...

. . . .

— Madame, dit M. Paul Combes à madame Gérard, après quelques phrases préliminaires, je suis parfaitement d'avis que le mariage est une chose trop grave pour qu'on se marie pour obliger quelqu'un. Je serais

très mal venu à vous parler de l'état où se trouve ma cliente et d'essayer de vous toucher, vous et votre fils. Vous avez vos raisons pour repousser les avances, qu'au mépris de tous les usages reçus nous avons cru devoir vous faire, et nous respectons ces raisons, sans même chercher à les connaître. Aussi ne viens-je pas vous parler de mariage, nos espérances ne vont pas si loin, et du reste ce n'est pas mon affaire. Je me présente tout simplement en médecin, madame, je vous dis : Je crois que mademoiselle de Brives aurait grand plaisir à vous voir, vous et votre fils, que cette double visite apporterait une heureuse diversion à l'état de prostration où elle semble plongée, une heureuse influence sur sa santé. La chose ainsi posée, tous vos scrupules doivent disparaître. Ce n'est plus chez une jeune fille à marier que vous vous rendez, c'est auprès d'une malade, à la prière de son médecin.

— J'aurais mauvaise grâce à refuser ce que vous demandez, docteur, répondit madame Gérard dont l'émotion était extrême. Je me présenterai chez mademoiselle de Brives. Dès demain mon fils, à qui je vais envoyer une dépêche, sera de retour à Paris et pourra m'accompagner.

Et comme le médecin la remerciait :

— Ah ! s'écria-t-elle, les larmes aux yeux, dites bien à M. de Brives la part que nous prenons à ses peines. Dites-lui que nous aurions donné tout au monde pour les lui épargner. Cela n'a pas dépendu de nous : nous ne nous appartenons pas, nous subissons...

Elle s'arrêta tout à coup, effrayée et comme si elle en avait trop dit, et reconduisit le docteur jusqu'à la porte.

XVII

Le même soir, M. de Brives dit à sa fille, en affectant un ton indifférent :

— Sais-tu que je vais me trouver dans l'obligation de ne plus augmenter les loyers de mes locataires ?

— Pourquoi ? fit-elle avec nonchalance.

— Ils me donnent de toutes parts, depuis que tu es souffrante, des témoignages de sympathie tels qu'il faudra bien m'en montrer reconnaissant.

— On s'occupe de moi ? tu m'étonnes, dit-elle avec amertume.

— D'abord, tu ne te plaindras pas du docteur Combes, je suppose.

— Oh ! celui-là, ce n'est pas un locataire, c'est un ami.

— Et le monsieur qui habite le troisième, c'est un vrai locataire, celui-là. Nous ne le connaissons, depuis cinq ans, qu'au moment du terme. Eh bien ! tous les matins, il demande au concierge comment tu as passé la nuit.

Elle garda le silence ; il continua :

— J'ai même à me louer des personnes qui habitent

le corps de logis séparé du nôtre. Tu sais bien le petit pavillon isolé, au fond de la cour ?

— Oui, fit-elle, et ses yeux s'animèrent.

— Il est occupé, reprit M. de Brives, par une dame qui demeure avec son fils. Eh bien ! il ne se passe pas un jour sans que cette dame vienne prendre de tes nouvelles.

— Pourquoi ne la reçoit-on pas? fit-elle en se redressant.

— Le docteur Combes l'avait défendu, mais il trouve aujourd'hui ton état plus satisfaisant et il a levé la consigne.

— Il faudrait alors faire dire à madame Gérard que j'y suis pour elle.

— C'est inutile. Elle viendra demain à son heure habituelle.

— Quelle est-elle?

— Deux heures environ. Seulement, elle sollicite une faveur que je ne suis pas trop d'avis de lui accorder.

— Quelle faveur?

— Il paraît que son fils vient de faire un assez long voyage à l'étranger, en Allemagne, je crois, et que, dans ce pays où la charité est comprise d'une façon très intelligente, il a recueilli différentes notes qui pourront t'être utiles pour un projet dont tu m'as autrefois parlé. Il voudrait te les soumettre. Je le trouve encore bien faible pour l'écouter. Qu'en penses-tu?

— Du moment qu'il s'agit de mes pauvres, dit-elle d'un air résigné, je dois faire un effort.

— Alors, tu recevras M. Gérard avec sa mère?

— Si tu le veux bien.

— Oh! moi, je n'ai pas de volonté depuis quelque temps ; j'obéis à la faculté, et je dois permettre ce qu'a permis notre ami Combes.

XVIII

Dès le lendemain matin, le docteur put constater un mieux sensible dans l'état de la malade, les battements de cœur étaient aussi fréquents que les jours précédents, plus fréquents même; mais toute prostration avait disparu. Mademoiselle de Brives répondait aux questions qu'on lui adressait; il lui arrivait même d'en poser, et à deux reprises, pendant la visite du docteur, elle se regarda dans un miroir en murmurant : « Dieu comme je suis changée ! »

À deux heures de l'après-midi, on annonça madame Gérard et son fils.

Miss Dowson et M. de Brives se trouvaient depuis un instant dans la chambre de Marcelle.

Pendant cette visite, qui dura plus d'une heure, la malade causa de toutes choses avec une animation un peu fébrile, mais de beaucoup préférable à son abattement habituel.

On aurait dit qu'elle renaissait à la vie, et que des horizons nouveaux s'ouvraient devant elle.

Le découragement s'était évanoui comme par enchantement; l'espérance revenait.

Elle dit à M. Paul Combes, qui vint la voir dans la soirée :

— Docteur, donnez-moi vos remèdes, je les prendrai tous. Je suis lasse de souffrir. Je veux me bien porter.

. . . .

Madame Gérard et son fils ne se bornèrent pas à cette visite. Sur les instances du docteur, ils la renouvelèrent à plusieurs reprises.

— Donnez-moi le temps de dominer la maladie, leur avait-il dit. Laissez la santé revenir tout à fait. Je vous demande six semaines tout au plus. Alors vos visites pourront être de moins en moins fréquentes, et vous reprendrez bientôt votre entière liberté.

Madame Gérard et son fils firent largement les choses. Au lieu d'accorder au docteur six semaines qu'il avait demandées, ils accordèrent deux mois, puis trois mois.

Mademoiselle de Brives se portait maintenant à merveille; ses palpitations de cœur avaient disparu, ses couleurs lui étaient revenues; elle se promenait toujours avec son père, elle vivait à peu près comme tout le monde, et, chose étrange, les visites continuaient : on ne semblait pas vouloir profiter de la liberté que le docteur avait rendue.

Que se passait-il donc dans l'esprit de madame Gérard et de son fils? S'étaient-ils départis entièrement de leur réserve? Leurs idées s'étaient-elles modifiées ? Cette résolution de ne jamais se marier que Georges Gérard avait si nettement manifestée s'était-elle évanouie?

Nous répondrons à ces questions en rapportant ici une conversation qui eut lieu, vers l'époque où nous sommes arrivés, dans le cabinet de M. X..., ancien bâtonnier de l'ordre des avocats de la Cour impériale de Rouen, et retiré depuis deux ans à Paris, rue Sainte-Anne.

XIX

Il était environ quatre heures de l'après-midi lorsque son valet de chambre vint l'avertir qu'une dame demandait à lui parler. Elle refusait de dire son nom, mais elle assurait être particulièrement connue de lui.

— Avez-vous répondu, demanda M. X..., que je ne donne plus de consultations?

— Oui, mais cette dame ne se présente pas comme cliente; elle a autrefois connu monsieur à Rouen, et désire le voir.

— Faites entrer.

M. X... vint au-devant de la visiteuse, lui offrit un fauteuil, et comme il paraissait chercher en vain à se rappeler ses traits, elle prit la parole et dit :

— Vous ne me reconnaîtrez pas, monsieur. Personne ne me reconnaît. En huit ans j'ai vieilli de plus de trente années. Je suis maintenant une vieille femme. J'ai les cheveux tout blancs.

— Vous avez conservé, madame, interrompit galamment le vieil avocat, un sourire qui m'a autrefois frappé et que je ne saurais oublier. Si je ne me rappelle pas au juste qui vous êtes, il faut m'excuser, j'ai vu tant de monde dans ma longue carrière ; mais je me souviens parfaitement vous avoir connue et dans une circonstance grave, si je ne me trompe.

— Bien grave, en effet, monsieur, je venais vous demander de défendre, devant les assises de la Seine-Inférieure, mon fils, mon unique enfant, accusé de tentative d'assassinat et de vol.

Il se leva vivement, lui prit la main, et dit avec émotion :

— Vous êtes madame du Hamel !

— Pour vous, oui, fit-elle. Devant un autre je nierais m'être jamais appelée ainsi.

Après avoir un instant contemplé les traits profondément altérés de madame du Hamel, le vieil avocat s'écria avec chaleur :

— Ah ! malheureuse femme, malheureuse mère, comme je vous ai plainte souvent ! Si je me souviens de vous ! Tenez, maintenant que je ne plaide plus, maintenant que je puis vivre un peu dans le passé, il m'arrive parfois de relire les anciens procès où j'ai figuré. Celui de votre fils me passait dernièrement sous les yeux. Je revoyais la cour d'assises, les jurés, les juges, l'avocat général ; je vous voyais assise à quelques pas de cette misérable créature, cause de tous vos malheurs. J'entendais encore le cri déchirant que vous avez poussé lorsqu'on a prononcé cette injuste condamnation. Oui, injuste, je le soutiens encore, je le soutiendrai toujours. Mon client devait être acquitté. Il l'eût été sans cette accusation de vol, qui a jeté un mauvais vernis sur cette affaire, qui l'a dénaturée. Cinq ans de travaux forcés pour un moment d'emportement ! car il n'y avait pas autre chose, je l'ai juré, je l'ai dit après l'audience à qui voulait m'entendre, je l'ai répété mille fois... je le répète encore !

Il s'interrompit et reprit bientôt :

— Pauvre jeune homme ! si intéressant, si charmant... Comme il vous aimait ! Jamais client ne m'a inspiré tant de sympathie... J'ai pleuré, voyez-vous, de n'avoir pu le sauver. Ah ! sous notre robe d'avocat, il y a plus de cœur qu'on ne croit. Le public se dit : « Il est éloquent pour convaincre le jury ; il pleure pour le toucher ; il n'est pas vraiment ému, ses larmes sont feintes. » Comme on se trompe souvent, mon Dieu ! et comme il nous est arrivé à tous, pendant les assises, de verser de vraies larmes. Mais dites-moi, il n'a pas subi sa condamnation, j'imagine ? Vous avez obtenu sa grâce, ou tout au moins une commutation de peine ?

— Non !... fit-elle tristement.

— On vous a refusé ? Pourquoi n'êtes-vous pas venue me trouver ? J'ai quelques amis au ministère de la justice... Je vous aurais conduite à eux, et toute leur bienveillance vous eût été acquise.

— J'ai songé, mon cher maître, répondit madame du Hamel, à m'adresser à vous ; mais mon fils m'a suppliée de n'en rien faire. Il a voulu subir sa peine tout entière. « Je veux, m'a-t-il dit, m'acquitter envers la société que j'ai offensée en cédant à un mouvement irréfléchi. Elle m'a condamné à cinq ans de travaux forcés, je ferai ces cinq années ; mais ensuite je serai quitte envers elle, personne n'aura le droit de me reprocher ma faute, et je porterai la tête haute. »

— Encore des illusions de jeunesse, dit l'avocat. Votre fils doit être aujourd'hui revenu de son erreur. On n'est jamais quitte envers la société lorsqu'on a eu le malheur d'encourir certaines condamnations. A côtés des peines, pour ainsi dire *légales*, il existe des peines dites *accessoires* contre lesquelles plusieurs jurisconsultes éclairés se sont inutilement prononcés jusqu'à ce jour.

Il ouvrit un Code que, par habitude, il avait toujours sous la main, et lui lut :

« Article 47 du Code pénal :

« Les coupables condamnés aux travaux forcés à temps, à la détention ou à la réclusion, seront de plein droit, après qu'ils auront subi leur peine, et pendant toute leur vie, sous la surveillance de la haute police. »

— Mon fils, dit madame du Hamel d'une voix émue, s'est soustrait à cette surveillance.

— Comment, a-t-il fait ? s'écria l'avocat ; je ne comprends pas.

— Au moment de sa mise en liberté, répondit-elle, on lui a remis une feuille de route réglant un itinéraire dont il ne pouvait s'écarter, et lui fixant un lieu de résidence qu'il ne devait jamais quitter, sous peine...

— Sous peine, continua M. X..., de désobéir à cet autre article du même Code, qui déclare que toute infraction au règlement, concernant les individus soumis à la surveillance de la haute police, sera punie par le tribunal correctionnel d'une peine qui pourra, si le juge le trouve bon, atteindre cinq années d'emprisonnement.

— En effet, reprit madame du Hamel, nous connaissons cet article. Et cependant, ajouta-t-elle d'une voix tremblante, mon fils a brûlé la feuille de route qui lui avait été délivrée, a changé son nom pour faire perdre ses traces, et est venue se fixer avec moi à Paris.

— A Paris, que vous avez longtemps habité l'un et l'autre, s'écria M. X... ; vous n'avez pas craint d'être reconnus ?

— Qui aurait pu nous reconnaître, monsieur ? Avant de passer cinq années à Toulon, Georges avait longtemps vécu, vous le savez, en Amérique. Il avait quitté Paris à vingt ans, il y revenait à trente.

Dix années, pendant lesquelles le visage subit une sorte de transformation : les traits se forment, se développent. On était un adolescent, presque un enfant ; on devient un homme ; puis les terribles émotions par lesquelles il a passé : son procès, sa condamnation, cinq années à Toulon, cinq

Il jouait avec une prudence extrême : (page 75).

années de souffrances physiques et morales inces-
santes, terribles!... les insomnies, la mauvaise nour-
riture, les travaux les plus durs, dans l'Arsenal, dans
le port: l'hiver, exposé au mistral; l'été, sous un soleil implacable, avec une vareuse et un pantalon de
laine pour tout vêtement, une calotte sur la tête et la
chaîne aux pieds. Pas de feu, d'ombre, pas de couverture pour garantir du froid de la nuit, pas de pail-
lasse pour reposer son pauvre corps brisé!... Ah! monsieur, de telles douleurs, de telles privations, de telles
souffrances changent un homme, je vous assure, don-

nent à sa physionomie un tout autre caractère et le rendent méconnaissable. A deux ou trois reprises, quoiqu'il sorte bien rarement, il s'est trouvé en présence de
quelque ancien camarade de collège ou d'école à qui
ses traits n'ont rappelé aucun souvenir. »
— Mais vous, madame, n'aviez-vous pas autrefois des
amis, des connaissances à Paris?
— Non; depuis le départ de mon mari pour l'Amérique, il y a maintenant près de vingt ans, je m'étais
retirée du monde, je vivais seule avec mon fils dans un
coin du faubourg Saint-Germain; loin, bien loin du quar-

tier que j'habite maintenant... Les quelques rares personnes que je voyais alors n'existent plus, ou bien ont quitté Paris... Et, du reste, monsieur, vous ne me reconnaissiez pas vous-même tout à l'heure ! cependant, durant trois mois, il n'y a que huit ans, lorsque le procès de Georges s'instruisait, je vous voyais tous les jours, vous aviez avec moi de longs entretiens... Ah ! c'est que je suis bien changée aussi ; j'ai bien souffert ! Toutes ses douleurs, je les ai partagées... Je puis dire que nous étions deux à subir cette condamnation.

Silencieux, assis à ses côtés, M. X... attendait qu'elle reprit la parole.

— Oui, dit-elle enfin, je suis allée me fixer à Toulon, sur le quai, près de l'Arsenal. De mes croisées, je le voyais parfois travailler dans le port, ou passer dans une barque avec ses compagnons de chaîne, sous la conduite d'un garde-chiourme ! Ah! monsieur, quel spectacle déchirant pour le cœur d'une mère ! Je ne crois pas qu'il existe de supplice comparable à celui-là ! Comment l'ai-je supporté, je l'ignore ! Mais pouvais-je le quitter ? Ne devais-je pas soutenir son courage par ma présence, l'aider à tenir le serment que je lui avais arraché de ne pas attenter à sa vie !... Il savait où je demeurais ; de certaines parties de l'Arsenal, il lui était possible d'entrevoir mes croisées ; il ne distinguait pas mes traits, mais il apercevait une ombre, au loin, à travers l'espace, et il travaillait, il souffrait, le regard dirigé vers cette ombre.

XX

De grosses larmes coulaient de ses yeux pendant qu'elle parlait ainsi, et le vieil avocat d'assises, rompu cependant à toutes les émotions, se sentait profondément ému.

Ils gardèrent encore un instant le silence, puis il lui dit avec intérêt :

— Vous voilà réunis maintenant. Êtes-vous heureux ?

— Nous l'étions, répondit-elle en essuyant ses larmes. Nous vivions calmes, tranquilles, dans une solitude complète, loin des indiscrets et des curieux, plus cachés, plus ignorés dans Paris que nous ne l'aurions jamais été dans une ville de province ou dans la campagne la plus agreste, nous félicitant du parti que nous avions pris lorsque... Ah ! monsieur, donnez-moi un conseil ; je n'ai personne à qui le demander, et j'ai pensé à vous dont j'ai eu tant à me louer, dont la discrétion m'est connue, à vous qui m'avez plainte, qui nous avez aimés et que nous aimons.

Elle lui fit le long récit des événements qui s'étaient passés dans l'existence de son fils depuis six mois.

Il était éperdument aimé ; il aimait ! Oui, il aimait ! Quoi de plus naturel, l'amour n'attire-t-il pas l'amour ? Il aimait avec toute l'ardeur d'un cœur encore jeune, qui n'avait pas battu pendant huit années, qu'une passion malsaine avait autrefois rempli et qui s'était laissé toucher par des séductions nouvelles pour lui, ignorées

jusqu'à ce jour : la bonté, le charme, la grâce, la distinction, l'ingénuité.

Georges avait longtemps résisté à cet amour; il avait lutté, il avait fui. Maintenant, il s'avouait vaincu.

Que faire !

Fuir de nouveau ?

Mais il s'agissait de son avenir, de son bonheur ; après avoir tant souffert, ne méritait-il pas enfin d'être heureux ?

Il s'agissait peut-être aussi de sa vie, en tous cas de l'existence de celle qui l'aimait.

Mettre sa main dans la main qui se tendait vers lui ! se marier !...

Le pouvait-il ? Dire son passé, c'était une barrière infranchissable entre elle et lui.

Ne pas le dire ! s'il arrivait un jour qu'on l'apprît !

Cette situation fut longuement et clairement expliquée par madame du Hamel, puis elle se tut et attendit que M. X... voulût bien lui donner un conseil.

La réponse de l'avocat ne se fit pas attendre.

— Avant toutes choses, dit-il, avant de nous occuper du mariage de votre fils au point de vue moral, ne devons-nous pas examiner le côté pratique de la question ? Pour se marier, il faut des papiers, des actes..., Où sont les vôtres ? L'extrait de naissance de votre fils, votre contrat de mariage, l'acte de décès de votre mari, apprendront à tous que vous vous appelez du Hamel, et vous me dites avoir, par prudence, changé de nom. C'est même sans doute à cette précaution que vous devez la tranquillité dont vous jouissez. Allez-vous la troubler, attirer sur vous l'attention, faire revivre des souvenirs à peu près effacés ? Comment expliquerons-nous aussi à la famille où vous voulez entrer qu'après nous être appelés si longtemps d'un autre nom, nous nous appelons tout à coup du Hamel, à l'église et à la mairie ?

Elle l'avait écouté sans l'interrompre. Lorsqu'il cessa de parler, elle répondit :

— Nous ne serons pas obligés de reprendre ce nom de du Hamel. Celui que nous portons maintenant, que j'ai pris après la condamnation de mon fils, est le seul qui nous appartienne légalement. Mon mari, à l'époque où il mangeait à Paris une fortune assez considérable, qu'il a refaite ensuite en Amérique, vivait dans un monde élégant, vaniteux, titré où son nom bourgeois sonnait assez mal. Aussi, se crut-il obligé d'y ajouter celui de du Hamel, qu'il retrouva dans un vieux parchemin de famille. Peu à peu, comme il arrive souvent, le premier nom disparut, et il ne resta que le second, qu'il me fit prendre l'habitude de porter et plus tard de faire porter à mon fils. Mais, je le répète, il ne nous appartient pas, on n'en trouve pas la moindre trace dans nos papiers, et nous nous sommes empressés de le quitter et de revenir à notre véritable nom, heureusement oublié depuis longtemps.

— Alors, dit M. X..., l'obstacle matériel disparaît. Examinons la question au point de vue moral. D'un côté, un danger sérieux, menaçant, certain, le bonheur de deux personnes en jeu : leur existence ou tout au moins l'existence de l'une d'elles ; de l'autre, des périls éventuels, improbables même, si l'on prend certaines précautions, et surtout si l'on considère que, depuis trois ans, aucun fait inquiétant ne s'est présenté, qu'on a vécu dans une tranquillité parfaite.

Ils causèrent encore longtemps. Lorsqu'ils se séparèrent, M. X... dit à madame du Hamel, en lui serrant avec force la main qu'elle lui tendait :

— Je vous remercie d'être venue me trouver. Cette preuve de confiance qui m'a été donnée par une des femmes les plus respectables que je connaisse m'a vi-

vement touché. Dites à votre fils que je n'ai jamais cessé de l'es imer, et que le plus grand chagrin de ma vie est de n'avoir pu gagner sa cause. Serrez-lui la main pour moi et souhaitez-lui de ma part le bonheur qu'il mérite.

....

Dans les premiers jours d'octobre de la même année, le mariage de M. Georges Gérard avec mademoiselle Marcelle de Brives fut célébré à la mairie, puis à l'église, en présence d'un petit nombre d'amis. Après cette double cérémonie, les deux nouveaux époux partirent pour l'Italie.

TROISIÈME PARTIE

LA HAUTE POLICE

I

La question de savoir si le gouvernement actuel s'est montré bien avisé en maintenant la loi qui supprime les maisons de jeux publics sur le territoire français, a été plusieurs fois soulevée dans ces dernières années.

A l'aide d'arguments d'une certaine valeur, la presse, dite littéraire, a essayé de démontrer que la morale n'avait rien gagné à cette suppression, qu'elle y avait au contraire perdu et que les maisons de jeux devaient être non seulement tolérées, mais autorisées, patronnées et placées au nombre des établissements d'utilité publique.

Les journaux, dits sérieux, se sont récriés à l'envi contre cette prétention, et ont soutenu avec éloquence une thèse diamétralement opposée à celle de leurs confrères.

Comme d'habitude, aucune des deux parties n'est parvenue à convaincre l'autre, et le public ne sait encore à quelle opinion donner la préférence.

Nous ne prétendons pas élever, à notre tour, notre voix dans ces débats, et nous mêler à cette polémique. Nous voulons simplement poser un fait que personne ne contestera ; depuis quelques années, malgré la fermeture de Frascati et des différents salons du Palais-Royal la passion du jeu s'est développée en France d'une façon effrayante. On joue dans toutes les classes de la société et dans tous les coins et recoins de Paris. Les grands cercles, au mépris de leurs statuts qui interdisent les jeux de hasard, s'ouvrent toutes les nuits à des amateurs de baccarat, dont les enjeux dépassent, dans des proportions

incroyables, tous ceux qui ont jamais été risqués à la roulette et au trente-et-quarante. A côté de ces cercles aristocratiques, il en existe une douzaine d'autres où l'on professe pour les cartes le même culte, mais où les fidèles se recommandent peut-être par moins de délicatesse dans leurs rapports les uns avec les autres, et une façon plus... large d'interpréter certaines règles en usage parmi les joueurs.

Puis viennent les restaurants à la mode où, après dîner, on a l'habitude des cabinets particuliers propose une partie qui se prolonge jusqu'au souper, quelquefois jusqu'au déjeuner ; certains cafés qui se ferment à une heure du matin pour le commun des martyrs, et restent ouverts toute la nuit pour quelques privilégiés discrets, silencieux, retirés dans une salle du fond, loin des yeux de la police, et prêts à payer d'innombrables consommations en échange de l'hospitalité illégale qu'on leur offre et des jeux de piquet qu'on leur fournit ; les réunions privées dans le meilleur monde : la maîtresse de maison autorise un petit lansquenet de famille, sous la condition expresse qu'on *partira* de cinquante centimes, d'un franc tout au plus. On s'y engage, on le jure ; mais à minuit, malgré ces belles résolutions, on part de cinq louis, et à deux heures du matin on part les mains vides.

Enfin, les tables d'hôte où le dîner coûte trois francs, vin compris, et le baccarat trois mille francs, non compris les frais de bougies.

Nous le répétons, on joue partout, et, à l'exception de quelques cercles et de quelques maisons particulières, on joue sans aucune des garanties qu'offraient les maisons de jeux autorisées par le gouvernement et surveillées par lui. La police a beau faire une guerre acharnée à tous les établissements où se réunissent clandestinement des joueurs, il en est une foule qui échappent et doivent échapper à son action. Aujourd'hui, elle rappelle un cercle à l'observation de ses statuts, il tient compte pendant huit jours de cet avertissement et l'oublie la semaine d'après; elle ferme un café récalcitrant, il s'en ouvre un autre sur le même boulevard; elle fait une descente chez madame X... qui tient une table d'hôte, madame Z... amie de madame X..., monte un étage et s'empresse d'ouvrir de nouveaux salons. Pendant deux ans, cinq ans, dix ans on jouit de l'impunité et on fait sa fortune.

Avec un peu d'habileté, on peut même donner asile toutes les nuits à une société de joueurs, prélever sur elle de grands bénéfices, sans enfreindre directement la loi et sans courir le risque d'être poursuivi par la police.

Nous en appelons à l'ancienne locataire d'un petit hôtel de l'avenue de Neuilly, bien connu de tout le Paris élégant.

Lorsqu'elle vint se fixer parmi nous, elle avait vingt-cinq ans environ, soixante mille francs de traites en portefeuille, une indemnité de trente mille francs à toucher dans un bref délai, et un ami dévoué, assez jeune pour ne douter de rien, sorte de provincial doublé de Parisien, intelligent, habile, comprenant les affaires comme on les comprend dans nos grandes villes commerciales, et jouissant de cette expérience précoce et d'un genre tout particulier propre aux personnes qui fréquentent assidûment le bois, les Champs-Elysées, le boulevard de la Madeleine, celui des Italiens et un petit bout du boulevard Montmartre.

Voici la conversation que la dame en question eut avec son ami, à peu près à l'époque où s'est terminée la première partie de cette histoire, celle qui portait pour titre : *Une fille de couleur.*

— Que faire maintenant? Il me faut renoncer à tous ces projets si longtemps caressés... Cette existence que je rêvais si belle, ces fêtes, ce luxe, cette réputation de femme à la mode... dire qu'il a suffi... Ah ! le misérable !

— Oui, oui, reprenait son interlocuteur d'un ton léger, presque ironique, en agitant dans l'air un jonc qu'il tenait toujours à la main, c'est un misérable, je le confesse pour la millième fois. Mais vous êtes vengée, assez cruellement même ; que voulez-vous de plus ? S'il vous a fait du mal, vous lui en avez fait bien davantage.

— Vraiment ? s'écria-t-elle avec emportement, vous croyez cela! J'étais née pour une existence bruyante, animée, au grand jour, en plein soleil, et me voilà condamnée à vivre dans le silence, dans la solitude, dans l'ombre ! J'étais splendidement belle... oui, splendidement belle, c'est l'expression ; chacun ne s'en servait-il pas en parlant de moi, vous tout le premier, et je suis devenue hideuse. Quand je passais dans une rue, quand j'apparaissais dans un lieu public, on s'arrêtait pour me

voir, on se pressait, on faisait cercle autour de moi; un long murmure d'admiration sortait de la foule et montait à mes oreilles charmées. Aujourd'hui, quand on me voit, on détourne la tête, on me fuit; je lis la pitié, le dégoût dans tous les yeux. Vos amis, à qui vous m'aviez autrefois présentée, m'ont tous abandonnée..., Vous seul avez le courage de me regarder en face.

— D'abord, j'ai tous les courages, fit-il avec assurance. Puis, mes amis sont des imbéciles. Le visage laisse à désirer, j'en conviens ; il a perdu de son charme, mais de plus jolis visages, on en trouve par centaines. Ce qu'on ne trouve pas, c'est une taille comme la vôtre, des épaules d'un modelé parfait, une poitrine... Ah ! quelle opulence, quelle fermeté !... Des mains et des pieds d'enfant. La Vénus de Milo n'a-t-elle pas des admirateurs passionnés, quoiqu'elle soit incomplète ? Pour moi, vous êtes une Vénus à laquelle il manquerait la tête.

C'est ainsi que Victor Mazilier flattait Cora (nos lecteurs ont déjà reconnu ces deux personnages de notre première partie). C'est ainsi qu'il commençait à prendre une grande influence sur cette fille de couleur, vaniteuse comme tous les gens de sa race. Georges du Hamel, en l'adorant lorsqu'elle était encore belle, n'avait fait que lui payer le tribut qui lui était dû ; son admiration ne l'avait point flattée, et elle était restée maîtresse d'elle-même, c'est-à-dire arrogante, froide, cruelle à ses heures.

Victor Mazilier, au contraire, en vantant sa beauté, lorsqu'elle se plaignait de sa laideur, en lui découvrant des charmes qu'il semblait préférer à ceux qu'elle avait perdus, la raccommodait en quelque sorte avec elle-même, lui donnait confiance en sa valeur, faisait renaître l'espérance dans ce cœur désespéré, et, pour un motif que nous connaîtrons plus tard, se rendait indispensable.

Les compliments de Victor Mazilier n'avaient pas apaisé la colère de Cora.

Le coup qui l'avait frappée était encore trop récent, à cette époque, pour qu'elle pût conserver son sang-froid, lorsqu'elle évoquait certains souvenirs.

— Ah! vous me croyez suffisamment vengée, reprit-elle, parce qu'il a été condamné à cinq ans de travaux forcés... Cinq années! Il sortira du bagne jeune, élégant, charmant, comme il était quand je l'ai aimé, le monstre ! Je l'aimais lorsque je le regardais... Oui, j'avais alors le culte de la forme ; j'étais belle et c'était rendre hommage à ma propre beauté que d'admirer celle des autres. Maintenant, je tiens moins compte des qualités physiques; vous en savez quelque chose, mon cher Mazilier.

— On n'est pas plus aimable, fit-il sans s'émouvoir, et il ajouta mentalement : Tu me payeras celle-là, ma petite!

Elle continua :

— On l'a condamné à cinq années, et moi, il m'avait condamnée à perpétuité ! Il sortira du bagne, il jouira de la vie, il aura des maîtresses, et je resterai toujours laide, hideuse ! Autrefois, on marquait les galériens à l'épaule; aujourd'hui ce sont leurs victimes qui portent éternellement sur le visage la marque de leurs coups, le stigmate de leur infamie. Ah! vous croyez ma vengeance satisfaite? Eh bien! si je le retrouve un jour, vous verrez!

— Soit! je verrai, dit avec résignation Victor Mazilier; en attendant, ces plaintes sont inutiles. Songeons plutôt à ce que vous allez devenir. Vous ne voulez pas retourner au Havre, je le comprends, et vous m'avez écrit de venir vous retrouver à Rouen. M'y voici. Avez-vous le projet de vous fixer dans cette ville? Je vous avertis qu'on s'y ennuie mortellement.

— Peu importe! fit-elle. Je n'espère plus beaucoup m'amuser dans ce monde; mais je ne resterai pas à Rouen. La moitié de ses habitants m'ont vue à l'audience, et l'on me montre au doigt lorsqu'il m'arrive de sortir. Ah! c'est que je suis reconnaissable!

— Comptez-vous retourner à la Nouvelle-Orléans?

— Jamais! fit-elle avec force. Y pensez-vous? Retourner défigurée dans un pays où l'on m'a connue si belle... Ah! les dames créoles seraient trop heureuses de me revoir en cet état!

— Alors, reste Paris où vous deviez vous rendre tout d'abord, Paris où l'on se cache à merveille pour peu qu'on le désire, où rien n'étonne, rien n'émeut, où l'on est trop occupé à regarder les jolies femmes pour...

— Pour se tourner du côté des laides, n'est-ce pas? fit-elle; continuez donc, cher ami; ne vous gênez pas. Vous savez que je ne me fais aucune illusion sur mon compte. Soit! je vais à Paris, et après? Quel quartier habiterai-je? Où serais-je le mieux cachée? J'attends votre avis.

— D'abord, répondit au bout d'un instant de réflexion Victor Mazilier, fidèle à son système, ou peut-être convaincu de ce qu'il disait, je vous assure que vous exagérez vos défectuosités physiques. La balle du pistolet de Georges du Hamel vous a troué la lèvre supérieure, labouré la joue, contourné et déformé le bas du visage, j'en conviens. Mais vos yeux sont restés les plus jolis du monde, le front, un front de souveraine, et les cheveux les plus noirs que je connaisse. Bref, vous avez de beaux restes que bien des femmes envieraient. Au grand jour, mon Dieu! je ne dis pas, les cicatrices paraissent profondes, les plaies encore béantes; elles attirent le regard et détournent l'attention des charmes que vous avez su conserver; mais le soir, dans une demi-obscurité, grâce à des effets de lumière que vous étudierez et que vous saurez vous ménager, vos yeux brilleront de tout leur éclat, vos cheveux auront des effets particuliers, votre front resplendira, et la partie supérieure du visage aura de telles séductions qu'on ne songera plus à regarder plus bas.

— Flatteur! fit-elle en minaudant.

— Mais non, mais non; je dis la vérité. Je ménage même votre amour-propre, car, dans la crainte de me répéter, je ne vous parle pas de l'effet éblouissant que produiront vos épaules et votre poitrine, si vous vous décolletez effrontément, suivant la mode; si quelque habile couturière fait ressortir l'élégance de votre taille, l'ampleur de vos hanches, si l'on aperçoit les ongles roses de vos mains dégantées... Oui, oui, c'est le soir qui vous convient, vous êtes une belle de nuit.

Elle l'écoutait avidement, et peu à peu se laissait convaincre.

Il continua:

— J'ai bien réfléchi à votre position, voyez-vous, et je sais admirablement ce qui vous convient. Vous devez maintenant éviter la foule, le monde, les plaisirs bruyants; il vous faut un cercle d'amis et des distractions intimes. La première impression de tous ceux qui vous seront présentés ne vous sera pas favorable, je le reconnais; mais le premier effet produit, ils s'habitueront peu à peu à vos... petits désagréments. Bientôt même ils les oublieront, pour ne plus voir que vos perfections de toutes sortes. Par exemple, ne recevez jamais des femmes dans votre intimité; que votre porte leur soit fermée de la façon la plus absolue; vous seriez entièrement laide qu'elle se montreraient peut-être indulgentes; mais vos incontestables beautés exciteraient leur jalousie; elles ne vous les pardonneraient pas, et se vengeraient de ce qui vous reste sur ce que vous n'avez plus. Soyez aussi sévère à l'égard des artistes de toutes sortes, surtout des hommes de lettres: ce sont des gens dangereux dans un salon; paraître spirituels, ils vous déchireront; pour mériter une réputation d'originalité, ils vous diront en face de dures vérités; pour faire preuve d'indépendance ils briseront vos vitres. Vos familiers devront être des hommes du monde, et du meilleur: ceux-là seuls cachent leur pensée, leurs mauvaises impressions; ils ne lèvent les yeux sur une femme que pour l'admirer et ne lui parlent que pour lui adresser des compliments. Au milieu d'eux, vous vous croirez toujours charmante, vous oublierez vos... ennuis... et...

Elle l'interrompit pour lui dire:

— Ces familiers, ces intimes, où voulez-vous que je les rencontre? J'ai lu là-bas, à la Nouvelle-Orléans, dans un de vos livres publiés en France, qu'il fallait, de nos jours, renoncer à se créer ce qu'on appelait autrefois un salon. Les gens du monde dînent en ville, courent en soirée, au théâtre, au bal; il est fort rare qu'ils retournent deux jours de suite dans une même maison, pour s'asseoir dans un fauteuil et deviser au coin du feu.

— Parfaitement exact, dit Victor Mazilier; pour une Américaine, vous connaissez admirablement nos mœurs. En effet, la perspective de trouver chez vous des fauteuils, du feu dans la cheminée et de se livrer à une conversation vive et animée, ne déciderait pas deux personnes à vous faire visite. Mais vous pouvez offrir à vos hôtes d'autres plaisirs, quelque *great attraction*, comme disent les Anglais.

— Laquelle?

— Le jeu! répondit-il en regardant Cora.

— Quoi! vous voulez?...

— Je ne veux rien; mais si j'étais à votre place, je me dirais : Je possède un capital de cent mille francs environ, qui, placé le plus avantageusement du monde, me rapporterait à peine sept à huit mille francs de rentes. C'est insuffisant pour vivre à Paris. Est-ce votre avis ?.

— Est-ce le vôtre ?

— C'est le mien.

— Alors, je le partage ; continuez.

Encouragé par Cora, Victor Mazilier développa son plan :

— Nous disons donc, reprit-il, que huit mille francs de rentes ne vous suffiraient pas pour vivre. Mais vous n'avez pas huit mille francs, vous possédez un capital disponible de cent mille francs. Somme insignifiante peut-être entre les mains d'un homme, obligé sous peine de déchoir dans l'estime publique, de respecter une foule de préjugés, et de faire valoir son argent, pour ainsi dire, légalement. Somme énorme, au contraire, entre les mains d'une femme qui n'appartient pas au monde, qui n'a dans la société aucune place définie, qui n'est obligée de se gêner pour personne, et que des scrupules exagérés ne sauraient inquiéter.

— C'est juste, dit Cora; pour qui me gênerais-je ? quelles convenances ai-je à respecter ?

— Quelques-unes, je vous les dirai plus tard. Occupons-nous du plus pressé. A votre place, je voudrais que mes cent mille francs me rapportassent au moins, vous entendez bien, au moins de vingt-cinq à trente mille francs de rentes.

— Je le veux aussi ; développez, cher ami, développez votre idée.

— Je développe. D'abord, vous partez pour Paris et vous vous mettez en quête d'un appartement convenable ou, ce qui vaudrait mieux d'un petit hôtel isolé, mystérieux, loin du bruit et du mouvement, mais dans un rayon fréquenté par la fashion : l'avenue d'Eylau, l'avenue de Friedland, les premières maisons de Neuilly, par exemple. Lorsqu'ils se rendront chez vous, vos visiteurs devront avoir à se détourner le moins possible de la route du bois ; ils s'en éloigneront assez cependant, pour que les voitures qui les suivront les puissent perdre de vue et ignorer où ils vont. L'hôtel en question une fois loué (gardons-nous de l'acheter, votre capital disparaîtrait), nous le meublons.

» La plus grande simplicité préside à l'ameublement de votre chambre à coucher, du cabinet de toilette, de toutes les pièces enfin qui resteront fermées aux visiteurs, mais, en revanche, dans toutes celles qui leur seront ouvertes, le grand salon, le fumoir, le boudoir, la salle à manger, le vestibule même, nous déployons, non pas du luxe, mais du bon goût et du confort. Partout, tapis épais avec doubles thibaudes pour amortir le bruit, amples rideaux de soie, sièges capitonnés, divans moelleux. Pas de tables dressées au milieu du salon à l'intention des joueurs. Une maîtresse de maison doit se faire tirer l'oreille avant de permettre à ses hôtes de commencer une partie. Seulement, les cartes sont toutes prêtes dans un tiroir, les tables attendent discrètement dans l'embrasure d'une croisée, et les domestiques sont stylés à les dresser, sur un signe, au milieu du salon.

» Cet ameublement, grâce à votre capital, ne vous ruinera pas, parce que vous le payerez comptant. Vous ne pouvez vous figurer quels réductions et quel zèle on obtient à Paris d'un tapissier à qui l'on peut dire : Je paye contre livraison. A propos, puisque nous nous occupons d'ameublement, pas de candélabres, pas de bougies, je vous en supplie. Les joueurs ont presque tous la vue fatiguée ; il leur faut des lampes avec abat-jour verts. Est-ce entendu ?

— D'autant mieux entendu que, pour cause, je hais la lumière.

— Je vous l'ai dit : Vous serez charmante dans un demi-jour.

Les coudes appuyés sur la table de jeu n'est-ce pas ? reprit-elle d'un ton où perçait une certaine amertume, et le bas de la figure caché dans mes mains, de façon à ne laisser voir que mes yeux, mon front et mes cheveux. Tenez comme cela.

— Parfait. Vous avez trouvé votre pose. Je n'ai jamais du reste, été inquiet sur votre compte. Puis-je continuer ?

— Vous me ferez grand plaisir.

— Allons y ! La question de l'ameublement tranchée, vous vous occuperez des domestiques. Vous avez sans doute été habituée, à la Nouvelle-Orléans, au service des nègres ; j'en ai un à céder ; il m'arrive de Bourbon, le voulez-vous ?

— Non, s'écria-t-elle, pas de nègres. J'en ai assez, j'ai horreur de cette race, je veux des blancs à mon service.

— Va pour des blancs ; je supprime mon nègre. Il vous faut un valet de pied pour la porte d'entrée, un valet de chambre pour introduire, venir aux coups de sonnette et servir à table : vous l'habillerez à l'anglaise, c'est de bon ton. Pas de chef, c'est trop cher, puis vous n'en avez pas besoin ; on ne dînera jamais chez vous, on soupera seulement. Une cuisinière vous suffira pour préparer des viandes froides, faire du bouillon. Vous exigerez seulement qu'elle ait une spécialité, un plat de prédilection. Si elle n'en a pas, je lui donnerai la recette du homard rôti au vin de madère et des côtelettes à l'absinthe ; c'est exquis et on parlera de vous dans tout Paris. Il n'en faut pas davantage souvent pour se faire une réputation. Pas de cocher, bien entendu, vous ne sortirez jamais ou le plus rarement possible, et une voiture à l'heure vous suffira. Reste à vous trouver, pour votre service personnel, une femme de chambre ; la voulez-vous jeune ?

— Oui, autant que possible.

— Jolie.

— Cela ne me déplairait pas.

— En y mettant le prix, un bureau de placement nous fournira l'article. La maison est meublée et toute montée ; maintenant...

— Maintenant, causons des hôtes destinés à l'habiter. Où les trouverai-je ? Vous me conseillez de ne recevoir que des gens du monde ; ne font-ils pas tous partie de quelque cercle ; c'est vous-même qui me l'avez dit. Quel intérêt auront-ils à le quitter pour venir chez moi ?

— Je vais vous le dire. Les membres d'un cercle bien posé peuvent se diviser en trois camps : ceux qui ne jouent jamais, ce sont les plus nombreux ; ceux qui se permettent des jeux respectables comme le whist, le piquet, le boston, et enfin ceux qui ne se livrent qu'aux jeux de hasard ; ces derniers, sachez-le bien, sont en minorité, et il arriva souvent au président, aux membres du comité, aux gens raisonnables du cercle de les désapprouver à la suite de parties qui se terminent parfois avec des différences de plusieurs centaines de mille francs. Ces joueurs forcenés préféraient souvent, je vous l'assure, se rencontrer dans une maison tierce que dans leurs cercles, où l'on a, de tous côtés, les yeux sur eux, où leurs faits et gestes sont observés, jugés sévèrement, rapportés et publiés le lendemain dans les journaux ; indiscrétions terribles, qui peuvent causer des désordes dans les familles. Je compte sur ces joueurs timides et timorés pour vous former un premier noyau de fidèles.

Cora l'écoutait avec recueillement. Elle comprenait instinctivement que Victor Mazilier connaissait à ravir le sujet qu'il avait entrepris de traiter, et que son expérience en pareille matière était des plus complètes. Elle pouvait se fier à lui et tout entreprendre avec un tel maître, véritable docteur ès-sciences parisiennes. L'assurance avec laquelle il s'exprimait, son ton tranchant, les gestes dont il accompagnait son discours, ses effets de canine, ses attitudes impressionnaient vivement Cora. Comme tous les gens de couleur, elle se laissait séduire par le clinquant, le strass, la parade et la grosse caisse.

La nature simple et froide de Georges du Hamel n'avait pu lui imposer, mais elle était éblouie par les allures de Victor Mazilier.

— Je ne vous ai parlé jusqu'à présent, que des joueurs intéressés à cacher leurs erreurs, et auxquels votre hôtel pourrait offrir un mystérieux asile. Je vais vous initier à un autre détail de la vie des clubs, dont nous saurons tirer parti. Toute somme perdue au jeu, quelle qu'en soit l'importance, doit être payée dans les vingt-quatre heures, et le nom de tout débiteur qui a négligé de s'acquitter, dans le délai réglementaire, peut être affiché sur les tableaux du cercle. *Dura lex* ! m'écrierais-je, si vous saviez le latin ; mais comme vous l'ignorez, je me contente de dire que beaucoup de joueurs seraient heureux de se soustraire à cette loi sévère. Vingt-quatre heures ne suffisent pas toujours aux personnes les mieux posées pour se procurer les vingt, trente, cinquante ou soixante mille francs perdus la veille.

» Il faut quelquefois s'adresser à des amis, à un notaire, à un agent de change ; le temps s'écoule et le mauvais vouloir d'un membre du bureau, la susceptibilité exagérée d'un créancier, un désir de vengeance,

peuvent entraîner l'affichage, c'est-à-dire le plus souvent la pénible nécessité de donner sa démission. Ces périls seraient évités chez vous, le comité n'ayant pas à se préoccuper des dettes contractées en dehors du cercle. Ajoutons à ces deux espèces de joueurs celle plus nombreuse des gens à peu près ruinés par le jeu, et incapables de renoncer à leur passion. Au club leur ruine est connue ; ils doivent à plusieurs de leurs amis, ils doivent même au garçon du cercle. Par faveur spéciale, on ne leur réclame rien, soit qu'ils inspirent de la sympathie, soit qu'on leur tienne compte de leur nom, de leur position dans le monde, de leurs espérances d'héritage. Mais s'ils se permettaient de jouer de nouveau avant de s'être acquittés, toute indulgence disparaîtrait. Ils le savent et ne s'exposent pas à un affront mérité. Et cependant l'ardent désir de tenir des cartes dans leurs mains ne leur laisse pas une minute de repos ; il est d'autant plus vif qu'ils ne peuvent le satisfaire. Aussi les voit-on, le soir, dans les salons du cercle, errer tristement autour des tables de baccarat. Le supplice de Tantale n'était rien auprès du leur. Ah ! si quelque âme compatissante, une bonne âme comme la mienne, par exemple, venait leur dire : « Je connais une maison mystérieuse, discrète, habitée par une femme charmante ; on y fait en ce moment une grosse partie. Vous n'y rencontrerez que des gens du monde, trop bien élevés pour refuser à un galant homme de tenir, de temps à autre, un coup sur parole ; trop délicats pour ne pas lui donner un délai de quelques jours, s'il en a besoin pour s'acquitter. » En vérité, en vérité, je vous le dis, ma chère Cora, votre maison, bien comprise, bien lancée, bien tenue, doit avoir en peu de temps un succès énorme.

Victor Mazilier s'arrêta pour reprendre haleine ; il parlait depuis plus de deux heures. Mais Cora était trop vivement intéressée pour lui accorder un long répit. Après lui avoir à peine donné le temps d'allumer un cigare, elle lui fit de nouvelles objections :

— La question qui m'inquiétait tout à l'heure, dit-elle, se trouve résolue. Ma maison a des hôtes choisis, nombreux. Ils s'y plaisent, ils y prennent leurs habitudes. Ne craignez-vous pas qu'un beau jour ces habitudes ne soient troublées ?

— Par qui ? demanda-t-il en lançant négligemment une bouffée de tabac.

— Par la police, répondit-elle.

— La police. Que viendrait-elle faire chez vous ?

— N'ai-je pas entendu dire qu'on n'avait pas le droit de donner à jouer d'une façon suivie, continua...

— Allons donc ! aucune loi ne s'y oppose.

— Alors pourquoi lit-on si souvent dans les journaux qu'une descente de police s'est faite dans tel établissement ?

— C'était un lieu public. La police avait le droit de le surveiller.

— Un commissaire et des agents ont pénétré dernièrement chez une personne dont je ne me rappelle plus le nom; elle demeurait rue Drouot, au troisième étage...

— D'une maison meublée; les maisons meublées, dans certains cas, peuvent être considérées comme lieu public.

— Il suffirait alors, suivant vous, pour tenir, sans être inquiété, une maison de jeu, d'acheter des meubles?

— Non certainement. Mais il suffit de ne se faire payer par les joueurs aucune redevance, de ne pas établir chez soi de *cagnotte*, de ne tirer, en un mot aucun profit de l'hospitalité qu'on offre à ses amis et de l'autorisation qu'on leur donne de s'amuser comme ils l'entendent.

Elle le regarda avec étonnement et lui dit :

— Alors comment voulez-vous que je vive? Vous me faites entamer mon capital d'une cinquantaine de mille francs; il me reste à peine quatre ou cinq mille francs de rentes, et j'ai sur les bras un loyer considérable, de nombreux domestiques, des frais de toutes sortes.

— Je vous attendais là, ma chère, fit-il en allumant tranquillement un nouveau cigare semblable à celui qu'il venait de finir.

Lorsque cet importante opération fut terminée, il reprit en ces termes :

— Je ne vous ai pas encore détaillé toutes vos dépenses, je vais le faire : vous fournirez tous les soirs à vos hôtes des cartes; vous les renouvellerez même au besoin dans le courant de la nuit, et vous ne souffrirez jamais qu'on vous en rembourse le prix. Si l'on a soif, sur un signe de vous, votre valet de chambre apportera des sorbets, des glaces, des grogs, des sirops de toute espèce, du punch; voire même du champagne frappé, et du meilleur; si l'on a faim, on pourra passer dans la salle à manger et s'y réconforter à son aise, à vos frais. Enfin, retenez bien ceci : il vous sera permis de regarder jouer toute la nuit, mais vous vous interdirez formellement de toucher aux cartes.

— Dans quel but?

— Dans le but d'établir d'une façon irrécusable que vos réceptions vous coûtent très cher et ne peuvent vous rapporter aucun profit d'aucune sorte.

— Il serait difficile d'avoir un doute à cet égard, mais alors ?...

— Alors, comme d'un côté, vous n'êtes pas à proprement parler, une femme posée de telle façon qu'on ne peut se permettre, en échange de toutes leurs politesses, de leur offrir autre chose que des bonbons et des fleurs à certaines époques déterminées de l'année ; comme, d'un autre coté je l'ai soigneusement établi, vous ne recevez que des gens du monde, habitués, par suite de leur éducation, à certaines délicatesses, à certains scrupules, ils s'empressent de s'acquitter envers vous, de vous indemniser d'une façon détournée de vos dépenses. Ils se réunissent d'abord pour vous offrir un bijou d'une certaine valeur ; plus tard, lorsque l'intimité a grandi de part et d'autre, ils vous prient d'acheter le bijou vous-même et vous en envoient le prix sous enveloppe, avec un petit mot bien tourné qui met votre propre délicatesse à l'abri. S'ils font un gain inespéré, ils vous assurent qu'ils vous avaient mentalement associée à leur jeu, et ils vous forcent à prendre votre part dans leur bénéfice. S'ils perdent sur parole, s'ils sont pressés de s'acquitter, vous vous mettez discrètement à leur disposition pour quelques jours ; vous, vous dites qu'il vous désobligeraient en vous refusant, que vous êtes leur amie... Enfin, tout ce qu'on peut dire en pareil cas. Souvent ils acceptent, et, au jour du remboursement, par respect pour eux-mêmes, ils vous obligent à accepter des intérêts considérables. Enfin, ma chère belle, vous avez mille sources de revenu, c'est moi qui vous l'affirme, et je m'y connais. Voilà, j'ai fini. Vous m'avez demandé un conseil, je vous l'ai donné et je vous défie d'en trouver un meilleur.

— Oui, je le crois bon, dit-elle.

— Parbleu ! s'il est bon. Vous pourriez en douter, s'il était désintéressant. Si je vous disais : Faites ceci, faites cela... et puis adieu, cela ne me regarde plus. Mais j'ai mon petit intérêt à vous voir mettre mes conseils en pratique, aussi sont-ils de première qualité.

— Quel intérêt ? demanda Cora.

— Votre blessure, dit-il, qui vous a rapporté trente mille francs, m'a coûté à moi six mille francs de pension que me faisait mon père.

— Comment cela ? demanda-t-elle.

Avant de répondre, il s'étendit tout de son long sur le canapé où il était assis depuis le commencement de cet entretien.

— Vous me demandez, reprit-il, lorsqu'il fut commodément installé, comment votre blessure m'a fait perdre six mille francs de revenu ? C'est bien simple. Mon père a été furieux de voir le nom des Mazilier, si justement estimé au Havre, prononcé dans un procès criminel et son fils cité comme témoin. Ma déposition à l'audience, qu'il a lue dans son journal, l'a édifié sur mes faits et gestes lors de votre débarquement et dans la journée qui l'a suivi. Il a frissonné à l'idée des dangers que son unique rejeton pouvait courir avec une femme comme vous, une femme à qui l'on tire, par amour, des coups de pistolet en pleine figure. Il s'est dit : Si je lui supprime sa pension, il s'empressera de venir travailler dans mes bureaux, et ne se trouvera plus sur les quais, à l'arrivée des émigrantes. De là, signification de n'avoir plus à compter sur lui, à moins de me faire remarquer par mon zèle et mon travail. Mais le zèle et le travail, voyez-vous, ce n'est pas mon fort. Je passerais volontiers deux jours et deux nuits de suite, assis sur une chaise, à tourner des cartes, mais, pendant trois heures, écrire des lettres dans un bureau, ce qui du reste, j'en conviens est beaucoup moins fatigant, jamais ! Je n'ai donc tenu aucun compte de la signification de mon père; je lui ai fait des adieux définitifs et si vous me voyez aujourd'hui à Rouen, auprès de vous, autant vous l'avouer tout de suite, pour que vous ne m'ayiez pas une reconnaissance éternelle, c'est que Rouen se trouve sur le chemin de toute personne qui se rend, comme moi, du Havre à Paris.

Paris. Imp. PAUL DUPONT (Cl. 4°) 73, rue Jean-Jacques-Rousseau.

Une cinquantaine de forçats étaient occupés à transporter des poudres... (page 80).

— Alors vous m'accompagnerez? demanda-t-elle vivement.

— Je vous accompagne, répondit-il. Je vous aide à trouver un petit hôtel, je le meuble avec vous, je vous procure des domestiques, je donne à votre cuisinière la fameuse recette du homard au vin de Madère et des côtelettes à l'absinthe ; je vous installe comme une princesse, et je me mets incontinent à la recherche de la cour que je vous ai promise. En trois mois, elle est au grand complet, et dans six mois, vous récoltez ce que vous avez semé.

— Mais vous ?

— Moi ! mon existence est toute tracée. Dans la journée, je dors ; les soirées et les nuits, je les passe chez vous à jouer, si vous voulez bien m'y autoriser.

— Il ne manquerait plus que je vous misse à la porte.

Mais votre père vous a coupé les vivres ; que ferez-vous si vous perdez ?

— Oh ! chère belle, lorsqu'on s'appelle Victor Mazilier et qu'on est le fils du plus riche armateur du Havre, on trouve toujours de l'argent. Du reste, voulez-vous la vérité vraie : je ne perdrai pas.

— Comment vous y prendrez-vous ?

— De la bonne façon. On ne perd pas, voyez-vous, lorsqu'on est intelligent et maître de soi, lorsque le jeu, au lieu d'être seulement un plaisir, une distraction, devient, en quelque sorte, un moyen d'existence. Jusqu'à ce jour j'ai beaucoup joué, beaucoup perdu, et acquis une expérience qui me servira le reste de ma vie. Dans un cercle, on ne fait pas ce qu'on veut, on est entouré de gros joueurs qui dirigent la partie ; par amour-propre, on se laisse entraîner à les suivre et on perd. Chez vous, au contraire, je réglerai mon jeu à ma fantaisie, j'étudierai mes partenaires, je connaîtrai leur côté faible, je saurai quels sont les coups qu'il faut tenir et ceux qu'il est prudent d'éviter. Ma position d'intime dans la maison me permettra de me livrer à une foule de petits procédés mesquins mais très lucratifs et parfaitement légaux : comme de passer la main après avoir gagné trois ou quatre fois, de ne tenir que mes mains et de ne jamais faire un banco. On apprend à jouer, chère amie, comme on apprend toutes choses, et pour qui sait tirer parti des leçons qu'il a reçues, la mauvaise fortune n'entre plus en ligne de compte dans les pertes d'un joueur expérimenté que pour un tiers ou un quart.. Tel est mon plan. J'ai fait votre fortune en vous donnant une idée, vous faites la mienne en mettant cette idée en pratique. Nos intérêts sont étroitement unis, sans qu'il existe entre nous la moindre association, et sans que ma délicatesse ait à se ffrir. Voilà. Sur ce, ma chère Cora, je vous quitte ; j'ai tant discouru que je meurs de faim. Je vais dîner à l'hôtel d'Angleterre ; je reviens vous trouver à sept heures et demie, et si vous m'en croyez, nous partirons dès demain pour Paris.'

II

Ce plan fut suivi de point en point. Il eût été mauvais, que Cora l'eût certainement adopté avec la même ardeur; n'avait-elle pas été, nous l'avons dit, éblouie et subjuguée, à première vue, par Victor Mazilier? Sur un signe de lui, elle aurait certainement commis les plus grandes folies, mais s'il était très capable d'en faire, il était incapable d'en conseiller. Victor Mazilier n'est pas une personnalité; c'est un type. Son portrait ressemble à celui de beaucoup de jeunes gens de notre époque; sous des dehors légers se cache une expérience précoce; ils ont souvent, à vingt ans, une science parfaite de la vie parisienne; ils en connaissent toutes les étrangetés, tous les périls. Ils ont tout vu, tout étudié; ils savent le prix des choses et leur valeur. Un coup d'œil leur suffira pour dire à quelle classe de la société appartient madame X... et ce qu'on doit penser de sa vertu. Ils portent souvent sur les hommes de leur connaissance d'excellents jugements.

Un jeune homme de vingt ans disait dernièrement devant nous, à son père :

— Tu as tort de te fier à M. V...; il ne m'inspire pas de confiance.

L'expérience a prouvé que le fils avait raison. Est-ce à dire que les jeunes gens de notre époque font moins de folies que leurs devanciers? Nous ne le croyons pas, ils n'en font ni plus ni moins. Mais leurs folies, ils les commettent avec connaissance de cause, sans illusions et sans excuses. S'ils ont une maîtresse, ils se savent trompés, ou bien ils affirment qu'ils le sont, même lorsqu'ils ne le croient pas. Ils renient la vertu, ils suspectent la bonne foi. Lorsqu'ils perdent au jeu, au lieu de se dire malheureux, ils se disent volés. Si l'on

vante devant eux un grand désintéressement, ils essayent de prouver que c'est un calcul. Le dévouement, à leurs yeux, devient de la platitude, les pratiques religieuses, de l'hypocrisie, la misère, la conséquence d'un vice.

Aussi, le plan de Victor Mazilier était-il excellent, parce qu'il reposait sur une entente parfaite de la vie parisienne, et qu'il était basé sur les moyens les plus ingénieux de satisfaire un vice.

A l'entrée de l'avenue de Neuilly, Cora put trouver, dès son arrivée à Paris, un petit hôtel entre cour et jardin, qui fut meublé de la façon la plus intelligente, et devint en peu de temps, grâce à l'activité et aux nombreuses relations de Victor Mazilier, le rendez-vous d'une vingtaine de joueurs, tous gens de bonne compagnie.

Admirablement conseillée, et surtout parfaitement servie par une profonde rouerie instinctive qui tient lieu à certaines femmes, d'intelligence, de tact et d'esprit, elle parvint à se bien *poser* dans ce petit cercle d'habitués et de fidèles. Avant son accident, charmante comme elle l'était, sa situation de maîtresse de maison ne recevant que des hommes eût été plus difficile; tout joueur que l'on soit, on songe parfois, en attendant le retour de la *main*, à regarder une jolie femme, assise à vos côtés. Une nuit où l'on a gagné et où l'on ne veut plus jouer, dans la peur de perdre, on va s'asseoir auprès d'elle et on lui murmure un compliment à l'oreille. Bientôt des rivalités s'établissent, des jalousies naissent, et la discorde entre dans le camp des fidèles.

Mais personne ne pouvait songer à faire la cour à Cora; si, comme l'avait prévu Victor Mazilier, on s'habituait peu à peu à son visage, il n'en restait pas moins assez ravagé pour la préserver de toute tentative amoureuse. Elle eut aussi l'esprit de remplir si discrètement ses devoirs de maîtresse de maison, de s'effacer avec tant de bonne grâce et d'à-propos, que ses hôtes pouvaient se croire chez eux entre amis ou dans une annexe de leurs cercles respectifs.

Au bout d'une année, la *maison* fondée par Cora avait acquis dans un certain monde un grand renom et était en plein rapport. Quant à la maîtresse du lieu, elle était avantageusement classée dans l'opinion des gens qui la connaissaient. Elle n'appartenait ni au monde, ni au demi-monde, ni à la catégorie des femmes entretenues; elle avait une sorte de personnalité en dehors des milieux habituels, position assez rare que deux ou trois femmes ont, seules, pu se faire à Paris.

Si la position de Cora s'améliorait tous les jours, celle de Victor Mazilier grandissait en même temps, sans qu'il se fût départi, un seul instant, de ses principes, et qu'on pût lui reprocher la moindre indélicatesse. Il s'était borné à mettre fidèlement en pratique le plan qu'il avait conçu. Chaque soir, entre dix et onze heures, après avoir apporté un grand soin à choisir ses voisins, il s'asseyait devant la table de jeu et prenait les cartes froidement, sans passion, comme le bureaucrate s'assied à son bureau et prend la plume à laquelle il doit ses moyens d'existence. Il jouait avec une prudence extrême : timide à l'excès, ne risquant que des sommes insignifiantes, lorsqu'il sentait que la fortune ne lui était pas favorable et qu'il s'agissait de défendre sa première mise de fonds; courageux, téméraire même, lorsque la fortune lui souriait, et que, suivant l'expression consacrée, *il jouait le velours*, c'est-à-dire avec ses bénéfices.

Grâce à cette intelligence du jeu, il était rare qu'il fit une perte à la fin de la nuit, et ses gains presque journellement répétés lui constituaient une sorte de revenu.

— Ah! le travail! disait-il à Cora, quelle belle chose! Moi qui le méconnaissais! Pouvoir se passer de sa famille; ne devoir sa position qu'à soi-même. Ah! quelle douce satisfaction!

Si elle lui faisait observer que l'action de jouer ne méritait peut-être pas d'être considérée comme un travail, il se récriait en ces termes :

— Quoi! s'asseoir tous les jours pendant six ou sept heures à la même table, devant les mêmes lampes, les mêmes abat-jour et les mêmes visages, placer des cartes à droite et à gauche et devant soi, n'entendre murmurer que des mots comme ceux-ci : « J'en donne, » j'abats, je me tiens à cinq, j'ai huit, j'ai neuf, j'ai baccarat, » les murmurer de temps en temps soi-même pour toute diversion; n'oser se lever lorsqu'on a des engagements dans les jambes, de crainte de changer la veine qui vous est favorable ou de perdre sa main; avoir sommeil et ne pouvoir dormir, mal à la tête et rester ferme à son poste; recommencer le lendemain ce qu'on a fait la veille, sans relâche, sans prendre un jour de congé, sans avoir de vacances, ah! si vous n'appelez pas cela travailler, alors je ne m'y connais plus.

Les gains de Victor Mazilier acquéraient de l'importance, lorsqu'on les additionnait; mais ils étaient trop minimes à la fin de chaque soirée pour attirer l'attention des autres joueurs.

On faisait de très fortes parties chez Cora : les pertes se comptaient par dizaine de mille francs, et les petits joueurs passaient inaperçus. Aussi, ne s'occupait-on guère du jeune Mazilier que pour se demander parfois de quelles prérogatives il jouissait dans la maison et quelle était au juste sa position auprès de Cora.

Personne ne pouvait résoudre la question, tant ils apportaient de réserve dans leur manière d'être vis-à-vis l'un de l'autre. Cora ne paraissait faire aucune différence entre Victor et ses hôtes, et ceux-ci, lorsqu'ils se retiraient à quatre, cinq ou six heures du matin, avaient toujours pour compagnon le fils de l'armateur du Havre.

Nous serions mal venu à trahir brutalement un secret que les deux amis gardaient avec tant de soins; mais nous pouvons affirmer que l'influence exercée par Victor Mazilier sur Cora augmentait tous les jours.

Il la dominait entièrement; il l'avait pour ainsi dire asservie.

Ce n'est pas impunément qu'on a dans les veines du sang d'esclave; pendant quelque temps la circulation en est arrêtée, tôt ou tard elle se rétablit, et ce sang, transmis de génération en génération, se met à bouillonner.

Avec ses nègres, avec Georges du Hamel, Cora s'était exercée au despotisme; elle s'était vengée sur eux de la domination sous laquelle avaient vécu ses ancêtres. Née pour obéir, elle avait trouvé une âpre jouissance dans l'exercice du commandement et de la tyrannie. Mais l'esclave émancipée, lasse de sa liberté, s'était d'elle-même donné un maître. Elle l'aurait pu choisir grand et beau, généreux et brave; elle l'avait pris petit et laid, faible et corrompu.

Hautaine, arrogante avec Georges du Hamel, elle se montrait humble et soumise avec Victor Mazilier. Elle obéissait aveuglément à ses volontés, se pliait à ses exigences, et subissait ses caprices. Dans l'intimité, il la traitait comme on ne traite pas la dernière des courtisanes et elle ne se plaignait jamais; il lui prit un jour fantaisie de la battre, comme elle avait autrefois battu ses esclaves, et elle se laissa faire.

Sur un seul point, un seul, elle ne lui cédait jamais, elle se refusait à penser comme lui et elle osait lui tenir tête. C'était lorsqu'il leur arrivait de parler de Georges du Hamel. Parfois Victor Mazilier, par pitié peut-être, ou seulement par taquinerie, s'apitoyait sur le sort de ce malheureux.

— Il expie bien cruellement, disait-il, un moment de vivacité.

— Ah! s'écria-t-elle, vous appelez cela un moment de vivacité! Vous en parlez à votre aise. Pour moi, comme pour les juges c'est une tentative d'assassinat suivie de vol.

— Laissez-moi donc tranquille avec votre vol, reprenait Victor; jamais il n'a songé à vous voler. Je vous ai déjà défendu de me répéter cette calomnie. Elle a pu produire de l'effet sur le juge d'instruction! Par état, ces messieurs sont disposés à croire le mal. Moi, je n'ai jamais ajouté foi un seul instant à votre accusation, et vous devriez me bénir de n'avoir pas dit à l'audience ce que je pensais. Il est vrai que le président ne m'a pas demandé mon opinion à ce sujet.

— Il ne vous eût plus manqué que de témoigner contre moi!

— Je l'aurais peut-être dû. N'est-ce pas moi qui suis cause du mouvement de vivacité de ce pauvre du Hamel? Je maintiens l'expression. Si je ne vous avais pas fait la cour, et si je ne vous avais pas emmené déjeuner rue de Paris, si nous n'étions pas allés de compagnie visiter les maisons de compagne des environs, il ne vous aurait pas fait la scène qui s'est terminée si malheureusement pour lui.

— Comment pour lui! c'est lui que vous plaignez?

— Je le plains tellement que j'ai une proposition à vous faire.

— Voyons, elle doit être jolie votre proposition.

— Parmi vos hôtes habituels et ceux avec lesquels vous êtes le plus liée, il s'en trouve un qui jouit, dit-on, d'une grande influence au ministère de la justice.

— Qui?

— M. de V...

— Eh bien?

— Priez-le donc de se rendre au bureau des grâces et d'obtenir la moitié de la remise de la peine de Georges du Hamel. C'est le moment ou jamais. Le pauvre garçon est au bagne depuis deux ans et demi. Je compte sur vous pour cette démarche, car, je ne vous le cacherai pas, j'ai des remords très sérieux, et c'est le seul moyen de les apaiser.

— Eh bien! s'écria-t-elle, je ne ferai rien pour apaiser vos remords; gardez-les.

Ces scènes se terminaient généralement assez mal. Mazilier, habitué à l'obéissance passive de Cora, finissait par s'emporter. Par exception, il n'obtenait rien d'elle. Le lendemain, il pensait à autre chose et ne s'occupait plus de Georges du Hamel; mais Cora, qui ne se rendait pas un compte exact de sa grande légèreté, s'imaginait parfois que s'il avait renoncé à obtenir qu'elle fît cette démarche auprès de M. de V..., c'est qu'il l'avait faite lui-même. Elle s'inquiétait à l'idée qu'il avait pu réussir, et elle frémissait à la pensée que l'homme à qui elle avait voué une haine mortelle pût être libre et heureux.

Cette crainte s'empara même tellement de son esprit, qu'elle résolut un jour de savoir, d'une façon positive, à quoi s'en tenir sur le sort de Georges du Hamel.

III

On était au commencement de juillet, et les salons de Cora chômaient depuis une quinzaine de jours.

Malgré leur amour pour le jeu, ses hôtes savaient trop bien vivre pour rester à Paris à cette époque de l'année. Ils s'étaient dirigés vers les bains de mer ou les villes d'eaux, se donnant rendez-vous pour la fin septembre dans le petit hôtel de l'avenue de Neuilly.

Un soir, comme Victor Mazilier était en tête à tête avec Cora dans le grand salon, si peuplé d'habitude, elle lui dit tout à coup:

— Est-ce que vous vous plaisez beaucoup à Paris?

— Moi! fit-il en étouffant un bâillement, pas le moins du monde. Je ne puis plus travailler et cela me désole. Lorsqu'on est d'une nature laborieuse, l'inaction vous tue.

— Si nous voyagions? dit-elle timidement.

— J'y songeais. Mais de quel côté nous diriger? Les côtes de Normandie nous sont interdites, j'y rencontrerais ma famille. La Suisse m'ennuie, l'Allemagne m'épouvante. Je me connais, je jouerais au trente-et-quarante et je perdrais tous mes bénéfices de l'année.

— Que penseriez-vous, fit-elle, d'un voyage dans le Midi?

Le Midi! s'écria-t-il, par trente degrés de chaleur!

Vous voulez donc me voir fondre tout à fait. Je ne pèche cependant pas par l'embonpoint.

Elle comprit qu'il ne fallait pas insister, et elle tourna la difficulté.

— J'entends par le Midi, reprit-elle, Luchon, Bagnères, Biarritz, Cauterets, les Pyrénées enfin.

— A la bonne heure. Les Pyrénées, oui, c'est une idée. Je n'aime pas beaucoup les montagnes, parce que je ne suis pas grand et qu'elles me rapetissent encore davantage, mais elles procurent, dit-on, de la fraîcheur. Allons nous en assurer.

Deux jours après, Cora, qui avait étudié avec soin la carte des chemins de fer français et qui savait comment ils communiquent entre eux, prit avec Victor la ligne de Paris à Bordeaux.

De Bordeaux, les deux voyageurs se dirigèrent sur Bayonne et sur les Pyrénées. Mais comme Victor Mazilier s'ennuyait partout et ne pouvait rester deux jours dans la même localité, ils eurent en peu de temps parcouru tous les points intéressants de cette partie de la France.

— Qu'allons-nous devenir maintenant? se demandèrent-ils un jour.

— Rentrer à Paris en plein mois d'août, serait d'assez mauvais ton, dit Cora.

On pourrait croire que nous revenons pour le feu d'artifice et les représentations gratuites; nous serions perdus dans l'estime de nos amis. Cependant, notre vie ne peut pas se passer à regarder des montagnes, c'est d'une monotonie!

— Puisque nous n'avons rien de mieux à faire, dit Cora, pourquoi ne visiterions-nous pas Bordeaux que nous avons seulement traversé, Toulouse, Montauban, Carcassonne? De cette façon, au lieu de revenir par le même chemin, nous prendrions la ligne de la Méditerranée et nous nous arrêterions à Lyon, à Dijon.

— Va pour Bordeaux. Ah! l'été, mon Dieu! l'été comme c'est ridicule! Quand donc l'hiver reviendra-t-il et pourrai-je reprendre mon travail?

Après avoir passé vingt-quatre heures à Bordeaux, ils prirent la ligne du Midi, s'arrêtèrent aux principales stations et arrivèrent à Cette.

Alors, Cora manifesta le désir de voir Marseille.

— Encore! fit son compagnon. Vous êtes insatiable, ma chère.

— C'est, assure-t-on, une ville très curieuse.

— Laissez-moi, donc! toutes les villes se ressemblent; qui a vu Perpignan a vu Marseille.

— Que dites-vous là? comparer un port de mer à...

— Cora! s'écria-t-il en l'interrompant.

— Mon ami.

— Regardez-moi en face.

— Je vous regarde.

— Vous vous moquez de moi, n'est-ce pas?

— Pas le moins du monde.

— Quel est votre but en désirant me conduire à Marseille?

— Je n'ai pas de but, mon ami, je...

— Vous en avez un. Je vous connais. Il n'est pas possible que vous preniez plaisir à vous promener ainsi sur le territoire français, à visiter toutes ses préfectures et sous-préfectures, vous qui ne sortez jamais de Paris, qui craignez de vous faire voir, qui...

Tout à coup, il bondit sur son fauteuil et s'écria :

— Faut-il que je sois bête ! Et dire que je n'avais pas deviné plus tôt. Depuis un mois elle me traîne après elle ; elle me condamne à une vie insupportable, elle me met en face des montagnes qui m'humilient, elle me fait manger toute la poussière de la France, elle me force à admirer Carcassonne, oui Carcassonne ; j'ai admiré Carcassonne, et tout cela pour... Dire qu'en vingt heures nous y arrivions, et qu'il nous a fallu six semaines pour ne pas y être encore : Ah ! quel détour, mon Dieu, quel détour !

— Je ne vous comprends pas ; de quel détour parlez-vous ? Nous n'en avons fait aucun.

— Ah ! vraiment ! Ce n'est pas un détour de prendre par Bayonne et les Pyrénées pour aller de Paris à Toulon ?

— Toulon ! fit-elle.

— Oui, Toulon ! Cessez donc de jouer l'étonnement. Est-ce que je ne vous connais pas ? J'ai pu être votre dupe depuis six semaines. Que voulez-vous, hors de Paris, je perds mes facultés. La vue des montagnes me rend idiot, et Carcassonne m'avait achevé ; mais une lueur d'intelligence m'est revenue, la vérité vient d'apparaître. Cora, vous m'avez trompé ; vous vous êtes jouée de moi ; depuis votre départ de Paris, nous nous dirigeons sur Toulon.

— Dans quel but ?

— Elle le demande, comme si je ne connaissais pas son bon petit cœur. Vous désirez visiter le bagne et prendre vous-même des nouvelles de Georges du Hamel.

— Mais non, je vous assure. Loin de moi cette pensée.

— Vraiment ?

— Vraiment.

— Alors, ma chère, nous partons ce soir pour Paris.

— Mais...

— Vous hésitez. J'avais deviné juste. Soyez franche ou sinon je vous jure que, dans les vingt-quatre heures, l'avenue de Neuilly aura l'honneur de nous posséder. Allons ! vous voulez le voir, n'est-ce pas ? Avouez-le.

— Eh bien ! oui, s'écria-t-elle tout à coup.

— A la bonne heure ! quand je vous le disais. Vous êtes bien aise de savoir s'il est toujours au bagne, si les démarches que vous avez faites pour obtenir sa grâce ont réussi.

— Je n'en ai fait aucune.

— Parbleu ! croyez-vous donc que je parle sérieusement ? Mais vous qui désirez savoir si d'autres n'ont rien tenté...

— Oui, vous, par exemple.

— Oh ! ce n'est pas l'envie qui m'en a manqué, mais j'ai été si occupé cet hiver. Du reste, nos démarches

étaient peut-être inutiles. Si, par hasard, il s'était enfui ! Avez-vous jamais songé à cela ?

— Souvent, et c'est pourquoi...

— Compris, fit-il en l'interrompant. Inutile d'insister. J'ai deviné. Vous ne seriez pas fâchée de vous assurer de sa présence au bagne, vous-même, *de visu*. Je parle latin avec une facilité qui m'épouvante. Ah ! la province ! je ne m'en remettrai pas. Vous vous réjouissez à l'idée de retrouver en vareuse rouge, les fers aux pieds, celui que vous avez tant aimé !

— Celui qui m'a tant fait souffrir, oui !

— Eh bien ! chère amie, pourquoi ne l'avez-vous pas dit plus tôt ? Il était inutile de me conduire à Carcassonne. Partons pour Toulon.

— Ah ! vous consentez...

— Je consens à voir ce malheureux garçon, à essayer de lui venir en aide, à obtenir sa grâce, si je puis y parvenir... J'ai besoin d'émotions, moi ! Le jeu ne m'en donne plus, le bagne m'en donnera. Mais prenez garde. Vous êtes prévenue ; je ferai tout ce qui dépendra de moi pour être utile à votre mortel ennemi.

— Bast ! dit-elle, à Toulon vous ne pouvez rien, vous n'avez aucune relation. A Paris, vous l'oublierez.

Deux jours après cette conversation, ils descendaient dans un des meilleurs hôtels de Toulon.

IV

On accorde peut-être trop facilement aux étrangers l'autorisation de visiter les prisons et les bagnes de France. Sans parler de l'humiliation qu'un condamné peut éprouver à se trouver en face de personnes qui le dévisagent, analysent ses traits et l'ont quelquefois connu dans une situation meilleure, il est certainement pénible pour l'homme privé de sa liberté d'être en contact avec des gens qui jouissent de tous leurs droits et n'obéissent qu'à leurs désirs. Si ces visiteurs savaient encore se conduire discrètement, cacher leurs joies, imposer silence à leur gaîté, et avoir cette tenue réservée, cette espèce de recueillement qui convient dans certaines circonstances de la vie, en face d'une infortune quelle que méritée qu'elle soit et malgré le peu d'intérêt qu'elle inspire ! Mais beaucoup de personnes parcourent une prison avec autant d'abandon que si elles visitaient un musée ; elles s'arrêtent devant certains condamnés comme elles s'arrêteraient au Louvre pour contempler certaines toiles signalées à leur attention, et il leur arrive de parler de leurs affaires, de leurs projets et des plaisirs qui les attendent, sans songer qu'on les écoute et qu'on les envie. Les femmes surtout n'apportent pas dans ces visites la réserve que les plus simples convenances, à défaut d'humanité, leur devraient imposer. Elles ne comprennent pas la situation et ne savent pas s'y plier.

Dès leur arrivée à Toulon, Victor Mazilier et Cora se mirent en quête d'obtenir l'autorisation de visiter l'Arsenal et ses dépendances; c'est-à-dire le bagne qui en occupe une partie.

Le maître de l'hôtel où ils étaient descendus leur indiqua les démarches à faire, et ils furent bientôt en règle.

Un matin, vers les onze heures, après avoir rapidement traversé plusieurs cours de l'Arsenal, ils se présentèrent chez le commissaire du bagne, qui chargea un gardien de les diriger dans leur exploration.

— Pourrons-nous tout voir? demanda Victor Mazilier en suivant son guide.

— Vous verrez, monsieur, répondit celui-ci, une des salles principales, l'infirmerie, plusieurs chantiers ou travaillent les forçats, l'endroit où ils vendent les objets fabriqués par eux; mais le public, à moins d'autorisation toute particulière, n'entre jamais dans certaines salles.

— Lesquelles?

— Celles où sont enfermés quelques hommes dangereux, dont nous ne pouvons répondre.

— N'allons même pas de leur côté, s'écria Victor Mazilier, nos visages n'auraient qu'à leur déplaire.

Ils commencèrent leur visite en compagnie de leur cicérone, qui se faisait un devoir de leur donner des renseignements sur toutes choses. Cora l'écoutait à peine; c'était Georges du Hamel qu'elle eût voulu voir; lui seul l'intéressait.

Elle n'osait cependant faire des questions trop directes. Si le bagne ouvre ses portes aux étrangers, il les ferme aux gens qui paraissent guidés, dans leur visite, par un autre sentiment que la curiosité. Les évasions sont trop fréquentes à Toulon, pour qu'on ne s'entoure pas de toutes les précautions propres à les éviter.

Cependant, avec un peu d'adresse, elle put bientôt interroger le garde-chiourme sans éveiller ses soupçons.

— Avez-vous en ce moment au bagne quelque célébrité? lui demanda-t-elle.

— Pas grand'chose, répondit-il. Tout ce que nous avions d'un peu convenable est parti pour Cayenne par le dernier convoi.

— Ah! c'est dommage, fit-elle, j'aurais voulu voir la physionomie de quelques-uns de vos héros. Je lis souvent la *Gazette des tribunaux* et j'espérais retrouver ici certains personnages que j'y ai vu figurer.

— Nous en avons peut-être encore quelques-uns, fit le garde-chiourme, trompé par le ton indifférent qu'affectait Cora, si madame veut me les désigner...

— Ne les connaissez-vous pas par leur nom?

— Très rarement, madame. Les forçats ont des numéros inscrits sur leurs vêtements; quand nous avons à les appeler, il nous suffit de les regarder. Nous en connaissons aussi quelques-uns par leurs crimes. Voyez-vous ce tout petit homme qui passe là-bas?

— Il n'a pas quatre pieds, fit Cora.

— Ah! mon Dieu! s'écria Victor Mazilier en se redressant pour essayer de se grandir, quel crime peut-on commettre lorsqu'on est si petit que ça! Un vol tout au plus.

— C'est un assassin, monsieur, fit le gardien avec fierté.

— Eh bien! sa victime y a mis de la bonne volonté. Elle s'est baissée pour lui permettre de frapper. Qui donc a-t-il tué?

— Trois petits enfants. Pendant que ses complices assassinaient le père et la mère, il avait été chargé d'empêcher les enfants de crier; il n'a trouvé rien de mieux à faire que de les enfermer dans une malle et de s'asseoir sur le couvercle. Lorsqu'il l'a relevé, les enfants ne criaient plus : ils étaient morts. Ses complices eux-mêmes l'ont renié, en prétendant que c'était un crime inutile et qu'ils ne l'avaient pas ordonné.

— Vilain monsieur! dit le jeune Mazilier en lorgnant le petit forçat.

— Ce genre de crimes ne m'intéresse pas beaucoup, reprit Cora; en ma qualité de femme, je m'attache surtout aux procès où la jalousie joue un rôle. Comment donc s'appelait, fit-elle en s'adressant directement à Victor Mazilier, ce jeune homme condamné, il y a deux ou trois ans, pour tentative d'assassinat sur sa maîtresse? Vous savez bien, mon cher, c'est vous qui me lisiez le procès.

— Oui, oui, je me souviens; mais le nom m'échappe. Attendez donc... continua-t-il en paraissant chercher. N'est-ce pas? Non... je confonds avec un autre procès. Ah! cette fois, j'y suis... je le tiens : Georges du Hamel.

— C'est cela, fit Cora, Le connaissez-vous? demandait-elle à son guide.

— Georges du Hamel, non, madame, non... Il y a trois ans, dites-vous?

— Oui, deux ans et demie à trois ans, n'est-ce pas, Victor?

— Parfaitement, chère amie, parfaitement. Votre mémoire est très exacte.

— C'est un condamné à perpétuité? demanda le garde-chiourme.

— Non pas, répondit Mazilier. On ne lui a donné que cinq ans.

— Cinq ans, dit le guide avec dédain. On ne fait pas attention à ces gens-là ici; ce sont des petits criminels.

Il ne fallait pas laisser tomber la conversation; Cora reprit:

— Je pensais que vous pouviez avoir remarqué l'individu dont je parle; il ne doit pas y avoir au bagne beaucoup de personnes de sa classe. C'était un jeune homme très élégant, disait la *Gazette des Tribunaux*.

— Permettez, fit le garde. N'avait-il pas une trentaine d'années?

— Oui, c'était à peu près l'âge que lui donnaient les journaux. Ils ajoutaient qu'il était grand, robuste.

— C'est cela, c'est cela. Je me souviens maintenant, Parbleu! si je l'ai connu. Je l'ai mené assez souvent travailler dans le port... Je dirigeais la chaîne dont il faisait partie. C'est le numéro 2007. Ah! si je n'avais jamais affaire qu'à des hommes comme celui-là! C'est un agneau, madame, un véritable agneau.

— Un agneau, dit Cora, qui tire quelquefois des coups de pistolet, si je m'en rapporte à son procès... Alors, reprit-elle, ses gardiens sont satisfaits de sa conduite, et ses camarades, que pensent-ils de lui?

— Ah! ceux-là lui ont rendu la vie dure dans les premiers temps de son séjour au bagne.

— Vraiment?

— Oui, comme il ne parle jamais, qu'il vit renfermé, on l'accusait de faire de l'embarras, d'espionner ses camarades; aussi, n'était-il pas de misères qu'on n'imaginât contre lui?

— Vous ne pouviez pas empêcher cela? demanda Victor.

— Impossible, monsieur; chacun de nous a souvent plus d'une vingtaine d'hommes à surveiller.

— Et les vexations ont continué?

— Oh! non, madame. Comme il a plus d'éducation que tous ces gens-là, il a pu leur rendre une foule de petits services: rédiger des pétitions, écrire des lettres, aussi...

— Aussi, continua Cora, jouit-il de l'estime du bagne; c'est parfait... et peut-on entrevoir cet honnête forçat? demanda-t-elle.

— Il est possible que nous le rencontrions du côté des navires en construction.

— Allons jeter un coup d'œil sur les navires en construction, fit-elle.

V

Victor Mazilier et Cora, précédés de leur guide, avaient depuis un instant quitté les bâtiments affectés au bagne; ils parcouraient l'Arsenal où l'on rencontre à chaque pas, aux heures de travail, des colonnes de forçats dirigés par des gardes-chiourme.

Cora cherchait à reconnaître Georges du Hamel parmi tous ces malheureux et ne pouvait y parvenir.

— Que vous ayez tenu à vous assurer de sa présence ici, lui disait à voix basse Victor Mazilier, je le comprends encore. Vous êtes femme, un peu plus femme même que les autres, c'est-à-dire plus vindicative. Vous ne pouvez pardonner une faute qui vous a frappée dans ce que vous aviez de plus cher au monde: votre beauté. Je l'admets; c'est entendu. Mais il est encore au bagne, vous le savez maintenant, on ne l'a pas gracié, il ne s'est pas évadé, il subit sa peine; votre vengeance se poursuit, que voulez-vous de plus? A quoi vous sert-il de courir au soleil pour entrevoir votre victime?

— Cet homme peut s'être trompé, disait-elle en montrant le garde-chiourme qui les précédait. Je désire être bien fixé par moi-même. Autrement, il m'eût suffi d'envoyer un de mes amis au ministère de l'intérieur ou de la marine; on m'aurait donné des renseignements à peu près exacts.

Tout à coup Victor Mazilier l'arrêta par le bras et lui dit:

— Il me vient une idée.

— Laquelle?

— Est-ce que vous l'aimeriez encore?

— Moi! fit-elle, je le hais...

— Eh! reprit-il, n'a-t-on pas souvent soutenu qu'entre l'amour et la haine il y avait fort peu de différence?

— Vous êtes fou!

— Pas si fou ... Vous êtes capable de l'aimer, justement parce que vous souffrez à cause de lui. Je n'ai véritablement pris de l'empire sur vous que le jour où j'ai commencé à vous maltraiter. On doit s'attendre à tout avec une charmante nature comme la vôtre.

Leur guide venait de se rapprocher d'eux pour leur montrer un parc de boulets de canon.

— Fort curieux, fort curieux, lui dit Mazilier en lorgnant les boulets; cela fait diversion à vos forçats. Parce que, vous comprenez, un forçat, dix forçats, cent forçats c'est très pittoresque, mais deux cents forçats, mais mille forçats, c'est monotone comme la mer, les montagnes et les maisons.

A propos, cette promenade dans l'Arsenal me paraît bien inutile. Comment pouvons-nous espérer y rencontrer l'individu dont nous parlions tout à l'heure? Vous m'avez dit qu'il se conduit bien, et qu'il avait de l'instruction; il ne doit pas être employé aux gros travaux.

— Je vous demande pardon, monsieur, répondit le garde-chiourme. J'étais au rapport chez le commissaire du bagne, lorsqu'on a fait appeler, l'année dernière, le numéro 2007 pour lui proposer de travailler dans les bureaux et il a refusé.

— Ah bast! pourquoi donc?

— Il a prétendu qu'il avait été condamné aux travaux forcés, c'est-à-dire au travail corporel, et qu'il ne voulait pas se soustraire à sa peine.

— Ah! vraiment; c'est très bien cela, dit Mazilier; et se tournant vers Cora, il ajouta: il y a décidément beaucoup de points de contact entre Georges du Hamel et moi; nous ne pouvons souffrir ni l'un ni l'autre le travail des bureaux, et nous lui préférons les plus durs labeurs.

Le garde-chiourme, condamné au silence par profession et ravi d'avoir une occasion de causer avec des personnes aussi distinguées que Victor Mazilier et Cora, avait repris:

Le numéro 2007, en récompense de sa bonne conduite, ne jouit ici que d'une seule faveur: celle de n'avoir pas de compagnon de chaîne.

— Ah! dit Mazilier, il n'a pas de fers aux pieds?

— Je vous demande pardon, monsieur, un anneau est rivé à son pied et un bout de chaîne y est attaché; mais elle n'est jointe à la chaîne d'aucun autre forçat; il peut la dissimuler dans son pantalon et marcher seul.

— C'est un avantage cela, fit Cora; décidément votre numéro 2007 est très heureux au bagne.

— Si vous preniez sa place, dit Victor Mazilier.

Le garde-chiourme rit beaucoup de cette aimable plaisanterie, et Cora, profitant de sa bonne humeur, lui glissa dans la main un louis, qui produisit encore un meilleur effet que l'esprit du jeune Mazilier.

Ils étaient arrivés depuis un instant dans cette partie de l'Arsenal réservée à la construction des navires de guerre. Un immense vaisseau à trois ponts, entièrement terminé et qui n'attendait plus qu'une grande marée pour quitter sa cale, se dressait devant eux. Près de là, une cinquantaine de forçats étaient occupés à transporter des poudres destinées à faire au navire une sorte de lit ou de berceau qui pût le conduire jusqu'à la mer, lorsque le jour de son lancement serait fixé.

— C'est de ce côté que nous trouverons notre homme, dit le garde.

— Ah! vous croyez? fit Victor Mazilier, qui se sentit ému.

— J'en suis certain. On emploie sur ce point de l'Arsenal des gens qui n'ont plus que peu de temps à faire au bagne et auxquels l'idée ne peut venir de s'évader.

— Ah! les évasions sont à craindre de ce côté?

— Oui, monsieur. La mer est proche, et l'on peut facilement se cacher dans les flancs de tous ces navires en construction.

— C'est juste : je comprends maintenant ces évasions dont nous entretiennent à chaque instant les journaux.

— Ah! monsieur, elles nous donnent bien du mal, nous sommes toujours sur pied.

Il interrompit ses doléances pour dire :

— Je ne m'étais pas trompé... le voici.

— Où? demanda vivement Cora.

— Là-bas, derrière la quille de ce canot renversé. Il tient un maillet à la main, et enfonce un pieu en terre. Si vous désirez vous approcher madame...

— Allons! fit-elle.

— Moi, je reste ici, dit Victor Mazilier; je suis fatigué.

Cora fit une dizaine de pas en avant, en compagnie du garde-chiourme; mais elle s'arrêta tout à coup.

— Qu'a-t-elle donc? se demanda Mazilier qui la suivait des yeux; l'a-t-il déjà reconnue, et n'ose-t-elle pas affronter son regard? Non il lui tourne le dos et ne l'a pas encore vue. Que se passe-t-il en elle?

La curiosité l'emporta sur la fatigue, la prudence ou la pitié; il rejoignit Cora :

— Eh bien! lui dit-il en la prenant à part, vous avez des remords?

— Moi! non.

— Vous avez peur?

— Oui

— C'est cela, le maillet qu'il tient à la main vous effraye?

— Allons donc! du reste, l'homme qui nous accompagne n'est-il pas armé? J'ai peur d'autre chose.

— De quelle chose?

Elle se pencha vers Mazilier et lui dit d'une voix brève :

— Il me croit peut-être guérie de la blessure qu'il m'a faite; il pense que je ne souffre plus à cause de lui,

qu'il est seul à souffrir, et cette pensée le désole. Je ne veux pas qu'il me voie laide, défigurée, il serait trop heureux.

— Oh! les femmes! murmura Mazilier en levant ses bras au ciel.

Il rejoignit le garde-chiourme et lui demanda quelques renseignements, tandis que Cora, qui s'était assise sur un rouleau de cordages, avait les yeux fixés sur Georges du Hamel.

Les nécessités de son travail l'avaient fait se retourner depuis un instant; aussi Cora pouvait-elle maintenant voir son visage et distinguer ses traits.

Dans ses rêves, elle l'avait souvent vu pâle, défait, amaigri; dans son regard, dans les plis de sa bouche se lisaient la colère, le désespoir, mille désirs de vengeance.

Ses rêves l'avaient trompée; elle ne le retrouvait pas tel qu'il lui était apparu.

Le visage de Georges avait plutôt bruni que pâli; il s'était allongé au lieu de s'amaigrir, et il avait acquis une distinction de plus. Par suite de l'incessant travail auquel il se livrait, ses épaules s'étaient élargies, sa poitrine développée; sous cette infâme livrée du bagne collée en quelque sorte contre lui, se distinguaient des formes accomplies. Ce n'étaient pas la colère et le désespoir qu'on lisait sur ses traits; c'était une sorte de douleur calme et reposée, une mélancolique résignation.

Tout à coup, il interrompit son travail, et une main appuyée sur le maillet, qui maintenant reposait à terre, l'autre placée à la hauteur de sa hanche. Il regarda dans la direction où se trouvait Cora.

VI

En apercevant une femme vêtue avec élégance dans cette partie de l'Arsenal, où il ne rencontrait d'ordinaire que ses compagnons d'infortune, ses gardiens ou des ouvriers du port, Georges du Hamel ne put réprimer un mouvement de surprise.

Il ne vit, au premier abord, dans cette apparition, qu'un sujet de distraction, un point où reposer son regard fatigué des mêmes perspectives, une sorte de diversion à son ennui. Ce qui ne saurait nous émouvoir distrait et attendrit le prisonnier; il ressemble, sous beaucoup de rapports, au malade et à l'enfant.

Ce mantelet élégant, cette toque de voyage, cette robe de soie qui tout à coup avaient frappé sa vue le charmaient; ils lui rappelaient l'époque où il était heureux, libre, où tout lui souriait. Il regardait avec ravissement, comme on regarde un coin de ciel bleu dans un ciel sombre.

Mais ce n'était là qu'une sensation; un sentiment allait lui succéder : celui de son abaissement et de sa honte.

Involontairement, il baissa les yeux et vit la vareuse et le pantalon du bagne; l'anneau de fer rivé à son pied lui communiqua une sorte de frisson; il sentit sur sa tête le bonnet d'infamie.

Se répéter sans cesse qu'ils s'adoraient... (page 88).

Alors, pour échapper aux regards qu'il sentait dirigés sur lui, il s'accroupit derrière la quille du bateau près duquel il travaillait.

Tout son corps tremblait; une sueur glaciale coulait de son front sur son visage.

— Hé! dis donc toi, là-bas! c'est ainsi que tu travailles? cria tout à coup une voix.

C'était le garde-chiourme; son amour-propre le poussait à faire un peu d'autorité en présence des personnes qu'il accompagnait.

Sans hésiter, sans répliquer, Georges du Hamel se redressa et reprit son maillet.

— Avance un peu, cria de nouveau le garde; on veut te voir.

— Non, non, dit Victor Mazilier; c'est inutile.

Cora ne dit rien; elle était très pâle, aussi pâle que Georges du Hamel, et le regardait toujours fixement.

Les yeux baissés, le maillet à la main, il s'avançait pour obéir aux ordres de son gardien :

Ce maillet intimidait le jeune Mazilier, qui s'était réfugié aux côtés du garde-chiourme.

Cependant, à mesure que Georges s'avançait, une sorte de métamorphose s'accomplissait en lui; il ne paraissait plus souffrir de son abaissement, il se redressait comme s'il était fier, comme s'il avait conscience de sa valeur morale.

Bientôt, il leva les yeux, et son regard rencontra celui de Cora.

Il s'arrêta et resta devant elle, calme, silencieux, sans donner aucune marque d'émotion nouvelle; on aurait pu croire qu'il ne l'avait pas reconnue.

Elle se leva, marcha vers lui et lui dit :

— J'ai voulu te voir.

— J'attendais votre visite, répondit-il.

— Pourquoi ?

— Vous deviez désirer jouir de votre vengeance ?

— C'est vrai.

— En jouissez-vous ? Suis-je assez misérable ?

— Et toi, jouis-tu de la tienne ? Suis-je assez défigurée ?

— Ah ! fit-il d'une voix grave. Je me repens de ma faute; vous ne vous repentirez jamais de la vôtre. Je vous plains.

Ils se regardèrent un instant en silence. Ce fut Cora qui reprit la parole :

— Peux-tu encore m'aimer ? demanda-t-elle tout à coup.

— Oh ! non, répondit-il ; je vous connais.

— Veux-tu que j'obtienne ta grâce ?

— On m'a déjà offert de me la faire obtenir ; j'ai refusé.

— Tu ne souffres donc pas ?

— Mon corps souffre parfois; mon cœur n'a jamais été plus heureux.

— Alors ma vengeance n'est pas complète.

— Non.

— Adieu.

— Adieu.

Il se retourna et regagna lentement la barque près de laquelle il travaillait.

Cora, après avoir jeté un dernier regard sur lui, rejoignit Victor Mazilier.

— Que vous a-t-il dit? lui demanda-t-il aussitôt en l'entraînant à quelques pas du garde-chiourme.

— Il m'a dit, répondit-elle qu'il m'aimait toujours et qu'il saurait se venger de vous à sa sortie du bagne.

— Se venger de moi ! Diable ! voilà qui me refroidit à son égard.

— Décidément, ajouta-t-elle, j'ai réfléchi, vous pouvez demander sa grâce, je vous y autorise.

— Mais non, mais non ; vous êtes bonne, vous ! Après cela, vous essayez peut-être de m'intimider pour que je ne fasse aucune démarche.

— Ah ! dit-elle, peu m'importe maintenant qu'il reste au bagne ou qu'il en sorte. Il a su se placer au-dessus de ma vengeance ; elle ne l'atteindra pas tant qu'il sera ici. Libre à vous donc, cher ami, de solliciter.

— J'y renonce. Avec sa vareuse rouge et son maillot, cet homme paraît terrible.

Rien ne les retenant plus dans l'Arsenal, ils prirent congé du garde-chiourme et regagnèrent leur hôtel.

Huit jours après, ils étaient à Paris.

VII

A l'automne, les hôtes habituels de Cora reparurent dans la petite maison de l'avenue de Neuilly.

Tout rentra dans l'ordre accoutumé, et l'année s'écoula comme s'étaient écoulées les trois années précédentes.

En 186., d'après les conseils de Victor Mazilier, Cora s'agrandit; son salon étant devenu trop petit pour contenir la société qui s'y réunissait tous les soirs elle était obligée, depuis longtemps déjà, de s'opposer à toute présentation nouvelle. Afin de se montrer plus hospitalière, elle loua un petit hôtel situé à côté de celui qu'elle habitait, et, à l'aide d'une galerie vitrée, elle ne fit qu'une seule demeure de ses deux maisons. Cet agrandissement lui permit de donner leurs entrées à quelques personnes qui les sollicitaient depuis longtemps, et parmi lesquelles nous devons citer M. de Brives et M. de Mézin.

A cette époque, le père de Marcelle était veuf depuis longtemps, mais il n'avait pas encore retiré sa fille du couvent. Sa fortune, considérablement diminuée par de fréquentes stations dans les villes d'eaux et par un jeu effréné l'hiver dans différents cercles, n'était pas encore dissipée. Il lui restait, d'une part, une rente inaccessible et insaisissable qui lui servait à tenir sa maison sur un bon pied ; de l'autre, l'immeuble de la rue Léonie, que devait plus tard habiter Georges Gérard et sa mère. Malgré ces débris d'une grande fortune, il n'en était pas moins souvent gêné, lorsqu'il lui arrivait de faire au club quelque perte très importante. A plusieurs reprises, il n'avait pu satisfaire ses créanciers dans les vingt-quatre heures de rigueur, et sans l'obligeance de M. Mézin, son collègue de cercle, qui lui avait avancé des sommes importantes, il se serait certainement trouvé dans l'obligation de donner sa démission.

Ces services rendus expliquent la nécessité où fut plus tard M. de Brives de se montrer aussi conciliant que possible, lorsque M. de Mézin lui demanda la main de sa fille. Ils expliquent aussi comment, à moitié ruiné, obligé d'avoir recours à ses amis, un peu discrédité au club auprès de deux ou trois collègues avec lesquels il avait été en compte trop longtemps, il s'était empressé de se faire recevoir dans la maison de Cora, où les rapports entre joueurs étaient moins tendus qu'au cercle, et où l'on jouissait de certains privilèges précieux pour un homme qui ne pouvait plus, le lendemain d'une grosse perte, tirer sur son banquier.

Quant à M. de Mézin, il était à peu près dans la même situation que M. de Brives et faisait les mêmes calculs que lui; il trouvait de plus chez Cora, cet avantage précieux pour un aspirant au mariage, que son existence de joueur était plus mystérieuse, plus cachée qu'autrefois. D'un caractère aimable, très insinuant, il sut, en peu de temps, conquérir les bonnes grâces de Cora, et devint, non seulement un des fidèles des réunions du soir, mais un ami de la maison.

Deux ans et demi s'étaient écoulés depuis la visite de Victor Mazilier et de Cora au bagne de Toulon.

Georges du Hamel allait finir son temps.

En voyant approcher l'époque à laquelle son ancien amant serait rendu à la liberté, Cora se préoccupait beaucoup de ce qu'il allait devenir.

Un jour, se trouvant seule avec un de ses amis qui

lui avait été signalé comme un jurisconsulte distingué, elle en profita pour essayer de s'instruire sur différents points de droit :

— Depuis ma visite au bagne de Toulon, lui dit-elle, il m'arrive parfois de me demander ce que deviennent, lorsqu'ils ont fini leur temps, tous ces gens condamnés à cinq, dix ou vingt ans de travaux forcés. Savez-vous qu'il est fort inquiétant d'être exposé à les rencontrer?

— Pas à Paris, toujours, chère dame, le séjour de nos grandes villes leur est interdit.

— Comment ! lorsqu'ils sortent du bagne, ils ne sont pas libres ?

— Ils ne le sont pas d'une façon absolue; ils subissent une nouvelle peine qui s'appelle la surveillance de la haute police.

— La haute police? Que veulent dire ces mots ? Je les entends prononcer pour la première fois.

— Ils ne doivent faire aucune impression sur votre esprit. Ils avaient autrefois un sens ; ils n'en ont plus aujourd'hui. Jadis, il existait une haute et une basse police, concourant toutes deux, mais par des voies différentes, à assurer l'ordre et la tranquillité dans l'É-tat (1). La *haute* police, qui était ostensible et avouée, agissait au grand jour et jouissait de la considération qui s'attache à toutes les branches de l'administration du pays. La *basse* police, occulte et secrète, agissait dans l'ombre, et l'opinion publique, tout en reconnaissant son utilité, flétrissait ses agents subalternes de sa déconsidération. Aujourd'hui, il n'existe plus qu'une seule police, et si son œuvre n'inspire plus la répulsion qui s'attachait autrefois aux agissements de la basse police, elle en garde encore quelque chose.

— Mais, fit observer Cora, si la surveillance est une peine, comme vous le dites, pourquoi n'est-elle pas prononcée à la suite du jugement rendu contre un coupable? J'ai assisté un jour à un procès en Cour d'assises; il s'est terminé par une condamnation à cinq années de travaux forcés, et il n'a pas été question de surveillance.

— Parce que la surveillance était, dans ce cas, l'accessoire obligé de la peine, et qu'elle était appliquée de plein droit, c'est-à-dire sans avoir besoin d'être prononcée : Si je ne craignais de vous ennuyer, chère dame, je vous ferais l'historique de cette loi de surveillance, dont je me suis particulièrement occupé à une époque où j'avais plus de loisirs.

— A une époque, voulez-vous dire, fit observer Cora, où vous ne jouiez pas encore au baccarat. Je me demande comment un esprit aussi sérieux que le vôtre peut aimer le jeu?

— Moi, j'ai renoncé à me le demander, ne pouvant pas résoudre la question. Ce qui me console un peu, c'est que je rencontre dans vos salons plusieurs person-nes au moins aussi sérieuses que moi. Les plus sages, voyez-vous, ont leur folie.

— Eh bien! mon cher fou, reprit-elle en souriant, faites-moi l'historique dont vous me parliez sans craindre de m'ennuyer. Nous sommes à une époque où les femmes elles-mêmes ont besoin de s'instruire. Je suis un peu lasse, je vous l'avoue, des conversations et des lectures frivoles. J'en suis arrivée, le croiriez-vous ? à désirer trouver, même dans un roman, autre chose que des dialogues à la suite les uns des autres, des récits et de l'action. Je demande à l'auteur de développer quelque thèse sociale, de combattre quelque préjugé, de discuter un point de droit s'il en trouve l'occasion. C'est la seule fa-çon qu'il ait de me reposer d'une action dramatique et de me permettre de la prendre au sérieux. Tout le monde ne pense pas comme moi, je le sais. Les gens frivoles sont en majorité ; ils demandent des faits toujours des faits et ont en horreur l'analyse, la discussion, tout ce qui pré-tend ressembler à une idée. Tant pis pour les gens frivo-les, l'auteur qui se respecte n'écrit pas pour eux. Telle est ma profession de foi, cher monsieur et ami ; j'attends la vôtre sur la surveillance de la haute police.

— Vous m'encouragez si bien, chère madame, répondit M. X..., que j'aurais mauvaise grâce à me faire prier plus longtemps. Mais vous êtes prévenue, et je vous ennuie, vous n'aurez aucun reproche à m'adresser.

« La mesure, dite surveillance de la haute police, qui succède à la peine, et qui saisit le condamné au mo-ment même où son châtiment s'achève, est une disposi-tion particulière de la loi française (1).

« Elle était inconnue dans notre ancienne jurispru-dence et elle ne figurait pas au nombre des peines édic-tée par le Code pénal de 1791.

« On en trouve les premières traces dans un décret de l'an XIII. D'après ce décret, les forçats libérés étaient tenus de déclarer dans quelle commune ils voulaient établir leur résidence; arrivés dans cette commune, ils étaient soumis à la surveillance de l'autorité locale.

« Un nouveau décret du 17 juillet 1806 vient encore ajouter à la sévérité de ces premières mesures : Paris, les résidences impériales, les places de guerre et les frontières sont interdits aux libérés; et le ministre de la police a la faculté de les déplacer des lieux qu'ils habi-tent et de leur prescrire un lieu de résidence; enfin, ils ne peuvent changer de domicile sans autorisation.

« Le Code pénal introduisit un nouveau système dont le cautionnement était le principe fondamental : les libérés étaient soumis à l'obligation de fournir une cau-tion de bonne conduite, et, cette caution admise, ils re-couvraient une entière liberté. Dans le cas seulement de refus ou d'impossibilité de fournir caution, la surveil-lance était appliquée dans toute sa rigueur, et toute in-fraction aux règlements concernant cette surveillance pouvait être punie d'un emprisonnement qui, dans la

(1) Mémoire, par Homberg, conseiller à la Cour impériale de Rouen.

(1) Dalloz, Chauveau et Faustin Hélie.

plupart des cas, n'avait point de terme. Ce système, quelque sévère qu'il fût, reposait sur un principe généreux, celui du cautionnement.

« Mais, par suite de fâcheuses interprétations de la loi, le cautionnement ne fut bientôt plus un droit, mais une faveur ; l'autorité, soutenue par plusieurs arrêts du Conseil d'État, maintenait la surveillance dans beaucoup de cas. Le mode de cette surveillance élevait d'ailleurs des obstacles insurmontables à l'amendement des criminels. Les mesures prises par la police pour s'assurer que le libéré occupait réellement la résidence qui lui avait été assignée, donnaient au fait de la condamnation une publicité inévitable.

« Surveillé par des agents subalternes, signalé à la défiance des maîtres, à la jalousie et au mépris des ouvriers, suspect de tous les crimes commis dans le lieu qu'il habitait, le libéré ne trouvait pas de travail ; l'impossibilité de gagner honnêtement son pain étouffait en lui toute résolution d'une vie meilleure, et la misère le rejetait bientôt dans le crime et dans le bagne.

« Ces inconvénients avaient frappé tous les yeux, aussi s'était-il élevé une réprobation presque unanime contre le système consacré par le Code de 1810. A ce système, la loi du 28 avril 1832 en substitua un autre beaucoup plus doux et plus humain.

« Les résidences obligées, les détentions administratives ont cessé. Le droit de surveillance n'est plus qu'un simple droit de *défense* ; ses effets sont restreints à l'interdiction des lieux où la présence du libéré pourrait être dangereuse. Partout ailleurs, liberté pleine et entière ; partout ailleurs, le libéré est confondu dans la classe commune des citoyens ; aucune mesure préventive ne peut être prise à son égard, ne peut révéler sa position.

— Eh bien ! dit Cora, voilà, si j'ai bien compris, une excellente loi. De quoi vous plaignez-vous, cher ami ?

— Je me plains qu'elle ne soit plus appliquée, et qu'un décret du 8 décembre 1851 ait rendu au gouvernement le droit de déterminer le lieu dans lequel le condamné doit résider après avoir subi sa peine.

— Ce décret avait probablement sa raison d'être.

— Il l'a eue. La latitude que la loi de 1832 laissait aux condamnés de choisir le lieu qu'ils pouvaient habiter sans être tenus d'y justifier périodiquement de leur résidence, avait tellement facilité et multiplié les ruptures de ban de surveillance, l'agglomération des libérés dans les grands centres de population fut pour la société une source de si graves dangers, qu'après la révolution de février 1848 on sentit la nécessité d'en revenir aux rigueurs de l'ancien système, c'est-à-dire de rendre au gouvernement le droit de déterminer le lieu dans lequel le condamné devait résider après avoir subi sa peine.

— Et c'est sous ce régime que se trouvent maintenant les libérés ? demanda Cora.

— Oui, madame.

— Et vous vous plaignez de cette loi ?

— Je ne me plains pas qu'elle ait été faite. Elle était

nécessaire en 1851. Je trouve qu'aujourd'hui, après tant d'années de tranquillité, on peut en adoucir la rigueur. Le gouvernement de juillet nous a donné, à cet égard, un exemple de tolérance et d'humanité ; nous pourrions le suivre. Il n'est pas juste de rayer d'une façon définitive de notre Code cette loi de 1832, réclamée par l'opinion publique, pour y substituer celle que nous avons faite en 1851, à la suite de troubles, en face de dangers qu'il fallait combattre à tout prix. Certaines lois ne répondent qu'à des besoins momentanés, et devraient être, pour ainsi dire, provisoires.

— Mais, demanda Cora, quels sont les effets du décret que vous combattez, quels en sont les inconvénients ? Vous avez soulevé une question d'humanité, faites-la-moi comprendre.

— C'est très facile, chère madame ; je lisais dernièrement à ce sujet un mémoire soumis à l'Académie des sciences morales par un conseiller à la Cour impériale de Rouen, M. Homberg, et je puis vous en citer plusieurs passages que j'ai retenus. Ses arguments vaudront mieux que les miens :

« Pour l'exécution du décret de 1851, le gouvernement a désigné un petit nombre de villes dans lesquelles tous les condamnés en surveillance sont internés. Or, comme dans ces villes toutes les industries ne peuvent pas s'exercer, beaucoup d'ouvriers ne trouvent pas à y utiliser leurs aptitudes.

« Ainsi, qu'un ouvrier horloger, par exemple, soit envoyé à Rouen, où il n'existe pas de fabrique d'horlogerie, il n'aura d'autre ressource que de travailler sur le port avec les manœuvriers, travail auquel ses forces physiques se prêteront peut-être difficilement.

« D'un autre côté, l'administration étant autorisée à prendre les mesures qu'elle croit les plus propres à constater la présence des condamnés au lieu de leur résidence, elle est tout de suite revenue à la mesure en vigueur sous le Code pénal de 1810, et qui consiste à les obliger de se présenter à des époques plus ou moins rapprochées, suivant le degré de confiance que chacun d'eux inspire, mais toujours *périodiques*, au bureau de police, pour justifier de leur présence.

« On se trouve donc ainsi placé sous ce régime signalé par un *ministre de l'intérieur*, dans sa circulaire de 1832, comme « *frappant les condamnés d'une sorte « de réprobation universelle et les mettant dans l'im- « possibilité d'amender leur conduite.* »

« Il est aisé de comprendre que dans une ville de province la nécessité pour un domestique, un employé, un ouvrier, de se présenter, certains jours et à certaines heures déterminées, au bureau de police, est promptement connue des maîtres ou patrons. D'ailleurs, au bureau de police, les condamnés se rencontrent. Ils montent les mêmes escaliers, attendent dans les mêmes antichambres ; là se renouvellent les connaissances de prison. Si un fainéant nécessiteux apprend que son camarade travaille et gagne quelque argent, il le menace de le faire connaître pour un repris de justice, s'il ne veut point partager avec lui le produit de son travail, et, en cas de refus, la menace est bientôt réalisée.

« Le chef d'atelier, averti de la condition de son ouvrier, quelque satisfait qu'il puisse être de son travail, se voit obligé de le congédier, ne fût-ce que pour l'exemple et pour donner satisfaction aux ouvriers qu'il emploie.

« Le malheureux proscrit voudra-t-il changer de résidence? Il lui faudrait pour cela en obtenir l'autorisation du ministre de l'intérieur, et l'on comprend que cette nécessité équivaudra le plus souvent à une absolue impossibilité (1). Mais, d'ailleurs, dans une autre résidence, les mêmes difficultés l'atteindront, les mêmes rencontres seront à redouter pour lui.

« Dans quelque lieu qu'il porte ses pas, sa condition de libéré en surveillance sera connue ; en quittant le bagne ou la prison n'a-t-il pas reçu sa feuille de route réglant l'itinéraire dont il ne peut s'écarter, et la durée de son séjour dans chaque lieu de passage ? Cette feuille de route ne révèle-t-elle pas sa condition à tous ceux auxquels il est tenu de la présenter (2) ?

« Vous le voyez, la réprobation qui s'attache au titre de libéré paralyse les efforts que le malheureux tentera pour se créer par le travail des moyens d'existence.

« Aussi qu'arrive-t-il ? Le détenu, instruit, par ses compagnons de captivité ou par sa propre expérience, du sort que sa mise en surveillance lui réserve, même après l'expiration de sa peine, se laisse aisément persuader d'entrer dans cette association de malfaiteurs que l'on dit être aujourd'hui organisée dans chacune de nos prisons. Quand sonne pour lui l'heure de sa liberté, il ne tente même pas, pour gagner honnêtement sa vie par son travail, des efforts dont il sait à l'avance l'inutilité. »

VIII

Cora avait écouté attentivement ces explications. Elles sont intéressantes pour tout le monde, et nous croirions faire injure à nos lecteurs si nous nous excusions de les leur avoir données ; mais pour celles dont la conduite et les dispositions avaient envoyé Georges du Hamel au bagne, elles avaient un grand intérêt.

La vengeance de Cora se complétait pour ainsi dire : cinq ans de travaux forcés pour un homme qui supportait si courageusement la vie du bagne, qui avait appelé à son aide la résignation et la philosophie, ce n'était rien en vérité !

Elle était bien plus à plaindre que lui, elle, condamnée à la laideur à perpétuité !

Mais, au moment où il allait être libre, voilà qu'elle apprenait qu'une autre peine succédait pour lui, à la première, peine éternelle, plus terrible pour un homme de trente ans, à qui la vie avait peut-être encore réservé de bonnes heures, des jouissances nouvelles !

(1) Circulaire du ministre de l'intérieur, du 23 octobre 1853.

(2) Circulaire du ministre de l'intérieur, des 29 avril 1854 et 29 mars 1859.

Ainsi, au sortir de Toulon, une autre résidence allait lui être assignée. Il ne pourrait s'en éloigner ; chacun connaîtrait, non pas son passé, non pas son crime, l'opinion publique l'eut peut-être absous, mais le châtiment qui l'avait frappé, la peine infamante à laquelle il avait été condamné. Lorsqu'il passerait dans la rue, on le montrerait au doigt en disant : « C'est un forçat libéré. »

Il lui arrivait même de se demander si le châtiment était proportionné à la faute ; elle devenait indulgente. Elle se disait : C'est punir peut-être un peu sévèrement un si beau garçon, qui a trouvé moyen de rester élégant même sous la livrée du bagne.

Elle revoyait Georges du Hamel à Toulon, debout devant elle, fier de son infamie, arrogant malgré son abaissement, l'accablant de sa pitié et de son mépris.

Ah ! s'il avait toujours eu cette attitude, si au lieu de l'adorer, de l'aduler, il l'eut bravée, peut-être se serait-elle conduite autrement avec lui, peut-être...

Tout à coup, à la suite d'autres pensées, une crainte lui vint. Elle se tourna vers M. de X... et lui dit :

— Si le libéré soumis à la surveillance refusait de s'y soumettre, ne se rendait pas dans la résidence qui lui est assignée, qu'arriverait-il ?

— La loi, chère madame, dit M. de X..., en réponse à la question que lui posait Cora, a donné une sanction pénale aux mesures de la surveillance. Elle a fait de la désobéissance à ces mesures, un délit spécial qu'elle désigne sous le nom de *rupture de ban*. L'ancien article 45 du Code pénal portait qu'en cas de désobéissance, le gouvernement avait droit de faire arrêter et détenir le condamné durant un nombre de mois ou d'années qui pouvait s'étendre jusqu'à l'expiration du temps fixé pour la surveillance (1). Ce droit de détention administrative était l'une des dispositions les plus odieuses du Code ; elle donnait à l'autorité le pouvoir d'infliger au condamné une peine perpétuelle, et cela sans jugement, sans que le prévenu pût se défendre. La loi du 28 avril 1832 a remplacé cette sanction par une autre beaucoup plus humaine ; à l'arbitraire a été substitué le droit commun : la peine en question ne peut être prononcée que par les tribunaux correctionnels ; elle est limitée à cinq ans.

— Et quel en est le minimum ? demanda Cora.

— Le législateur, répondit M. de X..., ne l'a point déterminé. Il peut être descendu aussi bas que possible. Cette latitude a été motivée sur ce que les infractions auxquelles la surveillance donne lieu sont excessivement diverses. C'est au juge seul qu'il appartient d'en apprécier la valeur et de les réprimer par l'application, soit d'une peine de simple police.

« Je vous ai donné, chère madame, toutes les explications que comporte l'article 47 du Code pénal. En réalité, je n'ai fait que l'analyser, le commenter et le discuter. Tous les autres articles, décrets, règlements de

(1) Dalloz, Chauveau et Hélie.

police dont je vous ai parlé dérivent de cet article. J'espère qu'un jour viendra où le Conseil d'État et, après lui, le Corps législatif seront appelés sinon à l'abroger, du moins à l'adoucir. Pour moi, la société est assez forte pour se borner à se défendre et à punir ; sous le prétexte de se protéger contre les dangers à venir et incertains, elle n'a pas le droit de faire des lois en quelque sorte préventives, et de dire à un malheureux qui vient d'expier son crime par une longue détention : « Dans la crainte que tu ne retombes dans les mêmes égarements, je te condamne à une peine nouvelle, je te traite comme si tu étais coupable ; tu n'es plus prisonnier, soit ! mais je te fais esclave pour le reste de ta vie. » Lorsqu'elle parle ainsi, la société est injuste et inhumaine, et je préfère la voir courir un danger que de commettre une illégalité et une injustice.

M. de X... se tut, et Cora le remercia chaudement. Grâce à ses explications, la loi sur la surveillance n'avait plus pour elle de mystères : sur cette matière elle aurait pu en remontrer à un vieux juge. Quant à Georges du Hamel, elle était maintenant fixée sur son sort et sur toutes les éventualités qui pouvaient se présenter dans l'avenir. Par curiosité, peut-être par suite d'un autre sentiment, elle désira seulement savoir quelle résidence lui avait été désignée à sa sortie du bagne.

D'après des calculs faciles à faire, l'expiration de sa peine avait eu lieu dans les derniers jours de 1864 ; on était alors en 1865, et depuis longtemps déjà il devait avoir élu domicile dans quelque ville de province.

Un soir, elle dit à Victor Mazilier :

— Et ce pauvre Georges du Hamel pour lequel vous aviez une si grande pitié, il ne vous intéresse donc plus ?

— Dame ! fit-il, depuis que vous m'avez assuré qu'il s'intéressait trop à moi, la sympathie qu'il m'inspirait a diminué.

— Quoi ! vous vous rappelez encore ses menaces ; je suis certaine qu'il les a oubliées ; lorsqu'on vient de passer cinq années au bagne, on n'est pas tenté d'y retourner. En tout cas, à votre place, je désirerais savoir où il habite pour ne pas courir le risque de le rencontrer.

— Il n'est donc plus au bagne ?

— Il doit en être sorti depuis six ou huit mois environ.

— Ah bah ! comme le temps passe vite quand on travaille ! Eh bien ! où voulez-vous qu'il soit ! à Paris, sans aucun doute. Il essaye de jouir de la vie pour rattraper ses belles années perdues.

— C'est ce qui vous trompe ; il est défendu à tout ancien forçat d'habiter Paris.

— Vraiment ! pauvres gens ! Où peuvent-ils vivre alors ? Les enverrait-on à Carcassonne, par exemple ?... Ah ! ce serait terrible ! je ne suis pas encore guéri de mon séjour dans cette localité.

— Il serait intéressant, reprit Cora, de savoir quelle résidence lui a été désignée.

— À quoi cela vous avancera-t-il.

— À ne pas le rencontrer.

— C'est bien simple : ne quittons jamais Paris.

— Il peut arriver que nous soyons obligés de faire un voyage ; il est plus prudent de savoir où se trouve mon ennemi et le vôtre.

— Le mien !... Oui, c'est juste ; mais comment voulez-vous que je le sache ?

— Vous avez des amies de tous côtés, dans le monde comme dans l'administration ; demandez-leur à qui vous devez vous adresser pour avoir des renseignements. Je vous répète que, dans votre propre intérêt, je désire être édifiée.

— Je ne suis pas dupe de votre sollicitude pour moi, chère amie, elle cache un mystère... Mais un peu de prudence ne nuit pas ; je ferai ce que vous désirez.

Trois semaines après cette conversation, Victor Mazilier entra un jour, un peu brusquement dans la chambre de Cora et dit :

— J'ai vos renseignements.

— Sur qui ?

— Sur Georges du Hamel.

— Ah ! Eh bien ?

— On ignore ce qu'il est devenu.

— Vous appelez cela des renseignements.

— Ce sont les seuls que j'ai pu obtenir.

— Vous ne vous êtes pas adressé où il fallait.

— Mille excuses ! j'ai frappé à la préfecture de police et au ministère de l'intérieur...

— On vous a dit qu'on ne savait pas ce qu'il était devenu ?

— Oui, on s'est informé administrativement, on a écrit, on a fait jouer le télégraphe et...

— Et ?

— On a répondu qu'il était en rupture de ban, c'est-à-dire...

— Inutile de me donner des explications, je sais... Quelle ville lui avait été désignée pour résidence.

— Une ville du centre de la France, je ne sais plus laquelle.

— Il n'y a pas paru ?

— Jamais.

— Et on a perdu ses traces ?

— Entièrement.

— La police est bien mal faite, dit Cora.

— C'est possible ; mais Georges du Hamel est plus fort que je ne croyais. Je lui rends toutes mes sympathies.

— Où croyez-vous qu'il soit ? demanda-t-elle.

— À Paris, je reviens à mon idée ; c'est encore à Paris qu'on se cache le mieux.

— Le reconnaîtriez-vous si vous le rencontriez ?

— Je ne crois pas ; je ne l'ai vu que deux fois : à l'audience, il y a six ans de cela, et au bagne pendant cinq minutes, et encore il me tournait le dos.

— S'il est à Paris, dit Cora après un instant de silence, je suis certaine de le retrouver.

— Bast ! vous ne sortez jamais et il est probable qu'il ne se prodigue pas en public.

— Le hasard, reprit-elle, se chargera d'amener tôt ou tard une rencontre.

— Ainsi soit-il, dit Victor Mazilier.

IX.

À quelques lieues du lac de Zurich existe une charmante petite ville appelée Baden, qu'il faut bien se garder de confondre avec son homonyme du grand duché de Bade.

Au pied de Baden, tout le long de ses maisons, couvertes de plantes grimpantes, et de ses jardins en fleurs, coule la Limat, une de ces rivières dont la Suisse a seule le secret ; elles prennent leur source, dans une montagne pour aller se jeter dans un lac voisin, et semblent vouloir se dédommager du peu d'étendue de leur parcours par la rapidité de leur courant.

Les grands fleuves qui coulent lentement et avec majesté vers la mer, à travers les gras pâturages, disposent à la rêverie, et souvent à la tristesse ; la Limat, au contraire avec ses bonds désordonnés, ses chutes imprévues, ses petites vagues blanchâtres, les cailloux et les rochers de son lit, qu'elle laisse par moments à découvert et qui miroitent au soleil, chasse toute préoccupation, invite à la gaieté et charme le regard.

Le pays de Baden est vraiment délicieux ; ce n'est pas encore la Suisse avec ses grands horizons, ses forêts de sapins et ses glaciers ; mais on la pressent pour ainsi dire. Derrière ces collines verdoyantes qui s'étendent sur la rive gauche de la Limat, on devine de hautes montagnes couvertes de neige ; ces bois de pins qui montent sans cesse, et où sont ménagées d'adorables promenades, se rattachent inévitablement à quelque grande forêt sauvage et mystérieuse ; en suivant le cours de cette jolie rivière, on arrivera, c'est certain, aux lacs de Zurich, de Neufchâtel ou de Constance, sortes de mers intérieures, d'océans encadrés dans les montagnes.

Au voyageur qui vient de contempler le Mont-Blanc, de traverser Genève, Berne, Lausanne, Zurich, toute la Suisse enfin, qui commence à se lasser de son admiration continue, mais que le souvenir de tout ce qu'il a vu retient encore aux lieux de son enthousiasme, Baden offre un délicieux asile. Il peut s'y recueillir, y méditer, et, derrière le verdoyant rideau de collines et de bois qui l'entoure, revoir encore par la pensée toutes les merveilles qui l'ont ébloui et souvent ému.

C'est à Baden que s'arrêtèrent Georges Gérard et sa femme, après avoir passé en Italie l'hiver qui suivit leur mariage.

Marcelle de Brives, depuis dix-huit mois madame Gérard, avait proposé à son mari de rentrer en France par Milan, Gênes, la Corniche, Nice et Marseille ; mais Georges l'avait dissuadée de prendre cette route ; déjà lorsqu'il s'était agi de se rendre en Italie, il s'était refusé à suivre l'itinéraire tracé dans les guides de voyage, et avait fait un détour considérable pour éviter le midi de la France, qu'il disait ne pas aimer.

Du reste, Marcelle n'eut pas à se plaindre d'avoir obéi aux fantaisies de son mari ; jamais voyage ne fut plus charmant, mieux compris et mieux réglé. Ils parcoururent toute l'Italie, séjournèrent à Florence, à Rome et à Naples pendant l'hiver, et se mirent en route, au printemps, pour l'Italie septentrionale et la Suisse. Ils rejoignirent la France, doucement, à petites journées, en se retournant sans cesse vers le pays qu'ils avaient traversé pour lui sourire une dernière fois, lorsqu'à Genève, Georges trouva à la poste restante une lettre de sa mère.

« Tu es heureux, me dis-tu, comme tu ne l'as jamais été, mon cher enfant, lui écrivait madame Gérard ; c'est une raison pour veiller sans cesse sur ton bonheur, l'Italie, la Suisse t'ont protégé jusqu'à ce jour, t'ont distrait de toute préoccupation étrangère à ton amour ; ne t'empresse pas de revenir en France. Ah ! certes, j'aspire au moment où je pourrai me jeter dans tes bras, et ne m'arracher à ton étreinte que pour presser sur mon cœur celle que tu aimes et qui te rend heureux ; mais je suis forte, je sais attendre. J'ai tant attendu ! Reste dans le pays où cette lettre te rejoindra, restes-y le plus longtemps possible. À quoi bon nous retrouver si vite en face l'un de l'autre ? Nous ne pouvons pas nous empêcher de parler d'une époque que tous nos efforts doivent tendre à effacer de notre vie. Si je ne l'ai pas accompagné, si je ne suis privée du bonheur d'être témoin de tes joies, n'est-ce pas dans la crainte que ma présence ne te rappelât des souvenirs qui auraient pu les troubler. Suis mes conseils, mon fils bien-aimé, mon cher convalescent ; ne t'en es-tu pas bien trouvé depuis trois ans ? N'ai-je pas bien ordonné ta vie ? Ce mariage que tu désirais ardemment, et que la loyauté t'empêchait de contracter, n'est-ce pas moi qui t'ai dit : je « prends tout sur moi, je t'absous à l'avance de ce qui « peut advenir. Tu me dois obéissance parce que je suis « ta mère et parce que j'ai souffert par toi ; je t'ordonne « d'être heureux. Tu l'es. Je veux que tu le sois tou« jours, et je le répète : Ne te presse pas de me rejoin« dre. »

Après avoir lu et médité cette lettre, Georges persuada facilement à Marcelle de passer en Suisse le reste de l'été. Ils cherchèrent aussitôt un asile où ils pourraient se reposer de leur long voyage, un nid où cacher leurs jeunes amours. Le hasard les conduisit à Baden, ils furent séduits par son aspect et louèrent une petite maison au bord de la Limat.

Partis de Paris le lendemain de leur mariage, ils vivaient depuis six mois de cette vie d'hôtel si peu faite pour les tendres causeries, les mystérieux épanchements ; c'est à peine si dans leur course vagabonde à travers toutes les villes de l'Italie et de la Suisse ils avaient eu le temps de s'aimer à la dérobée. Maintenant, loin du bruit, loin de la foule, retirés dans leur riant asile ou se promenant dans les grands bois de sapins contre lesquels leur maison était appuyée, ils pouvaient, la main dans la main, cœur contre cœur, se répéter sans cesse qu'ils s'adoraient.

Avant de se décider à s'aimer, ils avaient de part et d'autre longtemps lutté. Tous ces obstacles apportés à leur bonheur avaient grandi leur amour, et, sans rien lui ôter de sa sainteté, l'avaient exalté jusqu'à la passion.

— Ah ! si Marcelle avait comme autrefois écrit sa vie, quelles choses charmantes elle aurait dites, quel éloquent langage eût parlé son cœur !

De cette jeune fille un peu précieuse, un peu raisonneuse au sortir du couvent, l'amour avait fait une femme simple, droite et réfléchie. Comme elle eût renié alors certains passages de ses mémoires, où de sa plume, encore toute imprégnée de l'encre du couvent, s'étaient échappées parfois des expressions malsonnantes et des phrases prétentieuses ! Mais le bonheur que l'on ressent ne se décrit pas, et Marcelle ne songeait plus à son journal. Aurait-elle en, du reste, le temps d'écrire ? Elle aimait, et sa vie était remplie.

On aurait pu remarquer aussi chez Georges de grands changements. Ce n'était plus ce jeune homme grave et taciturne, dont Marcelle avait fait autrefois le portrait. Il ne marchait plus la tête baissée et le dos courbé, il ne semblait plus préoccupé, inquiet, absorbé par une idée fixe. Son regard maintenant était sans cesse attaché sur Marcelle et sa pensée ne la quittait jamais.

A trente ans, il devenait tout à coup gai, jeune, ardent. On aurait pu croire qu'il débutait dans la vie, qu'il aimait pour la première fois !

L'été s'avançait, les jours succédaient aux jours, sans que rien vint troubler la quiétude de ces deux êtres, à qui tout dans l'existence semblait sourire, qui vivaient dans le présent, oublieux du passé, sans souci de l'avenir.

Un jour, cependant, à la suite d'une conversation, peu importante en apparence, un nuage traversa leur ciel bleu

Privés depuis quelque temps de nouvelles de France, ils avaient prié le propriétaire, qui demeurait dans une maison voisine, de leur procurer un journal français.

Il le promit, tint parole et remit à Marcelle, qui se trouvait seule dans le salon au moment de sa visite, un numéro du *Journal des Débats*, que recevait un habitant de Baden.

Pendant que Georges, retiré dans sa chambre, écrivait à sa mère, Marcelle parcourut le journal ; lorsque son mari la rejoignit, elle le lui présenta en disant :

— Jette donc un coup d'œil sur cet article, à la troisième page.

Georges lut ces mots :

COUR DE CASSATION, CHAMBRES RÉUNIES. PRÉSIDENCE DE M. LE PREMIER PRÉSIDENT TROPLONG.

Mariage contracté par erreur avec un forçat libéré.
Demande en nullité.

— C'est curieux, n'est-ce pas ? dit Marcelle qui en

pouvait se rendre compte de l'impression produite sur Georges dont le visage était entièrement caché par le journal déployé devant lui.

Il ne répondit pas.

— Qu'as-tu donc ? fit-elle.

— Moi ? rien, dit-il vivement.

Il plia le journal et il allait le remettre dans sa poche, lorsque Marcelle s'écria :

— Mais je n'ai pas fini ; je commençais à peine cet article... Oh ! si tu étais bien gentil, tu t'assiérais auprès de moi et tu me ferais la lecture. Ce procès m'intéresse. Pense donc ! une jeune femme qui apprend tout à coup, au bout de plusieurs années de mariage, que son mari est un forçat ! C'est affreux ! Les détails de cette affaire doivent être très curieux, et je voudrais les connaître. Allons, ne vous faites pas prier comme une jolie femme, monsieur ; venez vous asseoir à mes côtés et lisez ; à moins que vous ne vouliez que je lise seule.

— Non, fit-il.

— C'est cela ; tu préfères supprimer les passages ennuyeux pour en avoir plutôt fini : c'est ta méthode. Moi qui croyais, en me mariant, avoir acquis le droit de tout lire. Je m'étais trompée. Monsieur dirige mes lectures comme autrefois miss Dowson les dirigeait, et il est, hélas ! encore plus rébarbatif qu'elle. C'est bien la peine de se marier.

En disant ces derniers mots, elle s'était levée, avait rejoint son mari, lui avait passé le bras autour du cou et l'entraînait doucement vers le canapé où elle était précédemment assise.

Lorsqu'il fut à ses côtés, elle lui prit le journal des mains, le déplia de nouveau, le lui présenta, et avec un charmant sourire :

— Lis, dit-elle, je t'en prie.

Il lut.

Le *Journal des Débats* consacrait toute sa troisième page à donner le résumé de cette affaire, dont s'est autrefois vivement émue l'opinion publique, et qui a été portée successivement devant la Cour de Paris, qui maintint le mariage, la Cour de cassation qui en prononça la nullité, la Cour d'Orléans qui cassa l'arrêt de la Cour de cassation, et enfin la Cour de cassation, toutes chambres réunies, qui rejeta d'une façon définitive la demande en nullité formée par Zoé Herbin.

Les motifs de la Cour pour rendre cet arrêt peuvent se résumer de cette façon : l'erreur dans *la personne* dont le Code a fait une cause de nullité de mariage, ne s'entend que d'une erreur portant sur *la personne elle-même*. En épousant un forçat, lorsqu'on croit épouser un honnête homme, on se trompe, non *sur la personne*, mais sur *la condition et les qualités de la personne*, ce qui est autre chose.

Cet arrêt donnait définitivement raison à un avocat, d'un grand talent, maître Trouillebert, qui, le premier, accepta la défense du sieur B..., et soutint devant la Cour impériale de Paris, et plus tard devant la Cour

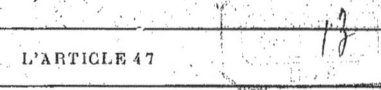

En apercevant Cora la chère demoiselle recula épouvantée... (page 98.)

d'Orléans, qu'il n'y avait pas lieu de casser un mariage contracté avec un forçat libéré. Ce fut sa plaidoirie, où tout en développant avec une grande habileté la question de droit la plus importante dans cette affaire, il sut en même temps se montrer éloquent et ému, qui attira l'attention de Marcelle. Elle pria son mari de lui en lire les passages les plus importants, et il obéit.

Avec maître Trouillebert, Georges lui apprit quel crime avait commis B... à l'âge de dix-sept ans, pour être condamné par la Cour d'assises de la Drôme à quinze ans de travaux forcés et quelle fut sa conduite pendant sa longue détention. Lorsqu'il fut arrivé au passage qui concernait le mariage de B..., et la façon dont il avait été contracté, Georges voulut s'arrêter, mais Marcelle insista tellement qu'il dut continuer.

Il reprit sa lecture :

« B..., disait maître Trouillebert, âgé de vingt-neuf ans, établi, laborieux, il était tout naturel, je ne dis pas qu'il pensât, mais qu'on pensât à le marier (1). Ses voisins, qui ne soupçonnaient même pas la flétrissure dont il était atteint, lui proposèrent différents partis qu'il repoussa. On revint à la charge : on lui parla de mademoiselle X.... madame X..., même vint plusieurs fois chez lui; il refusa encore jusqu'au jour où emporté par un sentiment tout naturel ou par une illusion, si vous aimez mieux, il se laissa aller à des rêves de bonheur et d'amour qui auraient dû lui être à jamais interdits.

« Il écrivit donc, dans les premiers jours de novembre 1856, à madame veuve X... une lettre dans laquelle

(1) *Gazette des Tribunaux*, du 30 janvier 1860.

il lui demanda la main de sa fille. Le mariage eut lieu, mais il faut reconnaître que B... n'a rien fait ni pour empêcher ces dames de se renseigner, ni pour hâter l'accomplissement du mariage et les pousser par là au mécompte dont elles se plaignent aujourd'hui.

« En effet, pendant ces quatre mois de pourparlers et d'assiduités, B..., troublé comme par un pressentiment qui n'était autre, à son insu, que le trouble de sa conscience, eut plusieurs fois des hésitations qui pouvaient et devaient à ses yeux amener une rupture ; mais toujours les relations étaient renouées.

« Ainsi, une fois il cesse brusquement ses visites, et il reçoit de madame veuve X... une lettre dans laquelle on le supplie de venir à un rendez-vous. Une autre fois, plus tard, le jour du mariage approche ; la cérémonie est fixée au 23 février ; les lettres de faire part sont envoyées ; B..., sous un prétexte, fait manquer le mariage. On le supplie de nouveau ; les lettres sont recommencées, et la cérémonie est définitivement fixée au 11 mars.

« Certes, messieurs, il eût mieux fait d'écouter le pressentiment qui le tourmentait !

« A peine marié, un homme qu'il a connu en prison le menace de tout révéler à sa femme, s'il ne satisfait pas à des demandes d'argent, et, comme il veut se soustraire à ces exigences, cet homme révèle trop tardivement, hélas ! pour tout le monde, la fatale vérité.

« Tels ont été, messieurs, depuis sa sortie de prison, la vie de B... et les faits qui ont précédé le mariage.

« Mais son silence ! mais le secret qu'il a gardé !

« C'est vrai ! c'est horrible ! il n'y a pas pour les âmes honnêtes deux façons de sentir.

« Oui, je suis de ceux qui pensent que celui qui recherche une jeune personne en mariage doit révéler lui-même à la famille de celle-ci ce qu'il est, ce qu'il a été, dût-il, s'il a quelque chose à taire, se condamner lui-même en renonçant au bonheur qu'il avait rêvé. Mais ces scrupules de conscience, sans lesquels on n'est jamais, je ne dirai pas honnête homme, mais homme de bien, ne pouvaient et ne devaient pas être atteints par le législateur. La loi morale seule peut descendre dans ces profondeurs de la conscience, et c'est en quoi l'honnêteté qui a de pareils scrupules, est supérieure à celle qui ne relève que des lois écrites. »

La voix de Georges paraissait fatiguée et altérée depuis un instant ; il s'arrêta.

Marcelle lui dit :

— Cette plaidoirie est fort belle ; tout en défendant la cause de son client, l'avocat de B... juge sa conduite et la condamne.

— Ainsi, demanda Georges après un instant de silence, il n'existe dans votre cœur aucune indulgence pour ce malheureux ?

— Toute l'indulgence, répondit Marcelle, celle que j'aurais pu ressentir pour le malheureux dont vous parlez, disparaît, du moment qu'il n'a eu le courage d'avouer sa position. Je suis du même avis que son avocat : on

n'a pas le droit de tromper celle qu'on épouse, qui vous confie sa destinée, qui doit porter votre nom.

— S'il avait dit la vérité, reprit Georges, le mariage n'aurait pas eu lieu.

— Qu'importe ! il eût fait son devoir.

— Et s'il l'aimait ?

— Il fallait sacrifier son amour.

— Et s'il était aimé d'elle ? ajouta-t-il.

— De deux choses l'une, répondit Marcelle : ou bien, en apprenant le passé de celui qu'elle allait épouser, elle cessait de l'aimer et n'était plus à plaindre ; ou bien son amour résistait à ce coup imprévu, et elle n'avait plus de reproches à faire : elle acceptait la destinée de son mari et supportait avec lui toutes les conséquences de sa conduite.

— C'est juste, fit-il, et cependant on pourrait répondre bien des choses à ce que vous venez de dire. Il y a souvent des circonstances fatales, des impossibilités absolues d'avouer la vérité. L'existence de deux personnes se trouve parfois en jeu. Il arrive aussi d'obéir à une volonté à laquelle on serait coupable de se soustraire. Que sais-je enfin ? Pour porter un jugement infaillible, il faut être éclairé sur tant de détails, tant de particularités ! Peut-on jamais lire jusqu'au fond de la conscience des gens ?

Au bout d'un instant de silence, il reprit :

— Alors vous admettez que l'amour puisse résister à une confidence comme celle dont nous parlons.

— Elle réfléchit et répondit.

— Oui, je l'admets, si le crime commis n'était pas tellement odieux qu'il dût exciter une indignation éternelle, si l'expiation a été complète et le repentir sincère.

On aurait pu croire que cet entretien avait impressionné Georges. Pendant deux ou trois jours, il s'en ressentit, et ses rêveries d'autrefois le reprirent. Mais elles ne purent résister à la bonne humeur, à la charmante gaieté de Marcelle. Bientôt elle reconquit tout son empire sur lui ; et il ne songea plus qu'à l'aimer.

X

A l'été avait succédé l'automne, et ils se trouvaient si parfaitement heureux dans leur petit ermitage de Baden qu'ils ne songeaient pas à le quitter. Deux lettres vinrent tout à coup les décider à partir.

La première était de miss Dowson ; elle les appelait à son secours : s'ils ne venaient pas, elle allait être obligée de quitter cette maison de la rue Léonie, où elle avait vu mourir la mère de Marcelle, sa meilleure et seule amie.

Sa position n'était plus tenable, disait-elle ; sous prétexte qu'il était devenu garçon, que sa fille ne demeurait plus dans la maison et irait à son tour habiter le petit pavillon du fond de la cour avec son mari, M. de Brives, assurait miss Dowson, recevait une société des plus... *shocking*. C'était l'expression dont se servait ; la pauvre chère demoiselle n'en connaissait pas d'autres pour rendre son idée.

— Tant que M. de Brives s'était contenté de rentrer tous les matins à cinq ou six heures, elle n'avait rien dit : cela ne la regardait pas. Mais maintenant il osait rester quelquefois chez lui, recevoir ses amis et donner à jouer.

« Oui, il ose donner à jouer, s'écriait miss Dowson indignée, dans ce salon où madame de Brives s'est assise si souvent et qui était dernièrement encore animé de la présence de Marcelle ! S'il ne recevait encore que ses amis !... Mais !... ah ! je n'ose le dire, tellement je suis scandalisée, à sa dernière soirée j'ai vu, oui, de mes yeux vu, une dame voilée descendre de voiture et entrer dans notre maison... Une dame, bonté divine ! en compagnie de tous ces hommes, ah ! *shocking, very shocking.* »

Georges et Marcelle ne se montrèrent pas aussi scandalisés que miss Dowson de la conduite de M. de Brives. Sa passion pour le jeu était connue, ils l'avaient souvent déplorée, mais elle ne pouvait plus beaucoup les émouvoir et ils en avaient pris leur parti. Quant à l'hospitalité, une fois par hasard, à ses amis, au lieu d'aller chez eux, il n'y avait pas grand mal à cela ; les joueurs ne sont pas des gens bruyants qui portent le désordre dans une maison et troublent les voisins ; ceux que M. de Brives admettait chez lui étaient certainement des hommes de bonne compagnie. Restait la dame voilée : à la rigueur, elle pouvait être une femme du monde ; à notre époque, ces dames se permettent tant d'excentricités ! En tout cas, M. de Brives était veuf, et l'on ne pouvait lui faire un crime de recevoir devant témoins, pendant l'absence de sa fille, une visite plus ou moins mystérieuse.

— Décidément, conclut Marcelle, les scrupules de miss Dowson, tout respectables qu'ils sont, ne sauraient hâter notre retour à Paris. Je ne le désire qu'à un point de vue : mon père a peut-être encore des dettes qui le tourmentent ; je voudrais mettre à sa disposition, comme je le lui ai promis, cette partie de ma dot que tu as bien voulu m'abandonner, mon cher Georges.

— Non pas, dit-il en souriant.

— Comment cela ?

— Je n'ai consenti à faire ce sacrifice qu'à la condition qu'il serait complet.

— Que veux-tu dire ?

— Que je n'entendrais jamais parler de ta dot, que ma petite fortune nous suffirait, et que ton père disposerait non de tout le capital, mais de la moitié de ce capital. L'autre moitié sera convertie en coupons de rentes qu'il ne pourra vendre, mais dont il touchera les revenus.

— Puis-je accepter ? fit-elle.

— Tu le dois.

— Bien vrai ?

— Tu me ferais un véritable chagrin si tu résistais plus longtemps.

— Alors, je n'hésite plus ! s'écria-t-elle en lui sautant au cou ; je suis heureuse de tout tenir de toi. Maintenant il ne s'agit plus que de forcer mon père à accepter ; il fera plus de façons que je n'en ai fait ; mais avec beaucoup de délicatesse et de persistance nous y arriverons. Je compte sur toi pour me seconder, mon cher mari.

La seconde lettre devait faire plus d'impression sur leur esprit et les décider à regagner immédiatement la France.

Elle était de M. de Brives ; il leur annonçait qu'il croyait madame Gérard souffrante, malade même. Elle se cachait de lui lorsqu'il allait la voir, sans doute pour qu'il ne rappelât pas ses enfants et ne troublât point leur joie ; mais il était persuadé que son état, sans être inquiétant, demandait des soins que Georges et Marcelle pouvaient seuls lui donner.

Ils quittèrent Baden, dans les premiers jours d'octobre, par un beau soleil couchant, se retournant sans cesse pour revoir une dernière fois la maison où ils avaient été si heureux.

Lorsqu'elle eut entièrement disparu, lorsqu'ils n'entendirent plus les flots tumultueux de la Limat, une sorte de vague tristesse s'empara d'eux.

Pendant un instant, ils se demandèrent en secret, sans oser se confier leur pensée, s'ils ne laissaient pas dans ce cher pays la meilleure partie d'eux-mêmes, si leur bonheur pourrait être aussi complet qu'il l'avait été, s'il n'allait pas s'évanouir comme s'éteignaient à l'horizon, derrière les grands bois de sapins, les derniers rayons du soleil.

Mais ils se regardèrent, se sourirent et chassèrent bien vite toutes ces tristes pensées.

XI

Ils se félicitèrent d'être revenus. Madame Gérard était souffrante, comme le lui avait écrit M. de Brives. Mais le retour de Georges et de Marcelle, qu'elle désirait ardemment, quoiqu'elle n'osât le conseiller, les soins dont ils l'entourèrent, la joie qu'elle éprouva lorsqu'elle vit son fils heureux, sans soucis, sans craintes au sujet de l'avenir, la rétablirent promptement.

Pendant l'absence de ses chers enfants et en prévision de leur retour, elle avait pris plaisir à leur préparer un appartement dans le pavillon qu'elle occupait.

C'était frais, coquet, charmant, un véritable nid d'amoureux, capitonné, soyeux, plein de fleurs rares.

— Tu te plairas tellement chez toi, avait dit madame Gérard à son fils, que tu ne voudras jamais sortir.

— Si cela ne dépendait que de moi, chère mère, avait répondu Georges, on ne me verrait pas souvent dans Paris. Entre toi et Marcelle, dans le charmant paradis que tu nous as fait, je serais le plus heureux des hommes. Mais si ma femme veut se promener, désire aller au théâtre, que puis-je lui répondre ?

— Je ne sais ; mais je t'en conjure, évite autant que possible de te montrer en public.

— Tu as toujours des craintes ?

— Ah ! si je n'en avais plus, je serais la plus heureuse des femmes !

— Pendant ce voyage à l'étranger, tu ne pouvais rien craindre et tu étais souffrante, malade.

Il y avait si longtemps que je ne t'avais vu ! fit-elle en l'embrassant au front. Cher enfant ! je ne vis que par toi et pour toi..

— Bonne mère ! tu m'aimes en proportion de tout ce que je t'ai fait souffrir.

— Non, non. Ne parlons plus de mes souffrances, je les ai oubliées !

Tourmentée toujours par la même pensée, elle reprit au bout d'un instant :

— Au printemps prochain, vois-tu, il faudra repartir pour quelque pays retiré, inconnu, bien loin, bien loin, hors de la France. Mais, cette fois, je vous accompagnerai tous les deux, et nous nous arrangerons pour ne plus revenir... veux-tu ?

— Si je le veux !

— Eh bien ! sois prudent encore cet hiver. Je te le demande en grâce, et surtout ne t'effraye pas trop de mes craintes. Je me réjouis tellement de voir que tu ne penses plus au passé.

— Ah ! fit-il, comment y penserais-je ? Le présent est si charmant, l'avenir si prodigue en promesses.

XII

La femme voilée, dont la présence chez M. de Brives avait si fort scandalisé miss Dowson, n'était autre que Cora.

Depuis deux ans, son intimité avec M. de Mézin avait grandi : ces deux natures sympathisaient. Cora se plaisait à rendre à son hôte mille petits services pour un garçon qui vivait seul et n'avait plus de famille. S'il voulait renouveler son ameublement, c'était elle qui choisissait les étoffes ; s'il achetait une voiture, elle donnait son avis, elle lui procurait à meilleur compte une foule d'objets qu'un homme ne s'entend pas à marchander ; elle essayait, en un mot, de lui tenir lieu de sœur ou d'intendante.

En retour, M. de Mézin lui faisait de fréquentes visites dans le jour, lorsque Victor Mazilier, à la suite de ses nuits si laborieuses, disait-il, se livrait à un sommeil réparateur. Il ne craignait pas non plus de se promener parfois avec elle, de lui envoyer son coupé et d'y prendre place à ses côtés. Mais elle était surtout sensible à l'insistance qu'il mettait à vouloir lui persuader que ses cicatrices se voyaient à peine, et qu'en tout cas elle était si belle qu'elle pouvait se passer d'être jolie.

Pour lui plaire et la remercier de ces soins, il avait recours, à peu près, aux séductions de langage employées autrefois par Victor Mazilier et négligées maintenant par ce dernier, qui commençait à se lasser de celle dont il avait fait la fortune et qui avait contribué à la sienne.

M. de Mézin, du reste, était peut-être sincère en faisant des compliments à Cora ; corporellement, elle était plus accomplie qu'elle ne l'avait jamais été. Les neuf années qui s'étaient écoulées depuis son arrivée en France, l'avaient en quelque sorte, complétée et rendue parfaite. Ses épaules, ses bras, sa taille étaient plus admirables que jamais ; ses mains, soignées par un véritable artiste, auraient pu servir de modèle à un sculpteur, et Franceschi, le plus habile de nos statuaires, lui avait demandé l'autorisation de les mouler ; enfin, à vivre dans le milieu parisien, auprès de gens du monde, elle avait acquis un ton, un tour d'esprit, certaines distinctions qui devaient être fort appréciés d'un fin connaisseur, d'un viveur comme M. de Mézin. Il les appréciait et ne s'en cachait pas.

Un jour il poussa l'amabilité jusqu'à la conduire aux courses. Cora, qui, pour cause, n'aimait pas à se montrer au grand jour, n'avait jamais assisté à ce genre de spectacle. Couverte d'un voile épais, étendue au fond de la voiture de M. de Mézin, elle prit grand plaisir à voir, sans être vue, tout ce monde qui l'entourait. Elle voulut même goûter à toutes les joies connues sur le turf et se donner les émotions d'un pari. M. de Mézin choisit un favori, elle prit le *champ* contre ce favori et gagna une discrétion.

Comme il manifestait, au retour, le désir de s'acquitter de sa dette et qu'il autorisait sa créancière à être, au besoin, indiscrète, elle réfléchit un instant et lui dit :

— Je suis un peu lasse de passer toutes mes soirées chez moi, de recevoir tous les jours et de n'être jamais reçue. Je demande pour ma discrétion que vous organisiez chez vous une soirée où seront invités nos amis habituels ; on causera, on jouera si ces messieurs ne peuvent se passer de cartes, et on soupera jusqu'au matin. Cette petite fête apportera quelque diversion à ma vie.

— Je n'y vois qu'une seule difficulté, répondit M. de Mézin : mon appartement de garçon est des plus exigus, et jamais nos amis n'y trouveront place.

— Nous n'inviterons pas tout le monde.

— Vous vous ferez des ennemis ; je ne vous le conseille pas, et moi-même...

— Permettez, vous n'avez pas voix au chapitre ; vous êtes à ma discrétion.

— Je ne refuse pas de donner la fête, au contraire, mais je propose qu'elle ait lieu aux Provençaux.

— Non, non, elle n'aurait plus le même caractère d'intimité. Cherchez autre chose.

— J'ai trouvé, fit-il tout à coup.

— Quoi ?

— Je vous invite à passer la soirée chez de Brives. Sa fille est en voyage ; il vit seul, il est admirablement logé et il ne refusera pas de me prêter son appartement, surtout lorsqu'il saura qu'il s'agit de vous en faire les honneurs.

— C'est entendu, répondit Cora, fixez le jour, et surtout n'oubliez pas que les dettes de jeu se payent dans les vingt-quatre heures. Si vous êtes gêné, je vous donnerai une semaine; c'est tout ce que je puis faire pour vous.

C'est à la suite de cette conversation que miss Dowson aperçut, un soir, une femme voilée dans l'appartement de M. de Brives, et qu'elle écrivit à Georges et à Marcelle que le feu était à la maison.

XIII

Cette soirée, qui fut du reste très bien organisée et qui se termina par un souper des plus gais, laissa un excellent souvenir à Cora.

Un coup d'œil lui avait suffi, lorsqu'elle était entrée chez M. de Brives, pour deviner qu'une femme avait présidé à l'aménagement de sa maison; que s'il était garçon, il ne l'avait pas toujours été.

Cet appartement de la rue Léonie était pour ainsi dire encore tout imprégné de la présence de madame de Brives et de sa fille. Elles lui avaient donné leur cachet, elles avaient laissé dans tous les coins l'empreinte de leur séjour; elles y avaient répandu comme un parfum de grâce et d'honnêteté.

Ces détails, inappréciables pour d'autres personnes, ne pouvaient échapper à Cora; ils excitèrent son intérêt, sa curiosité, et lui procurèrent des sensations nouvelles.

N'était-ce pas la première fois de sa vie peut-être qu'elle jouissait du plaisir de pénétrer dans un intérieur de femmes du monde, de se rendre compte de leurs habitudes, d'être en contact indirect avec elles? Elle éprouvait les émotions qu'éprouve, dans le sens contraire, la femme honnête que le hasard ou la curiosité conduit dans l'appartement inhabité d'une femme galante. Tout l'étonne, l'intéresse et l'émeut. Elle a des rougeurs, des frémissements qu'elle ne saurait expliquer; elle voudrait fuir et elle ne peut s'y décider.

Trois ou quatre mois après cette soirée, Cora manifesta le désir qu'il lui fût donné une nouvelle, et s'adressa, cette fois encore, à son ami M. de Mézin.

— Quand m'offrirez-vous, lui dit-elle, l'occasion de regagner une discrétion?

— Quand vous voudrez. Si vous le désirez même, mettons que je suis déjà votre débiteur, et donnez vos ordres.

— Ils n'auront rien de terrible. Je demande une seconde édition de la fête qui a eu lieu chez M. de Brives.

— Mais elle ne peut plus avoir lieu chez lui, ma chère amie.

— Pourquoi donc?

— Sa fille est revenue.

— Ah! Elle vient habiter avec son père?

— Non, elle est mariée, et l'appartement de de Brives ne serait pas assez grand pour le jeune ménage.

— Alors?

— Elle habite la même maison et de Brives est obligé à une certaine réserve. Sous ses apparences lé-

gères, notre ami a le culte de la famille, ou plutôt une véritable adoration pour sa fille.

— Est-ce qu'elle est jolie?

— Plus que jolie; charmante! Grande, élancée, bien faite, avec des pieds et des mains d'enfant, comme les anges.

— Le visage n'est pas comme le mien, heureusement, pour elle.

— Il ne lui est arrivé aucun accident, je le reconnais.

— Complétez son portrait. De quelle couleur sont ses yeux?

— Bleus.

— Elle les tient toujours baissés, probablement?

— Non pas, elle a le regard assuré, franc, honnête.

— Sa bouche est petite?

— Ni petite ni grande; elle a des lèvres vermeilles et des dents d'une blancheur et d'une régularité parfaites.

— Comment se met-elle?

— Très simplement: elle ne suit les modes que de très loin, juste ce qu'il faut pour n'être pas ridicule.

— Je voudrais entrevoir cette merveille. Où la rencontre-t-on? Va-t-elle au bois, aux courses, au théâtre?

— Jamais. J'ai proposé avant-hier une loge de Brives pour les Italiens; il l'a refusée après avoir pris l'avis de sa fille. Elle préfère, paraît-il, passer ses soirées chez elle.

— Avec son mari?

— Probablement.

— C'est un mariage d'amour?

— On l'assure.

— Comment s'appelle son mari?

— Georges Gérard.

— Tiens! fit Cora.

— Vous le connaissez?

— Pas le moins du monde. C'est ce petit nom de Georges, auquel je ne m'attendais pas, qui m'a surprise. Comment est-il, ce mari si charmant que madame Gérard refuse des loges aux Italiens pour passer ses soirées avec lui. Il est jeune?

— Trente-deux à trente-cinq ans.

— Beau garçon?

— Oui, assez beau garçon; grand, fort, bien bâti.

— Une jolie tête?

— Une tête expressive; surtout de très jolis yeux.

— Il est riche?

— On le dit à son aise.

— Qu'est-ce qu'il fait?

— Rien, je crois. Il avait, avant son mariage, une existence très retirée, presque mystérieuse.

— Ah!

— Qu'avez-vous?

— Rien; je suis folle. Comment mademoiselle de Brives l'a-t-elle connu s'il vivait si retiré?

— Il habitait avec sa mère la même maison qu'elle.

— Avec sa mère, dites-vous?

— Oui. Qu'y a-t-il là d'étonnant? Plus d'un fils avant son mariage habite avec sa mère.

— Évidemment : vous vous êtes mépris sur le sens de mon interruption. Continuez, cher ami... Votre jeune homme habitait donc la maison de mademoiselle de Brives ? Il l'a vue de sa croisée, comme dans les romans, et il est devenu amoureux d'elle.

— Si j'ai bien compris certaines phrases échappées autrefois à de Brives et à un médecin de nos amis, Paul Combes, ce serait mademoiselle de Brives qui se serait éprise la première.

— Voyez-vous cela ; ces jeunes filles honnêtes !

— Elles ont un cœur comme les autres : il bat. Seulement elles savent, au besoin, en comprimer les battements.

— Il faut les deviner, et M. Georges Gérard a deviné ?

— Assez tard, paraît-il. J'ai cru comprendre, cette fois encore, qu'il n'était pas très désireux de se marier. Il a fait quelques difficultés ; enfin, ce mariage a ce qu'on appelle un peu traîné.

— Si mademoiselle de Brives était amoureuse, il ne l'était pas, lui !

— En tout cas, je vous réponds qu'il l'est aujourd'hui. Je l'ai rencontré avant-hier chez M. de Brives, en visite avec sa femme, et j'ai été frappé des changements qui se sont faits en lui depuis un an. Je l'avais vu deux ou trois fois avant son mariage et je lui avais trouvé l'air préoccupé, sombre, abattu, le regard inquiet.

— Ah ! le regard inquiet ?

— Il est maintenant gai, plein de bonne humeur. Il cause volontiers de toutes choses et en très bons termes, ma foi... et il a l'air surtout amoureux, oh ! mais amoureux...

— A donner envie de l'être, n'est-ce pas ? mon cher de Mézin. Pourquoi ne l'êtes-vous pas ?

— Mais, ma chère Cora...

— Oui, oui, je sais, fit-elle en l'interrompant, vous allez me dire que vous n'êtes de moi. Inutile ; je ne vous crois pas. Ce ne serait pas naturel. Mais, reçu comme vous l'étiez, à toute heure, chez M. de Brives, en relations continuelles avec sa fille dont vous appréciez parfaitement toutes les qualités, je m'étonne que...

— Je ne l'aie pas aimée... Qu'en savez-vous ?

— Est-ce que vraiment ?...

— Mon Dieu ! oui, je puis bien vous dire mes secrets, à vous ; j'ai demandé mademoiselle de Brives en mariage.

— Ah ! bast ! elle n'a pas consenti ?

— Vous le voyez.

— Comment a-t-elle motivé ce refus ?

— Elle m'a accusé d'être joueur.

— Elle est très intelligente, cette jeune fille. Mais comment a-t-elle pour le jeu tant d'aversion ? Généralement, à son âge, on ne connaît pas les inconvénients de cette passion.

— Vous oubliez que son père est aussi joueur que moi, s'il ne l'est pas davantage, et que madame de Brives a beaucoup souffert de l'abandon où l'a laissée son mari, tout entier à son petit vice.

— Je comprends, la mère a fait des recommandations à la fille ; celui-ci a pris des renseignements sur vous et elle vous a éconduit. Pauvre de Mézin ! Je vous plains si la jeune fille est aussi séduisante que vous le dites. Vous m'avez inspiré le désir d'entrevoir ce charmant ménage. Il faudra que j'avise.

XIV

La conversation qu'elle venait d'avoir avec M. de Mézin fit d'abord une certaine impression sur Cora : ce nom de Georges, ce portrait qui semblait se rapporter à celui de Georges du Hamel, cette existence mystérieuse, retirée, mille autres détails lui revenaient sans cesse à l'esprit et la plongeaient dans des rêveries sans fin.

Peu à peu cependant cette impression disparut. Était-il admissible que Georges Gérard ne fût autre que Georges du Hamel ? Mademoiselle de Brives pouvait-elle avoir épousé un forçat libéré ? Ce forçat en rupture de ban de surveillance aurait-il osé venir habiter Paris ?

Elle était évidemment le jouet de son imagination trop vive : son désir de retrouver Georges, la haine qu'il lui inspirait la disposaient à le voir partout, et elle devenait ridicule à force d'être soupçonneuse.

Lorsqu'elle se trouva seule avec Victor Mazillier, le lendemain de la visite de M. de Mézin, elle fut la première à se moquer d'elle-même.

— Croyez-vous, lui dit-elle, que je ne me suis imaginée être sur les traces de votre ennemi.

— Quel ennemi ?

— Votre forçat.

— Ah ! oui, je l'avais oublié, le brave garçon ! Vous l'avez rencontré, il va bien ?

— Vous êtes fou ! si je l'avais rencontré, vous parlerais-je avec ce calme ?

— Pourquoi pas ? Moi, il m'est devenu tout à fait indifférent. C'est une vieille histoire, cela, ma chère. Pensez donc, il y a près de neuf ans.

— Il me semble qu'elle est arrivée hier.

— C'est une façon de vous rajeunir.

— Oh ! je n'en suis pas encore là.

— Eh ! eh ! nous vieillissons, ma belle amie ; je viens d'atteindre mes trente-trois ans ; cela commence à compter. Et dire que mon père m'attend toujours au Havre dans ses bureaux ! Je me propose d'aller le voir un de ces jours, le pauvre cher homme. L'amour de la famille me reprend depuis quelque temps. Le moment est peut-être venu de me reposer dans son sein.

— Oui, je m'aperçois du changement qui s'est opéré en vous.

— Aucun sentiment n'est éternel dans ce monde, chère amie.

— Je vous demande pardon, j'en connais.

— Ah ! oui, celui que vous éprouvez pour votre forçat : de l'amour ou de la haine, on n'a jamais pu savoir. Eh bien ! vous avez cru être sur ses traces, disiez-vous ?

— Oui, pendant un instant. Mais j'ai bien vite compris mon erreur. Je m'étais figurée le reconnaître dans le gendre de M. de Brives.

— Dans le gendre de... Ah? elle est bien bonne celle-là! s'écria Victor Mazilier en se renversant sur le canapé où il était assis. Comment! ce cher de Brives qui est si fier de sa naissance, de son nom, aurait donné sa fille... à... j'en rirai toute ma vie.

— Je ne vous dis pas que cela soit.

— C'est dommage, c'est vraiment dommage !... Qu'est-ce qui vous a fait croire que cela pouvait être?

— Un portrait qu'on m'a tracé du mari de mademoiselle de Brives. Il se rapportait beaucoup à celui de Georges du Hamel.

— Eh bien ! c'est peut-être lui ! s'écria-t-il. Ne vous avais-je pas dit qu'il viendrait habiter Paris? J'en étais sûr. Paris, voyez-vous, c'est comme une vieille maîtresse, on ne sait pas comment la quitter. Quoi de plus naturel que Georges du Hamel, habitant Paris, se soit épris d'une jeune fille à marier? Il aura caché son passé; il aura trompé la famille; il aura... Ce petit roman me plaît beaucoup, j'y prends goût.

— Ce n'est qu'un roman.

— Oh! de nos jours, reprit Victor Mazilier, les romans sont des histoires... A votre place, je ne voudrais pas rester, un instant, dans le doute. Je saurais aujourd'hui même à quoi m'en tenir. Ah! ce cher de Brives!

— C'est de la folie, vous dis-je! Et je suis désolée de vous avoir vu partager mes ridicules idées... En tous cas, pas un mot de tout ceci, n'est-ce pas?

— Évidemment. Je ne suis pas désireux de me faire donner un coup d'épée par de Brives. Il n'est pas commode lorsqu'on touche certaines questions de famille. Du reste, chère amie, je croyais vous avoir prouvé que je savais garder un secret.

— En effet : je vous demande pardon.

Cora avait pensé que Victor Mazilier se moquerait des soupçons qui lui avaient traversé l'esprit. Bien au contraire, il les partageait. Il allait même plus loin qu'elle; il admettait comme probable que Georges du Hamel et Georges Gérard fussent une seule et même personne. Il lui conseillait de s'en assurer.

Quelque pressentiment le guidait-il? Ou bien cette finesse, ce tact tout particulier dont il lui avait donné des preuves si nombreuses le servaient-ils encore en cette circonstance? Pourquoi resterait-elle plus longtemps dans l'incertitude lorsqu'il était si facile de savoir la vérité?

Malgré sa vie retirée, Georges Gérard devait sortir de temps à autre. Quoi de plus simple que de stationner dans une voiture devant sa demeure et de l'attendre au passage? N'était-elle pas bien sûre de le reconnaître? Ah! elle n'avait pas oublié ses traits si nettement accusés; elle le voyait sans cesse tel qu'il lui était apparu, au bagne, en vareuse rouge, le maillet à la main. Son attitude calme et ferme, son geste expressif, son regard hautain, sa parole brève s'étaient en quelque sorte gravés dans son esprit et ne pouvaient plus s'en effacer.

Malgré le changement qui avait dû s'opérer encore dans la personne de Georges, malgré les nouveaux vêtements qui le couvraient, ne lui suffirait-il pas d'un coup d'œil pour qu'elle pût s'écrier. C'est lui! c'est lui!

Elle sonna sa femme de chambre, se fit donner ce qu'il fallait pour sortir et demanda une voiture.

Dans le trajet de l'avenue de Neuilly à la rue Léonie, tous ses doutes lui revinrent.

— Ce que je vais faire est absurde, se disait-elle. Attendre dans la rue, en voiture, derrière des stores baissés, comme un agent de police, un mari jaloux, ou une femme amoureuse. Attendre qui? Un inconnu, lorsqu'il y a cent à parier contre un qu'il ne ressemble en rien à celui que je cherche. L'attendre toute la journée peut-être, sans qu'il sorte.

Tout à coup elle se dit :

— Pourquoi n'irais-je pas chez M. de Brives? Ma visite est des plus simples. Je passais devant sa porte; j'ai voulu lui serrer la main. Je ne savais pas sa fille revenue, et en tout cas un homme, quelle que soit sa position, peut recevoir en plein jour une femme d'un extérieur convenable.

Bientôt la voiture s'arrêta rue Léonie. Cora se fit indiquer l'étage occupé par M. de Brives, et sonna à sa porte.

— Monsieur est sorti, dit le domestique qui vint ouvrir. Si madame veut voir miss Dowson.

— C'est inutile, répondit Cora, sans se douter du courroux qu'elle eût provoqué si elle eût accepté la proposition du domestique. A quelle heure, ajouta-t-elle, pensez-vous que M. de Brives rentrera?

— Monsieur ne peut tarder. Il est sorti quelques instants avec son gendre et sa fille.

— Je reviendrai, fit-elle en s'éloignant.

Elle remonta dans la voiture qui l'avait amenée et donna l'ordre au cocher de stationner au coin de la rue Léonie et de la cité Caillard.

De ce poste, elle ne pouvait manquer de voir rentrer ceux qu'elle attendait.

Le jeune homme qui accompagnerait M. de Brives et sa fille serait évidemment Georges Gérard, puisqu'au dire du domestique il était sorti avec eux. Elle ne tarderait donc pas à être fixée.

Cinquante minutes environ s'écoulèrent. Vers cinq heures de l'après-midi, trois personnes apparurent au coin de la rue Léonie. La première était M. de Brives. Il donnait le bras à une très jolie femme qui était évidemment sa fille.

Les regards de Cora se portèrent immédiatement sur la troisième personne qui marchait aux côtés de la jeune femme et causait avec elle.

C'était un homme de trente-cinq ans environ, à la tenue un peu sévère, mais élégant, à l'air distingué, à la physionomie des plus intelligentes.

Mais ce n'était pas Georges du Hamel.

XV

Ainsi Cora s'était trompée ; elle perdait son temps depuis la veille ; en un instant ses soupçons s'étaient évanouis : il n'y avait aucun rapport entre M. Georges Gérard et Georges du Hamel ?

Elle donna l'ordre à son cocher de regagner l'avenue de Neuilly.

Pendant la route, elle se fit des reproches d'avoir tenu compte des discours de Victor Mazilier ; décidément l'intelligence de son ancien conseiller baissait visiblement ; le jeu lui avait, à la longue, enlevé une partie de ses facultés. Elle ne trouvait plus en lui les qualités qui l'avaient autrefois séduite. Il s'était alourdi du moral comme au physique.

Comment avait-il pu lui plaire ? Comment avait-elle osé le préférer à Georges du Hamel ?

Elle prenait plaisir à les faire poser tous les deux devant elle : l'un était petit, grassouillet, d'une pâleur maladive ; l'autre grand, sans l'être trop, sec, nerveux, pâle à la façon des Orientaux, d'une pâleur chaude.. Les nuits sans sommeil, passées devant une table de jeux, avaient altéré les traits de celui-ci, rougi ses yeux, fait tomber ses cheveux, couperosé son teint, bouffi son visage ; une vie régulière, matériellement calme, avait parfait la beauté de celui-là, donné à son regard plus de limpidité, à ses traits plus de noblesse.

Et, après les avoir analysés au physique, elle les compara moralement l'un à l'autre : ici, un esprit de convention puisé à toutes les sources, de l'astuce, de la rouerie, de l'audace ; là, une instruction sérieuse, une intelligence d'élite. Le premier, prudent, un peu poltron se serrant volontiers contre le garde-chiourme dans leur visite au bagne de Toulon ; le second, résolu, brave jusqu'à la témérité dans mille occasions et lors de son duel à la Nouvelle-Orléans avec John de B... Enfin, d'un côté un petit monsieur, de l'autre un homme.

Après s'être livrée à cette analyse et s'être étonnée de ses préférences rétrospectives pour celui qu'elle avait autrefois méconnu, elle revit par la pensée cette ravissante jeune femme qui avait passé devant elle donnant le bras à M. de Brives. Voilà donc ce qu'on appelait une femme du monde et une honnête femme. Elle sortait en plein jour, escortée par son mari et son père, saluée avec respect par tous ceux qui la connaissaient, simple dans sa mise et ses manières, digne, heureuse et souriante.

— Quelle distance me sépare de cette femme! se disait-elle. Moi qui ai fui la Nouvelle-Orléans par amour propre, par orgueil, parce qu'il y avait une trop grande ligne de démarcation entre les femmes blanches et les femmes de couleur! Ah! il en existe, en Europe, une bien plus grande entre certaines femmes et certaines autres.

Elle ne pouvait s'empêcher aussi d'envier la beauté, la grâce, la distinction exquise de madame Gérard. Un coup d'œil lui avait suffi pour se rendre compte de toutes ses qualités physiques ; pour admirer ces lèvres vermeilles, ce nez correct, ces grands yeux bleus, profonds et doux, sous des sourcils noirs, ce qui donnait à son visage une originalité, un charme extraordinaires.

Et, comme elle avait tout à l'heure comparé Victor Mazilier à Georges du Hamel, elle se comparait maintenant à la fille de M. de Brives. On s'arrêtait pour contempler l'une, on se détournait pour ne pas regarder l'autre.

Cependant, elle avait été charmante, elle aussi, et il avait suffi d'un mouvement de colère, d'un coup de pistolet... En ce moment, elle détestait plus profondément que jamais Georges du Hamel et il était heureux pour lui qu'il ne fût pas le mari de cette jolie femme!

— Ah! se disait-elle, si mes soupçons, au lieu de s'évanouir, s'étaient fortifiés, si je l'avais reconnu à ses côtés, comme j'aurais pu me venger!

Doucement bercée par la voiture, la tête langoureusement penchée, la bouche humide et entr'ouverte, les yeux à moitié fermés, elle savourait voluptueusement sa vengeance, et son imagination, autrefois ardente et vive, somnolente depuis quelques années, surexcitée depuis la veille, s'égarait dans des rêves insensés, se livrait à des désordres sans nom.

Elle fut bientôt rappelée à la réalité : sa voiture venait de s'arrêter dans l'hôtel de Neuilly.

Dans la soirée, lorsque les hôtes habituels arrivèrent, elle avait repris possession d'elle-même, et elle fit les honneurs de son salon avec sa grâce habituelle.

Vers minuit et demi, M. de Brives vint lui serrer la main.

— Vous arrivez bien tard, ce soir? lui dit-elle.

— J'ai fait le père de famille, répondit-il en souriant : j'ai conduit ma fille et mon gendre au Théâtre-Français.

Comme, après avoir donné cette explication, il cherchait déjà des yeux une place à la table de jeu, elle le retint par ces mots :

— Est-ce que vous n'avez pas été intrigué aujourd'hui ?

— Intrigué par qui ?

— Vous ne vous êtes pas demandé quelle était cette femme voilée, mystérieuse, qui avait sonné à votre porte pendant votre absence et avait refusé de dire son nom?

— Est-ce que ce serait vous ?

— Moi-même... Vous n'aviez pas deviné?

— Pas du tout, et j'avoue, en effet, que j'ai été intrigué cependant. En vérité c'était vous? Vous me voyez désolé alors de ne m'être pas trouvé chez moi. Vous aviez quelque chose à me dire?

— Un petit service à vous demander.

— Parlez, chère amie, fit M. de Brives en s'asseyant auprès de Cora.

— Il est trop tard, dit-elle. Je n'ai pu attendre et le service est rendu ; ce sera pour une autre fois.

— A partir de maintenant, dit galamment M. de Brives,

M. de Mézin s'empressa de se mettre à la disposition de Georges... (page 106).

je ne sors plus de chez moi, de peur d'être absent lorsque vous viendrez.

Alors, demanda-t-elle en souriant, je n'ai pas commis d'indiscrétion en osant vous faire une visite ?

— Pas le moins du monde. Pourquoi en auriez-vous commise ?

— Je sais par M. de Mézin que votre fille est de retour et...

— Ma fille ne demeure pas avec moi; du reste, ma

chère amie, je suis d'âge à recevoir qui bon me semble. Hélas ! je ne compromets plus les femmes et elles ne peuvent plus me compromettre.

— A la bonne heure et je suis inexcusable.

— Comment cela ?

— Croiriez-vous que je franchissais le seuil de votre porte pour remonter en voiture, lorsque je vous ai vu arriver.

— Et vous ne m'avez pas attendu ?

— Vous n'étiez pas seul, vous donniez le bras à votre fille, je n'ai pas osé. A propos, mon cher, je vous fais mes compliments, je comprends que vous l'adoriez, votre fille. Elle est délicieuse.

— N'est-ce pas ?

— Et son mari aussi est charmant !

— Vous l'avez vu ?

— Sans doute, ne marchait-il pas à côté d'elle ?

— Oh ! ce n'est pas lui.

— Vous dites ?

— Je dis que mon gendre ne nous accompagnait pas lorsque nous sommes rentrés ; c'était un de nos amis, un de mes locataires, le docteur Combes, que vous connaissez de nom.

— Ah ! c'était le docteur Combes.

— J'étais sorti avec Gérard et ma fille pour voir des chevaux qui sont à vendre rue Pigalle, lorsqu'en rentrant nous avons rencontré le docteur au coin de la rue Léonie. Il nous a dit qu'il venait de recevoir une baignoire pour le Théâtre-Français et qu'il se brouillerait avec nous si nous ne l'acceptions pas. Nous l'avons acceptée, et tandis que nous revenions avec Combes, mon gendre nous a quittés un instant pour lire les affiches qui se trouvent rue de La Bruyère. C'est ainsi, ma chère amie, ajouta gaîment M. de Brives, que vous avez été admise à contempler les traits de ce cher docteur à la place du visage de mon gendre.

— Tout s'explique, fit Cora, redevenue rêveuse depuis un instant.

Et comme M. de Brives n'y pouvait plus tenir et prenait congé d'elle pour se rapprocher du baccarat, elle dit :

— J'ai réfléchi. Il est possible que j'aie recours à vous pour le service en question. Si je me décide, à quelle heure vous trouverai-je demain ?

— Je vous ai dit que je ne sortirais plus, fit-il en s'éloignant.

XVI

Le lendemain, à deux heures de l'après-midi, Cora se présentait chez M. de Brives. Elle fut aussitôt introduite dans son cabinet.

Après l'avoir entretenu du service qu'elle attendait de lui, car elle avait été obligée de trouver un prétexte pour expliquer sa visite annoncée depuis la veille, elle dit en se levant :

— Savez-vous, mon cher de Brives, que votre maison a tout à fait bon air ? Je comprends que vous n'ayez pas voulu venir vous fixer de mon côté. Combien vous rapporte-t-elle ?

— Une vingtaine de mille francs.

— Seulement ?

— J'ai très peu de locataires ; les loyers du docteur Combes et de madame Gérard sont les plus considérables.

— Madame Gérard, n'est-ce pas la mère de votre gendre ?

— Oui.

— Elle habite le petit pavillon qui est au fond de la cour et qui m'a paru si charmant ; c'est une véritable retraite, on peut s'y croire à la campagne.

— Il ne manque que des vaches, dit en riant M. de Brives.

— On est libre d'en mettre, fit Cora. Où donc avez vous trouvé ces lierres gigantesques qui couvrent les murs et toutes ces plantes rares ? J'en cherche justement pour mon petit hôtel de Neuilly.

— Mon gendre seul pourrait vous renseigner ; c'est lui qui s'est installé de la sorte.

Mais on ne le voit jamais, votre gendre. Comment voulez-vous que je m'adresse à lui ? D'après ce que j'entends dire, c'est un véritable sauvage.

— Il l'est un peu, ou il l'a été. Maintenant il est tout simplement un homme heureux.

— En vérité, il y a des gens heureux, tout à fait heureux ! Je voudrais bien toucher le pan de leur habit, cela doit porter bonheur :

— Je ne puis pas, fit en riant M. de Brives, crier par la croisée à mon gendre :

« Traversez la cour et venez chez moi, je suis avec une dame qui voudrait toucher le pan de votre habit. » Mais si vous pensez, ma chère Cora, qu'un coup d'œil jeté sur cet homme heureux puisse vous rendre la fortune favorable, passons dans mon fumoir : il donne sur la cour, et vous contemplerez à votre aise le petit pavillon objet de votre admiration, et probablement celui qui l'habite.

— Passons dans le fumoir et donnez-moi une lorgnette puisqu'ici, comme dans les musées impériaux, il est permis de regarder et défendu d'y toucher.

Pour gagner le fumoir ils durent traverser l'antichambre, où ils se croisèrent avec miss Dowson.

En apercevant Cora, la chère demoiselle recula épouvantée.

— Quelle est cette dame que nous venons de rencontrer ? dit Cora lorsqu'elle fut installée dans le fumoir sur un divan.

— Une excellente femme, qui a été la dame de compagnie de madame de Brives, et plus tard l'institutrice de ma fille.

— Elle m'a fait peur, j'ai cru qu'elle voulait m'exorciser.

— Elle y a peut-être songé, dit en riant M. de Brives ; elle n'admet pas que je reçoive chez moi d'autres personnes que ma fille, mon gendre et sa mère.

— Alors, mon cher, cachez-moi vite. Vous allez la scandaliser si elle me voit apparaître à la croisée. Tenez, fermez cette persienne, on ne m'apercevra pas de chez votre beau-fils et passez-moi une lorgnette pour que je contemple l'homme heureux, son lierre et ses plantes rares.

— L'homme heureux, dit M. de Brives, qui prit sur une petite étagère une lorgnette en ivoire et la remit à Cora, me fait l'effet d'être assis là-bas, dans sa bibliothèque. Ne l'apercevez-vous pas ?

— À peu près.

— Vous le verrez mieux lorsqu'il retournera la tête du côté de ses fleurs chéries. Cela ne peut tarder; il les regarde pousser. Tenez, que vous disais-je? En ce moment vous devez le voir comme je vous vois.

— Absolument, fit Cora.

— Qu'avez-vous? dit M. de Brives, votre lorgnette s'agite comme si votre main tremblait. Est-ce que vous avez froid? Voulez-vous du feu?

— Inutile, dit-elle. J'avais un peu froid, en effet, mais je vais retourner à pied chez moi pour me réchauffer.

— Vous ne m'avez pas dit comment vous avez trouvé mon gendre?

— Très bien; si bien que je serais ravie de le connaître davantage. Amenez-le moi donc un de ses jours.

— Lui, chez vous, ma chère amie, dans une maison où le baccarat est si fort en faveur! Mais il partage les idées de ma fille sur le jeu: il l'exècre.

— Bast! je me chargerai bien, moi, de le lui faire aimer.

— Je vous en défie; ou plutôt non, je craindrais qu'il ne vous prît fantaisie de relever mon défi. Nous avons bien assez d'un joueur dans la famille.

Ils échangèrent encore quelques phrases banales, et Cora se retira.

Elle revint à pied de la rue Léonie à Neuilly, sans descendre dans Paris, en prenant de préférence les rues les moins fréquentées, les boulevards les plus déserts.

Elle marchait d'un pas rapide, agitée, fiévreuse. Quelques promeneurs se retournèrent et la regardèrent avec curiosité: elle se parlait à elle-même, tout haut, sans y faire attention et sans s'apercevoir qu'on la regardait.

En arrivant avenue de Neuilly, elle monta dans sa chambre, et défendit sa porte.

XVII

Lorsque Cora avait entrevu Georges Gérard, il était assis dans sa bibliothèque, devant une petite porte vitrée qui donnait de plain-pied sur son jardin, et il tenait un livre à la main.

Au bout d'un instant, il mit de côté son livre, se leva, échangea quelques mots avec sa femme, qui travaillait à un ouvrage de broderie dans un salon voisin, et, montant un étage, il rejoignit sa mère.

— Tu ne descends pas avec nous? lui dit-il. Tu me boudes?

— Non, mon cher enfant. Je ne boude pas. Mais je suis encore attristée de ton imprudence d'hier soir. Laisse-moi le temps de me remettre.

— Chère mère, fit-il en s'asseyant près d'elle et en la prenant dans ses bras, tu n'es vraiment pas raisonnable. Puis-je refuser à ma femme toute espèce de distractions? Elle n'en demande pas, la chère enfant, je le reconnais; mais, à son âge, crois-tu qu'il n'ait aucun désir de s'amuser, de voir ce que tout le monde voit, de vivre de la vie de chacun? Hier, le docteur Combes nous a offert

cette loge devant elle et j'ai lu dans ses yeux qu'elle mourait d'envie de l'accepter. Il a bien fallu le lui permettre; mais si tu savais de quelles précautions je me suis environné... Pour me rendre au théâtre, j'ai attendu que le spectacle fut commencé afin de ne rencontrer personne dans les couloirs; je suis resté tout le temps dans le fond de la baignoire, derrière ma femme et son père; je suis parti avant la fin. En agissant ainsi, chère mère, je songeais à tes recommandations, je t'obéissais, car tu es bon faire, tu as beau dire, je ne suis plus inquiet. J'ai assez souffert, vois-tu; il est impossible que je sois destiné à souffrir encore.

— Ah! je l'espère, fit-elle, je le crois! mes prières sont allées jusqu'à Dieu et il les a exaucées.

Elle achevait ces mots lorsqu'on frappa discrètement à la porte.

Une bonne qui était au service de madame Gérard depuis son arrivée à Paris et son installation rue Léonie, pénétra dans la chambre.

— Qu'y a-t-il, Julie? demanda madame Gérard.

— C'est une lettre pour monsieur, que vient d'apporter un commissionnaire.

— Donnez, fit Georges.

— Il prit la lettre, et la bonne se retira.

— Qui peut t'écrire? dit madame Gérard en regardant son fils.

Tout à coup elle le vit chanceler et pâlir; elle courut à lui.

— Ah! s'écria-t-il en lui tendant la lettre, tu avais raison!

Elle lut:

« Enfin! je vous ai donc retrouvé, mon cher Georges. C'est mal de demeurer depuis si longtemps dans la même ville que moi et de ne pas me donner signe d'existence. Vous ignorez peut-être, il est vrai, mon adresse; la voici: Avenue de Neuilly, le premier hôtel à droite en venant de Paris. Prenez vite une voiture et accourez: je suis seule. Surtout n'allez pas me faire attendre, je me plaindrais à votre beau-père qui est un de mes meilleurs amis. A bientôt.

« CORA. »

XVIII

Une heure après avoir reçu la lettre de Cora, Georges Gérard descendait de voiture devant l'hôtel de l'avenue de Neuilly. Plus pâle que de coutume, il paraissait cependant calme et résolu.

Il était sans doute attendu, car le domestique qui vint lui ouvrir, l'introduisit sans lui demander son nom, dans un petit boudoir, au premier étage.

Cinq minutes à peine s'écoulèrent: Cora parut. Elle était enveloppée dans un peignoir de cachemire blanc, sorte de péplum antique, échancré jusqu'à la naissance de la gorge et qui, retenu sur les épaules par des camées, laissait les bras entièrement nus. Une cordelière d'or serrait la taille et faisait ressortir le développement des hanches. D'une main, elle ramenait adroitement sur le bas de son visage une mantille en blonde blanche, fixée sur le sommet de la tête par un peigne en écaille, suivant la mode espagnole.

Quoiqu'il fît encore jour au dehors, les persiennes du boudoir où Cora recevait Georges étaient déjà fermées et les bougies allumées sur la cheminée.

— Enfin ! je vous retrouve ! dit Cora après avoir gardé un instant le silence.

— Je croyais ne plus vous revoir, répondit-il.

— Moi, j'étais sûre, reprit-elle, de vous retrouver tôt ou tard.

— Puis-je savoir ce que vous désirez de moi et pourquoi vous m'avez écrit de venir?

— Je vais vous l'apprendre ; mais comme notre entretien pourrait être long, je vous invite à vous asseoir.

— Soit ! fit-il en s'asseyant à quelques pas de Cora, qui prit place sur le divan.

Elle ajusta les plis de son peignoir, disposa sa mantille de façon à pouvoir parler, tout ayant le visage caché le plus possible, et reprit l'entretien en ces termes :

— Ainsi, vous ne vous appelez plus Georges du Hamel, mais Georges Gérard. Vous habitez la rue Léonie depuis que vous avez quitté... le midi de la France. Vous êtes le gendre de M. de Brives, un de mes amis, et le mari d'une des jolies femmes de Paris.

— C'est à peu près cela, dit-il. Où voulez-vous en venir ? Avez-vous quelque chose à me demander ? ou bien prétendez-vous vous livrer à des récriminations et à des menaces ?

— Je n'ai rien à vous demander, répondit-elle : ma position de fortune est aussi belle que la vôtre, si elle ne lui est pas supérieure. Des menaces, elles seraient de mauvais goût et complètement inutiles, car vous me comprendrez à demi-mot ; ma lettre n'en contenait aucune et vous vous êtes empressé d'accourir à mon appel, malgré vos habitudes casanières. Quant à des récriminations, je vais m'expliquer nettement avec vous sur ce point. Excusez-moi si j'ai le mauvais goût de jeter un regard sur le passé ; c'est dans l'intérêt même de mes explications.

— J'écoute, fit-il.

— J'arrivais en France, reprit-elle, il y a dix ans environ ! j'étais jeune, belle, heureuse de vivre, je faisais mille projets. En un instant, mes rêves les plus ardemment caressés se sont évanouis, cette beauté dont j'étais si fière, et qui devait me servir à édifier ma fortune, venait de disparaître. Un coup de pistolet m'avait défigurée. Je rêvais la lumière, le soleil ; j'étais à jamais condamnée à l'ombre et à l'obscurité. Je n'eus plus qu'une pensée : me venger de l'homme dont l'emportement, l'implacable jalousie, la brutalité m'avaient infligé le plus cruel supplice pour une femme : être laide et avoir conscience de sa laideur, parce qu'on se souvient de sa beauté. J'accusai cet homme d'un crime qu'il n'avait jamais commis, qu'il n'avait même jamais songé à concevoir : en effet, si sa tête est vive, sa main trop prompte,

sa délicatesse et sa loyauté sont excessives. Sans cette accusation de-vol, il n'eût probablement pas, même été condamné ; il le fut grâce à moi et à cause de moi. J'étais vengée. Nous le sommes, mon cher Georges du Hamel.

— Alors ? fit-il.

Elle reprit, sans paraître l'avoir entendu :

— Si je n'avais pas un excellent caractère, je pourrais, il est vrai, me plaindre que ma vengeance n'ait pas été complète, que... mon condamné n'ait pas entièrement expié sa peine. Je lui rappellerais certain article 47 du Code pénal que j'ai beaucoup étudié, et qu'il connaît aussi bien que moi. Cet article lui défendait de se rendre à Paris, lui assignait pour résidence une ville de province, et l'assujettissait, pour toute la vie, à une sorte de servitude des plus pénibles. Il n'a tenu aucun compte de ces règlements de police, et je ne l'en blâme pas. Il s'est fait rue Léonie une existence mystérieuse et charmante ; il est entré dans une famille honorable, a épousé une femme accomplie : c'est parfait ! Mon Dieu ! en ce monde, chacun tire son épingle du jeu le mieux possible. Sa position était désespérée, il a trouvé moyen de la rendre très agréable. Pourquoi le blâmerais-je, moi qui me suis à peu près conduite comme lui ? Laide à faire peur, je suis parvenue, avec d'ingénieuses combinaisons, mille petits artifices, à me rendre supportable. Je suis arrivée à Paris seule, sans relations ; j'en ai d'excellentes aujourd'hui. Je possédais une centaine de mille francs, à peine de quoi vivre ; je jouis aujourd'hui d'un revenu de soixante mille francs, et je suis propriétaire de deux hôtels. Lui et moi, nous avons réparé de notre mieux nos désastres respectifs. L'effet du coup de pistolet a été moins terrible que je ne le supposais, et les suites de la condamnation aux travaux forcés à peu près nulles. Donc, plus de récriminations ni d'un côté ni de l'autre. Est-ce bien entendu ?

— Parfaitement entendu, dit Georges, qui avait écouté Cora avec le plus grand calme, mais je ne suppose pas que vous m'avez fait venir pour me dire que vous ne m'en voulez pas et que vous vous trouvez dans une position florissante.

— D'abord, répondit-elle, je n'étais pas fâchée de vous l'apprendre. Songez donc : tout heureux que vous soyez, vous avez dû plus d'une fois penser à cette pauvre Cora. Vous vous êtes demandé ce qu'elle était devenue, comment elle s'était tirée d'affaire. Peut-être même l'avez-vous plainte et votre excellent cœur s'est-il ému de pitié. Aujourd'hui, cher ami, toutes vos inquiétudes ont disparu. Cora est bien portante, moins laide que vous ne le supposiez, elle est aussi bien faite qu'autrefois, mieux faite peut-être, elle a des manières, une élégance, un genre, disons le mot, que vous ne lui connaissiez pas ; elle est riche, on passe de le devenir davantage, et elle reçoit les hommes les plus distingués de Paris, dont votre beau-père. Ces bonnes nouvelles méritaient bien que vous prissiez la peine de vous rendre avenue de Neuilly.

— Évidemment ! fit-il en se levant, et maintenant

que je les ai apprises, permettez-moi de me retirer.

— Oh! non!

— Vous avez autre chose à me dire?

— C'est certain. Autrement aurais-je fait autant de frais de toilette : car j'ai fait des frais pour vous, cher ami? regardez-moi donc.

Elle se leva, marcha vers la cheminée, disposa les candélabres de façon à être mieux éclairée, et se plaçant devant Georges :

— N'est-ce pas, dit-elle, que ce peignoir fait admirablement ressortir la souplesse de cette taille que vous aimiez tant autrefois? Jetez un coup d'œil sur ces mules de satin noir : avez-vous jamais vu pied si petit dans une enveloppe plus élégante? J'autorise votre regard à être indiscret et à s'élever un peu : ce bas de jambe vous sied-il? Ah! je vous préviens que la jambe a fait des progrès, elle s'est épanouie dans l'oisiveté; sans exagération elle est délicieuse. Et les mains! oh! je les soigne maintenant, depuis que Franceschi les a moulées... et le cou est-il toujours jeune, les cheveux assez abondants, assez noirs; mon coiffeur mérite-t-il des éloges? Mes yeux, vous les retrouvez tels que vous les avez connus, aussi langoureux qu'autrefois. Je sais bien que le bas du visage n'est plus le même, mais je le cache si habilement à l'aide de cette dentelle, et ce n'est pas vous qui auriez le courage de me reprocher les petits changements qui y sont survenus.

Georges la regardait tout étonné, cherchant à deviner les motifs de ces coquetteries inattendues.

— Maintenant, dit-elle, après avoir encore un instant posé devant lui comme un modèle devant un peintre, asseyons-nous de nouveau et causons.

XIX

— Mon cher, dit-elle, lorsqu'elle fut commodément installée, pour votre malheur et le mien, vous ne m'avez jamais comprise. Avec une femme telle que moi, on ne se conduit pas de la même manière qu'avec les autres, et vous avez commis de grandes fautes dans les premiers temps de notre liaison. Cependant, la façon dont elle s'était formée aurait dû vous éclairer. Qu'est-ce qui m'avait séduite en vous? Quelles raisons m'ont poussée à vous écrire, à vous prier de me venir voir dès que vous avez été rétabli de vos blessures? C'était la fermeté avec laquelle vous aviez pris ma défense lorsqu'on me refusait l'entrée du théâtre de la Nouvelle-Orléans, et l'intrépidité déployée, le lendemain, lors de votre duel avec John de B... Cette énergique conduite m'avait, sinon conquis le cœur (il est possible que je n'en aie pas, ainsi que vous me l'avez souvent reproché), du moins serexcité l'imagination. Je vous l'ai prouvé en vous choisissant pour mon premier amant, en m'abandonnant à vous sans réserve.

« Vos débuts vous engageaient vis-à-vis de moi; vous vous étiez fait une situation exceptionnelle, il fallait la conserver et rester sur l'espèce de piédestal que je

vous avais dressé. Mais si, dans certaines occasions, vous êtes incontestablement brave, si cette bravoure est poussée jusqu'à la témérité et à la violence, dans la vie ordinaire vous ne vous montrez pas, ou, du moins, vous ne vous êtes pas montré autrefois avec moi assez ferme et assez résolu.

« Notre première querelle date d'un jour où vous m'avez trouvée distribuant des coups de cravache à une de mes mulâtresses. C'était mon droit; mais ce spectacle vous déplaisait. Savez-vous ce que vous auriez dû faire? M'arracher la cravache des mains, et, si j'avais protesté, me traiter comme je traitais mon esclave. Ma colère eût été terrible, je le crois ; vous l'évitiez en rentrant chez vous, et le lendemain c'était moi qui vous suppliais de revenir, qui vous demandais pardon. Je me connais, allez! j'ai du sang d'esclave dans les veines : ce qui me console, c'est que bien des femmes blanches, bien des Parisiennes ont le même sang que moi et ne s'attachent qu'aux hommes qui savent au besoin les maltraiter et les brutaliser.

— Encore faut-il savoir, fit observer Georges.

— Alors, répliqua-t-elle vivement, s'ils ne savent pas, qu'il ne s'adressent pas aux femmes qui me ressemble. Nous sommes l'exception. Contre une femme comme moi, il s'en trouvera cent que les soins, les attentions, la douceur pourront seuls toucher ; celles-là leur restent.

Elle s'arrêta pour reprendre haleine et dit avec plus de calme :

— Au lieu d'agir comme je viens de l'indiquer, vous m'avez fait des discours, des raisonnements, vous avez essayé de m'émouvoir, et je vous ai prié de me laisser tranquille. Vous êtes parti, et au lieu d'attendre que je revinsse à vous, c'est vous qui êtes accouru vers moi, en suppliant, lorsque c'était à moi de supplier et de m'humilier. Vous aviez interverti les rôles, mon cher ami, vous aviez aliéné vos droits, et à partir de ce jour votre cause était perdue. Je m'étais donné un maître, ce maître abdiquait de lui-même son autorité, je m'en suis aussitôt et j'en abusai, parce que les femmes sont extrêmes en tout. Pour elles il n'y a pas de nuances entre le commandement et la tyrannie.

» Voyez : tous vos malheurs datent de l'époque dont je vous parle; vous n'avez jamais pu ressaisir vos droits perdus. Vous m'aviez remis votre sceptre et je le tenais d'une main si ferme qu'il ne pouvait plus m'échapper. Vos colères, j'en riais ; vos révoltes, je m'en moquais. Ne m'aviez-vous pas donné une première fois la mesure exacte de votre faiblesse, et ne savais-je pas que, malgré mes erreurs et mes fautes, vous me reviendriez toujours repentant et soumis.

» L'existence que je vous faisais alors, vous la méneriez encore si je l'avais voulu, ou plutôt si je n'avais abusé de ma puissance et dépassé les limites de la tyrannie.

» Mais c'est toujours ainsi. Lorsqu'on est au pouvoir, on espère éternellement régner ; parce qu'on a réprimé quelques émeutes, on ne voit pas la révolution qui couve sourdement et qui ne demande qu'un prétexte pour éclater. Ce prétexte je vous l'ai fourni au Havre : au moment où je me croyais plus forte que jamais, vous vous êtes brusquement révolté, et je suis tombée sous vos coups. Voilà notre histoire ; j'ai dit vos erreurs, j'ai dit mes fautes.

— Et je vous ai attentivement écoutée, répondit Georges ; mais j'en suis encore à chercher le but de cette double biographie.

— Nous y arriverons, fit-elle, un peu lentement, il est vrai, car ce qu'il me reste à dire est assez délicat.

Il la regarda avec étonnement ; elle reprit, mais cette fois sa voix était émue, son geste énergique :

— Vous avez cru, et j'ai cru longtemps moi-même que le jour où, pour rendre votre position plus difficile, vous ôter tout espoir d'être acquitté, je vous ai accusé de vol ; nous avons cru, dis-je, tous les deux qu'un seul sentiment me guidait : le désir de me venger de vous. Nous nous sommes trompés l'un et l'autre. Je vous haïssais, c'est certain ; j'étais heureuse de vous rendre blessure pour blessure, coup pour coup. Mais je me disais en même temps : Il m'a défiguré pour que je n'aie plus d'amant, je l'enverrai au bagne pour qu'il n'ait plus de maîtresse. C'est qu'en me punissant comme vous l'aviez fait, en me châtiant d'une façon terrible, vous aviez reconquis votre autorité ; vous redeveniez le maître, et je redevenais l'esclave. Vous n'étiez plus le cœur faible et lâche dont j'abusais depuis deux ans, que je martyrisais à ma guise ; vous étiez à mes yeux un homme, un homme qui se venge, un homme qui a longtemps dédaigné de frapper ceux qui l'offensent mais qui frappe sans merci lorsqu'enfin il a levé le bras.

En prononçant ces dernières paroles, Cora s'était avancée vers Georges et le regardait fixement.

— Oui, continua-t-elle, je te haïssais ; au lieu de t'envoyer au bagne, j'aurais souhaité qu'on pût t'envoyer à l'échafaud, mais je m'étais repris à t'aimer ; je t'aimais comme le lendemain de ton duel, comme le où je me suis donnée à toi pour la première fois. Que dis-je ! je t'aimais mille fois plus ! Et plus je me regardais à mon miroir, plus je me trouvais affreuse, plus je t'aimais, parce que je sentais bien que tu ne pouvais plus m'aimer, et que c'était bien fini entre nous. J'ai voulu t'oublier, te remplacer, et je me suis donnée au petit Victor Mazilier, tu sais, celui dont tu étais jaloux. Il avait su me prendre ; il me dominait par son ton cavalier, ses façons tranchantes, ses airs de profondeur. Mais je t'ai revu au bagne et le Mazilier n'a plus existé pour moi. Te rappelles-tu ma visite à Toulon ? Je m'avance, tu me reconnais, et ta tête, que tu tenais baissée, se relève ; tout ton corps se redresse ; tes yeux me fixent et tu te drapes dans ton manteau d'infamie comme un souverain dans son manteau royal !... Ah ! depuis, je n'ai plus eu qu'une pensée : te revoir, te retrouver !

Comme elle s'était encore avancée vers lui et qu'elle continuait à le regarder, il quitta sa place, marcha vers la cheminée, prit une cigarette qui se trouvait dans une coupe, l'alluma à une des bougies, et dit :

— Eh bien ! vous m'avez retrouvé ! après ?

Elle revint vers lui en s'écriant :

— Comme je t'aime ainsi ! Comme tu es dédaigneux, comme tu as bien l'attitude qui convient à un homme qui a conscience de sa valeur morale et qui méprise une créature comme moi. Ah ! tiens ! je t'aime, vois-tu, je t'aime !

— C'est possible, mais je ne vous aime pas !

— Et tu en aimes une autre. Je la connais... Je l'ai vue... Elle est charmante... Aussi j'en suis terriblement jalouse... Aussi...

— Quoi ? demanda-t-il effrayé.

— Tu l'abandonneras pour moi, ou bien...

— Ou bien ?

— Elle souffrira cruellement.

— Misérable ! s'écria-t-il en s'élançant vers elle.

— Prends garde, fit-elle, la violence ne te réussit pas.

XX

Malgré le calme qu'il avait montré depuis le commencement de cette scène, et qu'il semblait s'être imposé, Georges n'avait pas été maître de lui lorsque Cora avait osé parler de madame Gérard. Mais il avait acquis depuis dix ans trop d'empire sur lui-même pour que sa colère pût dépasser certaines limites. En un instant, elle s'apaisa ; tout son sang-froid lui revint, il s'assit en face de son ancienne maîtresse, la regarda fixement et lui dit sans élever la voix :

— Ainsi vous venez de vous démasquer. Vous avez renoncé aux paroles doucereuses, aux protestations pacifiques avec lesquelles vous m'avez accueilli, « Je ne ferai pas de menaces, disiez-vous, à quoi bon, vous comprendrez à demi-mot. » Je n'ai pas voulu comprendre, aussitôt la menace a jailli de vos lèvres. Eh bien ! tant pis, j'aime mieux cela, je sais au moins à quoi m'en tenir. Expliquons-nous franchement, sans réticences, sans hypocrisie ; cela vous va-t-il ?

— Parlez.

— Vous savez qui je suis, vous connaissez mon passé. D'un mot vous pouvez me faire un mal terrible : détruire mon bonheur, briser ma vie. Vous pouvez m'envoyer en prison ! Vous disposez de trois existences : de la mienne, de celle de ma femme, de celle de ma mère ! Vous le voyez, je vous fais la partie belle ; je reconnais vos avantages et je ne marchande pas avec eux. A quel prix les estimez-vous ? Pour que vous n'en usiez pas, pour que vous en fassiez abandon, combien vous faut-il ? Ma mère et moi avons vingt mille francs de rentes ; ils sont à vous. Nous travaillerons pour vivre. C'est notre affaire. Ma femme avait une dot de quatre cent mille francs, je comptais ne jamais y toucher. Mais le cas est grave. Prenez-la, je vous la donne. Cela fait environ quarante mille francs de rentes, n'est-ce pas ? Je m'engage à vous les servir tous les ans, tant que vous vous tairez, bien entendu; et vous savez qu'on peut compter sur ma parole. Que vous faut-il encore?

— Mon cher, fit Cora, vous déraisonnez; je vous a déjà dit que j'étais plus riche que vous, votre femme et votre mère réunis. Je n'ai que faire de votre argent et vous m'insultez gratuitement lorsque vous me l'offrez.

— Que voulez-vous alors? précisez.

— J'ai déjà précisé. C'était à vous de me comprendre.

— Vous m'avez seulement parlé de votre amour! je n'y crois pas. Que votre imagination soit en ce moment surexcitée d'une dangereuse façon, je vous l'accorde. La vie que j'ai menée et qui me crée une position exceptionnelle, les mystères qui m'entourent, mon titre peut-être, c'est un titre pour vous, de forçat libéré, et même cette infâme livrée sous laquelle vous m'avez vu au bagne et qui me donne à vos yeux une sorte d'originalité, toutes ces tristes circonstances, toutes ces choses réunies ont pu faire impression sur votre esprit malsain, porter le désordre dans votre cerveau malade. Mais vous n'aimez pas! Je vous dis que vous n'aimez pas!

— Et moi, je te répète que je t'aime! s'écria-t-elle; je le sais mieux que toi, je pense! Oui, tu as raison, ce costume sous lequel tu t'ai vu et je te vois sans cesse, ce titre, comme tu dis, de forçat libéré, ont marqué ta personne d'une empreinte particulière et exaltent mon imagination. Mais il ne s'agit pas seulement de ma tête; tout mon être t'appartient, entends-tu, tout mon être, y compris mon cœur. Ah! ne viens pas dire que je n'en ai pas! Il ne ressemble peut-être pas à celui des autres femmes, il est plus gangrené que le leur, mais j'en ai un, puisque je le sens battre et qu'il me fait souffrir... Oui, tu as beau lever les épaules; il souffre, te dis-je, il souffre de tes dédains et de tes mépris, que j'approuve cependant, et qui me font t'aimer davantage. Il souffre surtout au souvenir de ta femme qui est charmante lorsque je suis si laide; qui est adorable lorsque tu adores. Ah! si tu avais vécu, modeste et résigné près de ta mère, dans un coin de Paris, je n'aurais peut-être pas songé à troubler ta solitude. Je ne t'aurais pas écrit de venir; tu ne serais pas ici. J'aurais essayé de t'oublier, comme j'y suis autrefois parvenue, et, dans la société d'un Victor Mazilier quelconque, j'aurais calmé mes ridicules transports. Mais je te retrouve en plein Paris, en plein mouvement parisien, riche, brillant, heureux; tu es l'époux d'une délicieuse femme, qui te respecte, qui t'aime... C'est une injustice, je ne la tolérerai pas. C'est à moi que tu appartiens et non pas à elle. C'est moi que tu aimerais encore si tu ne m'avais pas défigurée. Je ne veux pas qu'elle profite de ma laideur, qu'elle bénéficie du coup que tu m'as porté, que tu puisses lui dire à elle: « Je t'adore! » et à moi: « Tu me fais horreur! » Tu ne m'aimes plus, soit! Mais je ne veux plus que tu sois heureux par elle; je ne veux plus que tu la rendes heureuse.

— Et tu prétends m'aimer! s'écria-t-il; allons, jette entièrement ton masque! avoue que tu poursuis ta ven-

geance. Autrefois tu m'as accusé de vol, tu m'as envoyé au bagne, cela ne suffit pas; aujourd'hui tu veux me frapper dans ce que j'ai de plus cher au monde. Ah! tu es bien toujours la même femme! Mais je ne m'abaisserai pas jusqu'à te reprocher ton infamie. Est-ce que tu me comprendrais seulement! Parle, que veux-tu?. qu'exiges-tu? Si je suis encore ici, parbleu! tu l'as déjà compris, c'est qu'il faut capituler avec toi...Voyons, dicte tes ordres.

— Les voici, fit-elle: tu partageras ton temps entre ta femme et moi; lorsque tu ne seras pas près d'elle, tu seras ici, près de moi, dans cet hôtel. Tu continueras à l'aimer, je ne puis te le défendre, mais tu me laisseras à mon tour te voir et te répéter que je t'aime. Remarque ma générosité; je pourrais exiger que ton temps n'appartînt qu'à moi.

— De la générosité, dis-tu; j'appelle cela du raffinement dans la corruption et la cruauté.

— C'est possible. Acceptes-tu? Je me charge d'expliquer ta présence dans ma maison; ton beau-père lui-même t'y présentera; il deviendra ton complice et palliera ta conduite; j'ai mon plan.

— Mon beau-père est un honnête homme.

— C'est un joueur, et il a des tendresses excessives pour les joueurs.

— Ah! tu veux...

— Je veux que tu passes tes soirées assis en face de moi, dans mon salon.

— Et après?

— Après, nous verrons, rassure-toi. Tu l'as dit: je suis une raffinée, et, en cette qualité, je savoure toutes les situations, sans jamais les brusquer.

— Je passerai bientôt pour ton amant.

— J'y compte. Quelle gloire pour moi, lorsqu'on dira: « Vous savez, cette délicieuse madame Gérard, la fille de M. de Brives? son mari l'abandonne pour Cora. »

— Et si ces bruits viennent aux oreilles de ma femme?

— Eh! mon cher, arrangez-vous pour qu'ils n'y viennent pas. Demandez aux autres maris comment ils s'y prennent.

— Combien de temps serai-je soumis à cette épreuve?

— Tant que je t'aimerai. Le jour où je ne t'aimerai plus, je te rendrai ta liberté, je ne m'occuperai plus de toi, et jamais je ne trahirai ton secret; je te le jure.

— Allons, dit-il, c'est un nouveau genre de chantage: le chantage à l'amour.

— Le mot est joli, fit-elle en souriant, je te retiens.

— Il se leva tout à coup, s'avança vers elle et lui dit:

— Si je refuse de me prêter à l'infamie que tu me proposes, que feras-tu?

— Je te dénoncerai, répondit-elle, sans hésiter et en le regardant en face. Mes mesures sont prises, continua-t-elle; je prévoyais ta résistance, et en même temps que je t'écrivais de venir chez moi, j'écrivais au procureur impérial.

Elle ouvrit un petit bureau en bois de rose qui se trouvait dans le boudoir, y prit une lettre dont l'enveloppe n'était pas encore cachetée, et la présentant ouverte à Georges:

— Lisez, dit-elle.

Il lut :

« Monsieur le procureur impérial,

« Le nommé Georges du Hamel, condamné, il y a dix ans, à cinq années de travaux forcés par la cour d'assises de la Seine-Inférieure, après avoir fait son temps au bagne de Toulon, a rompu son ban de surveillance et habite Paris, rue Léonie, sous le nom de Georges Gérard. Déjà victime des manœuvres de ce repris de justice, j'ai lieu de craindre en ce moment qu'il n'exerce contre moi de nouvelles violences, et je me vois obligée de le signaler à votre attention. »

— Vous êtes en règle, dit Georges sans se départir de son calme et en rendant la lettre.

— N'est-ce pas ? fit Cora. Après votre départ, je cachèterai cette lettre avec soin, j'y mettrai l'adresse et je l'enfermerai en lieu sûr. Elle n'en sortira que si vous m'y contraigniez. Mais vous avez trop d'esprit, mon cher Georges, pour m'y contraindre.

En même temps, elle s'avança vers lui, appuya sur son épaule un de ses bras nus, et lui dit de sa voix la plus douce :

— Que vous demande-t-on, après tout? La permission de vous aimer, et celle qui vous implore vous l'avez autrefois adorée, adorée au point de vouloir la tuer.

Et comme il la repoussait, elle se redressa et dit du ton d'une maîtresse de maison à qui l'un de ses visiteurs fait ses adieux :

— Au revoir, cher monsieur; dans quelques jours, n'est-ce pas?... une semaine au plus... je ne vous donne pas davantage.

Puis elle sonna pour prévenir à l'antichambre qu'on sortait de chez elle.

XXI

Lorsqu'en sortant de chez Cora, Georges se trouva dans l'avenue de Neuilly, la nuit était venue. La voiture qui l'avait amené l'attendait toujours à la porte ; il la renvoya et descendit à pied l'avenue qui conduit à l'Arc-de-Triomphe et aux Champs-Élysées.

Sa tête était en feu, sa poitrine oppressée ; il avait besoin de grand air, de mouvement. Il fallait qu'il réfléchît à ce qui venait de se passer, qu'il essayât de percer les ténèbres qui tout à coup l'avaient enveloppé, qu'il parvînt à sonder l'abîme qui s'était ouvert sous ses pas.

Devant Cora, il avait fait bonne contenance ; il ne voulait pas qu'elle pût deviner ses craintes et se réjouir du mal qu'elle lui causait. C'est à peine s'il avait pâli lorsqu'elle l'avait menacé de ses dénonciations. A toutes ses cruautés il avait opposé un inaltérable sang froid. On aurait pu croire, à le voir, à l'entendre, qu'il était invulnérable aux coups qu'on lui portait. Mais elle ne le voyait plus, elle ne l'écoutait plus, elle ne pouvait plus lire ses angoisses sur son visage ; il était seul, avec de l'espace devant lui; personne ne gênait sa marche dans cette partie de Paris, déserte le soir, aucun promeneur indiscret ne l'observait; il lui était permis de trembler et de pâlir, de souffrir et de se plaindre.

Quoi ! elle l'avait retrouvé lorsqu'il se croyait si bien caché ! Il était encore sous la dépendance de cette créature ! Elle disposait de son sort et de sa vie, et du sort et de la vie des deux personnes qu'il aimait le plus au monde : sa femme et sa mère ! D'un mot elle pouvait les tuer ! Oui, les tuer ! L'une, épuisée par tout ce qu'elle avait souffert, résisterait-elle à de nouvelles douleurs ? L'autre, d'une santé chancelante, atteinte d'un mal auquel toute émotion peut être funeste, supporterait-elle les cruelles émotions qui la menaçaient ? Non, il ne pouvait se faire d'illusions à cet égard: l'existence de sa mère, l'existence de sa femme étaient en suspens et dépendaient de son obéissance aux ordres de Cora, ou de son refus de se soumettre aux fantaisies de cette créature. Quant à sa propre existence, il n'était pas besoin de s'en occuper, elle n'entrait pas en ligne de compte : elle était liée à celle de Marcelle. Marcelle morte il mourrait, c'était de toute évidence. Elle et lui ne formaient qu'une seule et même personne ; à eux deux ils n'avaient qu'une âme et ne pouvaient mourir qu'une fois, en même temps, du même coup. Il le pensait, du moins.

Aussi, depuis un instant, des idées de suicide s'étaient-elles emparées de son esprit :

— Si je me tuais, se disait-il, Marcelle mourrait aussitôt et ne saurait jamais mon passé !

Mais avait-il le droit de disposer ainsi de la vie de cette jeune femme, de se faire son bourreau ? Quelle succombât sous les coups portés par Cora, soit ! Mais elle ne devait pas tomber frappée par lui.

Que faire cependant ? Il fallait s'arrêter à quelque chose avant de rentrer rue Léonie. Lorsqu'on a pris un parti, quelque terrible qu'il soit, on peut se composer un visage qui n'apprenne à personne les tortures qui vous déchirent le cœur. Mais lorsqu'on est irrésolu, incertain, lorsqu'on ne sait à quel projet s'arrêter, on ne tarde pas à se trahir. Pour ne pas cacher ses souffrances, on ne cache pas ses préoccupations. Il se donnait une heure, une heure au plus pour prendre une résolution irrévocable.

Après avoir écarté ses premières idées de suicide, il se demanda s'il ne devait pas rentrer chez lui, dire à Marcelle que leur bonheur était menacé, et lui proposer de partir, de partir sur l'heure. Ils iraient se cacher à l'étranger et n'auraient plus aucun rapport avec la France. Mais que penserait Marcelle de ce départ précipité? Que dirait M. de Brives ? Ne resterait-il pas, lui, du reste, à Paris, et dans sa colère de voir ses victimes lui échapper, Cora ne s'empresserait-elle pas de lui apprendre le passé de Georges ? Puis, elle était femme de précaution: de même qu'elle avait à l'avance écrit au procureur impérial, de même elle devait s'être arrangée de façon à rendre irréalisable tout projet de fuite.

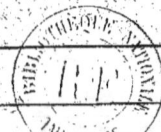

Quelle joie de la voir se traîner devant lui... (page 109).

« Si je me rendais chez maître X..., se demanda-t-il tout à coup ; si je lui disais : Vous avez toujours cru à mon innocence, vous avez déploré ma condamnation ; vous m'estimez, vous m'aimez ! Venez avec moi ; vous êtes désintéressé dans la question ; vous avez un nom connu, vénéré ; on vous croira, il est impossible qu'on ne vous croie pas. Nous irons la trouver, elle, ma femme ! Oui, ma femme ! et devant vous je lui avouerai tout, entendez-vous ? tout. J'aurai ce courage. Elle apprendra ma faute, mon crime, le châtiment qui m'a frappé, mais vous serez là pour dire : Ce châtiment était trop sévère ; il était immérité. Jamais il n'eût été infligé sans l'infâme calomnie répandue par cette misérable. Vous lui expliquerez tout ce qui s'est passé. Elle comprendra, grâce à vous, que mon honneur n'était pas entaché, que...»

Il s'arrêta, et, poursuivant la même idée sous une autre forme :

« Oui, s'écria-t-il, mais elle me reprochera de ne pas lui avoir avoué la vérité plus tôt. Lorsque, à Baden, j'ai été contraint de lui lire le procès de ce malheureux dont la position avait tant d'analogie avec la mienne : « Je ne « lui reproche pas son crime, a-t-elle dit, je lui reproche

« d'avoir manqué de franchise. On doit la vérité tout « entière à celle qui doit porter votre nom, à celle qui « vous confie sa destinée. » Ah ! je me souviens de ces paroles, elles m'ont fait tant de mal ! Mais j'admets qu'elle me pardonne mon crime envers la société et mon crime envers elle ; j'admets qu'elle veuille oublier le châtiment qui m'a frappé, le pourra-t-elle... Son imagination ne la transportera-t-elle pas sans cesse à l'époque où j'étais au bagne ? Ne me verrait-elle pas la chaîne rivée au pied, la vareuse rouge sur les épaules ? Ce spectacle qui séduit Cora, qui l'attire vers moi, ne produira-t-il pas à Marcelle l'effet contraire ? A son insu ne s'éloignera-t-elle pas de moi ? Ne cessera-t-elle pas de m'aimer ? Une honnête femme comme Marcelle ne peut éprouver les mêmes sensations qu'une femme comme Cora ; les mêmes causes doivent produire sur chacune d'elles des effets opposés.

« Soit, je me trompe ! Elle m'a pardonné, elle a oublié, elle a vaincu ses moindres répugnances ; mais l'article 47, auquel je me suis soustrait, mon arrestation, la prison ! encore la prison !

« Non, c'est impossible... c'est impossible... Je ne puis pas avouer, je ne le puis !

« Alors, si je ne me tue pas, si je ne prends pas la
fuite, si je n'avoue pas, que ferai-je ?

Vais-je donc obéir à ses ordres? Vais-je... Quoi! passer
la moitié de ma vie chez cette créature que j'abhorre,
laisser dire que je la préfère à ma femme, que je lui sa-
crifie ma femme, que je trompe Marcelle pour elle !

« Être obligé de m'asseoir à ses côtés, de l'entendre
me parler de son amour, lorsque Marcelle s'inquiétera de
mon absence, lorsqu'elle sera jalouse peut-être, lorsqu'elle
souffrira ! C'est affreux ! Il n'est pas de supplice comparable à celui-là : adorer une femme, et vivre auprès d'une
autre qu'on exècre; sortir des bras de la première pour
rejoindre la seconde. Être parjure à la foi jurée, sans
passion, sans entraînement, sans désir. »

Tout à coup il s'arrêta : une idée bizarre venait de lui
traverser l'esprit.

« S'il était vrai qu'elle m'aimât, se dit-il, si son imagination était frappée, comme elle l'affirme, si vraiment
je lui avais inspiré une de ces passions qui conduisent à
tous les excès. Son cerveau est déjà malade; on ne jouit
pas de toutes ses facultés lorsqu'on pousse si loin la corruption et la perversité. Les désordres moraux peuvent
entraîner les plus grands désordres physiques. Ah ! je
serais débarrassé d'elle ! Ah ! je serais vengé ! N'ai-je pas
le droit de me venger si j'entrevois surtout au bout de
ma vengeance mon salut, celui de ma mère et celui de
ma femme ?

. . . .

Il était neuf heures du soir lorsqu'il rentra rue Léonie.
Madame Gérard, malgré ses vives alarmes, avait trouvé
mille raisons pour expliquer le retard de son fils, et bientôt Georges, qui par un effort de volonté incroyable paraissait aussi calme, d'aussi bonne humeur que d'habitude, parvint à dissiper les dernières inquiétudes de
Marcelle.

XXII

Huit jours avaient été donnés à Georges par Cora pour
se faire présenter chez elle. Il profita de cette latitude,
sans mettre le moindre empressement à devancer l'é-
poque qui lui avait été assignée comme dernière limite.

Ce fut dans la soirée du huitième jour qu'il fit son
entrée dans l'hôtel de l'avenue de Neuilly, sous les aus-
pices de M. de Mézin.

Il s'était d'abord, pour cette présentation, adressé à
M. de Brives, qui n'avait pu lui cacher son étonnement.

— Comment ! vous, chez Cora ! pour quel motif ?
Seriez-vous joueur ?

— Je n'ai jamais touché une carte de ma vie.

— Chez Cora on joue tout le temps, on ne connaît
pas d'autres distractions.

— Justement.

— Voulez-vous apprendre à jouer ?

— Rassurez-vous, c'est dans un but utile.

— Utile ? Etudieriez-vous les joueurs, feriez-vous un
livre sur nous ?

— Ne me demandez pas mon secret.

— J'ai deviné; c'est cela. Ah ! mon cher, que de
choses vous pouvez dire ! je vous fournirai des documents si vous le désirez.

— En attendant, me présentez-vous ?

— C'est fort délicat, cher ami. Pensez donc, mon
gendre chez Cora et amené par moi ! Que dira-t-on ?
S'il vous arrivait malheur, si vous perdiez...

— Rassurez-vous, je suis maître de moi.

— Vous n'en savez rien, puisque vous n'avez jamais
joué. S'il s'agissait encore de vous présenter dans un
cercle, mais chez une femme...

— Oh ! une femme !

— Encore très charmante, je vous assure. Demandez
plutôt à Mézin ; il en est fou.

— Vous avez peur pour moi ?

— Non, parbleu ! J'ai peur des réflexions qu'on pourra faire, des... Ah ! tenez, décidément je vous refuse. Je
n'ai jamais été sage de ma vie pour mon propre compte,
je le serais pour le vôtre; c'est plus facile. Je ne vous
présente pas ; mais si, dans un but sérieux, vous avez
vraiment besoin d'étudier le salon de Cora, eh bien !...

— Eh bien?

— Adressez-vous à de Mézin la première fois que
vous le verrez chez moi.

M. de Mézin, loin de faire des difficultés comme son
ami, s'empressa de se mettre à la disposition de Georges.
Éconduit par mademoiselle Marcelle de Brives, lorsqu'il
avait demandé sa main, sous le prétexte qu'il aimait
trop le jeu, il se réjouissait à la pensée que Georges Gérard pouvait devenir aussi joueur que lui, plus joueur
peut-être, au point de faire regretter à mademoiselle
de Brives de le lui avoir préféré. Trop scrupuleux pour
causer le moindre préjudice à son rival, il était ravi de
le voir de lui-même se faire du tort dans l'esprit de sa
femme et se charger la conscience d'un péché pour lequel mademoiselle de Brives n'avait aucune indulgence.

Cora reçut Georges on ne peut plus gracieusement,
mais sans avoir l'air de le connaître. Elle n'essaya
même pas de lui parler en particulier, ni ne parut établir aucune différence entre lui et ses hôtes habituels.
Dans le courant de la soirée, comme tout le monde avait
pris place à la table de jeu, elle lui proposa de s'y asseoir à son tour. Il accepta, autant pour se soustraire à
un tête-à-tête pénible pour expliquer sa présence dans
la maison.

Cora s'assit en face de lui, sur un canapé voisin de
la table de jeu; de sa place, elle pouvait l'observer à
son aise et ne perdre aucun de ses mouvements. Ces
longues soirées, ces nuits entières qu'elle avait si souvent passées dans l'isolement, puisqu'elle ne jouait pas
et que tout le monde jouait autour d'elle, allaient donc
maintenant lui offrir quelque intérêt. Son regard ne serait plus borné par le même horizon : il ne s'arrêterait
plus sur des visages fatigués, des favoris d'une uni-

formité désespérante, des moustaches prétentieuses, des crânes dénudés; il se reposerait enfin sur un visage vraiment énergique, qu'elle allait se complaire à étudier, dont elle analyserait les moin des tressaillements, qui portait déjà l'ineffaçable empreinte des souffrances qu'elle-même avait causées.

Georges ne parut pas s'apercevoir de l'attention dont il était l'objet. Il s'appliqua, durant toute la soirée, à ne pas même lever les yeux sur Cora. Assis auprès de M. de Mézin, qui s'était mis à sa disposition pour lui apprendre les premiers éléments du baccarat, il n'avait pas tardé à en comprendre la marche et à jouer comme tout le monde. Il jouait même mieux que tout le monde, car il gagnait. La fortune n'a-t-elle pas pour principe de favoriser ceux qui n'ont pas encore pris l'habitude de l'implorer? « Aux innocents les mains pleines, » assure le proverbe.

M. de Mézin se réjouissait du succès de son élève.

« Ces premiers gains, se disait-il, vont lui inspirer le désir d'en faire de nouveaux. Il deviendra bientôt aussi joueur que nous. Mais il n'aura pas mon expérience, le jeu lui sera plus fatal qu'à moi, et mademoiselle de Brives me regrettera peut-être un jour. »

Il se trompait : on naît joueur, on le devient rarement. De même que la passion du jeu est, la plupart du temps, inguérissable, de même certains hommes ne comprendront jamais le plaisir qu'on peut éprouver à remuer toute une nuit des morceaux de carton coloriés et à prononcer les mêmes mots. Ils n'éprouveront aucune émotion devant une table de jeu et n'admettront pas qu'on en puisse éprouver. Du reste, la passion du jeu tout en étant très répandue, est moins commune qu'on ne croit. Beaucoup de personnes jouent simplement parce qu'elles ont besoin d'argent et qu'elles espèrent gagner. Donnez-leur la somme qui leur est nécessaire, elles ne joueront pas. Offrez, au contraire, à un véritable joueur cent mille francs pour ne jamais tenir une carte, il refusera.

C'est donc impunément que Georges gagna toute la soirée; il n'aurait pas demandé mieux que de se borner à cette première et unique victoire et de ne jamais revenir chez Cora, mais elle ne l'entendait pas ainsi. Lorsqu'il prit congé d'elle, en même temps que plusieurs de ses hôtes, elle lui dit :

« A demain! » d'un ton qui lui donnait peu d'espoir pour l'avenir.

Aucun incident ne survint pendant les quinze jours qui suivirent cette première soirée. Georges, entre onze heures et minuit, se rendait régulièrement avenue de Neuilly, seul ou en compagnie de M. de Mézin.

Après avoir salué la maîtresse de la maison, s'être mêlé un instant à la conversation des personnes qui l'entouraient, il allait s'asseoir à la table de jeu, et Cora, quelques instants après, venait s'installer en face de lui pour ne plus quitter de la nuit son poste d'observation. Il joua tous les soirs avec le même bonheur et sans plus d'émotion que le premier jour. Le pro-

fond dégoût que lui inspirait la tâche qu'il était obligé d'accomplir, sa complète indifférence pour la perte ou pour le gain lui donnaient un sang-froid, un calme inaltérables qui suffisent à expliquer son constant bonheur.

L'or et les billets de banque s'entassaient devant lui, au grand étonnement de M. de Mézin qui, intéressé dans la question, commençait à se repentir de l'avoir présenté avec tant d'empressement dans la maison.

Les pertes que ce dernier faisait maintenant chaque soir n'étaient pas suffisamment compensées par le plaisir qu'il éprouvait à voir Georges Gérard se détourner de ses devoirs d'époux. Il commençait en même temps de s'inquiéter de la persistance que Cora semblait mettre à regarder sans cesse son voisin; il s'était cru d'abord l'objet de cette muette contemplation, et s'en réjouissait intérieurement; mais il s'était bientôt trouvé dans l'obligation de reconnaître son erreur. Il se demandait parfois si Georges, après lui avoir enlevé la jeune fille qu'il voulait épouser, allait aussi lui prendre la femme dont il désirait depuis longtemps faire sa maîtresse.

Bientôt il n'eut plus de doute à cet égard. Un soir, ou plutôt un matin, au moment où les habitués de Cora prenaient congé d'elle, après un excellent souper, elle dit à Georges Gérard qui la saluait :

— Faites-moi donc le plaisir de rester encore quelques instants avec moi, mon cher monsieur; je désirerais vous dites rien?

Georges, sans prononcer un mot, s'inclina et laissa partir les hôtes de Cora.

Furieux, M. de Mézin prit le bras de M. de Brives, en disant :

— Qu'est-ce que cela veut dire? Votre gendre reste ici, maintenant, lorsque nous nous éloignons et vous ne dites rien?

— Que puis-je lui dire en ce moment? répliqua M. de Brives. Demain, j'aurai une conversation sérieuse avec lui.

— Mais au moins, vous allez prévenir votre fille?

— Je ferai tout au monde, au contraire, pour lui cacher la conduite de son mari. J'y suis parvenu jusqu'à ce jour et j'espère pouvoir continuer.

Pendant qu'ils discouraient de la sorte, Cora, après avoir entendu la porte de l'hôtel se refermer, se tourna vers Georges et lui dit :

— Veuillez me suivre, nous serons mieux dans mon boudoir.

XXIII

Arrivée au premier étage, Cora tourna le bouton d'une porte et fit entrer Georges dans le boudoir où elle l'avait reçu quinze jours auparavant.

Les candélabres de la cheminée étaient allumés ; un petit lustre en cristal de roche, suspendu au plafond étincelait de lumière ; dans le foyer, des bûches qu'on venait d'y jeter pétillaient joyeusement, tandis que de grosses touffes de roses s'épanouissaient dans des vases du Japon et répandaient dans l'air de pénétrants parfums.

Cette pièce, où la maîtresse du lieu se retirait très rarement, et qui était toujours fermée le soir, avait été évidemment préparée une ou deux heures auparavant pour recevoir Georges. Au milieu du souper, l'idée était sans doute tout à coup venue à Cora d'avoir un entretien particulier avec son hôte préféré, et elle avait donné des ordres en conséquence.

Sa toilette, qu'elle n'avait pas eu le temps de modifier, était à peu près celle qu'elle portait tous les soirs. Mais à peine entrée dans le boudoir, et sous prétexte qu'il y faisait trop chaud, elle retira l'espèce d'écharpe en dentelle noire qui lui avait toute la nuit recouvert les épaules et se trouva décolletée. La flamme du foyer, les feux des bougies vinrent éclairer aussitôt la plus admirable poitrine qu'on pût rêver.

Georges ne parut point prendre garde aux préparatifs qu'on avait faits pour le recevoir et aux préliminaires de coquetterie auxquels se livrait Cora. Debout, tournant le dos à la cheminée, il se chauffait les pieds et attendait qu'on voulût bien lui adresser la parole.

— Eh bien! dit au bout d'un instant Cora, qui s'était assise, vous n'avez pas, j'espère, à vous plaindre de moi?

— Est-ce que je me plains? demanda-t-il.

— Vous passez, continua-t-elle, des soirées charmantes avec des hommes d'une distinction exquise, vous gagnez beaucoup d'argent.

— Beaucoup trop, dit Georges l'interrompant. Vous m'avez condamné à jouer, mais non pas à garder les sommes vraiment ridicules que le hasard m'attribue. Je les ai toutes mises de côtés; elles se montent depuis quinze jours à plus de quatre-vingt mille francs. Les voici.

Il tira de sa poche plusieurs liasses de billets de banque et les déposa sur la cheminée.

— Cet argent vous appartient, dit Cora, je n'en veux pas.

— Et moi je ne veux pas le garder. Il me brûle les doigts. Faites-en ce que vous voudrez, je ne le reprendrai pas.

— Vous avez tort. Demain vous pouvez perdre, et il n'est pas juste que vous compromettiez votre fortune.

— Oh! pour la vie que je mène, dit-il tristement, je serai toujours assez riche.

— Vraiment! elle ne vous convient pas? demanda-t-elle.

Il garda le silence.

Elle reprit.

— Les personnes que vous rencontrez ici chaque soir se rendent pourtant chez moi pour leur plaisir.

— Je ne partage pas leurs goûts.

— Et je connais, continua-t-elle sans interruption,

au moins trois ou quatre de ces messieurs qui seraient fort heureux d'être, en ce moment, à votre place. En vérité, mon cher, vous êtes ingrat envers la fortune; elle ne vous a jamais tant favorisé.

— Ah! trêve de plaisanterie! s'écria-t-il en quittant sa place et en marchant dans le boudoir; j'obéis à vos ordres, je paye votre silence le prix auquel vous l'avez vous-même fixé; mais vous n'avez pas, j'imagine, la prétention de me persuader que je suis heureux de vous obéir... Oh! oui, continua-t-il d'une voix profondément triste, sans s'adresser à Cora, et comme s'il se parlait à lui-même, bien heureux, en vérité, de passer mes soirées et mes nuits dans cette maison à tourner et à retourner des cartes en compagnie de gens qui me sont étrangers, tandis que là-bas on s'inquiète de mon absence, du changement qui s'est brusquement opéré dans mes habitudes, on souffre et on pleure. En ce moment, elles m'attendent peut-être, elles ne sont pas couchées; l'une ne sait pas où je suis, elle voudrait le savoir et elle interroge; l'autre ne répond pas, ou bien forcée de mentir, elle invente je ne sais quelle fable pour expliquer ma longue absence; elle sourit lorsqu'elle a la mort dans l'âme, elle!... Ah tenez, taisez-vous, n'évoquez pas ces souvenirs; je suis ici, ne me forcez pas à être là-bas, auprès d'elle. Votre boudoir est en fête; le feu brille dans l'âtre; les lumières étincellent, les fleurs s'épanouissent, vous-même vous trônez en souveraine au milieu de tout ce luxe. Ah! n'obligez pas ma pensée à se reporter vers la chambre obscure, où ma mère agenouillée et tout en larmes prie pour son fils encore séparé d'elle, encore condamné à de nouvelles peines.

Depuis le jour où il avait revu Cora, c'était la première fois qu'il se laissait entraîner par son émotion, que dans sa voix on devinait des pleurs. Il avait depuis un instant suspendu sa promenade au milieu du boudoir et s'était accoudé sur une console. Sa tête reposait dans sa main, son regard semblait chercher quelque image lointaine.

Pendant un instant, Cora le contempla silencieusement. Puis tout à coup d'un bond elle s'élança vers lui, et approchant son visage du sien:

— Je t'aime! s'écria-t-elle d'une voix ardente, passionnée.

Aussitôt Georges reprit tout son calme, sourit d'une façon étrange et dit:

— Vous m'aimer, eh bien! après?

— Veux-tu m'aimer? demanda-t-elle.

— Vous savez bien que c'est impossible, répondit-il.

— Veux-tu redevenir mon amant?

— L'ordonnez-vous?

— Je t'en supplie.

— Oh! pas de prières, s'écria-t-il d'une voix sèche et brève, des ordres, rien que des ordres; je suis sous votre domination, on ne prie pas son esclave; on lui dicte sa volonté.

— Eh bien! reprit-elle en essayant de se rapprocher de lui, je veux que tu redeviennes mon amant.

— Soit! répondit-il, je vous appartiens. Je suis votre bien. Je suis votre chose. Disposez de moi.

— A peine avait-il prononcé ces mots qu'elle l'entoura de ses bras, et colla ses lèvres sur les siennes.

Il ne fit aucun mouvement pour se soustraire à ses ardentes caresses, mais il n'en rendit aucune. Ses bras restèrent pendants le long de son corps; ses yeux au lieu de chercher ceux de Cora, se fixèrent sur un point du boudoir et ne le quittèrent plus; ses lèvres, pâles et sèches, serrées l'une contre l'autre ne s'entrouvrirent pas un instant. Il était en quelque sorte inanimé, froid comme le marbre, insensible comme une statue.

Cette froideur, cette insensibilité, au lieu de glacer Cora, l'exaltaient davantage. Cette résistance à ses désirs l'exaspérait; elle voulait triompher de cette inertie, animer cette statue et elle ne pouvait y parvenir.

— Regarde-moi donc! s'écriait-elle; regarde, je suis belle encore. Mais yeux n'ont jamais eu plus d'expression, ils ne t'ont jamais regardé avec tant d'amour. Quoi! ces épaules, cette poitrine que chacun admire te laisseraient-elles insensible? Ces cheveux que tu baisais autrefois avec transport, ils sont plus noirs, plus longs qu'autrefois. En doutes-tu? Tiens, je les veux dérouler devant toi.

Elle détacha, à la hâte les épingles et le peigne qui retenaient ses magnifiques cheveux, et libres de toute entrave ils s'épandirent en nattes abondantes et pressés sur sa poitrine, sur son cou et sur ses épaules nues.

Et comme il continuait à la regarder sans trahir la moindre émotion, elle appela à son aide les souvenirs du passé pour réveiller cette imagination endormie.

— As-tu donc oublié, s'écriait-elle, nos folles amours, nos nuits d'ivresses, là-bas, tout là-bas, en Amérique? Notre chambre, t'en souviens-tu, s'ouvrait sur un jardin en fleurs, et par les croisées mille senteurs, mille parfums pénétrants arrivaient jusqu'à nous. Au loin, on entendait la grande voix du fleuve que refoulait la marée montante, et tout près de nous le chant des oiseaux réveillés par le bruit de nos baisers. Des milliers d'étoiles inconnues en Europe scintillaient au-dessus de nos têtes et te permettaient de m'admirer.

« Oh! murmurais-tu à mon oreille charmée, je n'ai jamais rêvé aussi belle créature que toi; je n'ai jamais vu de formes aussi parfaites... » Tu ne pouvais plus me quitter, et lorsqu'à l'horizon apparaissaient les premières lueurs du matin, nous nous retrouvions encore entrelacés tous les deux. Veux-tu que nous soyons heureux comme autrefois... dis, le veux-tu?

Tout à coup, elle le repoussa, en s'écriant :

— Ce n'est pas un homme que je tiens dans mes bras, c'est un cadavre.

— Un cadavre que tu ne ressusciteras jamais, murmura-t-il sans qu'elle pût l'entendre.

XXIV

— Vers cinq heures du matin, après une crise nerveuse qui dura près d'une heure, Cora, vaincue, brisée, demi-morte, permit enfin à Georges de se retirer.

Sa première pensée lorsqu'il se retrouva seul fut de se demander si la scène qui venait d'avoir lieu se renouvellerait, si Cora ne renoncerait pas à s'exposer à une nouvelle défaite, défaite qu'elle ne devait reprocher qu'à elle-même et dont il eût été injuste de faire un crime à Georges; en amour, elle ne l'ignorait pas, le rôle de la femme peut être seulement passif; sans passion, sans désir, simplement parce que cela lui convient, elle peut devenir la maîtresse d'un homme; l'homme au contraire obéit, non pas à sa volonté, mais aux aspirations de son cœur et à ses désirs.

Elle était certainement trop intelligente pour ne pas comprendre que si la première épreuve qu'elle avait tentée pour réchauffer ce cœur glacé n'avait pas réussi, toutes les autres épreuves seraient inutiles. Devant une surprise des sens, Georges aurait pu succomber; maintenant toute surprise devenait impossible. Il serait d'autant plus fort qu'il avait pu l'être une première fois, d'autant plus insensible qu'il se souviendrait de l'avoir été.

« C'est fini, se disait-il, elle sait maintenant que, malgré ma soumission complète à ses ordres, je ne puis pas être son amant; je recouvrerai bientôt ma liberté. »

Chose étrange pourtant: cette pensée au lieu de le réjouir semblait le contrarier; on aurait dit qu'il regrettait que ces scènes ne se renouvelassent pas.

En effet, ne venait-il pas d'éprouver une âpre jouissance à sortir victorieux de cette lutte de l'âme contre la matière, à pouvoir se dire : « Chez moi, le cœur domine les sens; le dégoût que m'inspire le caractère de cette femme est plus fort que tous les désirs charnels que sa beauté peut inspirer. Je ne serai pas son amant, non seulement parce que je ne veux pas l'être, mais parce que je ne peux pas l'être. »

Puis, quelle joie de se venger enfin de celle qui l'avait tant fait souffrir, d'entendre ses supplications et ses prières, de la voir se traîner devant lui, haletante, palpitante, éperdue !

Oui, il espérait que ces luttes terribles se renouvelleraient parce qu'elles devaient nécessairement amener, dans un temps rapproché quelque catastrophe qui l'arracherait à l'étreinte de cette femme et briserait la chaîne qui le rivait à elle.

Son espoir ne fut pas déçu.

A peine remis de son premier échec, Cora voulut tenter une nouvelle épreuve sur le cœur de Georges. Elle s'était dit que l'aversion qu'il semblait ressentir pour elle devait être plutôt morale que physique : il ne pouvait lui pardonner les souffrances qu'il avait endurées à cause d'elle, et la façon dont elle s'était conduite à son égard n'était certainement pas de nature à lui faire oublier le passé. Elle résolut donc, dans un but purement *intéressé*, de vraincre la réserve de Georges par son repentir et sa générosité.

— Je comprends, lui dit-elle, lorsqu'ils se retouvèrent seuls, que tu me méprises et que tu m'exècres. La passion, la jalousie, le désespoir justifient l'acte de brutalité auquel tu t'es livré vis-à-vis de moi; rien ne justifie, au contraire, la terrible vengeance que j'en ai tirée, T'accuser de vol, toi! te faire envoyer au bagne; c'était une infamie! Je m'en rends compte aujourd'hui. Je déplore mon crime et je veux, autant qu'il est en moi, le réparer. S'il t'arrivait jamais de passer encore en justice, ou bien si tu voulais, quelque jour, obtenir ta réhabilitation, la déclaration que je te remets, entièrement écrite de ma main et signée par moi, pourrait t'être d'un puissant secours... Je n'ai rien caché, ni mes fautes envers toi, ni les moindres détails de la scène où, poussé à bout par mon impudence, tu as saisi, sans préméditation, sans intention peut-être de m'atteindre, l'arme qui était sous ta main, que j'avais mise en quelque sorte à ta portée. Je m'accuse aussi de t'avoir indignement calomnié, et, dans un but de vengeance, d'avoir menti au commissaire de police, au procureur impérial, au juge d'instruction, à la cour, au jury. Jamais rétractation n'a été plus claire; la voici. Prends-la. Je te la laisse.

Après avoir remis à Georges ce papier tout ouvert pour qu'il pût en prendre connaissance, elle ajouta :

— Quant aux menaces que je t'ai faites, je les désavoue. Jamais je n'ajouterai à mes autres infamies celle de te dénoncer. A partir d'aujourd'hui, tu es libre de ne plus me revoir. Mais, s'écria-t-elle tout à coup en s'élançant vers Georges, en s'agenouillant à ses pieds et en baisant ses genoux et ses mains, aie pitié de ton esclave, aie pitié de la malheureuse qui t'adore! Ah ! si tu savais comme je souffre ! tu ne songe qu'à toi, je ne vois que toi, je ne désire que toi... C'est ridicule ce que je vais te dire, eh bien ! je ne puis plus dormir, je ne puis plus manger... Tu ne me crois pas ? Il suffit cependant de me regarder pour voir que je mens pas, M'as-tu jamais connue si pâle? ni-je assez maigri depuis la dernière fois que t'ai vu? Ah! jamais amour n'a été plus ardent, jamais passion plus vive! Tu as connu la jalousie autrefois; je te je t'ai fait connaître. Eh bien ! tu n'as jamais souffert la millième partie de ce que je souffre, j'en suis sûre. Étais-tu certain que je te trompais? Non, tu le craignais, tu le croyais, voilà tout. Moi, je sais que tu en aimes une autre, que tu l'aimes autant que tu me hais, je sais qu'elle est belle, qu'elle est charmante, je la connais, et je vous sans cesse dans les bras l'un et l'autre, j'entends les paroles que tu lui murmures à l'oreille, je compte vos baisers. Alors, mon sang bouillonne, ma tête est en feu, mille transports m'agitent... Ah! que je souffre, mon Dieu! Si tu ne veux pas m'aimer, tue-moi, je ne puis vivre sans ton amour!

Ces scènes, qui se renouvelèrent souvent, faisaient regretter à Georges l'époque où Cora l'accusait au lieu de s'accuser elle-même, le menaçait au lieu de l'implorer.

Il ne pouvait lui venir à la pensée de la plaindre, tant cet amour lui semblait repoussant et odieux, mais il se sentait mal à l'aise devant ces supplications et ces pleurs. Aussi résolut-il de ne plus la voir et renoncer à ses projets de vengeance.

Elle ne l'entendait pas ainsi; elle lui écrivit de revenir, elle le voulait, elle l'ordonnait, et lorsqu'il reparut, elle se précipita vers lui en s'écriant :

— Ah ! tu comptes sur mes promesses. Parce que je t'ai juré de ne jamais te dénoncer, tu me fuis, tu m'abandonnes. La crainte seule te retenait à mes côtés; tu ne crains plus et aussitôt tu oublies mes prières, tu te moques de mes souffrances. Mais tu t'es trop empressé de croire à mes serments ; les serments d'une fille comme Cora, est-ce que cela compte? Je serais bien bonne, en vérité, de les tenir ! Je les rétracte, entends-tu je les renie. Je veux te voir tous les jours, tous les soirs, toutes les nuits, ou bien je te dénonce. Crois-tu donc qu'il me plaise de devenir folle... oui, folle ?... Quand je ne te vois pas, je sens que ma raison s'en va... Tu refuses de m'aimer, soit ; mais j'exige que tu sois là, près de moi, pour que je te crie mon amour.

Alors, les scènes que nous avons déjà racontées se renouvelèrent toutes les nuits. Georges restait insensible aux coquetteries les plus raffinées de Cora. Elle ne pouvait triompher de sa terrible froideur, et comme elle l'avait dit elle-même un jour, lorsqu'elle le pressait dans ses bras, elle croyait tenir un cadavre. Mais, loin de la décourager, cette impassibilité l'exaltait jusqu'au délire, jusqu'à la frénésie.

Aussi n'exagérait-elle rien, lorsqu'elle prétendait que sa raison l'abandonnait peu à peu : si l'amour véritable, l'amour de cœur, quelque violent qu'il soit, entraîne rarement des désordres cérébraux, l'amour de tête, l'amour des sens, au contraire, lorsqu'il atteint certaines proportions, lorsque l'éducation et le respect de soi-même ne le viennent pas modérer, conduit la plupart du temps à la folie.

Un matin, Georges sortit de chez Cora plus écœuré, plus attristé que jamais des discours qu'il venait d'entendre, des extravagances auxquelles il avait assisté, mais il se disait en même temps :

— Cela ne peut durer ; la crise approche. Je serai bientôt délivré d'elle.

En descendant l'avenue de Neuilly, il ne s'aperçut pas qu'une voiture qui stationnait devant l'hôtel de Cora s'était mise en mouvement au moment où il franchissait le seuil de l'hôtel et le suivait au pas.

A la hauteur de l'Arc-de-Triomphe, il monta dans un coupé de remise et aussitôt la première voiture régla sa marche sur la seconde.

Elles s'arrêtèrent toutes les deux rue Léonie, et au moment où Georges descendait de la sienne, il aperçut sa femme qui venait aussi de mettre pied à terre.

XXV

Marcelle passa devant Georges sans lui dire un seul mot, traversa la cour, se dirigea vers le pavillon qu'elle habitait, et lorsque sa femme de chambre, qui l'attendait, lui eut ouvert, elle la congédia et entra dans un des salons du rez-de-chaussée.

Georges la suivit. Au moment où il allait refermer la porte, il sentit qu'on la repoussait extérieurement. Il se recula, et madame Gérard, à son tour, pénétra dans le salon.

Depuis le changement, qui s'était opéré dans les habitudes de Georges, elle veillait presque toutes les nuits : toujours prête, au retour de son fils, à le conseiller, à remonter son moral abattu, à lui dire ce qui s'était passé pendant son absence, et quelle fable avait encore inventée pour dissiper les inquiétudes de Marcelle. C'était à force de sollicitude, de vigilance et d'adresse qu'elle était parvenue jusqu'à ce jour à empêcher sa belle-fille de concevoir de trop vives alarmes, justifiées suffisamment par l'existence inexplicable de Georges.

Elle avait dit d'abord que son fils se livrait à un travail littéraire d'une grande importance qui l'obligeait à passer une partie de ses nuits et à se transporter auprès d'un collaborateur trop haut placé pour venir à lui.

Marcelle, pendant quelque temps, avait accepté cette première fable; mais quelques paroles échappées bien malgré lui à son père, des maladresses commises avec intention par M. de Mézin, qui se vengeait, lui avaient fait concevoir des doutes sur le genre de travail auquel Georges se livrait. Elle avait acquis la certitude que son mari jouait toutes les nuits et elle en éprouvait un violent chagrin; cependant, d'un caractère plus renfermé que sa mère, elle ne s'était jamais plainte directement à Georges, espérant qu'il n'avait pour les cartes qu'un goût accidentel, et qu'il lui serait bientôt rendu.

Miss Dowson s'était seule aperçue de ses souffrances; si Marcelle n'avait pas absolument le même caractère que madame de Brives, elle avait hérité de sa maladie de cœur, et les causes qui avaient développé cette maladie chez la mère produisaient les même effets chez la fille : leur fidèle amie ne pouvait s'y tromper.

Le temps s'écoulait et Georges rentrait de plus en plus tard; à plusieurs reprises, Marcelle qui, elle aussi, veillait une partie de la nuit, s'aperçut même que son père rentrait avant lui. Quel attrait pouvait donc retenir son mari dans la maison où il ne trouvait rien n'y retenait plus M. de Brives? Ce dernier n'avait cependant pas pour habitude d'abandonner une partie avant qu'elle fût achevée; n'aurait-il eu qu'un adversaire à combattre, il n'eût jamais cédé sa place.

Cette fois encore, M. de Mézin la mit sur la voie. Il parla devant elle, avec d'habiles et perfides réticences, d'une certaine Cora, qui demeurait avenue de Neuilly et qui donnait à jouer : il vanta ses mérites, ses qualités magiques; il laissa entendre qu'on rencontrait dans ses salons tout le Paris élégant et dans son boudoir les hommes les plus à la mode et les plus mariés.

Alors la jalousie, dont Marcelle avait été jusqu'alors préservée, la mordit au cœur; elle voulut savoir par elle-même si c'était dans la maison de cette Cora que son mari passait ses nuits, s'il s'y rendait comme joueur ou comme amant.

Un soir, vers les onze heures après avoir dit adieu à madame Gérard, elle était sortie secrètement de l'hôtel, avait pris une voiture et s'était fait conduire avenue de Neuilly. Elle avait attendu de longues heures, émue, anxieuse, d'une main soutenant le store de la voiture, de l'autre contenant son cœur dont les terribles battements la faisaient cruellement souffrir. Vers quatre heures du matin, elle reconnut M. de Mézin qui sortait avec quelques personnes, mais il restait encore du monde chez Cora : tous les salons du rez-de-chaussée étaient éclairés.

A cinq heures, M. de Brives parut, en compagnie de quelques amis. Pour rejoindre sa voiture, il passa près de sa fille, sans se douter qu'elle était si près de lui, et comme un cocher lui adressait cette question que tout le monde a entendue au sortir d'une soirée : «Monsieur, faut-il attendre? y a-t-il encore du monde?» Il répondit : « Nous sommes les derniers; vous pouvez vous en aller. »

Brisée de fatigue, se sentant de plus en plus oppressée par ses palpitations de cœur, honteuse de l'action qu'elle commettait, Marcelle eut un instant la pensée de rentrer chez elle. Son père n'avait-il pas assuré qu'il n'avait plus personne dans l'hôtel qu'elle surveillait? Mais elle se dit en même temps que M. de Brives n'avait peut-être voulu parler que de ses compagnons de jeu, des invités qui avaient ce soir-là rempli les salons de Cora; il se pouvait que Georges fût dans la maison et qu'on l'ignorât. Puisqu'elle avait tant fait que d'attendre jusque-là, elle voulait décidément savoir à quoi s'en tenir.

Depuis le départ de M. de Brives et de ses compagnons, la lumière ne perçait plus au travers des persiennes du rez-de-chaussée, l'hôtel était devenu obscur et silencieux. Au premier étage, une seule croisée paraissait encore éclairée, et Marcelle ne pouvait en détacher son regard.

« Il y a donc encore du monde, se disait-elle, pour qu'on veille à cette heure avancée. »

Un instant, elle crut voir deux ombres derrière la fenêtre.

Tout à coup, vers les six heures du matin, il lui sembla que la lumière se déplaçait : elle illumina successivement plusieurs fenêtres du premier étage, puis, elle disparut pour reparaître au rez-de-chaussée.

La porte de l'hôtel s'ouvrit; un homme fit quelques pas sur la chaussée.

Il vit une voiture (celle de Marcelle) pensa qu'elle était libre et s'avança pour la prendre.

Marcelle le reconnut : c'était son mari.

Au moment où il allait mettre la main sur la portière, le désir lui vint sans doute de marcher quelques instants, et il s'éloigna.

C'est alors qu'il fut suivi par sa femme jusqu'à la rue Léonie.

Madame Gérard ignorait ce qui venait de se passer.

Elle avait veillé dans sa chambre, croyant Marcelle dans la sienne. Lorsqu'elle entendit le pas de Georges résonner sur les pavés de la cour, elle descendit pour le rejoindre et lui parler.

A côté de son fils, elle aperçut sa belle-fille habillée, un chapeau sur la tête, un châle sur les épaules, pâle comme une morte.

Elle comprit que tout était perdu.

Marcelle quitta le fauteuil où elle s'était jetée dès son entrée dans le salon, et s'avança vers madame Gérard sans se retourner vers Georges.

— Madame, dit-elle d'une voix énergique, votre fils me trompe indignement !

— Mon enfant !... s'écria madame Gérard.

— Ah ! reprit Marcelle, n'espérez plus me rassurer, n'essayez plus de me tromper. Je sais tout. Il est l'amant d'une femme connue dans un certain monde sous le nom de Cora. Qu'il ose le nier !

Georges gardait le silence. Que répondre ? Comment se disculper ? En aurait-il eu la force du reste ? N'était-il pas brisé lui-même par la terrible scène qui venait de se passer entre Cora et lui ? Ces luttes insensées qui duraient depuis si longtemps, et dans lesquelles il était obligé de dépenser tant d'énergie, tant de volonté, l'énervaient et le tuaient.

Au moment où madame Gérard allait essayer de répondre pour son fils, de le défendre une dernière fois, tout à coup Marcelle, qui jusque-là lui avait parlé avec colère, s'élança vers elle, la prit dans ses bras et fondit en larmes.

— Ah ! murmurait-elle à travers ses sanglots, me tromper, moi qui l'aimais tant ! Oh ! c'est mal, c'est bien mal. Qu'a-t-il à me reprocher ? Que lui ai-je fait ? Il veut donc me tuer ! Ah ! je sens bien aux battements de mon cœur que je n'ai pas longtemps à vivre. Je vais mourir de la même maladie que ma pauvre mère. Moi qui aimais tant la vie depuis le jour où il m'avait dit son amour. Ah ! qu'importe maintenant !... Dieu peut me rappeler à lui... Le plus tôt sera le mieux.

C'était navrant de l'entendre s'exprimer ainsi.

Georges se taisait toujours, mais de grosses larmes coulaient de ses yeux.

— Il m'aimait encore, je l'aimais tant que je lui aurais tout pardonné, même un crime ; mais une trahison, jamais !

Tout à coup madame Gérard lui prit la tête dans les mains, la releva et s'écria :

— Eh bien ! il ne t'a pas trahie, ma fille ; il t'aime encore, il t'aime plus que jamais et je vais te le prouver ; mais n'oublie pas les paroles que tu viens de prononcer : « Je lui aurais tout pardonné, as-tu dit, même un crime. »

XVI

Georges avait compris l'intention de sa mère : le désespoir de Marcelle l'avait enfin décidée à parler.

Pour cette jeune femme si tendre, au cœur si droit, tout devait être préférable, comme elle l'affirmait, à la pensée d'avoir été trahie par son mari. Elle aimait assez maintenant pour pardonner toutes les fautes du passé, elle ne pardonnerait jamais une offense faite à son amour.

Les souffrances physiques dont parlait Marcelle, la douleur au cœur dont elle se plaignait avaient surtout vivement impressionné madame Gérard. Elle savait que dans certaines maladies des chagrins continus ou une émotion trop vive peuvent entraîner les plus terribles accidents, elle voulait à tout prix les éviter. Il s'agissait encore une fois d'une question de vie ou de mort ; il n'y avait plus à hésiter.

Georges comprenait d'autant mieux les raisonnements de sa mère qu'il les avait faits depuis longtemps.

« Le jour où Marcelle, s'était-il dit, croira que je la trompe avec Cora, il vaut mieux pour elle qu'elle sache la vérité. »

La catastrophe qu'il craignait avait eu lieu ; il fallait parler.

Du reste, il était las de l'existence à laquelle on l'avait condamné ; lui aussi il préférait toutes les douleurs au supplice terrible qui lui était infligé. Un instant, il avait espéré un dénoûment naturel et terrible au drame qui se jouait entre Cora et lui. Ce dénoûment n'arrivait pas ; il fallait en chercher un autre.

Aussi ne fit-il pas un mot, ne fit-il pas un geste pour empêcher madame Gérard de parler. Seulement, il ne se sentit pas le courage d'assister à l'entretien qu'elle allait avoir avec Marcelle : il sortit du salon en silence laissant les deux seuls êtres qu'il aimât au monde, sa mère et sa femme, décider de son sort.

Dès que Georges fut parti, madame Gérard, qui tenait toujours dans ses bras Marcelle éplorée, l'entraîna vers un canapé, la fit asseoir, prit place à ses côtés, et lui dit :

— La confession que vous allez entendre, ma chère enfant, sera pénible à faire, plus pénible peut-être à écouter. Prêtez-moi toute votre attention, et que votre courage soutienne le mien.

Elle dit à Marcelle toute sa vie depuis l'époque de son mariage : elle s'étendit sur le caractère de M. Gérard, ses habitudes mondaines, son goût pour la dépense, ses prétentions nobiliaires qui lui avaient fait substituer le nom de du Hamel à celui de Gérard. Ruiné au bout de quelques années, il était parti pour les États-Unis, la chargeant de l'éducation de leur unique enfant.

Elle donna de longs détails sur la jeunesse de Georges : A vingt ans, il se bat en duel, se compromet dans

Ah ! s'écria-t-il, elle ne me pardonnera pas, elle ne peut me pardonner. (Page 114.)

plusieurs échauffourées politiques et passe pour un des plus turbulents étudiants du quartier latin ; mais il est en même temps le meilleur des camarades, le plus tendre des fils. Il part pour la Nouvelle-Orléans, rejoint son père, et va peut-être se créer une position brillante dans un pays où il est déjà sympathique à tous, lorsqu'il rencontre Cora, se fait une querelle avec John de B... et le tue.

Après avoir ainsi défini le caractère de son fils, avoué ses premières erreurs et raconté sa vie, pour préparer Marcelle au drame auquel dans un instant elle assistera, madame Gérard dépeint longuement Cora et donne quelques détails sur les premières années de sa liaison avec Georges. Elle la suit en France, analyse sa con-

duite dès son arrivée au Havre, et fait comprendre l'exaspération dans laquelle devait se trouver l'homme dont elle avait eu l'impudence de prendre le nom ; enfin elle retrace, dans toute sa vérité, la terrible scène racontée dans la première partie de ce récit. Et pour qu'il n'y ait aucun doute dans l'esprit de Marcelle, elle lui lit la déclaration que Cora, quelques jours auparavant, a remise à Georges.

Lorsque Marcelle a terminé cette lecture qui lui apprend l'infâme calomnie dont son mari a été victime, madame Gérard la fait assister à son arrestation et à son jugement. Pour ménager la susceptibilité de celle qui l'écoute, elle ne précise pas la peine à laquelle Georges est condamné, mais elle parle longuement du courage avec lequel il a subi le châtiment immérité qui l'a frappé. Enfin il est libre. Une nouvelle existence s'ouvre devant lui. Il vient habiter Paris avec sa mère, il se fixe rue Léonie. Trois années s'écoulent, trois années de calme, de méditations, de recueillement. L'adversité et le travail ont fait de Georges un homme ; sa tête n'est plus exaltée comme autrefois, et son cœur est resté le même. Il voit Marcelle, il l'entend parler, il apprend peu à peu à la connaître et s'aperçoit qu'il l'aime.

Alors il veut fuir ; son passé ne lui permet pas de se marier, lui défend à tout jamais d'être heureux. Il part, il se condamne encore à l'exil et à vivre séparé de sa mère qui ne peut le suivre ; mais Marcelle est malade, Marcelle va mourir. On le rappelle, il revient, il la revoit...

Il lutte, il lutte encore ; enfin, madame Gérard elle-même lui ordonne de se marier, et lorsqu'il veut tout avouer à celle qui va devenir sa femme, lui faire une confession entière, c'est sa mère qui l'en détourne, parce qu'elle sait bien que si Marcelle pardonne, M. de Brives ne pardonnera pas, qu'il refusera son consentement au mariage de sa fille avec Georges du Hamel, refus qui entraînera certainement la mort de deux êtres créés l'un pour l'autre, faits pour s'aimer, et dignes d'être heureux.

Ils le seraient encore comme ils l'ont été depuis deux ans, si la fatale passion de M. de Brives pour le jeu ne l'avait mis en relation avec Cora, qui entend parler du mari de Marcelle, désire le voir et le reconnaît pour l'homme qu'elle poursuit encore de sa vengeance. Madame Gérard explique enfin à Marcelle comment, depuis plusieurs mois Georges se trouve sous la domination de Cora, et termine ainsi :

— Il ne voulait pas démériter à vos yeux ; dans la crainte d'une dénonciation, il s'est condamné au supplice de revoir cette femme, d'obéir à ses caprices, mais vous ne pouvez le supposer capable d'être redevenu son amant. Ce serait une infamie, il n'en a jamais commis !

Elle venait de prononcer ces derniers mots, lorsque la porte du salon s'ouvrit et donna passage à maître X...

Georges avait eu l'idée d'aller le chercher et de le supplier de venir plaider sa cause auprès de Marcelle, comme il l'avait plaidée en Cour d'assises.

Le témoignage de cet homme d'un mérite supérieur, de ce vieillard de soixante-dix ans, dont la réputation d'honorabilité était connue de tous, devait causer une vive impression sur l'esprit de madame Gérard.

Maître X... voulut que la confession fût complète et qu'on n'eût plus à y revenir. Aussi donna-t-il sur la condamnation de son client tous les détails que madame du Hamel avait passés sous silence.

Il la précisa, appela les choses par leur nom et ne craignit pas de parler des conséquences de ce fatal article 47 qui faisait à Georges une position exceptionnelle.

— Maintenant, madame, vous savez tout, dit-il en prenant congé de Marcelle. Il n'existe plus de secret entre votre mari et vous. Rien ne vous empêche d'être heureuse auprès du plus honnête homme que je connaisse.

Marcelle avait écouté madame du Hamel et maître X... sans leur répondre un seul mot.

Elle était très pâle, mais cette pâleur pouvait être attribuée aux vives douleurs qu'elle paraissait ressentir et qui lui faisaient porter à chaque instant la main à son cœur.

Lorsque maître X... fut parti, elle se leva du canapé où elle était assise, traversa silencieusement le salon et monta dans sa chambre.

Georges, qui se tenait dans la bibliothèque, rejoignit alors sa mère et l'interrogea du regard.

— Je ne sais pas, dit-elle, mais j'espère.

XXVII

Dix heures du matin venaient de sonner lorsque Marcelle, après son entretien avec madame du Hamel et maître X..., était remontée dans sa chambre.

Georges se promenait à grands pas dans le salon où il avait rejoint sa mère et lui faisait répéter tout ce qu'elle avait dit à Marcelle. Il voulait savoir si elle avait insisté sur différents points qui devaient avoir une grande importance aux yeux de celle qui était appelée à décider de son sort. Il lui demandait quelle avait été l'attitude de Marcelle dans telle circonstance, à tel moment, si elle avait pâli, si elle avait manifesté de l'indignation, si elle avait paru ressentir de la pitié. Comme l'accusé qui essaye de lire sur le visage de ses juges l'arrêt qu'ils vont prononcer, il essayait de deviner à quel parti s'arrêterait mademoiselle de Brives après la triste révélation qu'on venait de lui faire.

— Ah ! s'écria-t-il tout à coup, elle ne me pardonnera pas, elle ne peut me pardonner ! Le silence qu'elle garde en est une preuve. Au premier moment, encore sous l'impression des éloquentes paroles que ton cœur te dictait, elle aurait pu se laisser fléchir. Mais le raisonnement est venu ; elle a oublié toutes les circonstances qui plaident en ma faveur ; elle ne voit plus que le fait brutal : mon crime, ma condamnation, mon passé !

Le temps s'écoulait et madame Gérard commençait à partager les craintes de son fils. Lorsqu'il se désespérait, elle n'osait plus le rassurer. Elle n'avait plus de force que pour lui tendre de temps en temps la main, l'attirer vers elle et le presser sur son cœur.

Vers les deux heures de l'après-midi, il lui sembla entendre un bruit de pas dans l'escalier qui conduisait de la chambre de Marcelle aux appartements du rez-de-chaussée.

Ils prêtèrent l'oreille ; le bruit se rapprochait. La porte de la bibliothèque s'ouvrit, puis se referma. On se dirigeait évidemment vers le salon où ils s'étaient réfugiés.

Marcelle parut.

Elle s'arrêta, les regarda tous les deux, puis elle tendit les bras à Georges.

Il avait compris.

Mais au lieu de se précipiter dans les bras qu'on lui tendait en signe de miséricorde, il vint s'agenouiller aux pieds de Marcelle, et, fondant en larmes, il ne prononça que ce mot : « Merci... »

D'une main elle le releva, et tendant l'autre à madame Gérard, qui s'était agenouillée aussi, mais pour remercier Dieu, elle entraîna la mère et le fils vers un canapé, s'assit au milieu d'eux et leur dit d'une voix émue :

— Si je vous ai fait longtemps attendre, c'est que dans l'intérêt de l'avenir je ne voulais obéir à aucune surprise. Je suis remontée dans ma chambre, et seule je me suis répété tout ce que je venais d'entendre. J'ai longuement réfléchi, j'ai pesé chaque chose, j'ai jugé, et je pardonne. Je suis la femme de Georges Gérard, ou de Georges du Hamel, peu m'importe ! Il m'aime, et je l'aime, j'accepte toutes les conséquences de son passé, je partagerai ses peines comme ses joies, et nous resterons unis jusqu'à ce que la mort nous sépare.

Ils l'écoutaient religieusement, sans oser l'interrompre ; elle avait cessé de parler, qu'ils se taisaient toujours, les yeux levés vers elle, la regardant avec admiration.

Au bout d'un instant, elle reprit :

— Je suis malade, très malade depuis quelques jours. J'ai besoin d'air, de mouvement, de distractions. Je voudrais retourner avec vous dans ce pays que j'ai tant aimé, dans notre jolie maison de Baden, sur les bords de notre chère Limat. Si vous y consentez, nous nous mettrons en route aujourd'hui même, ce soir. Cédez à ce caprice de malade, vous me rendrez bien heureuse.

Par délicatesse, elle ne disait pas les véritables motifs qui lui faisaient désirer quitter immédiatement Paris : elle craignait de la part de Cora quelque surprise, quelque trahison nouvelle.

Ils la comprirent et s'empressèrent d'acquiescer à son désir.

Il fut convenu qu'on allait prier le docteur Combes de venir voir Marcelle. Inquiet de son état, il lui avait lui-même conseillé quelques jours auparavant de voyager ; il ne trouverait pas donc étonnant qu'elle s'y décidât et il se chargerait de faire comprendre à M. de Brives l'absolue nécessité de ce départ précipité.

Pendant que madame du Hamel et Marcelle s'occupaient à la hâte de leur voyage, Georges traversait la cour et se rendait chez le docteur. On lui répondit qu'il était sorti depuis une heure avec M. de Mézin.

— Savez-vous où ils sont allés ? demanda Georges.

— J'ai entendu, répondit le domestique, parler de l'avenue de Neuilly. Il s'agissait d'aller voir une dame atteinte d'aliénation mentale.

— Ah ! fit Georges, que ces mots frappèrent.

— Oui, monsieur ; il paraît que depuis ce matin,

tout le quartier où demeure cette dame est en révolution à cause d'elle. Vers six heures, elle a commencé dans sa chambre un vacarme épouvantable ; elle poussait des cris horribles, elle brisait les meubles. On est allé chercher des médecins, la police est venue, et comme M. de Mézin est un des meilleurs amis de cette dame, il a voulu, dès qu'il a eu connaissance de son état, amener auprès d'elle le docteur Combes.

Georges ne pouvait en douter : il s'agissait de Cora. Ce qu'il prévoyait était arrivé. Déjà, depuis quelques jours, elle l'effrayait : ses discours n'étaient plus seulement passionnés, ils devenaient extravagants ; ses yeux avaient une expression étrange ; il avait remarqué chez elle certains tics nerveux auxquels sont sujettes les personnes qui ont une prédisposition à la folie. La nuit dernière avait été plus agitée que toutes celles qui l'avaient précédée : le langage de Cora était incohérent, sa surexcitation excessive. Un instant, Georges avait cru qu'il ne pourrait pas la quitter : délirante, éperdue, à moitié folle déjà, elle se cramponnait à ses vêtements, et c'est à force de sang-froid, en l'intimidant, pour ainsi dire, par la fixité de son regard, qu'il était parvenu à se débarrasser d'elle.

Après son départ, la crise s'était déclarée ; à la surexcitation nerveuse avait succédé la folie.

Cora pouvait parler maintenant, on ne la croirait plus. M. de Brives ne saurait jamais le passé de Georges. Marcelle elle-même aurait toujours pu l'ignorer, si cette crise s'était déclarée un jour plus tôt !... Et cependant Georges ne regrettait rien : il était heureux de songer qu'il n'y avait plus de secret entre sa femme et lui, qu'elle lui avait généreusement, noblement pardonné ! Son bonheur était si complet qu'il ne songeait même pas à se dire : « Je suis vengé : à cause d'elle, j'ai traîné pendant cinq ans la chaîne et le boulet, j'ai porté la livrée du bagne ; à cause de moi, elle portera la camisole de force. »

Il rejoignit sa mère et sa femme et les aida dans leurs préparatifs de départ. Il se faisait une fête de ce voyage dont Marcelle avait eu l'idée et qui allait les éloigner pour longtemps du théâtre de leurs souffrances.

Vers les six heures, le docteur Combes arriva, et lorsqu'il sut les projets de ses voisins, il s'empressa de les approuver. Au moment de les quitter, il prit Georges à part et lui dit :

— Je ne voudrais pas vous effrayer, mais si vous n'étiez pas parti aujourd'hui, je vous aurais ordonné de partir demain. L'état de votre femme est des plus graves. Une vie tranquille, heureuse, peut lui rendre la santé, comme elle le lui a déjà rendue ; mais, ne l'oubliez pas, la moindre émotion lui serait fatale ; je vous devais la vérité.

— Rassurez-vous, docteur, dit Georges en le reconduisant, ma femme ne peut plus avoir d'émotion.

A sept heures du soir au moment où Marcelle, madame Gérard et Georges, prêts à monter en voiture, faisaient sur le seuil de la porte leurs adieux à M. de Brives, deux hommes qui venaient d'entrer dans la cour, après avoir parlé au concierge, s'avancèrent vers eux.

— M, Georges Gérard ? dit le plus âgé des hommes en portant la main à son chapeau.

— C'est moi, fit Georges en s'avançant.

— Alors vous vous appelez Georges du Hamel, et vous êtes un ancien forçat en rupture du ban de surveillance. Je suis porteur d'un mandat d'amener lancé contre vous et je vous arrête.

Il avait à peine prononcé ces mots qu'on entendit un grand cri.

Marcelle venait de s'affaisser sur le pavé de la cour.

Le docteur Combes, qui se trouvait à sa croisée pour assister au départ de ses amis et les saluer une dernière fois de la main, accourut précipitamment, s'agenouilla devant Marcelle et se releva presque aussitôt.

Ses soins étaient inutiles. Il venait de constater la rupture du cœur.

La mort avait été instantanée.

XXVIII

Dans une de ses dernières conversations avec Cora, Victor Mazilier avait, on s'en souvient, manifesté le projet d'apporter des réformes dans sa vie et de retourner au Havre passer quelque temps avec son père. Ce projet, il l'avait mis à exécution, et il était absent de Paris depuis plus de trois mois lorsqu'il conçut tout à coup le désir de revoir ses chers boulevards. Il prit le chemin de fer, descendit dans son pied-à-terre habituel, y passa la nuit, et le lendemain vers les dix heures du matin, il se mit en route pour l'avenue de Neuilly. Il lui tardait de savoir ce qu'était devenue Cora pendant son absence : ses petites affaires prospéraient-elles toujours, jouait-on aussi gros jeu dans les salons, y voyait-on des visages nouveaux, et avait-elle fini par retrouver son cher Georges du Hamel.

A plusieurs reprises, il avait écrit pour lui demander tous ces renseignements, mais il n'avait reçu aucune réponse.

— Décidément, pensait-il, elle m'en veut de ne plus l'aimer. Les femmes sont insatiables.

— A peine avait-il fait quelques pas sur l'avenue de Neuilly, qu'il s'arrêta tout étonné : on voyait sur la chaussée des groupes de dix à vingt personnes qui parlaient avec animation. Plus il s'avançait, plus ces groupes étaient nombreux; devant l'hôtel de Cora, il y avait un véritable rassemblement. Il fendit la foule, atteignit la grille, se fit reconnaître par le concierge qui hésitait à ouvrir, et, s'élançant vers la maison, apprit des domestiques ce qui se passait : Cora, depuis le matin par ses cris, ses accès de fureur, révolutionnait tout le quartier. Des médecins appelés en toute hâte avaient constaté la folie, et la police venait d'être prévenue.

— J'arrive bien, se dit Victor Mazilier. Si j'avais su, je serais resté au Havre; je n'aime pas ces affaires-là.

Ce fut la première réflexion que lui inspira la triste position de celle qu'il connaissait depuis plus de dix ans.

Un sentiment de curiosité le poussa cependant à désirer la voir. Il commença, bien entendu, par demander s'il y avait du danger à s'approcher d'elle, et comme on lui répondit qu'on avait été obligé de l'attacher, il osa pénétrer dans sa chambre. La malheureuse ne le reconnut pas; elle faisait des efforts désespérés pour rompre les liens qui l'entouraient, et continuait à pousser des cris qui n'avaient plus rien d'humain. Victor Mazilier la regarda quelques instants, puis sortit de la chambre en murmurant :

— Elle n'est pas belle dans cet état.

Cette seconde réflexion valait la première.

Il allait quitter cette maison, qui, décidément, suivant sa propre expression, manquait de gaîté, lorsqu'en passant dans le boudoir qui précédait la chambre à coucher il aperçut sur la cheminée la lettre qu'il avait écrite, la veille, à Cora pour lui annoncer son arrivée. Il la prit aussitôt, la mit dans sa poche et se dit :

— Si je rentrais dans mes autres épîtres... La police va venir ici, elle est curieuse, je trouve fort inutile qu'elle connaisse mes rapports intimes avec une folle.

Il savait que Cora mettait d'habitude sa correspondance dans un petit meuble en bois de rose placé dans un coin du boudoir; il l'ouvrit, et, tout en cherchant sa prose, il aperçut une grande enveloppe, cachetée à la cire et portant cette suscription : Monsieur le procureur impérial, à Paris.

C'était, on se le rappelle, la dénonciation écrite par Cora, plusieurs mois auparavant, dans le but d'effrayer Georges et de le décider à lui obéir.

Victor Mazilier pensa que cette lettre pouvait avoir une certaine importance, appela un domestique, la lui confia en lui recommandant de la donner au premier commissaire de police qui se présenterait, et s'en alla déjeuner au café Anglais pour se remettre de ses émotions.

A deux heures de l'après-midi, la lettre de Cora, envoyée d'urgence au parquet, avec une note à l'appui, était ouverte par un substitut du procureur impérial.

A cinq heures, en vertu de l'article 47 du Code pénal, un mandat d'amener était lancé contre Georges du Hamel, dit Georges Gérard. A sept heures, on l'arrêtait au milieu de sa famille.

Nous connaissons le malheur qui en résulta.

En voyant tomber sa femme sur le pavé, Georges ne fit pas un geste, ne poussa pas un cri. Le coup était trop brusque, trop inattendu pour qu'il pût en souffrir. La douleur n'est que la conséquence de la réflexion ; il ne réfléchissait pas encore, il était pour ainsi dire pétrifié.

Cette froideur apparente trompa l'agent de police. S'il avait pu penser que celle qui venait de tomber morte sous ses yeux était la femme de Georges du Hamel, il n'eût pas songé, pour le moment du moins, à remplir jusqu'au bout la mission dont il était chargé.

Georges s'arrête à quelques mètres de ce point... (Page 119.)

Mais il crut Georges indifférent à cette mort, et il s'avança vers lui. La police, du reste, n'a pas pour habitude de beaucoup se gêner avec des forçats libérés.

Georges se sentit tout à coup saisir par le bras, et ne comprenant qu'une chose, c'est qu'on voulait l'entraîner loin du cadavre de sa femme, il se retourna brusquement et repoussa l'agent avec une telle force que celui-ci alla rouler à dix pas de là, sur le pavé de la cour.

Son camarade, qui s'était avancé à son tour, eut le même sort.

Tandis qu'ils essayaient de se relever, Georges se baissa, prit Marcelle dans ses bras, s'élança vers la maison, gravit l'escalier, entra dans sa chambre, déposa le cadavre sur son lit, ferma la porte à double tour, et, après s'être barricadé comme s'il était résolu à soutenir un long siège, vint s'agenouiller devant le lit.

Ces précautions étaient inutiles, les agents ne se trou-

vaient pas de force à lutter contre un adversaire tel que Georges; pour pénétrer dans sa maison, il fallait, du reste, qu'ils fussent assistés d'un commissaire. Ils commençaient en même temps à comprendre qu'on avait peut-être agi avec trop de précipitation au parquet et à la préfecture de police ; on avait pris Georges du Hamel pour un malfaiteur vulgaire ; c'était un homme du monde. Déjà tous les locataires de la maison, et à leur tête le docteur Combes, venaient protester contre l'attentat dont il était victime et la brutalité des agents. Ils se retirèrent donc l'oreille un peu basse, pour conférer avec leur chef immédiat et faire leur rapport.

Georges passa la nuit près du cadavre de sa femme : il n'ouvrit à personne, pas même à sa mère.

Le lendemain seulement, après bien des pourparlers, madame du Hamel et maître X... parvinrent à entrer dans la chambre. Ils annoncèrent à Georges qu'il n'avait plus rien à craindre, qu'on ne l'arracherait pas au cadavre de sa femme ; l'ordre venait d'être donné de suspendre l'exécution du mandat lancé contre lui.

— Ils ont bien fait, murmura-t-il, ils ne m'auraient pas eu vivant.

— Alors, tu lui aurais désobéi, dit madame du Hamel en montrant Marcelle.

— Comment? demanda-t-il.

— Lis ce papier, qui devait t'être remis si elle mourait avant toi, et qu'au moment de partir elle avait confié à son père.

Il prit la lettre qu'on lui tendait et lut :

« Mon Georges adoré, si je meurs avant notre arrivée à Baden ; je veux que tu continues le voyage et que tu m'enterres dans notre jardin au bord du Limat. Je t'ordonne aussi, lorsque je ne serai plus, de ne point t'abandonner à ton désespoir et de vivre pour ta mère que tu ne dois pas laisser seule au monde... Je t'écris ces mots le jour de notre départ, quelques heures après avoir appris toutes tes souffrances : c'est te dire que je t'aime comme autrefois, plus qu'autrefois...

« Au revoir, là-haut ! »

Après avoir lu, il s'avança vers le lit où semblait reposer Marcelle, s'agenouilla et dit :

— J'obéirai.

Puis il demanda des fleurs pour en couvrir le lit, donna des instructions concernant la bière et le service, et s'adressant à maître X... :

— M'autorisera-t-on, lui demanda-t-il, à sortir de France et à transporter son corps à Baden ?

— Je l'espère, dit le vieil avocat.

— Portez-vous caution pour moi et promettez que je reviendrai. Je veux être jugé ; je veux que vous me défendiez encore. Je veux protester contre cette loi barbare qui a causé la mort de Marcelle. Elle m'avait pardonné mon passé ; c'est mon arrestation qui l'a tuée.

Il serra la main de son ancien défenseur et revint s'agenouiller devant la morte adorée.

XXIX

Devant quel tribunal correctionnel doit être poursuivi le condamné à la surveillance coupable de rupture de ban ? De deux choses l'une : ou le prévenu nie son identité ou il la reconnaît. Dans le premier cas, il doit être traduit devant le tribunal qui a prononcé la condamnation à la surveillance ; dans le second cas, il doit être poursuivi devant le tribunal du lieu où il a été arrêté.

Georges Gérard, quoiqu'il s'empressât de reconnaître qu'il avait été condamné à cinq ans de travaux forcés sous le nom de Georges du Hamel, demanda cependant, par l'entremise de son avocat, d'être jugé à Rouen, et maître X... avait laissé de tels souvenirs dans cette ville qu'on s'empressa d'accueillir sa requête.

Lorsque le bruit se répandit au palais de justice qu'a-

près un repos de plusieurs années l'ancien bâtonnier consentait à reprendre la parole ; il se produisit une certaine animation parmi les jeunes avocats stagiaires, qui tous avaient entendu vanter son immense talent oratoire, mais qui n'avaient pu l'admirer.

On se donna rendez-vous au palais pour le jour de sa plaidoirie, comme on se donne rendez-vous au théâtre le soir où quelque comédien de génie reparaît sur la scène après une longue absence.

C'était ce que désirait maître X... dans l'intérêt de son client et sur sa prière expresse. Il savait que le président du tribunal, par respect pour son grand âge et son ancienne réputation, le laisserait parler tant qu'il voudrait quand bien même il s'écarterait de la cause ; qu'il serait libre d'élever jusqu'à la hauteur d'une thèse sociale une affaire des plus simples et des moins compliquées ; qu'enfin on lui permettrait, non pas seulement de défendre Georges du Hamel pour le délit qui lui était imputé, mais aussi de revenir sur le passé et d'obtenir, sinon la réhabilitation légale de son client, du moins sa réhabilitation morale.

Les journaux de la Seine-Inférieure avaient entretenu à l'avance le public du procès qui allait se juger, et les feuilles parisiennes s'étaient empressées de reproduire leurs articles.

— Mon affaire, avait dit Georges à maître X... n'ayant pu rester secrète, il faut maintenant lui donner le plus de publicité possible. On sait à Paris que M. de Brives est le beau-père d'un forçat libéré ; dans son intérêt, dans le mien, en souvenir de celle qui n'est plus et qui a porté mon nom, on doit apprendre que la peine qui m'a frappé était imméritée.

Le 3 juin 1808, la chambre du tribunal correctionnel de Rouen fut assiégée dès le matin.

Georges du Hamel, revenu depuis la veille de Baden, était assis au banc des accusés.

Après les formalités d'usage, maître X... prit la parole et la garda plus de trois heures.

L'impression produite par sa plaidoirie fut immense ; contre tous les usages, on l'applaudit lorsqu'il l'eut terminé, et le président, s'associant à l'émotion générale, ne crut pas devoir rappeler le public au respect des convenances.

De toutes parts, les jeunes avocats comme les vieux, des magistrats, des fonctionnaires, des négociants, des femmes du monde venaient lui serrer la main.

Des larmes dans les yeux, des larmes dans la voix, il leur disait :

— Ce n'est pas vers moi que vos mains doivent se tendre, c'est vers mon client, qui a droit aux sympathies des honnêtes gens.

— On lui obéissait, et de toutes parts les mains se tendaient vers Georges.

Les journaux qui rendirent compte, le lendemain, de ce procès racontèrent l'incident suivant qui, dit-on, impressionna vivement l'auditoire. Un négociant estimé de Rouen, M. B..., désireux d'entendre une dernière fois maître X..., assistait à l'audience. Peu lui importait l'accusé et le délit qu'on lui reprochait, c'était l'avocat qui seul l'intéressait. Tout à coup, pendant qu'il l'écoute, il croit l'avoir déjà entendu prononcer le nom de Georges du Hamel et raconter certains faits. Il évoque ses souvenirs et se souvient qu'il était président du jury lors du premier procès auquel maître X..., fait allusion. Son émotion devient extrême; bientôt il ne peut retenir ses larmes, et lorsque l'avocat termine sa plaidoirie et s'assied, il s'élance vers l'accusé, lui prend les mains et lui demande pardon d'avoir autrefois participé à sa condamnation.

Cependant il restait au tribunal à appliquer la loi. Tant que l'article 47 n'aura pas été abrogé, il est du devoir de la magistrature de le faire respecter et de punir ceux qui l'enfreignent.

Mais, nous l'avons dit, pour la peine applicable à la rupture de ban, la loi s'est bornée à en fixer le maximum (cinq ans d'emprisonnement). Il suit de là que le tribunal peut l'abaisser indéfiniment, même jusqu'au taux des peines de simple police.

Le tribunal correctionnel de Rouen, profitant de cette latitude, condamna Georges Gérard à un jour d'emprisonnement.

De nouveaux applaudissements se firent entendre dans l'auditoire et la séance fut levée.

Georges, en sortant du tribunal, se rendit à la prison de la ville, où il resta vingt-quatre heures.

Il était quitte envers la société.

On aurait pu, il est vrai, l'obliger à se soumettre maintenant à cette surveillance à laquelle il s'était soustrait et lui assigner une ville de province pour résidence. Mais la police sait quelquefois avoir certaines indulgences. Georges ne demandait du reste qu'une faveur, quitter la France pour n'y plus rentrer.

Elle lui fut accordée et il rejoignit sa mère à Baden.

Ils ont acheté la petite maison qu'aimait tant Marcelle,

qu'elle n'a pu revoir, mais dans laquelle, suivant son désir, elle repose.

Sa tombe est au bas du jardin, tout près de la Limat, elle est entièrement recouverte de fleurs que Georges cultive lui-même.

Il vit seul auprès de sa mère, ainsi qu'il a vécu trois ans, rue Léonie jusqu'au moment de son mariage.

Mais il ne se livre plus, comme autrefois, assidûment à l'étude. Tout travail d'esprit lui est interdit. Il se borne à causer de celle qui n'est plus avec celle qui lui reste.

Son unique distraction consiste à descendre presque tous les jours, pendant plusieurs lieues, le cours impétueux de la Limat.

Son canot est attaché à un saule placé près de la tombe de Marcelle. Il détache la chaîne, se couche au fond du canot et se laisse emporter par le courant.

Cette course vertigineuse dure environ deux heures. La prolonger serait vouloir attenter à sa vie. Il est un point où la Limat va se précipiter furieusement contre des rochers qui lui barrent le passage. Toute embarcation qui se hasarderait dans ces parages serait inévitablement broyée.

Fidèle à sa promesse de vivre pour sa mère, Georges s'arrête à quelques mètres de ce point dangereux.

Mais madame du Hamel se fait vieille; elle ne tardera pas à laisser son fils seul au monde. Alors il l'enterra près de Marcelle, s'élancera dans son canot et ne l'arrêtera plus.

. . . .

Nos plus célèbres médecins aliénistes ont renoncé à guérir Cora. Elle est devenue folle furieuse. Après être restée quelque temps dans la maison du docteur Blanche, elle est maintenant à Charenton, d'où elle ne sortira probablement jamais.

Victor Mazilier vient d'épouser la fille d'un armateur du Havre.

M. de Brives est entièrement ruiné, mais il joue toujours.

FIN.

TABLE

PREMIÈRE PARTIE

CLICHY. — Imp. PAUL DUPONT, rue du Bac-d'Asnières, 12.

Paris-imp. PAUL DUPONT, rue du Bac-d'Asnières.

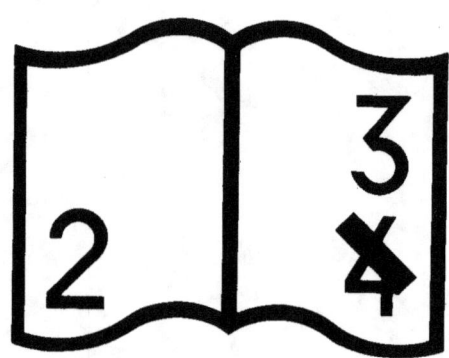

Pagination incorrecte — date incorrecte

NF Z 43-120-12

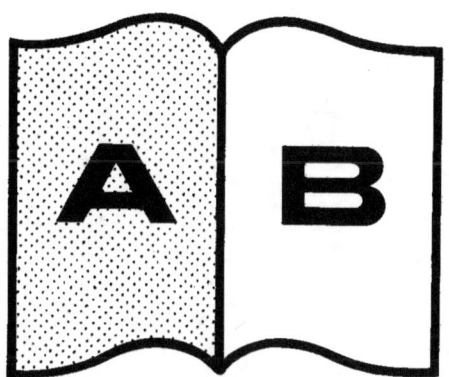

Contraste insuffisant

NF Z 43-120-14

www.ingramcontent.com/pod-product-compliance
Lightning Source LLC
Chambersburg PA
CBHW060812250626
47162CB00005B/1756